JN097354

くちばみ

花村萬月

KUCHIBAMI
HANAMURA MANGETSU

小学館

くちばみ

装画　寺田克也
装幀　高柳雅人

01

福笑いという正月の遊びがある。いや、あったというべきか。近頃の子供たちは福笑い自体を知らないかもしれない。顔の輪郭だけを描いた台紙に、眉、目、鼻、口、それぞれを切り抜いたものを目隠しをして置いていく遊びだ。

　もちろん目隠しされているから眉も目も鼻も口も本来あるべき位置に並ぶはずもなく、目がたれて離れたり、鼻がひんまがって口がななめになって眉が困ったようなハの字形になったりと、偶然が滑稽なずれを生む。意図したのではつくれない途方もない顔ができあがって、皆で大笑いする。

　成立は資料を繙（ひもと）いてもはっきりしないけれど、江戸時代の後期から庶民の遊びとしての記録が散見できるようになり、明治には正月の風物詩として定着したが、現代では福笑いという言葉しか残っていないというのが現実だろう。

　これからはじめる物語は福笑いの江戸後期よりもはるか以前の室町時代末期、下剋上（げこくじょう）の象徴的人物として知られる斎藤道三（さいとうどうさん）の生涯を描いたものだ。その導入に、なぜ福笑いかと怪訝（けげん）に思われたかもしれない。じつは喩（たと）えていうならば、道三の顔は、完璧なる福笑いだったのである。

　いい男でもいい女でも、特上でも並でもかまわないが、ここでは性格の悪さが露骨に顔にでてしまって他人に嫌悪を催させる険のある表情のことではなく、好かれる者の顔について述べる。

　実際の人の貌（かお）というものは福笑いほどひどくずれていないにしろ微妙に破綻を内包していて、それが単純な人形じみた整合の単調な美しさを裏切って、その人の魅力となっているものである。人の顔に左右対称はありえないのだ。

　だからこそ活（い）きいきとした魅力や親しみ、色香や艶、知性や情がつくりあげる深みのある陰翳（いんえい）、場合によっては胸に沁（し）みる哀感、さらには渋みや苦みさえ醸す。好意や憧れの対象たりえるわけだ。

　本来の福笑いは正月の縁起物だけあってもともと滑稽で毒気のないお多福の顔が主流だが、ここで絶世の美男子の福笑いを想像してみてほしい。

この美男福笑いは眉、目、鼻、口といったパーツそれ自体が完璧な形状をもち、本来置かれる場所にあれば、左右対称にしてきっちり整い、けちのつけようのない美貌が完成する。

ところが、あまりに整然としすぎていて親しみが湧かず、それどころかまさに作り物じみている。結果、見る者を拒絶し、嘲笑するかのような冷たいものがじわりと立ち昇ってしまう。

出生直後の真っ赤な肌や浮腫んだ瞼、せまい産道を抜けてきたことによる頭部の変形といった新生児ならではの姿から、道三が乳児らしくなってきて、人としての姿恰好が落ち着いてきたころの話である。

道三に乳首を含ませるたびに、この世のものとは思われぬその美貌に、母親は息を呑んだという。なにしろ乳児にして怜悧の醸す美とでもいうべき気配が横溢していたのだから尋常でない。

ところが感歎の思いと同時に、整いすぎていることからくる違和感に、私はほんとうにこの子を産んでしまったのだろうか——と、取り返しのつかないことをしてしまったのではという奇妙で得体の知れない後悔、あるいは逡巡や不安に似た苛立ちを覚えて微妙な溜息をつくのが常であった。

迷信深い時代である。月のない夜の闇は真の闇であり、物の怪や魑魅魍魎が跋扈していた時代だ。道三の母親は我知らず夢魔のような存在と交わってしまったのではないかと心窃かに怯えたのである。

実際、道三を孕んだころ、得体の知れぬ何物かにのしかかられた夢を見て床をぐっしょり濡らすほどの寝汗をかいたことがある。しかもその夢は腰部の甘やかにして深い痺れをもたらしていたこともあって、己の女の内面の根深さに狼狽えてもいた。

それもこれも、詰まるところ幼き道三の妖しい美相がもたらしたものである。

目隠しをして美男福笑いの台紙に眉、目、鼻、口を置いていったならば、その程よいずれに母親も頬笑みを泛べ、いとおしさを覚えたであろう。可愛らしさにその頰を撫でさすり、ぎゅっと抱き締めたはずである。

けれど道三の顔は、目隠しせずに行った福笑いであった。正解ではあるけれど、そして文句のつけようもない美しい乳児ではあったが、すべてがあるべきところに寸分の狂いなくおさまって、結果、なにやら目の当たりにした相手を突き放すかのような悍(おぞ)ましい気配がその美貌から漂っていたのだ。もっと単純な物言いをしてしまえば、超越的に綺麗(きれい)ではあるけれど、白磁の面じみたその顔貌が、まったく可愛らしくないのである。

　人というものは中庸がいちばんらしい。悪いほうに外れてしまっているのは当然のこととして、道三のように超越的によい見てくれで生まれてくることにも禍々(まがまが)しさが透けてしまうのである。道三という男は生を享(う)けた瞬間から異なものを含んでいたのだ。

　ところが人の感じ方はさまざまで、道三の父である松波左近将監基宗(まつなみさこんのしょうげんもとむね)は幼き道三を抱きあげて、うっとり見入ったという。さらには甲斐甲斐(かいがい)しく産まれた直後の赤児(あかご)の下(しも)の世話をしてやったあげく、内(うち)腿(もも)を丹念に調べて歓声をあげた。

「でかしたぞ、藤(ふじ)。峯丸(みねまる)の内腿を見よ」

　幼名、峯丸の左足首をぐいと摑(つか)み、もちあげて、満面の喜色もあらわに妻に示す。鬱々としてばかりの基宗にしてはめったにない昂(たか)ぶりようである。なにごとかと藤は上体を屈(かが)めて目を凝らした。

「見よ、この痣(あざ)があるであろう」

　なるほど青紫のちいさなＹの形の痣があった。なにが言いたいのかぴんときたが、これがなにか？　とあえて素知らぬ顔をつくって小首を傾(かし)げてやると、基宗は勢い込んだ。

「これは、松波の家に代々伝わる徴(しるし)である。松波の真の血筋をあらわすものでもある。だが誰にでも伝わるというわけではない。特別な子にだけあらわれるのだ。三つの道を示すこの痣は、それぞれが天と地、そして人をあらわすものなのだ」

　幾度おなじことを拝聴させられたことか。藤の眉間に険しい縦皺(たてじわ)が刻まれた。美しい女だけに刺すような棘(とげ)がある。だが基宗は感極まった面持ちで息を継ぎ、続ける。

「この痣をもつ子は天下を動かすと代々言い伝えられておる。即(すなわ)ち肉体に刻まれた真の家紋にして、松波家でも選(え)りすぐりの男子のみに伝わるものである」

　多弁能弁、なんとも大仰なことである。はしゃいでさえいる。憂鬱で陰気臭いよりはましかとせいぜいよいほうに捉える努力をしたが、たかが内腿の痣になにを大騒ぎしているのか。たしかに三方向に放射状に散った痣はめずらしくはある。けれど峯丸の顔貌とおなじく手練れが施した刺青のごとき整った佇まいがどこか神経を逆撫でする。

「ようございましたね」

　にこりともせずに言い、生暖かい春風と共に隙間だらけの荒ら屋のなかにまでまぎれ込み、若干の戸惑いを見せながらもふわふわ不規則に揺れる紋黄蝶に雑な視線を投げる。

「おまえは俺の内腿にも、これとおなじ痣があるのを忘れたか」

「——生憎」

　とだけ返して、藤は紋黄蝶を目で追うふりをして基宗から視線を逸らす。たしかに閨にて同様の痣を見たことがあるばかりか、嫁いだばかりの一時期はそこに舌を這わすことさえ強要されていた。

　我が子峯丸ほどではないにしろ整った顔貌以外にこれといって取り柄のない基宗にとって、天地人をあらわす痣こそが己の唯一の拠りどころなのである。自分が只者ではないという象徴なのだ。

　双方が申し合わせたわけでもないが、舌を這わせるという儀式をなんとなく執り行わなくなってずいぶん経つ。

　峯丸には姉と兄がいたが、生まれてたいしてたたぬうちに身罷った。姉も兄も、どん底の貧困ゆえに滋養が足らず、風病に罹患し、血混じりの涎を垂らしながら痩せ細って事切れた。

　舌を這わせようが撫でさすろうが、なんの御利益もない。内腿で三方を指し示す徴は、どの方向に歩けばよいのかも判断できぬ基宗の優柔不断で愚かな生き方をあらわしたものにすぎない。痣に注ぐそんな藤の視線に気付いてしまった基宗は以来、内腿を藤に曝さなくなった。

　ちなみに姉と兄には、この痣はなかった。姉はともかく兄に痣がなかったことから基宗が藤の不貞を疑っていたことは、なんとなく気配から察していた。

　なんら裏付けがなくとも、己の妄想から邪推してしまう神経症気味なものが基宗には横溢していた。漠然とした不安を覚えると、もうそれを押しとどめることができず、物事を悪い方へ悪い方へ疑いだして自滅していくのである。

　藤は虚ろな眼差しのまま俯き加減で人差し指と丈高指を重ねて蟀谷に触れた。まだ、こんな痣に縋っているのか、と否応なしに皮肉な気分が迫りあがって抑えがきかなくなりそうだ。天下を動かす——と己の口から吐かしたばかりである。その痣を基宗も内腿に刻んでいるのだから早々に天下を動かしていただきたいものだ。

加減せずに胸の裡をぶちまけたいところだが、奥歯を咬みしめて怺える。ここで喧嘩をすれば、やっと寝付いた峯丸が目を覚まして泣き騒ぐ。加えて内腿の痣のことを聞かされたことから夜の営みに思いが至ってしまって藤は辟易した気分でもあった。日中は鬱いでいるけれど、夜の基宗の猛りは尋常でないからだ。

藤とて男と女のことは嫌いではないし、そのよさも充分にわかるが、峯丸を産んでからは正直なところ夜毎のことが鬱陶しく、今夜もどうやっていなそうか——と思案するばかりである。

ところがそんな思惑と裏腹に、ふむ、と基宗は藤の横顔を追い、その目の奥に好色なものをにじませる。

閑人は度し難しと藤は胸中で吐き棄てる。功成り名を遂げた男が女を慾するならばともかく、取り柄のない基宗の好色は無様の極致だ。無聊をもてあましている大の男が昼日中からいそいそと我が子のお湿しを替えて内腿の痣に自身とおなじ徴を見いだして妄想気味に悦に入る姿は頬笑ましさをとおりこして薄気味悪い。

鷹揚さの欠片もない細かい性格で、すべてにわたって己の定めた規範を押しつけてくるような男である。しかも窮鼠猫を嚙むではないが、追い詰められると自棄気味なことばかりして自滅する。

このようなどん底の貧窮にあるのも、取るに足らぬ些細なことで癇癪を破裂させた結果である。自尊心ほど面倒なものはない。雇われたくせに妙なところで意地を張って上位に立とうとする男なのだ。相手をすると七面倒くさいので、いまでは誰も近寄ってこなくなった。

松波左近将監基宗と名だけは仰々しい。出自を問われれば、いや問われずとも押しつけがましい口調にて、先祖代々北面の武士である——と居丈高なことを口にする機会ばかり窺っているような男である。

そもそも北面の武士と称していた時代も、実際のところは下僕として門番をしていただけだ。いまでは無意味な自尊の心が災いして門番の職も喪い、落ちぶれ果てた貧しき傘張り職人と相成った。

ちかごろはその傘張りもまともにせずに日々、遊び暮らしている。よほど峯丸が気に入ったらしく、その相手ばかりして一日を過ごしているのである。

結果、もともと乏しい蓄えがどんどん費えていって、もはや猶予ならぬところが近づいている。自分がなんとかしなければ――と、藤は悲愴な心持ちでどのような商いに手をつけるべきか思案しているが、結局は春を鬻ぐことになりそうで、それはそれでかまわないと割り切り、開き直ってはいるが、肌の合う男があらわれたら、ちゃんと家にもどる自信がない。

乳母に諸々を頼めるような身分でもないから、峯丸に乳を与えねば即座に消耗して事切れてしまうだろう。なにしろこの時代、子供がつつがなく育っていくことは稀なことで、水膨れした青紫の風船のような姿を曝した幼児が桂川の川面を流れていくのを見るのは特段珍しいことではない。水死体よりも水面に流れて短く尾を引く死人の脂が陽射しを反射して鮮やかな七色に光る光景のほうが印象深い。人の脂は虹色に輝くのである。

我が子を桂川に流さずにすむように財力のある者は乳母を雇う。経験則から、乳母の乳を飲ませると他人の免疫をもらえることにより母親の乳を吸うよりも強い子に育つことがわかっているからこそ、とりわけ力のある武士は乳母を珍重する。乳母の子が強靭であるならば、我が子もそれにあやかろうと当の乳母の子を差し措かせて、我が子に乳を飲ませることを強いる。

気位だけは高い基宗を藤は横目で一瞥し、溜息を呑みこむ。こんな男でも、一応は出自は武士なのである。けれど、こんな貧困の底の底で、この美しい子はまともに育つのだろうか。峯丸の姉と兄は庭の片隅に埋められている。姉が死んだとき桂川に棄てにいこうとした基宗を押しとどめて、藤が埋葬した。その場所を示したふたつの石は、生い茂る雑草に覆いつくされてしまい、もはやここからは見通すことができない。

基宗のどこが北面の武士か。北面でも西面でもいい。門番に毛の生えたような仕事でもかまわない。戦にでて首級をあげてこいとまではいわない。とにかく銭を持ち帰ってもらわなければ、出産からたいしてたたぬこの身を売らねばならぬ。夜毎、四条町の辻に立って我が身を立ち売りせねばならぬ。

北面の武士とは上皇や法皇の御所を警護する武士のことだ。白河上皇の院政開始とともに設置され、御所の北面にあって院中を警護する任に当たった。そう聞けばなにやら一端ではあるが、北面の武士が成立したのは平安時代の末期であり、鎌倉時代をさかいに徐々に衰微していき、いまや見る影もない。

先祖は北面の武士と言い得たのかもしれぬが、いまでは院中警固の任と称しつつも生業としては傘に油紙を貼ることであり、そもそもがおなじ山城国とはいえ、基宗は御所とは遠く離れた西岡の地に荒ら屋を構えているのだから、一朝事あったときに御所の北面に駆けつけるには半日以上要する。院中警固という仰々しい科白が虚しく響くばかりだ。

さらに話がずれるのを承知で記してしまえば、いわゆる頭上にさしかけて雨をふせぐ傘というものは、峯丸が生まれてからちょうど百年後に堺の商人、納屋助左衛門が呂宋のものを伝えたのがはじまりとされている。

つまりこの時代は、頭にかぶる笠はともかく、傘張り職人という職業自体が成立しないわけだが、道三の美濃支配から斎藤氏三代龍興、さらに信長の東美濃攻略、関ヶ原合戦で結ばれる堂洞軍記に道三の父は傘張り職人だったと記されているのだから致し方がないと開き直らせていただく。いかにもうらぶれた気配が立ち昇る常套句として傘張り職人はなかなかのものではある。だからあえてそれを採用した次第だ。

そもそもが現時点でもっとも信憑性が高い資料とされる六角承禎条書その他によれば、これから語るお話のほとんどが厳密な史実からは外れたところがあるのだが、これはあくまでも小説であり虚構であるとお断りして頬被りさせていただく。

図に乗って言い訳じみた注釈を加えるが、この作品では作者がいちいち口を差しはさむという自由気儘な小説作法に則って、事績と感情の坩堝をとことん描いていこうと考える。だから言葉の用い方においても自由気儘をある程度許してほしい。

たとえば〈思う〉に含まれる情緒的な部分を削って、より知的な思弁作用をさす語としての〈考える〉という言葉が成立したのは十一世紀前後とされるが、以降の文献にも考えるという言葉はあまりみられない。時代小説に用いるにはちいさな引っかかりを覚える言葉だ。

　地の文はともかく科白において「拙者はそう考える」は「拙者はそう思う」としたほうがしっくりくるということだ。とはいえ、もちろん文章として〈思う〉よりも〈考える〉のほうがわかりやすい場合は遠慮なく使わせていただく。安易な原理主義を採用しないということだ。

　あえて時代設定にずれのある福笑いを冒頭に置いた理由も、このあたりにあると御賢察いただき、基宗と道三、そして道三と義龍(よしたつ)、三代にわたる根深い父と子の物語を愉(たの)しんでいただきたい。

　さて、松波家であるが、運よく銭が転がり込んできて暮らし向きが好転したなどということはあろうはずもなく、もともと傾いていた日常はほぼ倒壊してしまっていた。されど基宗は峯丸の面倒を見ることに夢中になって傘張りもしない。

　もちろん弱い男の常として現実を直視することができず、まちがいなく我が子であるという徴をその内腿にもつ峯丸に逃げているというのが正しいところであるが、独りで気を揉(も)み苛立つ藤はたまったものではない。

　甲斐性の欠片もない基宗がなにかというと峯丸を抱きあげて己が成し遂げられなかったあれこれを峯丸に託す文言を呟(つぶや)くのを横目で見つつ、乳もでぬくせに——と苦々しく吐き棄てる藤であったが、その藤自身が滋養の足りぬことからいよいよ乳の出が悪くなってきて、すると腹をすかせた峯丸が泣き騒ぐ。峯丸が泣くと、おろおろしたあげくになんとかしろと基宗が居丈高に藤を叱咤(しった)する。俯き加減でしばし怺えはするが、理不尽な基宗の態度に藤が破裂して、基宗を罵倒する。気位が高いということの裏にあるのは劣等感であるから基宗は暴発して藤に手をだす。父と母の大喧嘩に腹をすかせて過敏になっている子がさらに烈(はげ)しく引きつけをおこして泣き騒ぐ。貧困による父母子の絶望的な悪循環のできあがりである。

　梅雨の只中の薄曇り、やたら蒸し蒸しする午後に、いつにもまして烈しく遣(や)り合った基宗と藤であった。怒りに熱くなって打ち震えるばかりで言葉もでなくなった基宗に——腑甲斐(ふがい)ないあなたが稼がぬから、食うものがない。それがすべての根差(ねざし)。乳も満足に出ぬから峯丸もすっかり痩せ細ってしまい、これ、このとおり。一家の主(あるじ)としての矜恃(きょうじ)があるならば、とっくにこのようなどん底、片が付いておることでございましょうに――と冷たい眼差しで理路整然と言い放ち、基宗を睨(にら)み据えると藤は薄笑いを泛べて荒ら屋を出てしまった。

　藤とて実際に四条町の辻に立ったことなどあろうはずもない。ただ四条町の辻には春を鬻ぐ女がたくさん立っていて、それを求める男が夜毎群れ集まってくると噂(うわさ)に聞いただけである。

　傘張りなどまともな銭にならぬ。投げだしてしまった基宗の気持ちもわからぬでもないが、ならばなおのこと無為無策の日々を送ることが許せない。とにかくなにか食わねば乳もでない。さて自分は男に身をまかせて銭を手に入れたとして、基宗と峯丸のもとにもどるのだろうか。

　母性が峯丸を育てねばと強い調子で囁(ささや)いてくる一方で、基宗の顔など二度と見たくないという怒りを抑えることができない。揺れる気持ちに囚(とら)われていたせいもあり、しばらくは御叮嚀(ごていねい)に弓なりに彎曲(わんきょく)する桂川に沿って北上していた。それではあまりに大(おお)廻(まわ)りであるとようやく気付き、北に向けて真っ直(ます)ぐに掘られた用水を目安に歩きはじめた。

　四条町の辻まで、ざっと五里弱ほどもあろうか。暗くなるころには辿(たど)り着けるだろうから、ちょうどいいと泣き顔で独りごち、湿気はひどいが降りもせず、陽射しが雲でさえぎられていることが救いだと自身に言い聞かせはしたが、ふと気付けば空腹に腹を押さえてよろめきながら歩む始末、先に見える鳥居に誘いこまれて向日明神(むこうみょうじん)に踏み入った。

　七、八十年前に建てられたという流造(ながれづくり)の社殿を一瞥し、どこか賀茂御祖(かもみおや)神社に似ていると漠然と思い、思ったとたんに肝心の賀茂御祖神社の社殿の姿が脳裏にまったく泛ばず、ちいさく途方に暮れる。

　基宗は藤を差し措いて残り少ない食物を平然とすべて平らげるような男である。空腹の限界が藤の頭のはたらきを完全に阻碍(そがい)してしまっているのだ。まさに神も仏もない。ゆえに柏手(かしわで)など打つ気になれるはずもなく脇にそれ、鎮守の森に這入(はい)りかけたとき、男の視線に気付いた。

　旅の途中だろう、質素ではあるがしっかりした身なりの武士であった。腰の太刀の金具が西日に黄金色に光った。藤の美貌に目を瞠(みは)っている。

男と藤の視線が絡む。

藤の瞳の奥の無言の訴えを即座に悟った男が玉砂利を軋(きし)ませて鷹揚に近づいてきた。このような男はすべてにおいて躊躇(ためら)いがなく、慾(ほ)しいものは必ず手に入れることが直覚された。

尋常でない威圧に藤は顔を背けかけたが、委細構わず男が腕を伸ばして顎に手をかけてきた。弓の弦を引くあたりだろうか、分厚い肉刺(まめ)のできた手でぐいと顔を持ちあげられ、吟味された。

「窶(やつ)れきってはおるが、たいした美相」

藤は苦笑いを泛べたくなった。基宗も自分も周辺では評判の美相である。だからこそ峯丸が生まれたのである。けれどさしあたり美相では飯が食えぬ。とりわけ男の美相などなんの意味もない。されど、自分は、こうして身を寄せれば――。

「まずは飯。そして銭」

藤も追い詰められ、肚(はら)が据わっている。睨みつけるように要求を口にすると、男は森の奥にむけて顎をしゃくった。附(つ)き従うと男は樫(かし)の巨木に寄りかかって腰の包みをひらき、なにやら差しだしてきた。稗(ひえ)と米を炊き込んで味噌(みそ)をたっぷり練り込んで雑につぶした団子のようなものだったが、その香りだけで藤は目眩(めまい)がした。

もうひとつどうだ、と目で訊(き)かれたので大きくかぶりを振る。唇を汚した味噌を舐(な)めまわしたいところだが、かろうじて怺え、手の甲で拭う。舌にはまだ稗のつぶつぶの感触が残っている。玄米のねっとりした歯応えに食うということ、嚙むということのよろこびが顎から喉にかけて拡(ひろ)がっていた。なによりも味噌の旨味(うまみ)に恍惚(こうこつ)としていた。

男は痛ましげに包みごと藤にわたしてくれた。とたんに藤は烈しい羞恥につつみこまれて俯いた。同情は、されるほうにとっては、じつにきついものだ。空腹に勢い込んで食べたから胃の腑がしくしく痛んだ。

「食わぬのか」

「――妙なところで」

「なんだ」

「自尊の心が」

「ん。なんとなく、わかる」

「わかるか」

「わかるとも。施されるほうの悲哀だ」

「――もらいっぱなしではなく、礼はする」

「ん。が、こんな味噌団子ひとつでおまえを抱けるというのも釣り合いがとれておらぬような」

「妾が欲しておるとすれば」

「ん。ならば問題なしだな」

藤は手首を摑まれてさらに森の奥に連れていかれた。雲が切れたのか、木洩れ日が射して濃緑の下生えが浮かびあがった。

押し倒されたのか、自ら倒れこんだのか、微妙なところであった。男は藤を見おろして獅子鼻の脇をしつこくこすっている。昂ぶったときの癖らしい。

睨むように見据えていると、男が膝をついた。そこから先はじつに慌ただしかった。基宗のようにしつこくあれこれ手管を用いるのではなく、呆れかえるほどの一直線である。が、それが心地好かった。技巧の無粋さというものを思い知らされてもいた。

感極まって男の背に爪を立てたとたんに、男が痙攣し、藤よりもよほど大きな呻きをあげて頽れてきた。甘やかな痺れに朦朧としながら何気なく首をねじ曲げると、黒く大きな蟻が藤の眼前でどちらに進むべきか思案して触角を細かく動かしていた。

この日以来、藤は松波の家にもどらなかった。

02

たとえば、このころの女の座るかたちは立て膝が当たり前であった。立居振舞からして泰平な江戸時代とはずいぶん趣がちがうわけだが、なによりも差異が目立つのは心情だ。

説話性が強く微妙な部分もあるが、胎中天皇――応神天皇の十五年に伝わったと日本書紀にあるから、儒教の伝来は思いのほか古いわけだが、天皇のおわす我が国である。万世一系を保持し、易姓革命を受け容れなかったこともあって儒教精神は微妙に変質し、支配階級はともかく下々に対してはたいした力を持ち得なかった。

まして戦国の世である。支配体制が強固に固まって、その下支えとして利された江戸時代とちがって儒教的精神に侵されておらぬから、男女問わず性に関しても奔放であり、主体的であった。耐えに耐えた藤のほうが例外であったとさえいえるのである。

　その藤は行方知れずとなったが、哀れなのは残された峯丸である。藤が乳房を絞るようにして与えていた乳も吸うことができなくなった。藤が出奔したその晩、間抜けな基宗は空腹のあまり泣き騒ぐ峯丸をもてあましたあげく、痩せさらばえた己の胸にそっと手を伸ばして乳首を抓(つま)み、あろうことかきつく押してなにやら絞る仕種(しぐさ)をしかけて、その痛みに目が覚めたのだろう、苦く、弱く笑った。

　乳のでぬ男という性は、母が消えれば育児に関してはお手上げである。泣き疲れて虚脱しつつある我が子に、乳が無理ならなにを与えればよいのか。

　それがわからずにおろおろし、落ち着け落ち着けと呟きつつ揺れる膝頭をきつく押さえつけて黙考し、あれこれ思案し狼狽える必然さえもないことに唐突に思い至る。なにせ基宗自身が口にするものさえ欠片もないからである。

　思いあまって小指の先をそっと峯丸の口に挿しいれる。峯丸は夢中になって基宗の小指を吸う。けれど小指の先から乳がでるわけもなく、やがて峯丸はぴたりと吸うのをやめ、じっと父を見つめる。

　基宗はふたたび峯丸が泣き騒ぐであろうと身構えた。

　けれど峯丸はじっと父を見あげるばかりで鎮まっている。その幼い瞳は吸いこまれそうなくらいに深い。

　哀切である。

　これは、応えた。

　がくりと首を折り、小声で呟く。

「泣いてくれたほうが、よほど気が楽だ」

　過敏にして鈍感な基宗であるが、今回ばかりは直覚していた。藤がもどらぬであろうことを――。

　片隅に立てかけてある刀に視線を投げる。最後に抜いたのはいつか。もはや思い出すこともできない。

　手をのばした。じつに軽薄な感触だ。所詮は御借刀を私物化したものにすぎぬ。記憶を手繰れば、異様な反りがついていたことがぼんやり泛ぶ。雑な焼き入れで過剰に曲がってしまった結果と思われる。まるで唐物の刀のごとく彎曲した無様な刀だった。

　柄(つか)に手をかけ、力んだ。

　鞘(さや)の奥で刀身が錆(さび)で軋む音がした。砂が噛んでいるかの頑(かたく)なな手応えで、まったく動かない。抜けなかった。

しばらく格闘したが、餓(う)えのせいもあって気力が続かない。癇癪を起こした。が、空腹もある極限をすぎてしまって怒りにも力がこもっておらず、雑に投げ棄てた。

床を打った刀のほうに、峯丸が力ない眼差しをむけた。基宗は目頭を揉んだ。抜けぬ刀はただの棒である。峯丸の喉笛を刺してから自身の喉笛を突いて一思いに死ぬ気であったが、刀に裏切られた。

「餓えてじわじわ死していくのだけは――」

呟いて峯丸の首に手をのばす。

峯丸は拒むどころか、まるで待ち構えていたかのごとく顎をあげて首をあらわにした。ぐっと力を込め、軀(からだ)の重みをかけると左右対称の位置にあった瞳が真ん中に寄った。

基宗は凝視した。

乳児にして諸々を突き放す冷徹な気配のある峯丸だからこそ眷愛(けんあい)していた。

媚(こ)び諂(へつら)いこそしなかったという自負はあるが、気位の高さをぐっと抑えこんで妥協し、迎合してきた人生である。しかもそれを見透かされて軽く扱われることばかりの日々だった。

峯丸ならば、このようなみじめな生き方をせずにすむであろう――と心窃かに思いを託していた。それがこの剽軽(ひょうきん)な寄り目の表情である。

首を絞められているのだから峯丸はおどけているわけではない。けれど死が間近に迫って、はじめていまだかつて見せたことのない愛嬌(あいきょう)とでもいうべきものがその顔貌に立ち顕(あらわ)れていた。

それは苦悶(くもん)であった。

紛(まご)うかたなき苦悶の顔だちであった。

峯丸が生まれてはじめて見せた人間らしい顔つきであった。

あわてて手をはずした。

峯丸は泣き騒ぎもせずに、ただ烈しく不規則に胸を上下させている。充血した舌先が揺らめくように痙攣して、その口の端からだらだらと涎が流れ落ちていた。

そんな峯丸の顔に基宗の涙が滴り落ちた。基宗は手放しで泣いていた。

男泣きに、泣いていた。

基宗自身はすべてに対して過敏であり、けれど過敏ゆえに思い込みが強く、しかもその思い込みはいつだって的外れであり、ずれていた。だから他人から見ると途方もなく鈍感に見えるのである。

人生でもっとも残酷なものが、このずれである。

このように落ちぶれ果てたのも、基宗にいわせれば、信頼し、入れ込んでいた上司に裏切られたからであった。

が、それは基宗に人を見る目がないというよりも、過敏さゆえに過剰に忖度し、あれこれ先廻りしたあげく、それらはすべて上司にとって論外であったということだ。基宗がする事なす事、上司にとっては的外れで鬱陶しく、疎ましかったのである。

しかも、その過敏は伝染するのだ。基宗がそばにいると皆がぴりぴりしてしまう。落ち着きをなくす。和気藹々だったのに、基宗がいるというそのことだけで、皆の首が寝違えたがごとくぎこちない動きになる。言葉少なになる。瞬きが少なくなって、先ほどまでの和やかさも消え、無数の尖った針が周囲に撒き散らされているかのような張り詰めた気配に支配されてしまう。

そんな厭な緊張がさらに基宗に伝播し、それをもたらした当の基宗が、しなくてもよい失敗をする。全身の関節を強張らせ、同様に精神も視野狭窄をおこして、なにも見えなくなってしまう。

いや、見なくてもよいものばかりに視線がいってしまい、肝心のものを見逃して足を踏み外す。最悪の連鎖であった。畳の縁を歩く程度の事柄であっても、まるで無限の高さの峡谷に張られた綱を渡るがごとくの硬直ぶりで、結果、谷底に墜ちてしまうのである。

ところが、唯一の存在といってよい藤といっしょにいると、なぜか、基宗は呆れるほどの鈍な男となった。身近にあって依存し心を許したとたんに、つまり甘えの心が生じたとたんに、あれほど過剰であった忖度ができなくなってしまうのだ。

上司は的外れな気配りをして場を乱す基宗を忌み嫌い、藤は基宗のあまりの気遣いのなさに愛想を尽かした。

この期に及んで、さすがに基宗も己の内面の過敏と鈍感という両極端に漠然とではあるが気付かされ、頭を抱えるのであった。

基宗は生まれて初めて、人生がうまく廻らぬことの原因が己にあるというごく単純な事実を悟ったのだった。

「噛みあわぬ歯車。空廻り――」

いままで自分は悧発（りはつ）であると信じ込んでいた。抽（ぬき）んでているとさえ思っていた。間抜けな周囲にはそれが理解できないのだと諦念を抱いて俯き加減の気取った笑みさえ泛べ、自身の才覚を露ほども疑わなかった。

だが、それこそが莫迦（ばか）の証（あかし）であった。

遠い昔の賢人が喝破したとおり、莫迦は自身が莫迦と自覚できぬから、莫迦であり、莫迦なままなのである。

要領の悪いことを誠実であるとすり替え、間の悪いことがおきれば、相手のせいにしてきた。周りが痴愚にして蒙昧（もうまい）であると内心軽侮しつつ、それなのに根底に自信がないから精一杯迎合してきた。

「張り詰めきって打たれるのをいまかいまかと身を固くして待ち構えておるくせに、打ってから小半時（こはんとき）もして鳴るような鼓、誰も叩（たた）かぬわ」

自嘲すると、放心した。

床が傾いているので基宗の軀も微妙にかしいでいる。もはやそれを正す意識もない。口を半開きにして浅く不規則な呼吸をし、まともに瞬きもせず、がくりと首を折って微動だにしない。

泣けるうちは、まだ飛べる。

だが、こうなってしまうと生ける屍（しかばね）だ。

とうに夜の帷（とばり）がおり、周囲にはじっとり湿って粘る藍色の闇が充（み）ちている。地虫の類いばかりが盛大にぢーぢーぢーと声をあげていたが、やがて驟雨（しゅうう）が屋根を打つ居丈高な音が加わった。

もはや動く気力の欠片もないが、それでも基宗は雨漏りする場所から峯丸を動かし、どこに安置しようか思案して、結局は胡坐（あぐら）のくぼみに峯丸をおさめて上体を屈め、自身の軀を雨除（よ）けにした。あちこちから雨漏りするので、峯丸を濡らさぬためには、そうするしかないのである。

背で雨を受けてじっとしていると、蒸し暑い晩なのに寒々として胴震いがおきた。透かし見るともなしに上目遣いで闇を凝視する。部屋の隅の高坏（たかつき）灯台が白くぼんやり浮かびあがった。白っぽく見えるのは、じつは塗りが剝げてしまっているからで、なんとも貧乏臭いと溜息が洩れ、基宗はふたたび泣きそうになった。

餓えはじめてから、まったく火を灯すこともなかった。せめて明かりを——と一瞬思ったが、鎮まっている峯丸を刺激したくもないし、燧を手にするのも億劫だ。

そもそも高坏をひっくりかえして灯台にしていること自体が貧乏臭く、侘びしい。まさに己の境遇を象徴しているかのようでぎこちなく顔を背けた。

「まてよ」

呟いて前傾する。それで灯台にまで手が届いてしまうところが狭苦しい荒ら屋ならではである。上体がかぶさってきた重みに峯丸がむずかった。基宗は欠けの目立つ油皿を手にし、そっと小指を浸す。

「荏胡麻の種子は炒って胡麻の代用にすると聞いた。すなわち、食おうと思えば、食えるのだ」

峯丸に言い聞かせるがごとく続ける。

「よいか。傘張りの油紙をつくるために、この家には荏胡麻油だけはたっぷりある。腐るほどある」

荏胡麻の油は主に寺社や公家の灯明用で、このころ明かりを用いるということは、下々にとってはそれなりの贅沢であった。その贅沢品が松波の家には発注先から折々に届けられるので、大量にある。常日頃から油紙をつくるのに使うので灯明の油だけは不自由しない——と自嘲していた。基宗は立てた小指を折り曲げて、根本まで煤まじりの荏胡麻油に丹念に浸した。

油で濡れてぬめる指の先を峯丸の口にそっと挿しいれる。

とたんに凄い勢いで吸ってきた。

先ほどの単に小指をしゃぶらせたときとはまったく別の熱中がある。

基宗は油皿の荏胡麻油を刮げるようにしてすべて舐めさせ、さらに大振りな壺に入れてある荏胡麻油をもってきて、峯丸が飽くまで舐めさせた。

舐め続けて峯丸が放心すると、こんどは基宗の番である。傘張りのときは眉根を顰める荏胡麻の臭いであるが、飢餓の極限にあるせいでまったく気にならない。こんなに舐めると、腹を下すのではないか——などと胸中より押しとどめる声もとどくのだが、もとより空腹は、そんなことにはお構いなしである。ひたすら舐め続けた。

応仁の乱の以降、多少の衰えをみせたとはいえ、校倉に呆れるほど大量の米俵を蓄え、梃子の仕掛けも大がかりな長木と呼ばれる油搾りの締木と巨大な竈をこれ見よがしに並べあげてあたりを威圧し、油に関する利権のすべてを握っているばかりか、山城と摂津の国境という地の利に加えて宇治川、木津川、桂川の三河川が合流する陸運水運の要衝の地にて物流を仕切る問丸の業務をこなし、塩や麴、染料等々まで扱って莫大な利益を得ている大山崎油座が基宗の荒ら屋からそう遠くないところにあった。

　石清水八幡宮は京の裏鬼門にあたり、朝廷の崇敬も篤かった。なおかつ源氏および足利氏の氏神であり、武人と八幡信仰が切り離せないこともあって幕府の庇護も受けていた。大山崎油座はそんな石清水八幡宮内殿へ灯油を貢納することからはじまった。

　圧倒的な闇が支配しているこの時代、周囲を煌々と照らしあげてその格式や霊性を誇示するために、寺社は莫大な灯明油を必要としていた。とりわけ祭事の折の油の使用量は途轍もないものとなる。

　そこで支配下の神人に荏胡麻の油の仕入れや製造をさせて安定確保をはかり、かわりに関の通行料免除など諸々の特権を与えた。平安末期にはじまったとされる大山崎油座は寺社が圧倒的に多い京に間近という地の利もあり、巨大化し、京を中心に畿内近国一帯および山陽、四国等において荏胡麻油の仕入れ、製造、販売を一手に独占していた。

　荏胡麻油のこともあり、基宗は油座の油神人とは顔見知りである。寺社に油を提供し、あまった油を流し売りして歩く油売りの姿が基宗の脳裏に泛んでいた。

　妻には逃げられた。北面の武士では食うことができぬ。錆刀は鞘から抜くことができずに死ぬこともできない。

　もはや面目などにこだわっていられる境遇ではない。荏胡麻臭いげっぷを洩らしつつ、Ｙの形の痣をもち、確実に自分の血を引いている峯丸を一人前に育てあげねばならぬと眦を決する。

　己が藍の織色木綿服に渋染の胸前垂れをして曲物の塗桶を天秤で担ぎ、さらにその背に峯丸をおぶって『お油宜敷うー、油で御座いー』と語尾をのばした独特の売り声で京の市中を売り歩いているところを思い描き、中空を見据える。

「よし」

胡坐のくぼみで寝息をたてはじめた峯丸のまだ淡い栗色の髪を丹念に撫でながら、深く大きく頷いた。

03

夜が明けた。熟睡には程遠いが多少はうとうとした。雨漏りで全身がじっとり濡れていたが、抱きこんでいた峯丸はほとんど濡れていない。基宗は腫れぼったい瞼で満足げに頷き、その直後、眉根を寄せた。腹がぐるぐる鳴っている。荏胡麻油の舐めすぎだ。慌てて身をおこすと縁先から臀を突きだした。

ほとんど水、いや油であった。出尽くしたと判じても、油だけあってたちが悪い。きつく尻の穴をすぼめても際限なく漏れ落ち、滲みだす。しかもあのきつい荏胡麻の臭いである。この様子だと峯丸のお湿しもさぞや惨状を呈していることだろう。だが、基宗は気落ちしなかった。ほとんどが尻の穴から漏れ落ちてしまったにせよ、荏胡麻の滋養が全身に行きわたったからであろう。思いのほか気力が横溢していた。

峯丸の下の世話をしてやり、Y字の痣を凝視する。いつだったか藤がしみじみとした口調でぼやいていた。――子供というもの、下の世話からなにからなにまで際限なく面倒かけておきながら、けれど一人前になった暁には世話になったことを綺麗に失念し、自分一人で、まるで自力で育ったかのように親に対して居丈高に振る舞うもの。

腕組みして、自身の幼さについて黙考に沈む。いまのいままで己の幼さに気づいていなかった。一人前であると信じ込んで疑いもせず、それどころか抽んでた存在であると自負して途方もなく横柄かつ高圧的に振る舞いつつ、けれど、じつは周囲に下の世話をさせていた。度し難し――と胸中で呟いて俯くと、峯丸がじっと見あげていた。

割れ鍋にたまった雨漏りの雨水で峯丸の臀を叮嚀に洗ってやりながら、荏胡麻油の壺に視線を投げる。まだ半分以上残っているはずだ。朝餉にどうか――と一瞬、思案してしまった。さすがにもう舐める気にはなれない。苦笑が泛んだ。

基宗はおもむろに幅広の反縄にて峯丸をおんぶし

た。おんぶはアジアやアフリカ、アメリカ先住民、南太平洋諸島にみられる習慣である。日本では縄文中期の土器などに子供を背負った姿が描かれ、子をおんぶした埴輪(はにわ)も残されている。明治になると欧米ではおんぶの習慣がないということから排斥がおきた。もちろん下々は欧化政策に簡単に染まるはずもなく、我が国でおんぶが廃れることはなかった。現在では母子の最良のスキンシップとしておんぶされて育った子は精神的な病になりづらいという報告さえある。

　横道にそれてしまった。まだ若干不安な尻の穴をなだめつつ、基宗は峯丸をおんぶして油座にむかった。雨もあがり、雲の切れ目から日射しが金色の帯になって地面に射している。水たまりを避けながらゆく基宗の顔も空と同様、思いのほか晴れていた。

　女房に逃げられて清々(すがすが)しいというのもおかしいが、基宗はいまだかつてない澄んだ境地にあった。もちろんそれは諦念の果てではあったが、基宗のような男はこれくらい強烈な変化がないと、つまり徹底的に打ちのめされる機会がないと、延々おなじ日々を過ごし、愚行を繰り返してしまうものである。また独りであったら耐えられずに結局は首でも括(くく)っていたであろうが、基宗には峯丸という愛息があった。度量が狭く、じつに幼い男ではあったが、峯丸に対する愛情はそのぶん純粋であったといえる。

　藤が出奔する直前の夫婦の仲は最悪だったが、いかに苛立ちや怒りを覚えても峯丸に八つ当たりすることは一切なかった。虐待と無縁であった。

　切羽つまって首に手をかけはしたが、己も死するつもりであった。あのときの峯丸の細く頼りない首の感触が掌(てのひら)に残っている。精一杯首をねじまげて背の峯丸を見やり、掌に視線をもどす。

「二度と手にかけぬ。俺が死するとも、峯丸よ、おまえだけは育てあげる。俺が必ず育てあげる」

　臀に両掌をあてがって揺すると、めずらしく峯丸がはしゃいだ。己の血を引くもの。俺の命を受け継いだもの。俺の、すべて。

「おまえには最良の道を歩ませたい。俺のような間抜けでみじめな失敗だけはさせたくない。俺のような悧巧(りこう)ぶった莫迦(ばか)にだけは育てたくない」

　頭の中に必要以上の智識を詰めこんで、それでいっぱしの人物を気取っていた。博識と称されていたが、それは賞賛に仮装された揶揄だった。軽侮でさえあった。鬱陶しいから褒めそやして遠ざけておこうという意図だったのだ。それなのに得意がっていた。智識と智慧の区別がつかない阿房だった。

燦めく朝日に目を細めつつ、苦笑いが止まらない。けれど苦笑に自嘲のいろはない。思いのほか率直に自身の莫迦さ加減を悟っての苦笑いであった。

松波の家は代々熱心に法華経を所依とし、日蓮を奉じていた。基宗も幼いころより亡父から妙法蓮華経を叩きこまれていた。が、法華経を諳んじていても、その説くところは単なる言葉として上滑りして、基宗の心の底に一切届いていなかった。

――自我得仏来　所経諸劫数　無量百千万　億載阿
僧祇　常説法教化　無数億衆生　令入於仏道　爾来
無量劫　為度衆生故　方便現涅槃　而実不滅度　常
住此説法　我常住於此　以諸神通力　令顛倒衆生
雖近而不見　衆見我滅度　広供養舎利　咸皆懐恋慕
而生渇仰心　衆生既信伏　質直意柔軟　一心欲見仏
不自惜身命　時我及衆僧　倶出霊鷲山　我時語衆生
常在此不滅――

胸中で諳誦しはじめ、ふと我に返って中途でやめる。

「なあ、峯丸よ。いまや俺は出家したい心持ちだぞ」

背に伝わる峯丸の熱がいとおしい。

「俺にはおまえを育ててあげるという務めがあるからな。出家得度というわけにもいかぬ。が、おまえは一度仏門に身を置けばよい」

桂川の川面が黄金色に光る。

「若き釈尊が生老病死の苦悩を悟った故事を四門出遊という。顧みて、あえて口にすれば羞恥に頬が赤くなりそうだが、人につきまとう生老病死に苦悩する釈尊とは正反対の意で俺も若かったのだ。それこそ昨日までは己の老いに無関心だった。加えて健やかであることに感謝の念さえもたなかった。なによりも己が死するということは他人事であった。想見できず、まるで不老不死のごとく振る舞っていた。で、なにをしていたかといえば、慾のままに愉しみを求めておっただけよ」

羽虫が舞い、魚が跳ねる。

「慾はよいものよ。甘い甘い楽味というものがあるからな。たまらんぞ」

　雨のせいで多少は増水しているようではあるが、魚の跳躍など旺盛な生き物の鼓動に乱されるとき以外は、川面の水は眠りのさなかにあるかの静けさである。

「が、楽味があるものには患味があり、患味には愁苦がこびりついておるのだ。じつは、俺も楽味の背後の患味に息苦しいほどの憂鬱を覚えていたのだが、間抜け故に患味という言葉を知っておりながらも、己の愁悶がなにからもたらされるのかわからなかった」

　流れを見やりつつ、しみじみとした口調で続ける。

「釈尊はな、四門出遊にて慾には楽味と患味があることを悟られたのだ」

　座るに手頃な河原の石に腰をおろし、反縄をほどいて峯丸を膝に抱きなおす。黒く艶やかな眼差しで見あげる峯丸にむけて、無表情に呟く。

「四苦八苦——。人の生は四苦八苦。四苦とは生、老、病、死」

　峯丸を凝視し、深く切ない溜息をつく。

「さらに愛別離苦。愛するものと別れる苦しみのことよ。藤が消えた。まさに愛別離苦。峯丸を縊り殺して俺も死のうとしたほどに苦しんだ。苦しかった。きつかった」

　首を左右に振る。それで藤の面影を振り払ったつもりであったが、あまりに弱々しかったので藤の面差しは消えさるどころか間近にあるかのごとく柔らかく揺れた。

　峯丸を抱く手にぎゅっと力を込め、しばし凝固する。この小さな命がなければ生きられぬ。この小さな命が俺を生かす。気を取りなおして続ける。

「さらには怨憎会苦。嫌いな奴、否応なしに憎らしい奴と顔を合わせねばならぬ苦しみを言う。怨憎会苦は人の世につきものではあるが、俺は己の狭量さ故、ずっとこの怨憎会苦に苦しんできた。なぜ奴らは懸命に仕事をする俺を煩がり、嫌うのか。なぜ俺に嫌がらせをするのか。なぜ俺の言うことを聞こうとしないのか。なぜ俺を疎んじるのか——。苦しかった。あげく誰にも会いたくなくなった。会えなくなった」

　俺は荒ら屋から出られなくなってしまったのだよ——という言葉を呑みこむ。人が社会生活を営むうえで必ず直面するのが怨憎会苦である。好ましい者とだけ付き合っていけるならばよいのだが、それは不可能だ。それどころか好ましいと思っていた者であっても、時がたてば変貌する。

基宗だってこのままでよいはずがないと己を叱咤したのだ。けれど荒ら屋に引きこもったきり、身動きできなくなってしまった。それは得体の知れない不安であり、場合によっては恐怖でさえあった。雨風が屋内にまで自在に立ち回る、防壁としてはじつに心許(こころもと)ない荒ら屋だけが基宗を棘々しい外界から護(まも)るものとなってしまったのだ。もちろんそこには藤がいてくれて、基宗は藤に甘えかかって不安や恐怖を解消するために過剰に尊大に振る舞い、外で充たされぬ権勢欲を発散し、どうにか己を保っていたのだ。

結果、基宗の姿は、朝餉夕餉に事欠いているばかりか、峯丸に与える乳の出さえ心許なくなっているというのに、ひたすら日々を無為に過ごし、横柄かつ怠惰であることを恥じることさえない最低最悪の夫であると藤の目には映じたことであろう。とことん甘えかかっているくせに、まともに甘えることもできないという悪循環である。

真の意味で甘えかかれば、率直に己の葛藤を告げさえすれば、藤の対処もまた別のものとなったであろうに、陳腐にして強固かつ頑迷な自尊の心が、己の弱さを妻に悟られてはならぬと過剰な障壁を拵(こしら)えてしまっていたのである。

己を鼓舞し、あらためて院中警固の任に就かせてくれと地面に額を擦りつけて頼みこもうと決心したことも一度や二度ではない。けれど臆病故に遠回しに探りを入れれば、同役だった者たちは基宗のことなど歯牙にもかけぬばかりか、その名を聞いたとたんに渋面をつくる始末であった。のこのこやってきたら門番以下に叩き落としてやり、嘲笑してやると息巻く者もあったという。

だが、それは北面の武士として院中警固の任にあったときから受けてきた仕打ちであった。そしてその当時も自尊の心が邪魔をし、底意地の悪いことをされればされるほど、それを凌駕(りょうが)する居丈高さで対処してきた。どこ吹く風といった面差しを、必死でつくっていたのだ。しかも自分より立場の弱い者に対しては、過剰なまでの傲慢が炸裂(さくれつ)してしまうことも多々あった。それは思い出したくもないくらいにひりついた、張り詰めたものであった。永遠に治癒の望みのない膿み爛れた傷であった。

「よくよく顧みれば、俺が奴らを心の底で軽んじ、侮っていたからこそ、そして奴らが思い通りにならぬ事に苛立っていたからこそ嫌われ、疎んじられ、嫌がらせを受けていたのだがな」

受けた仕打ちのすべてが納得できるわけではないが、すべての遠因が己にあることを、いま悟らされていた。

己の小ささ故にあれこれ呑みこむことができずに、いちいち過剰に反応して事を大きくしてしまっていた。常に心の奥底ではこういう対処の仕方ではより悪い方向に流れていってしまうと焦りつつ、そしてそれを恐れつつも騒ぎ立てずにはいられなかった。まったくもって対人とは基宗の人生においてもっとも辛苦を伴うものであった。

だが、もう、堕ちるところまで堕ちた。底の底に転げ落ちたのだから、あとは這いあがるだけだ。

「さらに求不得苦。欲しいものを手に入れられぬ苦しみだ。雨漏りだらけの荒ら屋で俺は身悶えしたものよ。金。位階。栄誉。賞賛。崇敬。あるいは友愛。なぜ、なぜ、なぜ、手に入らぬのか——。なぜ諸々が我が手をすり抜けていくのか、と」

いま基宗は己に護るべき財産も名誉も地位もないことを率直に受け容れ、それどころかそれに解放感を覚えていた。己ではなく、我が子とはいえ峯丸という他者のために生きればよいのである。極限まで追い詰められて、基宗は期せずして安っぽい自我や自尊を棄てることができていたのであった。

「峯丸よ。すべてを喪ってもおまえがいる。おまえがいてくれる。あれこれおまえに重みをかけてしまいかねぬが、俺はせいぜいおまえがつまらぬ自尊の心をもたぬよう案配しよう。自尊は、たいがいが自信のなさと表裏であるからな——」

やれやれと自身を省みて苦笑気味に息をつく。雨に濡れていた周囲の川石から仄かに靄が立ち昇りはじめたが、日射しの強さのせいだろう、すぐに視界が明るくなった。

「それにしても腹が空いたな。油では腹にたまらぬわい。やれやれ、これぞ五蘊盛苦。峯丸よ、手の甲を抓れば痛いであろう。この世は暑くて寒くて、痛くて、じっとしていても腹が減る。否応なしに感じてしまう苦痛。あまりに身近すぎて、まるで儕(ともがら)のようにさえ感じさせられる人の生の根っこの苦しみ」

　傍らに生えている草を何気なく千切る。基宗の手の中で無数に寄り集まった淡い小さな黄色い花が可憐(かれん)に揺れる。

「生、老、病、死。愛別離苦。怨憎会苦。求不得苦。五蘊盛苦——。これが四苦八苦よ。なあ、峯丸。この世は四苦八苦でつくりあげられておるのだ。俺はずっとそれを認めたくなかったようなのだ。とっとと認めて、それに対する克己の心を涵養(かんよう)すべきところを、世が俺を受け容れぬのはおかしいと、藤が俺を尊ばぬのはおかしいと、己を棚に上げて呪い暮らしてきた」

　峯丸をあやすかのごとく黄色い小さな花をその眼前でくるくるまわす。それを追う峯丸の黒目もぎこちないながらに円を描き、基宗はその得も言われぬ表情に目を細め、嘆息気味に続ける。

「俺は誰かに尽くしたか。誰かのために骨身を削ったことがあるか。一切削ったこともないくせに、他人にはそれを求めた。俺のために身を削れと。まったくもって図々(ずうずう)しいが、それは峯丸、いまのおまえといっしょだ」

　もう日焼けしたのか、色白の峯丸の鼻の頭が赤らんでいる。回転させている黄色い花で峯丸の鼻をくすぐる。

「赤子は無力だ。他人に骨身を削ってもらわねば死するであろう。だからこそ子は親が骨身を削ることを疑わず、こうして身をまかせる。親は我が身を削ることを厭(いと)わず、必死に子を育てる」

　峯丸は花瓣(はなびら)の愛撫(あいぶ)に目を細めている。

「が、俺はこの歳(とし)になっても相も変わらず子供のままで、だから俺のために誰かが身を削るのが当たり前であると信じ込んで疑いもしなかったというわけだ。まったくもって度し難い。息をするのも嫌になる。が、俺は息をすることを己に課した。いかに苦しくとも、息をせねばならぬ。峯丸よ。俺が我が身を削らねば、おまえは死するからだ」

　ほとんど意識せずまわしていた黄色い花に視線を据える。

「まてよ」

口をすぼめて思いを巡らす。

「これは春の七草に入っていなかったか」

小首を傾げて朧な記憶をたぐる。

「たしか御形といったか。藤は母子草と言っていた」

矯めつ眇めつして呟く。

「すっかり育ってしまったが、まちがいなく母子草だ」

　父と子は母子草の群生のほぼ真ん中に座していた。基宗は思案して、花をもがれた茎に手をのばし、葉を幾枚か撮み取り、口に放り込む。葉の裏はまだ濡れていて雨の香りがした。丹念に咀嚼する。青臭くはあるが、たいした味もしない。味らしい味がないというのは基宗にとっては微妙だが、苦みやえぐみがないのは峯丸にとってよいことだと判じ、緑色のどろどろができあがるまでよく嚙みしめて、そっと峯丸に顔を近づける。

　唇が触れて、峯丸は怪訝そうに目を見開いた。さすがに七草のころよりは筋張っているというべきか、季節柄繊維が強靱になっているが、基宗がひたすら嚙みしめたあげくの、唾液によって緑色の流動物となった母子草をそっと舌先で押し入れるようにしてやると、峯丸は我に返ったかの勢いでそれを吸いはじめた。

　峯丸が飽くまで母子草を吸わせ、それから基宗は塩気がほしいと思いつつ存分に母子草を食んだ。周辺に大量に群生しているので食べ尽くす心配もない。なにやら生に対する保障を得たかの心持ちになった。もっとも薹が立った母子草を食する者もそうそういないだろう。いい加減、顎に懈さを覚え、基宗は蟀谷に指先を添えて虚脱気味に頬笑んだ。

「母子草――」

　ふたたび藤の面影が泛ぶ。

よくも、まあ、季節外れの母子草など食されます

――と、脳裏の藤は小首を傾げて苦笑気味である。

とたんに基宗の目頭が熱くなった。

けれどこんどは躊躇わず強く首を左右に振ったので、若干の未練と裏腹に藤の貌は脳裏からすっと消え去った。

　よし、と己に言い聞かせるように声をあげて基宗は峯丸をおぶいなおし、大山崎油座の神人のもとにむかう。

04

頭をさげる基宗に、現場指図の神人は嘲りの眼差しを隠しもしない。

「傘張りもまともにできなかったのだぞ」

あっさり神人は背をむけた。傘張りもできぬ奴に油売りが勤まるか――と、すべてを言わずともその背が告げている。基宗は背中で嗤うという遣り口もあるのだと逆に感嘆に近い思いである。

神人の気持ちも至極当然であるといった面持ちにて、峯丸をおんぶしたまま基宗はその場に立った。人々は一見のんびり立ち働いている。重労働である。気張りすぎれば、すぐに立ちゆかなくなってしまうのだ。

あたりには巨大な竈が二十ほどもあって、干した種物を巨大な熬鍋にて丹念に熬る。竈に薪をくべる者たちは褌さえも取り去って全裸である。風呂でほどよく温まれば睾丸などだらしなく垂れさがるものであるが、それもあるところまでで、烈しい輻射熱で男たちの徴は軀の中にほぼ潜り込んでしまって見る影もない。

台の上の熬子が船の艪に似た巨大な杓文字を全身で操って、油脂のせいで妙に艶やかな漆黒の鋳鉄の熬鍋の胡麻を焦がさぬように掻きまぜる。その姿は身悶え、あるいは得体の知れぬ終わりのない舞踏を想わせる。攪拌される胡麻の動きは渦を巻く大津波だ。

基宗は風向きを勘案して、熱気が峯丸を襲わぬよう南側に移り、すっと立って人々の働く姿を見つめる。あたり一面に漂う香ばしい熬胡麻の匂いで軽い目眩がおきていた。あのまったりした胡麻のこくがよみがえって涎も湧きあがっていたが、薹が立っていたとはいえ母子草でそれなりに腹を充たしていたおかげでその眼差しに見苦しい食慾をあらわにせずにすんだことに控えめに安堵していた。

荏胡麻などは胴突きと称する水車の回転を動力とした杵と臼にて細片化するなどの省力化が進んでいるが、胡麻は貴重品である。余さずに搾りとるためにかなりの工程が必要である。熬られた胡麻は人力にて臼を踏んで叮嚀に細かく擂られ、さらにこれまた巨大な蒸籠に投入されて蒸される。荏胡麻は長木と呼ばれる梃子を用いて強引に搾りとるが、胡麻は大切に扱われ、蒸しあがったものを袋詰めにして重しをかけて、時間をかけて念入りに搾られる。まだ午前なので、袋詰めの工程にまでは至っていないが、漠然とではあるが油づくりの工程を見知っていることに基宗はちいさな笑みを泛べた。

笑んでいる基宗をさりげなく見やり、神人は赤銅色の頬を歪めた。

やれやれ、まったく鬱陶しい。これ見よがしに餓鬼なんぞおぶいやがって余裕みせて笑ってやがる——と、心底から基宗を嫌悪しているのである。

当然ながら仕事の邪魔だと怒鳴りつけ、邪険に追い払いたいところだが、それを躊躇わせるなにものかも感じとっていて、だからこそ苛立ちを抑えきれず、引き攣れ気味の渋面にて時折唾を吐く。川石の上に散った唾は、たいして時間もたたぬうちに蛞蝓の這った痕に似た白銀に乾き果てる。

太陽がじわじわと動いていき、影を短くして頭上に居座り、基宗を灼く。峯丸を気遣って基宗はおぶうのをやめ、日射しに背をむけて胸に抱きこんで影をつくり、その様子に細心の注意を払っている。下働きの者に頼んで折々に水を与えているので、さしあたり大丈夫であるようだ。

「峯丸よ、脹脛が攣りそうだ」

顔を近寄せて小声で囁き、ぼやきがにじんだ表情を笑みで覆う。峯丸の水分は足りているが、基宗は脱水で全身に小刻みな痙攣がおきていた。あえて木陰にも入らず、朝からひたすら立ち続けていた。とりわけ痙攣が顕著なのが脹脛である。底意地の悪い天は、この年初めてあからさまにした真夏の黄金色に燦めく日射しを容赦なく地面に叩きつける。

神人は、顔を顰めるのも面倒になり、ひたすら無視していた。立ち続ける基宗に不気味なものも感じていた。だからこそ基宗がこの場にいないかのごとく下働きの者に指示し、いつもより口煩く指図した。

やや日が西に傾いたころ神人は唐突に空腹を覚え、基宗のせいですっかり調子が狂った——と苦笑い気味に稗の団子の包みを手にとった。基宗が咳払いし、近づいてきた。

「厚かましくも忝いことですが、その団子、ひとつ頂けますでしょうか」

神人の眉間に険が刻まれる。

「なにゆえ、おめえに食わせねばならぬ」

「いえ、私ではなく、この子に」

「乳飲み子ではないか」

そこで神人は初めて峯丸の貌をしげしげと見つめ、なにやらひどく惘れたような一瞥を投げ、あらためて峯丸と基宗を見較べ、峯丸に視線を据え、その貌に一瞬、臆したような気配を泛べて嘆息した。

「まず間違いなくおまえの子ではあるな」

「はい。恥ずかしいかぎりですが、女房に逃げられまして、私はこの子を育てねばなりませぬ。団子は私が食べるのではなく、この子に与えます。よーく咀嚼して、どろどろにしたものをこの子に与える所存です。与え尽くして口中に残ったものは私の滋養となるが故に、威張れるようなものではございませぬが、兎にも角にも峯丸の腹を満たしてやりたくて、こうしてお縋りしております」

神人は口をすぼめ、探るような上目遣いで呟いた。

「――おめえ、あの居丈高な物腰をどこに打ち遣りやがった」

ずっと笑みを絶やさなかった基宗が、このとき一呼吸おいて、はじめて咽を鳴らした。ぐっと奥歯を嚙みしめて中天を仰ぐ。

怺えに怺えたあげく、ついに怺えきれずに小刻みに顫えた。しばし凝然としていたが、目を見開いたまま悲哀を外に洩らすまいときつく唇を結び、潤みきった眼差しを隠さず、神人に視線をもどす。

それでも基宗は笑んでいた。

いまにも落涙しそうな基宗の笑顔に、神人はぎこちなく横をむいた。

一瞬、陽が陰り、河原から川面に雲の影が疾る。下働きの者たちも仕事の手を止め、神人と基宗、そして人形じみた美しさの赤子を等分に見つめ、固唾を呑んでいる。

神人が黙って団子の包みを差しだした。けちがついたからすべて呉れてやる――と投げ出すように言うと、基宗の貌が輝いた。失礼致しますと断って地面に座り、胡坐のくぼみに峯丸を安置して基宗は稗の塊を丹念に咀嚼しはじめた。その顎、そして蟀谷の動きに合わせて下働きの者たちの軀が微かに揺れる。充分嚙みしめた基宗が峯丸の顔に覆い被さるように上体を倒すと、一斉に安堵の吐息が洩れた。

峯丸が満たされるまで待って、神人が声をかけた。

「薄気味悪かった」

「と、申されますと」

「あたりめえじゃねえか。朝っぱらからいままでずっと棒立ちでよ、なにをしてやがるかといえば、ひたすら餓鬼をあやしてやがる。それが妙に物静かで、薄気味悪かったってんだよ。しかもだぞ、餓鬼も泣きもしねえ。それはともかくよ、なーんにもせんで、よくもひたすら立っていられるものよ」

「仕事をいただこうというのに座して待つというのはいかにも不躾（ぶしつけ）」

「そうまでして油売りになりてえか」

「ここしかお縋りするところがございませぬがゆえ」

「ふーん。北面の武士がずいぶんと追い詰められたものだな」

「はい。己の身の程を思い知らされました」

「どうしたってんだよ。なんなんだよ。まったくおめえらしくねえぞ。なんで、そこまで下手に出られるか。なんでそこまで謙（へりくだ）るか。こないだまでのおめえはどこに消えたか。やれやれ完全に己を棄ててかかっておるではないか」

「と申されますが、決して投げ遣りになっているのでは御座いませぬ」

「気持ち悪いんだよ。こないだまでは横柄に見下してたくせによぉ」

「そんな己を、心底から恥じております」

「心底ときたか。なぜ、そこまで頭をさげられる」

「——この子は、私の命ゆえ」

「どんなに綺麗だって餓鬼は餓鬼だろうが。まずは手前の命をきっちりあれするのが当たり前じゃねえか。おめえ、なぜ、団子を残した」

答えがわかっていてあえて問いかけているのである。基宗は照れたような笑みと共に峯丸を一瞥した。

「酔狂なもんだ」

「繰り返しになりますが、見苦しい姿を恥じております」

「ああ。まったく見苦しい」

神人は横柄に頷き、成り行きを見守っている者たちにむけて持ち場にもどれと怒鳴りつけ、己の頬を張ってまとわりつく藪蚊（やぶか）を叩き潰し、峯丸を一瞥して、喰（く）われてはいねえようだな——と独白し、掌に散った汗まじりの自身の血に視線を据えてから、黒目を上にむけて思案した。

「施しじゃねえ。仕事だ。わかるよな」

「はい」

「権利が売り買いされることも、わかってるよな」

「はい」

「すなわち冥加金が要るということだ」

「冥加金――」

「毒気を抜かれたようだな」

基宗は寂しげな笑みを泛べる。神人は睨むように基宗を見つめる。この男の感情は、すべてが頬笑みに収束してしまう。いったい何があったのか。女房に逃げられるなど日常茶飯事といっていい。逃げたり逃げられたり、くっついたり離れたり。もてあませば子殺しなど当たり前でもあった。

親も子もない。まずは自身の生存がすべての前提である。それが、まさに我が子のためにこうして尋常でない骨折りをして、笑んでいる。泣き落としたり押しつけがましく迫りもしないかわりに、いかに無視し邪険に扱おうとも諦めるでもない。

頬笑み――。

ずいぶん始末に負えぬ遣り口を編みだしたものである。ならば俺も頬笑みで応えてやろうと、神人は冷たく酷薄な笑みを泛べ、猫撫で声で囁いた。

「立て替えてやってもいいよ」

「お願いできますか」

「おっ、前屈みじゃねえか。また、ずいぶん勢い込みやがったな」

「お願い致します」

「お願いされちゃあな、ここで断ったら男がすたる。が、俺もそこまで甘くはねえ。ゆえにたっぷり利銀をいただくぜ」

結局は皆が作業の手を休めて聞き耳をたてていた。それに気づいた神人は舌打ちし、唇の端を歪めた薄笑いを崩さずに基宗に顔を寄せて耳打ちした。

どれくらいの利子を要求したのか。銭金に関しては悪辣にして性悪で知られた神人である。肝心のところが内緒で、皆が焦れた。幾人かが貧乏揺すりをしたほどである。

神人が顔を離すと、基宗は峯丸を地面に安置し、地面に跪き、神人に両手を合わせた。神人が怒鳴りつけた。

「見苦しい。やめやがれ。てめえは俺の紐付きになっちまったんだからよ。せいぜい搾りとってやる。種物を搾って拵えた油を売る油売りが、搾りとられて搾り滓。とんだお笑いだぜ。そうだろ」

　基宗は頬笑みを泛べたまま地面の峯丸を抱きあげ、両脇に手を挿しいれて掲げ持つようにし、神人にむけた。言葉がわかるようになったら、今日の御恩をせいぜい言い聞かせます——と、感謝をにじませると、峯丸の貌が笑みで覆われた。

　神人の喉仏がぎこちなく動いた。頬が引き攣れた。その引き攣れを掌でぐっと抑え、峯丸を凝視し返す。

「親が親なら、子も子だ。なんて嫌な笑顔なんだ。嫌がらせか」

　基宗は小首を傾げ、顔を突きだして峯丸の貌を覗きこんだ。

「笑わぬ子だったのですが」

「だとしたら、余計に腹黒い」

「気分を害されましたか」

「餓鬼だから怒るわけにもいかん。俺だって分別の欠片くらいは持ち合わせてるわい」

　神人はさりげなくまわりを取り囲んだ者たちの表情を窺う。案の定、皆、峯丸の頬笑みに骨抜きにされていた。見事に仕込んだものよ——と皮肉を基宗の耳の奥にぶち込んでやりたくなったが、よくよく考えればまだ無垢の年頃である。事の成り行きなど判じているはずもない。短く息をついて、ついてこいと横柄に顎をしゃくる。

＊

　後々、折々に基宗は皆から囲まれて、いったいあの仕懸者にどれくらいの利銀を要求されたか——と尋ねられた。そのたびに基宗は力むことなく、こう答えた。

「まずは私と峯丸の営みが立ちゆくよう冥加金には過分な額をお貸しいただいて、しかも有る時払いの催促なしで御座いました」

05

　一年強ほどたって子連れの油売りが軌道にのり、それどころか京の街で評判を呼ぶようになったころである。

残暑厳しき朝だった。大きく揺れた。現在の表記でいえば、京の都は震度五くらいであったか。震源は東海道沖であり、南海トラフ巨大地震である。甲斐や駿河、伊勢などは震度七ほども揺れた。

即座に基宗は峯丸を抱きこみ、地面に軀を丸めてしのいだ。京の実質的な被害は賤民たちの荒ら屋が潰れたのに加えて興福寺の地蔵堂の庇の崩壊が目立った程度ではあったが、たとえば鎌倉では大仏殿が倒壊し、仏が現在のような露坐となり、高さ十メートルほどの津波に襲われた大仏周辺では二百名ほどが溺死した。我々がお詣りする鎌倉の大仏様は野晒しだが、じつは奈良の大仏と同様、高さが四十メートルほどもある巨大な大仏殿があったのだ。駿河湾岸では水死二万六千の記録も残されている。また浜名湖はもともと淡水湖であったが地震による崩落と津波で海とつながり、このときに汽水湖となった。

揺れを大過なく遣り過ごした基宗と峯丸であったが、後に明応大地震と称されるようになったこの地震をきっかけに、久々に基宗の胸を昂ぶらせる出来事がおきた。


伊勢新九郎の名は、西岡に居を構えていたこともあり時折耳にしていた。もっとも単に名を漠然と知っていたという程度であり、伊勢の名がいっしょであるから、一昔前に幕府政所執事として多大なる権勢を誇った伊勢貞親となんらかの関係があり、西岡被官衆絡みなのであろうと推察して、俺には関係のないことである——と、聞き流してきた。実際、西岡に関わっていたころの伊勢新九郎は得体の知れない人物であり、目端のきく単なる浪人者というのが基宗の周辺の者たちの認識であった。

京の間近であり、陸運水運の要衝の地である西岡は、情報をものにするには抜群の地であるとはいえ、その気がない者にはすべてが素通りだ。妙法蓮華経の智識だけは人一倍であったけれど、世の流れから取り残されて、しかもどこかで世情と関わらぬことを超然としていることと混同して斜に構えていた基宗であるから、明応大地震のあと、唐突に伊勢新九郎の名が巷間の噂となって駆け巡った当初は気にもとめなかった。

が、油を売り歩いているさなかに否応なしに入ってくる市中の噂が徐々に基宗の心を侵蝕してきた。

西岡絡みの男がなぜ、いきなり伊豆のあたりに登場したのか、その前後もよくわからないだけでなく、伊豆とはどのあたりかということさえ判然としないのだが、妙に気になってしかたがないのは、やはり基宗が大地震に肝を冷やし、峯丸を守ろうと必死になったからであろうか。

　というのも己と我が子の保身に必死であったときに、巷の噂では伊勢新九郎こと後の北条早雲はこの大地震を利して、己も甚大な被害を受けていながら、手許に残ったごく少数の手勢を率いて、同じくこの地震で二進も三進もいかなくなっていた堀越公方茶々丸とやらをかなり派手に叩きのめして伊豆国に武威を示したという。実際のところは、堀越公方云々は地震以前なのだが、現実と遊離した長閑な感覚の持ち主である基宗にしてみれば天変地異を攻めの機会に変えるという発想がなかったことから、じつに新鮮に感じたのと、それからたいして経たずに北条早雲が鹿狩りを口実に軍勢を動かして今度は相模の小田原城を奪取してしまったということを耳にしたからである。

　天晴れというかなんというべきか、北条早雲は地震の被害で皆が息を潜めて動かぬときに、残された少数の配下を用いて伊豆に攻め入ったばかりか、直後に城を奪ってしまったというのである。

「早雲、なんと小田原城主が病死したとたんに、跡継ぎの大森なんたらにあれこれ贈り物をしたそうな」

「油断させるために」

「そうなんだな。で、地震の直後、大森にねだったわけよ」

「ねだる。なにを」

「それがな、伊豆の山中にて鹿狩りしたのだが、当家の勢子は駄目な奴ばかりで、無能の極み。大森様の御領内に大量の鹿を逃がしてしまいましてな、てなことを吐かしてな」

「――領内に立ち入ることを求めた」

「そういうこと。なにせさんざん贈り物を頂いているし、あれこれ擽られてもいる。しかも、だぞ。鹿だけに、しかも」

「ははは」

「も少し受けてくれないと。ま、いいか。しかも、もともと鹿は早雲の領内に棲んでいたものだし、それを取りもどすくらいかまわぬ――と大森も鷹揚なところをみせたわけだ。あるいは地震で被害が出ているから鹿どころじゃないといったところか。で、早雲は、ならば箱根あたりにそうっと立ち入らせていただきますと低姿勢、でもよ、よーく考えてみろ。大地震のあとに鹿狩り云々ってのは」

「いやはや、うまく言いくるめられたにせよ大森某も暢気なものですなあ」

「まったくだ。で、早雲は配下に勢子の恰好をさせて、さらに伊豆国中の牛を千頭ばかり徴用したってんだ」

「牛。また、なんで」

「夜半、こういう具合に牛の両の角に松明を括りつけてだな、箱根の山中から東に、小田原城にむけて駆け下らせたんだ」

「千頭の牛の角に松明——」

「二千本の松明って勘定か。いやはや度肝を抜かれただろうな大森は。燃え盛る焔の帯が山肌を駆け下ってきて、銅鑼や太鼓や鉦や法螺、早雲も配下も途轍もない大音声を発してもう大騒ぎ。幾万もの敵が攻め寄せてきたがごとくだ」

「疾る無数の焔、舞い散る火花、目に泛びまする。さぞや凄まじい眺めであったことでしょうな」

「まったくだ。頭に松明を括りつけられてるんだから、牛も必死だ。で、千頭もの牛が大地に蹄を叩きつけるんだからな。地鳴りなんてもんじゃないだろう」

「壮麗にして壮大ですな」

「油売り、恰好いいことを言うじゃねえか」

「地が出てしまいましたかな」

「吐かしてろ、子連れが」

「で、城攻めは」

「おう。早雲は城下のあちこちに放火しつつ攻め寄せて、大森が必死に城から逃げ出したところを、あっさり奪取」

「城というもの、そのように簡単にものにできるのですなあ」

「いまだかつて、こんなことをした奴はいないだろう。早雲が初めてだ」

「——勝てばいい。奪えばいい。そういうことですか」

「まあな。どう、思う」

「私もそうありたいものですが」

「そうか。そうありたいときたか。俺は、こう思うんだ。これをきっかけに、戦乱の世がくるのではないかと」

「戦乱——」

「ま、俺が言ってるだけじゃない。こういう遣り方が罷りとおる時代に入ったのだと、したり顔で言う奴が多い」

「時代は、変わる」

「だな。なにやらいよいよ焦臭い。戦乱、乱世、戦国——。ちなみに早雲が駿河に流れ着いたのが五十五のころで、小田原城をものにしたのが六十四歳とのことだ。いやはや、やるもんだ。歳と関係ない男の見本だ」

「六十四歳」

「ああ。六十四で城盗りだ」

「隠居の歳で、凄いものですな。本音であやかりたいものです」

男と基宗の視線が柄杓に注がれる。基宗がにこりと笑う。もう一滴も滴り落ちない。基宗が柄杓を引くと、男も納得して頷く。

無駄話に時をすごすことを『油を売る』という。このころ油は貴重品であり、しかも粘性があるので買うほうは最後の一滴まできっちり器に移してほしい。そこで油売りはもう滴り落ちぬまで客とあれこれ当意即妙の遣り取りをして納得させる。油の売れ行きは、油の質よりもなによりも油売りの話芸にかかっているようなところがあった。

「しかし六十四ですか」

「また、えらく感じ入ってるじゃねえか」

基宗は笑みをかえした。地震に乗じ、鹿狩り云々で相手領に這入り込むことよりも、牛に松明よりもなによりも、早雲、六十過ぎということが基宗に感銘を与えていた。胸に沁みいった。西岡では多少名が知られた男ではあったようだが、有り体にいってしまえば得体の知れない浪人がいきなり世上の噂の前面に躍りでてきたのだ。それに引き換え、俺は人生を諦めてしまっている——。

「父、とんぼ」

まだ二語文の段階だが、峯丸はずいぶん喋るようになっていた。油売りとしては喋りが苦手な基宗が、それなりに売り上げているのは、まずは相手の気をそらさぬ受け答えといったところか。だが、なによりも基宗の整った顔立ちが女房たちに大人気なのと、白磁の人形のごとく美しい峯丸が近頃とみに愛嬌を振りまくようになったことにあった。

基宗は担ぎ荷をおろし、反縄をほどいて峯丸を地面におろしてやった。峯丸はつんのめるようにして赤蜻蛉を追って歩く。勢いあまって転んだ。一休みするために地面に直接座していた基宗は膝に手をついて立ちあがり、泣き騒ぐ峯丸を背後から抱きかかえて起こしてやる。どこにも擦り傷がないことを確かめて、天秤棒に赤蜻蛉がとまっているのを示してやる。とたんに泣きやんだ。

しっ――と父は口の前に指を立て、子は涙で濡れた頬を西日で輝かせながら期待に息を詰める。父が指先をくるくるまわすと、蜻蛉は小首を傾げるようにして翅から力を抜いたが、次の瞬間、すうっと飛び去った。

06

五月五日の端午の節供は盛夏とはいえど、黴雨――梅雨のさなかであるから高温多湿の陰鬱な日であることが多い。峯丸が数えで三歳の端午も雨こそ降っていなかったが、どんより重い灰色の雲が低く垂れ込めて、肌がべとつく気解い日だった。

旧暦で世界が動いていたこの頃の端午の節供は男児の無病息災を祈ることよりも、菖蒲と蓬で屋根を葺いた小屋に女たちが忌みごもりする五月忌みの日であり、京の男たちはといえば、暑気払いというわけでもないだろうが印地に現を抜かす腥風吹きすさぶ危うい節供であった。抜けるような青空に鯉のぼり、そして健やかな男児といった健康的な印象は新暦のものなのだ。

詳述すれば、中国から伝わった農暦五月五日の端午は、田植月にして虫害や伝染病などが蔓延りやすい悪月である五月の物忌み、邪気を払う我が国古来の習俗である薬猟と重ねあわされて、葉や根から漂う芳香により物の怪を祓う力があるとされる菖蒲を軒につるすといったことが行われていた。それが武家の台頭と共に菖蒲は尚武に通ずるという語呂合せだけではないだろうが、なにやら武張ったものに変質していき、徐々に男の節供になっていったのだ。

峯丸は麗しき稚児として京の女房たちの覚えもめでたく、基宗の油を求める客は引きも切らずといった有様で暮らし向きも安定し、洛中の商いのしやすさを考慮して西岡の荒ら屋を引き払い、油座の手引きで今道の下口近く、芸能に携わる者が多く住む声聞師村の一角に落ち着いていた。

母のない子は父にいつもぴたりと寄り添って、最近はとてもよく歩く。ほとんどおぶわずに一日を過ごせるようになって基宗にかかっていた負担もずいぶん少なくなった。しかも溺愛のせいで甘えん坊ではあるが、我儘は言わない子であった。この日もすっかり板についた『お油宜敷うー、油で御座いー』の売り声で流していた基宗だが、端午の節供ゆえの微妙に張り詰めた気配に五感を研ぎ澄まして路地をゆく。

辻を折れると、餓鬼共が菖蒲の葉で叩きあっていた。菖蒲の葉といっても平たく三つ打に編んだ棒状の代物だ。菖蒲打は本来菖蒲の葉を地面に叩きつけて悪い気を追い出す行事であり、先に切れたほうが負けとする遊びであったが、二手にわかれた餓鬼共は殺伐とした眼差しにして完全に喧嘩腰で、編んだ菖蒲を刀代わりに地面ではなくお互いを打ち合っている。子供の遊戯のはずが相当に険悪である。葉で切れたのか、すうっと頬が裂けて血を流している子供もいた。峯丸が怯える前に基宗はさりげなく油桶を楯となるような位置に動かし、万が一にも峯丸が打たれることのないように気配りし、脇によけて路地を抜けた。

殺気ばしった餓鬼が峯丸に気づいて追ってきたが、基宗が顔だけ動かして静かに一瞥すると子供らしくない舌打ちを残して走り去った。じつに厭な目つきだった。

基宗が肩から力を抜いたそのとき、石礫が飛んできた。基宗と峯丸を狙ったものではなく、いわば流れ弾だが、餓鬼共は菖蒲の刀で叩きあうのに飽き足らず、石塊を投げはじめたようだ。

子供とはいえ多勢に無勢、いっせいに石を投げつけられて峯丸に当たりでもすれば唯事ではすまない。基宗は短く溜息をつき、足早に万里小路を上がり、三条坊門の小路にぶつかったところで左に折れる。三条八幡の奥まった鳥居が視野に入ったあたりでようやく肩から力を抜いた。父の脱力を見てとった峯丸が呟く。

「石、飛んできた」

「湛海坊の真似事だ」

「その方は」

「義経記に曰く、我が身は聞ゆる印地の大将なり――とな」

「いんじのたいしょう」

　繰り返す峯丸に、額の汗を拭いつつ教え諭す。

「印地打。飛礫、石打ともいう。元々は正月の行事であったらしい。御堂関白と称され、栄華権勢を誇った藤原道長の一行が叡山にて派手に飛礫を打たれたことがあったそうな。これを天狗礫というが、峯丸も耳にしたことがあろう。もちろん打ったのは天狗でも物の怪でもなく、あくまでも人だ。叡山である。だからまちがいなく山僧の類いの仕業だ。だが、それが三宝の所為――御仏の仕業ということで、飛礫を禁ずれば饑饉が起きるという京の雑人たちの声高に押されてなんとなく見過ごされてきたが」

　いったん言葉を呑む。基宗が幼い頃、両親からさんざん語って聞かされた饑饉に思いを馳せる。饑饉が起きると脅されて、それを迷信と打ち遣ることのできる者など京の都には誰一人としていない。凝視している峯丸に我に返り、ふたたび語りはじめる。

「その昔、相国寺における盂蘭盆の施餓鬼供養にて喝食共の印地打が行われ、なんと印地見物をしていた室町殿の烏帽子に石が当たって、以来、若干締め付けがきつくなったらしいが――」

　要領を得ない基宗の喋りに、峯丸が小首を傾げる。

室町殿の烏帽子云々は、将軍足利義持の頭に飛礫が当たったということである。自ら見物していたこともあり、また誰が打った飛礫かも判然とせぬことから、喝食たちは散会させられただけですんだというが、そもそも天皇や法皇と直結した武力として印地の者たちが重用された過去があり、無下に取り締まるわけにもいかず、それに乗じて下賤とされる者たちが己の要求を通したいときに天狗や仏の仕業として権力者に飛礫を投げつけるという構図である。

　仏を持ちだされると、権力者自体が仏の教えを利用して統治していることもあって、なんとなく取り締まりに力が入らぬというか、下々の鬱憤や不満の捌け口としてある程度印地を認めるばかりか、偶然烏帽子に飛礫が当たった室町殿はともかく、藤原道長が打たれたように標的にされてはたまらないので黙認までいかぬにせよ、自然発生的な印地に対してはわりと頬被りしてとぼけているといったあたりなのだが、こういったことを三歳児に説明するのは難しい。ぽんと峯丸の頭を叩いて八幡筋に腰をおろす。峯丸を膝のくぼみに安置する。

「印地とは、石礫の投げ合いだ。二手にわかれて石打の合戦をする。当初は豊凶を占う正月の年占として、やがて正月に限らず祭礼の折に石を投げ合うようになり、いまではずいぶんとおとなしくなったといわれるが、とりわけ祇園会の印地打は尋常でなく、京の者と白川の者が印地にて争うようになってな。赤山の東海坊と称される湛海は、白川の印地の者の大将として名を馳せた」

　陰陽師である鬼一法眼の娘婿で北白川天神宮に仕えていた湛海は職業的な石打であり、飛礫の達人だった。京の北、鴨川以東にして東山とのあいだの白川には花崗岩の巨大な塊から成る瓜生山があり、平安京造営からはじまって、京の建築に用いる石材のほとんどは白川から切りだされたものであった。現在でも瓜生山の登山道を行けば、おそらくは大建築の柱の基礎になるはずだったと思われる正円に削りだされた途轍もない巨石などが放置されている。

　つまり白川のあたりは元々、石に関係が深く、男のほとんどは石工であった。向飛礫の輩と称される組織立った印地の党が成立した所以である。そもそも印地は清めを職能とする下層の者たちと密接であり、基宗の言うとおり、年占として印地打に勝った地域は豊作になるとされて飛礫を投げ合ったのだが、湛海のような下級宗教武装集団の示威行為として過激化していき、実際的な武器として石礫を投げる技が磨かれていった。

　たとえば木曾義仲が後白河法皇を襲った法住寺合戦のとき、迎え撃つ法皇が官兵として用いたのが飛礫の印地冠者であった。白川の印地は天皇や法皇直属の兵力として重用されていた過去があるのだ。このときに北面の武士も法皇を護るために動員されていたので、基宗の先祖は印地の者たちと一緒に戦った仲であるといえる。熟達者が扱えばたかが石ころと侮れぬ威力があり、合戦にも用いられていたわけである。

　この頃は正月その他の印地打はさほど盛んではな

くなり、かわりに洛中では端午の節供に一気に爆ぜるといった様相であった。西岡に棲んでいた基宗は実際に印地打に出会ったことはないが、洛中にて非道い目に遭ったという噂はさんざん聞かされている。実際に、今日は油を購う誰もが首を竦めるようにしてぴりぴりしていた。基宗が四囲に気配りして商いしていた理由である。

ともあれ峯丸も漠然とではあるが石投げの達人集団があることを理解し、小石を拾ってぎこちない手つきで投げて遊びだした。しばらく見守り、端午の節供の殺伐とした不穏のわりに商いもうまくいったし、西日の時刻になってきたので峯丸を促し、帰途につくことにした。

立ちあがって歩きはじめても、帰りの道筋を決めていなかった。峯丸は適当な小石を見繕うために蛇行している。暮れかけたころ、ふと灯油が切れていることに気付いた女房から声をかけられて油が売れることも多い。帰り道は案外、おろそかにできないのだ。ここのところ歩いていない通りはどこか。思案しつつとりあえず三条坊門小路を西に行く。油売りなのだから油小路がいいか——と独りごちる。応仁の乱で荒れ果てて四条以南は物騒な小路のまま放置されており、子連れであることもあって避けてきたが、北上するぶんにはだいじょうぶだろう。

油小路に入ってたいして行かぬうちに、路肩に赤茶けた色に変色した髑髏が転がっていた。眼窩から都草がのびて黄色い蝶のような可憐な花を咲かせている。髑髏を摑みあげようとした峯丸を柔らかく制し、小声で語って聞かせる。

「俺が生まれた年の話だ。じつはな、俺の生まれた年は、初春から天気がおかしく、皆の不安をたいそう掻きたてたとのことだが、それに加えて九月には尋常でない野分に襲われたそうでな、鴨の流れが途方もない出水をおこしたそうな」

峯丸は髑髏と父を見較べる。

「たくさん流されて、無数の者が溺れ死んだという。それだけでなく、水損のあとに付きものなのが饑饉だ。翌年、さらに翌々年が非道かった」

峯丸が髑髏に視線をもどした。基宗は頷いた。

「洛中にて飢え死にした者、八万余。語り継ぐ者の言葉によれば、京の都は死臭立ちこめる一大葬地と化したそうな。もちろん、これがそのときの髑髏とは思えぬが、そっとしておいてやるにしくはない」

「父は」

「生き残った。だから、こうして峯丸の手をとって——」

「父」

見あげる峯丸に基宗は柔らかく笑んだ。油桶がほぼ空になっているので、歩きはじめても天秤棒は軋み音をたてず、相変わらず天は重く沈んでいるが、父と子は得も言われぬ一体感の充足につつみこまれていた。

基宗が生まれた年に大被害をもたらした台風と洪水の惨禍が京とその周辺の農地に壊滅的な打撃を与え、いよいよ饑饉が本格的になったのはその二年後であった。この寛正の饑饉においては市中が飢えた流人で覆い尽くされ、十万ほどの人口であった京の八割以上が餓死するという凄まじいものだった。台風をはじめとする幾年も続いた異常気象は、南太平洋メラネシアの海底火山の大爆発によるものとされている。地球規模で旱魃が続発したのだ。だが政を疎む将軍足利義政は日野富子らに政治をまかせて、この饑饉のさなかも遊び暮らし、応仁の乱の遠因となった。

もちろん基宗に饑饉の記憶などあろうはずもないが、山積する屍体が鴨川の流れを堰きとめてしまったという大饑饉を潜りぬけて、こうして生き延びているのである。健気に寄り添う峯丸に視線を投げ、生きていてよかったと胸中にて呟いた瞬間であった。

びょう——。

風が哭き、大気が裂け、基宗の眼前の土塀が爆ぜて崩れて黄土色の土煙があがり、きな臭くなった。

唐突さに凝固したが、それでも反射的に峯丸を油桶の陰にやり、あたりを窺う。

静かだ。

あらためて土塀を見やると、信じ難いことだが拳ほどもある石がめり込んでいた。見守っているうちに自体の重みで石は地面に落ちた。呆れるような高所を飛んできたと思われるが、先ほどの子供の石投げと同様、流れ弾であろう。

背に冷たい汗が流れるのを意識しつつ、生唾を飲む。鳥の声さえしない。地虫の類いも息を潜めている。ただ頭上の青葉だけがかさかさと秘めやかな囁きをたてていて、静穏は剣呑の前触れであることが直覚できた。息を詰め、腰を低くして油断なく構えていると、妙に陽気なさんざめく気配が子の方角から流れてきた。

　これはいかん――と基宗は峯丸の手を引いた。土塀を乗り越えるのは無理だ。商売道具を壊されてはたまらないから、まず反対側の築地の壊れた部分に峯丸と桶と天秤棒を押し込み、逃げきたる者、そして追う者たちと遭遇する直前に四つん這いになって築地内に身を隠した。

　息を殺して築地の隙間から覗いていると、無数の拳大の石が風切り音をともなって烈しく交差して飛んできた。いよいよ基宗の背筋が冷えたのは、拳ほどの大きさがある石がほとんど弧を描くこともなく一直線に飛んでくることである。とても人が投げているとは思えぬ。これほどの大きさの石をこの勢いで真っ直ぐ投げることができるのは尋常でない強力であろう。

　飛翔する石に追われるようにして肩脱ぎした男たちが背後を振りかえりながら小走りに駆けていく。前だけ見て全力疾走して逃げれば、石に軀を破壊されてしまう。気を裂いて飛んでくる石の行方を案外巧みに見切って避け、それどころか飛んできて塀や地面にぶち当たった石を拾いあげて投げ返す。そのうちの一撃がうまく相手方の主立った者に当たったらしい。どこか愉しげに昂ぶりのままに逃げ惑っていた者たちが、覗き見ている基宗の眼前で反撃に転じた。

　いままで印地打のあとの荒れ放題にでくわしたことはあったが、只中は初めてである。単に石を手で投げるのだと思っていたが、実際はほとんどの者が分厚い粗布を編み込んだ専用の、あるいは晒し麻の手拭いを代用した投擲具とでもいうべきものを用いていた。河原から集めてきたのだろう、投擲用の角の尖った拳大の石を畚に入れて運んでいる者もいる。が、おおむね相手が投げた石を拾いあげて投げ返す。つまり石が行ったり来たりしている状態である。

　投擲具だが、簡略化して述べてしまえば、長い手拭いの片方を手首に括りつけ、もう片方を手指で握りしめる。もちろんそうして折って二重になって垂れさがった手拭いの中心には拳大の石が入っている。それを頭上で、あるいは下手から、さらには片足を軸に回転させて充分に勢いをつけ、握っていた手拭いを放す。すると仕込んであった石が大気を切り裂いて、手投げではとても不可能な途轍もない勢いで飛翔していく。手拭いは手首に固定されているから、ふたたび石を仕込んで片側を持つ。なかには縄で石を結わえたものをハンマー投げの要領でぐるんぐるん廻して投擲する者もいる。

投擲に関しては素人の基宗の目にも種々の技法があり、常日頃から鍛練を重ねていることが直覚でき、武芸としてもこれは尋常でないと目を瞠っていると、今まさに手拭いの片側を放そうとしていた男の顔面に石がめり込んだ。衝撃で眼球があらぬ方向に飛んで転がり、水たまりに落ちた。

基宗は見た。水たまりになかば浮かんで見える眼球の周囲に脂がさっと拡がってくすんだ年輪模様をつくるのを。

あろうことか手近に石がなく、眼球を飛ばされて即死した男の顔面にめり込んだ石を腰をかがめて抉りだし、投擲具に装着し、唇を引き攣れさせ、歪ませて狙いをさだめて投げつける男がいた。基宗にはその男の唇に泛んでいるものが常軌を逸した昂ぶりと尋常ではあり得ぬ集中からもたらされた薄笑いにしか見えず、凄絶さに息が苦しくなった。

石を穿りとられた男の顔は完全に消滅していて、鼻のあったあたりを中心にきれいに拳大にへこんでいる。形状自体は石がめり込んだ土塀といっしょだ——と脳裏で呟いて、我に返る。

目が慣れてきたというのもおかしいが、当初は石の大きさや勢いにばかり目がいって、眼前で繰り広げられる壮絶な人体破壊に気づいていなかった。そんな気がした。

実際は、これらはほんの瞬時のうちに繰り広げられたことであり、緊張と恐怖、そして基宗当人は自覚していなかったが得体の知れぬ昂ぶりによりごくわずかの時間が延々と引き延ばされていたのだった。つまり石の飛翔とそれによって壊される肉体の有様は、ほんの寸瞬の出来事だったのである。

眼前の靄が晴れたがごとく基宗は修羅場を細部まで見通していた。黄ばんだ灰色の髄脳を撒き散らしてもんどり打つ者。折れて美しい放物線を描いて飛んでいく歯を自ら目で追って、顎から下が消滅していることにようやく気付く者。胸部に石を受けて横転し、赤い肉と白い肋骨をあらわにし、裂けた肺から洩れる息に酸欠になって見るみるうちに全身が土気色となり、壊れた傀儡人形のごとく顫える者。削げた右耳を我が手に摑み、しげしげと眺めたあげく褌に押し込み、ふたたび投擲にもどる者。上下左右に巧みに投石を避けつつ、太鼓を叩いて剽軽に踊りながら皆を鼓舞する者。間一髪で避けたつもりで土塀に激突した石に拇指を潰され、伸し烏賊になった自身の指を摘まみあげて怖じ気づき戦闘から離脱する者。それを見咎めて敵ではなく逃げる味方に加減せず石を投げつける者。足をもつれさせて派手に転び、臀に一撃を受け、手でさぐり、ごっそり肉の落ちた臀の様子を指先で慥かめて苦笑いして立ちあがり、自身の臀を削いだ石を投げ返す者。血濡れているばかりか、肉片のついた腱らしきものがだらりと下がった長刀を掲げて、こぼれる笑みを抑えきれずにあれこれ指図する者。折れた下膊があらぬ方向に垂れさがり、頬を歪めてそれを元にもどそうとする者。蟀谷に見事なる一撃を受け、そこから赤黒い血を噴き、しばし天を仰ぎつつ絶命する者。膝のお皿を割られて地べたに転がり、おなじところを楕円を描いて這いずりまわる者――。

基宗は訝しむ。愉しげといっては語弊がある。が、なぜ、皆、このように生きいきと振る舞って、目を輝かせているのか。あたりに充満する圧倒的な昂ぶりの気は基宗にも感染し、ふとした瞬間、この闘争の群れに身を投じてしまいそうな己がいる。基宗は血脂の臭いを胸に充たしつつ、悟ってしまった。

殺し合いは、忘我である――。

印地打は三宝の所為、すなわち御仏の仕業として天誅のごとく扱われ、最下層の者たちの既得権益として強引に正当化され、あげく端午の節供の命懸けの憂さ晴らしとなった。基宗も古老から後愚昧記に――雑人などが京の一条大路にて合戦し、死者四十五人といった印地の記録があることを語って聞かされていたが、これほどのものであるとは努々思っていなかった。

これはまさに合戦であり、しかも無意味なる遊戯であり、憂さ晴らしであり、壮絶なる殺し合いである。

印地は甲冑にて防ぐこと叶わずという言葉の意味合いを、眼前の投擲具の威力より思い知らされた基宗であった。兜に当たれば気を聢ともつことは難しいであろうし、胴に当たれば骨の心配をせねばならぬ。

ちなみにこの日の印地打は三条西実隆の実隆公記に――明応五年五月五日条、今日の印地はもってのほかのことなり、死人、手負い済々と呆れ気味に記されている。

期せずして、そのもっとも烈しい投擲の場にあった基宗だが、ふと気づくと峯丸が築地塀に顔を押しつけてすべてを見ているではないか。あわてて引き剝がし、その目を両手で覆うと、峯丸は烈しく身悶えした。

父、見たい。

見せて、見せて、見せて、みんな壊れる、見たい――。

目だけでなく口も押さえて、万が一気付かれたらと途方に暮れ、恐怖に身を竦めたが、印地の輩は辻を西に折れて徐々に遠離っていった。全身を耳にして完全に気配が消えるまで身動きしない基宗であったが、暮れるのに合わせて合戦の昂ぶりも喪われていくことが実感された。

路上に放置された死人やまだ身悶えしつつ呻いている男の傍らを、天秤棒を担ぎ峯丸の手を引いて逃げだす。小走りに行きながら、さりげなく峯丸の顔を窺うと、真っ白な頬をして、けれど幼いながらに石を投げ合っていた者と同様の笑みに似た昂ぶりをその唇の端に泛べている。基宗は歩度をゆるめ、胸中で呟いた。

――峯丸よ、父も印地に加わりたかった。石を投げたかった。暴れまわりたかった。誰かを打ち据えたかった。話だけ聞いていると愚昧の極致のようであるが、男たるもの、あの無意味に血が滾るものである。鬱憤晴らしといわれようが、父も、石を、投げたかった。殺し、たかった。

07

声聞師村は散所村とも呼ばれていた。山椒大夫の散所である。土御門内裏の巽の方角、万里小路に面したあたりにあり、境界としての徴であり、自衛のためでもある頑丈な塀に四方を囲まれていた。言国卿記に正親町万里小路散所とあり、数千人規模という意味の記述も残されているが、地図等をもとに村の大まかな面積を勘案すると、住人の数はいささか誇大である気もする。ともあれ基宗と峯丸が棲処を与えられた声聞師村は相当の規模であった。

　これは後の話になるが、天文法華の乱の際には法華宗の一揆勢と戦うほどであったとのことであり、史料的なものが残されていないので連合していた相手を断定できないが、相手が法華であることから一向一揆の勢力と連携していたとの推測もあながち的外れでなく、芸能の村と侮れぬ武力を擁していた。一方で応仁の乱以降荒廃して野畠と化した土御門四丁目に占有の広大な畠地も持ち、麦などの作物を育てていた。声聞師の村に限らず禁裏周辺にこのような集落が数多くあったことが示唆するものは興味深い。

　本来、芸能とは無関係の基宗と峯丸であったが、声聞師村では、ありすけ大夫の配下におかれていた。本来は村に無縁の油売りを受け容れた時点で、美貌の峯丸を現代でいうところのスターに育てあげようという大夫の気の長い意図があったのだ。芸能において容姿端麗は芸事の才と共に最重要事項である。たとえ峯丸に芸の才能がなくとも、抽んでて才のある村の女を縁につければ、その容姿を芸達者な子に伝えることができる。

　当然ながら基宗は大夫の思惑を感じとってはいた。だが素知らぬ顔で日々を過ごしていた。一度は自死を覚悟したことのある父は、意外に強かであった。

　父子が油を売るのはおおむね昼過ぎからであり、なおかつ黄昏時の前には声聞師村の居屋にもどってきていた。暗くなれば峯丸を腕枕してやり、ありとあらゆる物語をそのちいさな耳に囁きかけてやる。日が昇れば読み書き諸々じつに叮嚀に教えて、昼まで過ごす。雨が降れば一日中こもりきりである。油売りは二の次であった。

　とはいえ売り上げはなかなかのもので、神人も口ではもっと稼げと叱咤しつつ、それはまさに口だけであり、どうしたことか峯丸が仕込みの年齢に達しても、ありすけ大夫も芸事の修練を押しつけるでもなく、優雅な油売りを黙認していた。

　父と子の穏やかな日々が続き、峯丸は六歳になっていた。勉学もだが、環境ゆえに曲舞や手猿楽なども見よう見まねながら巧みにこなし、末は宮中や仙洞にて演じることができる逸材と捉えられはじめていた。

もっとも父も子も、それらの芸事は、演じられぬよりは演じられたほうがいいくらいにしか思っておらず、特段熱を入れて修練に励むわけでも教えを請うわけでもなく、峯丸は当時の子供としては屈託のない日々を過ごすことができていた。

六月下旬、夏の盛り、応仁の乱で焼失した龍安寺の方丈が再興され、虎の子渡しと称される石庭がつくられた頃である。ありすけ大夫は地面に落ちた無数の羽虫を一瞥し、はてどういうことかと小首を傾げ、洩れ聞こえる声に耳を澄ます。

――しいわく、たいはくはそれしとくというべきのみ、みたびてんかをもってゆずり、たみえてしょうすることとなし。

論語であろうと当たりを付ける。なぜここで論語か。論語に限らず、飯の種にもならぬことを飽きもせず毎日毎日よくも続けるものである。教える基宗はともかく、遊びたい盛りなのにいやがりもせずに二六時中学び続ける峯丸は尋常でない。ありすけ大夫にとって羽虫の大量死よりも不可解である。それでも肩をすくめ、羽虫を踏みつけにして峯丸の素読の声を追う。見事な抑揚があり、その律動に合わせてありすけ大夫の肩が揺れる。

季節柄、開け放しであるから基宗が気付いた。その気配に集中をやぶられた峯丸の声がとまる。済まぬ、済まぬ、相済まぬ――とありすけ大夫が口先だけで謝罪し、基宗を手招きし、地面を覆った羽虫の屍骸を示す。基宗が呟く。

「羽虫はいっせいに生まれ、いっせいに死するものですが、それにしても――」

南風に力なく揺れる無数の半透明の銀の翅を見やる。ありすけ大夫が頷く。

「多すぎるわな。しかも朝方はなかった」

「凶事の前触れでしょうか」

「どうじゃろう」

峯丸がでてきて丁重に頭をさげた。その瞳には大夫に対する敬意と親愛がにじみでている。ありすけ大夫の皺だらけの顔が満面の笑みに覆われて、その目が一本の皺と化す。その笑みを崩さずに手で促すと、峯丸は名残惜しげな眼差しを大夫に注ぎ、ふたたび頭をさげ、素読にもどった。

基宗はありすけ大夫がなにか言いたいことがあるのだと察した。あえて羽虫の屍骸の多いところを選んで歩くありすけ大夫に従う。基宗も大夫と同様、足裏で潰れる無数の屍骸のぷちぷちした感触を意識せずに愉しんでいる。

「すばらしく賢い子じゃ」

ありすけ大夫のぼそりとした呟きを、基宗は否定しなかった。しばらく無言で歩き、川風にのって水の匂いが感じられるあたりで、ふと大夫が振りかえった。

「少し前のことじゃが」

「はい」

「二条尚基（ひさもと）分家筋にあたる者たちが、桂川に入水した」

「何故」

「生活苦」

「公家（くげ）が」

「体面を繕わねばならぬ公家のほうが悲惨と言うたら」

「なるほど」

「先に行くぞと主（あるじ）が濁流に消え、四つと五つの男児がそれを追い、完全に姿が消えたのを見守ってから母と乳母が抱きあったまま飛び込んだという。気付いた茶屋の者が急ぎ救いあげたが、皆すでに息絶えておった」

「昨今の町衆の勢いとは裏腹に」

「まったくだ」

ありすけ大夫は踵（かかと）で丹念に羽虫を潰しつつ続けた。

「大乱の渦中で没落した公家共はいまだに身過ぎの苦しみから逃れられぬ。で、惨めに家名の絶えた者、数知れず。年貢、公事（くじ）の収納ままならず、家臣から家領を借財のかたに奪われる者が相当数にのぼる」

基宗の唇の端が幽（かす）かにもちあがった。それを笑みと受けとったありすけ大夫がくっきりした笑いを泛べる。

「もはや高貴なる虚（うつ）ろじゃ」

うまいことを言う。基宗は油断なく、そつなく頷いた。

「峯丸のことじゃが」

案の定、きた。世間話で気持ちがゆるんだ直後に本題をぶつけてくるのは、すべてを心得た老人の得意技だ。身構えた内心を悟られることのないよう、つとめて穏やかな表情をつくる。気配りして言う。

「ここのところ、大夫に懐き、ずいぶんまとわりつき、煩わせておるようで、たいそう心苦しい次第でございます」

「なんの。峯丸が身を寄せてくると、見事に蕩(とろ)かされてしまう。我が孫たちが妬心を抱くほどじゃ」

手放しで嬉(うれ)しさを隠さぬありすけ大夫である。けれど基宗は笑みに似た静穏にして不明瞭な表情を保ち、言葉を発しない。以前の間抜けな基宗とはひと味ちがう。

「食えぬな、基宗」

「と、申されますと」

「あれこれ言の葉を撒き散らせば、言質(げんち)をとられる。襤褸(ぼろ)をだす」

真顔にもどし、そのとおりです――と基宗は頷く。見抜かれたら、隠し立てはしない。ただし余計なことは喋らない。そんな基宗をじっくり見やって、ありすけ大夫が苦笑気味に言う。

「やはり血かのう」

「血――」

「峯丸じゃが、先ほど申したとおり、この年寄りが出会った者の中でもずばぬけて賢い。比べるものとてない」

「恐悦至極でございます」

「褒めておらぬわ。食えぬ基宗と同様、峯丸も食えぬ。じつに食えぬ。父に輪をかけて食えぬ」

羽虫の屍骸の翅が揺れるのに合わせるかのように、ありすけ大夫の伸び放題の真っ白い眉毛がぶれる。こんどは基宗が苦笑気味に問いかける。

「どのあたりが食えませぬか」

「うん。嘘(うそ)をつく。結構な嘘をつく。それがじつに子供らしくない嘘である」

それは基宗も感じていたことであった。ゆえに返す言葉がない。

「あきらかに、ばれる嘘と、ばれぬ嘘を選(え)りわけておるよな」

まさにそのとおりだったので、基宗は意識せずに、わずかに頷いてしまった。

「たとえば器を割ったとしよう。見ている者がおったときは、そしてその者があえてとぼけてやっておるときは、絶妙の頃合いにて自ら白状し、謝罪してくる。あるいは誰も見ていなくとも、諸々あれこれを勘案し、どのみちばれるであろうときにも、じつに巧みに絶妙な告白をしてくる」

「はい」

「それがじつに童らしさたっぷりで、幼く健気である。たまらぬ心持ちになる。だまされているとわかっていても、もう、よい。もうよいぞ、もうよい——と、ぎゅっと抱きしめてやりたくなる。頭を優しく撫(な)でてやりたくなる。なにせ目を潤ませておったりするではないか。内股でぎこちなく立って、見あげてくるではないか。——もちろん、すべて芝居じゃ」

「はい」

「さて、絶対にばれぬと判じたときは、見事なまでにとことんしらばくれるな。大人顔負けの厚顔ぶり、いや、そこいらの大人など太刀打ちできぬほどに実直そのものの貌(かお)をつくり、片眉ひとつ動かさずに平静を保って胸中の欠片(かけら)もあらわさず、動揺をみせぬ」

「はい」

「この儂(わし)までもが、ほんとうは峯丸は盗みなど働いておらぬのではないか——と思いをあらためてしまいかねぬほどの巧みな振る舞いじゃ」

「はい」

「ま、大人は正直な子供に弱いものよ。言い換えれば、本性はどうであれ正直に見えるいとおしげな子供に弱い」

「はい」

「ま、不細工な餓鬼がいかに正直であろうとも、それは無駄な徳というものだ。峯丸は、相対する大人に、自分にだけは隠し立てをしないと思わせ、信じ込ませることがじつに巧みである」

「はい」

「誰にでもではなく、自分にだけは、と、感じさせるところが味噌(みそ)じゃな」

「はい」

「あえて、対する者に、おまえのことなど大嫌いだ、苦手だと憎まれ口を叩きつつも、すっと身を寄せ、その表情と態度、肌から発する熱で全幅の信頼をあらわすといった手管を用いたりもする」

「はい」

「なあ、基宗。儂のところは嘘つきの巣窟じゃ。役者とは畢竟(ひっきょう)、嘘で役を拵(こしら)えるもの。うまく己に嘘をつければ、男が女にもなれる。嘘のつけぬような奴は使い物にならぬ。その嘘にも未熟な嘘もあれば、達者な嘘もある。その程度によって役者の位が決まってしまうようなところがある。役になりきるということは、ついた嘘を当人が忘れて真となし、深く這入り込むこと。しかも嘘をついていることを見守る他人のごとき己も、ちゃんと別に飼っておることこそが肝要」

「はい」

「峯丸は格別別格破格、非凡超凡である」

「はい」

「儂のまわりの者どもは、嘘を見抜くことに長けておる。ところが煮ても焼いても食えぬ婆まで、見事に峯丸に誑かされおって、もう夢中じゃ。峯丸の言うことならば、なんでも信じてしまう。峯丸のしたことならば、なんでも許してしまう」

「はい」

「多少気のきいた餓鬼ならば、ま、皆、そのくらいのことはする。嘘を選りわけ、大人の顔色を窺う」

「はい」

「が、峯丸の嘘の選別は峻厳にして精緻を極めており、この村の役者を生業として賞賛される大人を遥かに凌駕する。演じていることを忘却し、しかも演じている己を冷徹に見守るもうひとりの己をもっている。嘘だけでない。一事が万事、この調子よ」

「――はい」

「ま、おぬしの血を引いておるということじゃな」

「やれ嬉しいような、困ったような。本音を申せば、口幅ったいことではございますが、私などとは比較にならぬ裏表をもった子供でございます。じつは心窃かに途方に暮れておりました。いとおしさ半分、不安が半分でございましょうか。私はどのように接すればよいのでしょう」

「べつに、いままでどおりでよかろう」

「が、大夫には見抜かれておりますし」

「儂だけじゃ。儂と父御であるおぬしだけ、じゃ」

「はい」

基宗はやや悄然とした面持ちである。ありすけ大夫は羽虫の翅に似た白銀の睫毛をしばたたき、血色の失せた唇を歪ませ、黄ばんだ前歯を見せつけるようにして、凄い笑顔を泛べた。

「得がたい才である」

「才――」

「芸事に邁進すれば、後世に名を残すであろう。が、これほどまでに悪いと、芸事などに閉じ込めるのも憚られる」

「――どう解釈すればよいのでしょう。褒められているのでございましょうか」

「ああ。褒めておる。どのみち儂は身罷っているじゃろうが、先々、峯丸がどのように生き抜くか。じつに愉しみじゃ」

基宗は目を瞠っていた。峯丸は己の才覚で海千山千のありすけ大夫を自家薬籠中の物としてしまっているのである。すべてを見抜いている老獪を手玉に取り、それどころか見抜かれていることを利し、逆用して自身の味方につけてしまっているのである。

買い被りではない。基宗自身が素直でじつに良い子である我が子に巧みにあしらわれていることを常々感じつつ、苦笑気味に諸々を受け容れてしまっているのだ。

本来ならば腹を立てて打擲しかねない事柄なのに、その悪さがあまりに抽んでているために感心してしまい、しかも根本では峯丸が絶対に自分を裏切らぬことを確信していることもあり、万が一踏みつけにされるならば、それはそれでよいと不可解な達観に支配されてしまっている。

「真に悪いということ、妙なる魅力があるものよ」

「はい」

「儂は峯丸が一天四海をものにすることに賭けて仕舞うた」

自嘲じみた口調で呟き、ぱしっと頭の後ろを叩いて渋面をつくり、老人は背を向けた。基宗は深々と頭をさげた。

ありすけ大夫の姿が消えると、なにやら化かされたかのような奇妙な気分に囚われた。あたり一面を覆って銀色に揺れる羽虫の屍骸がたいそう美しく見え、基宗は幾度も瞬きを繰り返した。

08

仲睦まじい父と子であったが、峯丸にはたった一つだけ悩みがあった。実際は悩みというほどのことでもないのだが、唯一、閉口してしまう儀式があった。父が折々に左内腿を見よと迫るのだ。

　そろそろ羞恥も芽生えはじめている峯丸である。下半身を裸に剥かれ、股の内側を覗きこまされることは、耐えがたいと怒りだすほどのことでもないが、勘弁してほしいというのが本音だった。

「よいか。常に己に隠された松波の家に代々伝わるこの徴を心に留めおけ」

「――いちいち、こうして目で見て慥かめねばならぬのですか」

「見ねばならぬ。聢と目に焼き付けねばならぬ。天と地、そして人。三つの道を指し示す高貴なる徴である」

「されど、この恰好は、どうにも――」

　だが父には峯丸のぼやきが伝わらぬようである。この丫の徴が肘の内側にでも刻印されているならば、ぐいと腕をのばせば目の当たりにすることができるのだが、いかんせん内腿である。

　座り込んで首をのばして股間を覗きこんでいるところを誰かに見られたら、それは相当に決まりが悪いだろう。釈明すればするほど微妙になっていくことがわかりきっている。深読みされるにきまっている。さりとてこの痣は明るいところで目を凝らさねば見えぬ程度のものである。

　今朝も父のしかつめらしくも切迫した真顔に、強く逆らうわけにもいかず、子供らしくない苦笑いを泛べつつ、射しこむ朝の日射しに股間をさらす峯丸であった。

　痣を慥かめさえすれば父は納得するが、漠然と見やっただけでは承知してくれないから淡い青紫の指し示す三方それぞれに視線を投げ、天地人と胸中で念じてそっと父を窺う。父が頷いたので、鷹揚な手つきを意識して股間を隠す。あわてて仕舞ったと受けとられると、ふたたび凝視を強いられるからである。長閑といえば長閑な、峯丸七歳の春の朝であった。

　鬱陶しい梅雨空も去った六月七日、応仁の乱で途絶えていた祇園御霊会が三十年ぶりに復興され、山鉾巡行が行われた。峯丸は父と一緒に見物に出向き、他人の目のあるところでは貌を輝かせ、誰も見ていないときは醒めた眼差しで欠伸をこらえていた。山鉾巡行は山十五、鉾一という乱以前からすれば寂しいものではあったが、それでも復活に尽力した下京（しもぎょう）町衆はじめ、いよいよ大乱の跫音（あしおと）も遠のいたと皆が肩から力を抜いてふた月もせぬうちに上京（かみぎょう）から火の手があがった。

午後の日射しに夕暮れの気配がにじみはじめたころだった。商いを終えた父子は高倉小路をゆるゆる上がっていた。冷泉小路と交差するあたりで女房から油を求められたが売り尽くしてしまっていた。こういうときは峯丸の出番である。

「父。桶を引っ繰り返して、少しでも入れて差し上げよう」

基宗は柄杓（ひしゃく）に汲（く）みあげるほども残っておらぬのだから面倒臭いといった面差しを隠さない。峯丸が親身な顔つきでさらに促す。すべては打ち合わせなしの芝居である。結局は大仰に桶を抱えて油壺（あぶらつぼ）に残りわずかの油を垂らしてやる。女が鐚銭（びたせん）を差しだす。

「桶の底に残っていたもの。御足（おあし）はけっこうでございます」

柔らかな声音で基宗が言い、峯丸が満面の笑みで女を見あげる。あらためて父子の貌を見やった女の頬が染まる。峯丸が朗らかに、しかも甘えかかるように言う。

「またの御用命、お待ちしております」

見送る女の気配が消えてから、これで御得意が増えたな――と基宗が呟いて、峯丸の頭を軽く叩くように撫でてやる。誇らしげに見あげた峯丸だったが小首をかしげ、鼻をひくつかせる。

「父。なにやら妙に焦臭（きなくさ）い」

基宗がひくひくさせるまでもなく、木の燃える臭いがあたりに充ちた。

「焚（た）き火――ではないな」

峯丸は眉間に縦皺を刻んだ基宗を凝視してから、その眼差しをさらに天に投げ、西日が目に刺さらぬよう左手で顔の横に廂（ひさし）をつくって、高所を流れゆく帯状の青褪（あおざ）めた煙を目で追いつつ呟いた。

「一条大路か、もっと上（かみ）のほうかも」

空を覆い隠す煙はまちがいなく北の方角から流れてきている。まだ明るいので目立たぬが、あわせて火の粉も舞っている。

「手過ちか――」

基宗は峯丸の背にそっと掌（て）をやって、だいぶ低くなった西日が煙に遮られて平たく歪んでいくのを見つめた。火事は北だから南に引きかえして冷泉小路から逃げるべきか。一瞬思案したが、素早く広い場所にでるべきであろうとごく間近にまで至っていた大炊御門大路へと右に折れ、春日小路から鴨の河原にでた。

河川敷は這々の体で逃げてきた人々であふれかえっていた。相当に火の回りが早いようだ。家財を持ちだせた者はほとんどいない。身一つで茫然と立ちすくんでいる。火元に近かったのだろう、頬や額を煤で汚しているばかりか、焦げてちりちりになった蓬髪を雑にはたいて周囲に散らしている男の顔は、泣きかけているような途方に暮れた苦笑いだ。手の尽くしようがないとき、人はとりあえず笑顔らしきものをつくるのである。周囲の遣り取りを綜合すると、どうやら相国寺の西側あたりから出火したらしい。

「絵に描いたような青北風だ。しかも火元は柳原。これは相当に燃えるぜ」

顎の先を弄ぶようにして煙を追いつつ、諸々を勘案したあげく思わず洩れてしまったといった態の近くの者の呟きに、基宗は眉を顰め、俯いた。相国寺の西に隣接する柳原散所には声聞師のつながりで知人が幾人かいる。京で火事がおきれば密集した荒ら屋ほど盛大に燃えあがり、延焼する。寺院などは火除け地としての庭園などが設えてあるし屋根は瓦葺きだから火の粉にも強い。けれど草葺きや杉皮葺きの柳原散所は壊滅だろう。

黄昏時になり、立ち昇り充満する煙も黒々としたものに変わってきた。北西の空が血の色じみた緋色に染まっている。夕焼けと焔の照り返しが重なって濁りきった赤だ。まだ多少なりとも明るいのと河川敷が一段低いのとで、焔自体はほとんど見えない。実際に燃え盛る焔が見えるのと見えないのでは心持ちに大きな差が生じる。黒煙がおさまってきて誰もが肩から力を抜いた。

絶妙の間があって、そろそろ鎮火か――と人々が願望を込めて戌亥の方角を申し合わせたようにいっせいに見やったときだった。夕空に焔の壁が立ちあがった。

焔それ自体のつくりだす上昇気流で錐揉み状態となって天翔る無数の紅蓮の龍が、反り返るかのように天地四方八方に烈しく背丈を伸ばしていく。

嗚呼――という嘆息と響動めきが拡がり、河原にいる者すべてが焔の照り映えで顔を朱に染めて息を詰めた。やがて誰かの溜息が伝染して、皆が切ない吐息をついた。家を喪うだけではない。燃え落ちてしまえば生業を喪ってしまうのだ。溜息はすぐに投げ遣りな気配に取ってかわられた。

「この勢いだと、立売組や中筋組は焼け野原だな。小川組も危ういぞ」

それを受けた男がぼやき声ながら妙に解説口調で返した。

「こないだの戦で相国寺が焼け落ちてるから河原のほうには逃げやすかったが、酉の方角に逃げた者は釘貫がじゃまで黒焦げになっているだろうな。いやはや防壁というもの、場合によっては檻となる」

男は間近で聞き耳を立てている峯丸を意識しているようだ。組とは町組であり、立売組は十四町、中筋組は十二町、小川組は十町の集合体である。こないだの戦とは応仁の乱だ。峯丸は町が爆ぜる音を左の耳で、男たちのぼやき声を右の耳で聞きながら、暮れた空を染めあげる焔に昂ぶりを隠さない。

このころの京の町衆は惣町として上京と下京に分かれ、まったく別個の都市を形成していた。下京上京の各町は町の構えとして他町よりの攻撃、乱暴者や盗賊を防ぐために土塀を巡らせ、唯一の出入り口として釘貫と称する強固な木戸門が設えてあった。

それは父子が暮らす声聞師村も同様で、自衛のために頑丈な塀に覆われていた。けれど火がでれば、出入り口が釘貫のみであるということで塀は障壁と化す。閉ざされた町内を逃げ惑いつつ焼死していく者の姿が基宗の脳裏にありありと泛ぶ。父に感応して裾を握っている峯丸の手に力がこもる。

「今出川小川に鳥屋があったろう」

「うむ。いまごろは、うまい具合に焼き鳥になっておるであろうな」

このような群衆のなかでも父子の顔かたちは目立つ。とりわけ息子のほうである。美童の極致である。それが耳を欹てているのだ。聞き手を得た男たちの会話はあらぬ方向に脱線して危うい気配を孕んでいく。

「ま、焼けちまえば人も鳥も同じよ。とりわけ匂い。見分けが、いや嗅ぎ分けがつくか」

「つかぬ。が、人の焼けた匂いといえば、とりわけ塩した鮭を焼いた匂いがじつによう似とるというな」

「そうか。塩した鮭か」

「鮭はたまらぬ美味よ。とはいえいかに匂いがそっくりであろうとも、人を食う気にはなかなかなれぬ」

「黒焦げはともかく、程よく焼けたのがあちこちに転がっておるだろう」

「程よく焼けて転がるは、人か。鳥か」

「鳥に決まっておろうが」

「よし。白馬持参で覗いてみるか」

　今出川小川の鳥屋は軒先に雉などが逆さまにたくさん吊されて、台の上の捌いた鳥肉には蠅が舞って、それを追い払うように白地に屋号を染め抜いた長暖簾がせわしなく風にはためいていた。雄雉の眼のまわりの赤い肉垂れが鮮やかだった。絞めた直後の肉垂れは血の紅だが、鮮度が落ちるに従って黒ずみ、くすんでいく。

　いままで今出川通を行くときは漠然と逆さ吊りの鳥を目の当たりにしていたが、焼けちまえば人も鳥も同じ匂い――という言葉は峯丸になんともいえぬ命の実相を押しつけてきた。鮭を食したことはないが、いつか口にしてみたいものだ。それらを反芻しつつ、峯丸はいよいよ猛り狂って終わりの見えぬ永遠の夕焼けを見つめる。

　頃合いをみて声聞師村の様子を慥かめにいこうと思案している基宗であったが、いかんせん焔は弱まる気配を見せぬ。北風にあおられて河川敷にまで派手に火の粉が降りかかる始末である。あちち――と剽軽な声があがって、火の粉をはたき落とす姿が影絵になって見える。火の粉の動きにはまったく規則性がなく、気儘に舞い踊る。峯丸が『あちち』とならぬよう基宗は両腕を覆いにして包みこむ体勢をとった。

　腕の中の峯丸がなにを思っているかは判然としないが、その瞳はあきらかに昂ぶりで濡れている。基宗は峯丸の黒目に映る緋の焔を一瞥し、溜息を呑みこんだ。

　上京と下京は室町小路が唯一の連絡路として機能していた。釘貫の位置からしても上京の者たちは室町通に集中して逃げ惑ったはずだ。それに出くわしていれば、幼い峯丸は踏み殺されていたかもしれぬ。北上していたのが高倉小路でよかった。

「父」

「うん」

「熱い晩だ」

「地獄絵だ」

「いつ消えるか」

「さあな」

「居屋は」

「どうだろう」

「川沿いを村にもどろう」

「そうだな。様子を見にもどろう」

　父は油桶を担ぎ、子は迷子にならぬよう父の袖を摑み、火事の様子を窺いつつ、人垣を避けてときに川面に足を突っ込みながら北上していく。もしきれいさっぱり燃え落ちていたら、こんどはどんな家を建てようかと案外愉しげに語り合う。どのみち掘建小屋であるから気楽なのだ。なによりも商売道具がこうして肩にあることが心強い。

＊

　一条之南北如荒野、焼死者不知其数、前代未聞之大火事也――明応の大火は七月二十八日の申刻、柳原から出火し、翌日未明、ようやく鎮火した。焼失戸数四万超、場所によっては土御門大路を越えて近衛大路あたりまで延焼したが、声聞師村は隣接する土御門東洞院殿――土御門内裏が防火障壁となって焼失を免れた。蛇足ではあるが、この北朝歴代の皇居であった里内裏が現在の京都御所の始まりである。

　鎮火した翌々日、基宗は焼亡の現場に出向くことにした。自身が生まれて初めて目の当たりにした大火事と、その結果を峯丸が知りたがっていることも感じとっていた。柳原散所の知り合いが生きているかどうかは判然としないが、用意できるだけの食糧を担いで家をでた。

　下京を中心にまわるにせよ油売りの仕事は幾日か控えることにしていた。火事と油は切っても切れぬ夫婦仲のようなもの。たとえ灯火の不始末が原因でなくとも、出火したあとは、被害が及ばなかった地域であっても微妙に売れ行きが落ちるのだ。ましてこのような大火の後である。

　もちろん焦土を目の当たりにしたからといってこれからの商いの筋道が立つはずもないが、罹災してない場所に商いに出向いた折に様子を語ることができる。家屋を喪い、死した者に対しては不謹慎ではあるが、油を売る接ぎ穂に役に立つ。灯油の扱いに対する注意にも熱が入るというものだ。火を粗略に扱えばどのようになるかを峯丸にきっちり教え込むつもりでもあった。

とはいえ父は子に甘い。そっと差しだされた手をしっかり握ってやり、峯丸の歩調に合わせて歩いてやる。武士の意地といったものはとうに消え去っていたから、熱心に学問を教えはしても、武張った事柄とは無縁であった。子煩悩の父丸出しである。峯丸は基宗にぴたり身を寄せて満面の笑みだ。

峯丸は基宗からみても内向的なのか大胆なのかよくわからないようなところがあった。基本的には内省がまさっており、あまり出しゃばらない。けれど必要とあらば物怖じせずに遣り合うことも厭わない。子供とは思えぬ理詰めなところがあり、けれど相手にそれを悟られる前に情の豊かな面をあらわにして籠絡してしまう。

ほとんど喧嘩をしないが、するとなれば、ありとあらゆる手段を講じて勝つまでやめない。相手を卑怯卑劣な罠に陥れても罪悪感とは無縁で平然としている。諫めるべきか許容すべきか悩ましいところだが、乱世を生き抜くためにも角を矯めて牛を殺すことがないようにと基宗は割り切りはじめていた。言うまでもなく、ありすけ大夫が峯丸を肯定してくれたことも大きく影響していた。

「摘み枯らす、とも言うしな」

父の独白が自分に関することであることを察知した峯丸が控えめに見あげると、基宗は握った手にぎゅっと力を込めた。

「思うがままに生きよ」

ありすけ大夫が見抜いたとおり峯丸には尋常ならざる表裏がある。情に厚い一方で、見切った相手に対する薄情さは顔を背けたくなるほどだ。安易に外にださぬ賢明さはあるにせよ、好悪もじつに烈しい。けれど峯丸は基宗に全幅の信頼をおき、裏切ることがない。それどころか基宗に対しては滅私の気配さえある。居屋周辺の清掃や居室の整頓ぶりは村でも有名なほどだが、そのすべては峯丸の心遣いだ。油桶を担ぐことこそできぬが、いまでは油の準備から客のあしらい、銭のやりとりまで峯丸がほとんどしてくれる。基宗が命じてさせているのではない。峯丸の自発である。

また自身が嘲弄されても見事な笑みで遣り過ごして意に介さぬ一方で、商いの上であっても基宗を侮辱する者があれば、普段の愛想や怜悧さは即座に消え、顔色を白くして挑みかかる。近くに刃物でもあれば相手を刺しかねぬ勢いである。

乳飲み子だったころの記憶があるはずもないが、父が命がけで己を守り育てたことを肌で感じとっているのだ。

この世界に、父と子のふたりだけ――。

だから峯丸が手を差しだせば煩がらずに即座に握ってやる。なにか口にすれば、聢と耳を傾けてやる。意見を求められれば本音を飾らずに告げてやる。抛っておいてほしいのがわかれば、さりげなく身を引いて様子を見守る。子供扱いせずに叮嚀に接することを常に心がけていた。

基宗は気付いていた。父といるときの峯丸の頬には真の和らぎがあり、気負いの欠片もないが、父以外の者といるときの頬笑みは絶妙に拵えられた虚構であることを。

それが嬉しくてたまらぬ基宗であったが、父に対する敬愛のあまり敬語を用いかねぬ峯丸に、あえてぞんざいな口をきくように育てている近頃である。そうしたからといって、他人にも粗雑な口をきいてしまうほど間抜けな子ではない。基宗にとって峯丸は幼い我が子である一方で、大切な伍伴としての側面が強くなってきていた。

声聞師村の中まで焦げ臭かったが、村をでて四つ辻を左に折れたとたんに別の臭気で息苦しくなった。鼻をつまむのは憚られたので口で息をしながら、峯丸は眼前に拡がる惨状に目を見開いた。基宗が咳払いして耳打ちしてきた。

「焼け野原とはよく言ったものよ。目を遮るものがなにもない」

さらに小声で付け加える。

「それにしても、なんとも中途半端な荼毘だな。あちこち烟って、これも野辺の煙というのだろうか」

北小路――今出川通の所々にそれは積みあげられていた。峯丸には言葉がなかった。彼方まで見通せる黒焦げの大地に残されたものに茫然としていた。半ば炭化した焼死体の山が信じ難かった。初めのうちは燻した藁人形のように見えたが、収縮してぱっくり裂けた部分から覗けるのは血の色をした肉や黄ばんだ脂身で、しかも極小ではあるが早くも蛆(うじ)が大量にわいていた。季節が季節だけに腐敗も進んで、火事のさなかに男たちが口にしていた鳥や塩鮭の焼けた匂いなどとは似ても似つかぬ刺激臭が目に沁(し)みる。

「父」

「もどるか」

「――見たい」

そうか、と呟き、基宗は口中に湧きあがってきた厭(いや)な唾を控えめに吐く。勢いよく吐くと、あわせて嘔吐(おうと)してしまいかねなかった。だいじょうぶかと峯丸を窺うと、さすがに唇をへの字に歪ませて微妙に耐える顔つきである。腐肉の臭いには、本能に働きかけて嘔吐を催させる悍(おぞ)ましきなにものかが仕込まれているのではないか。こうなると焼け焦げた柱の臭いは芳香である。

基宗とて最末端の足軽の扱いではあったが幾度か戦の修羅場を体験してきた。ゆえに無造作に転がる死に感傷をちりばめるような愚はおかさないが、さすがに我が子にこれを見せてよいものかと逡巡(しゅんじゅん)してはいた。

されど、これこそが生と死の実相である。死に様は様々であろうが、基宗も峯丸も、誰もかもが逃れられぬ死というものが結晶した世界である。

死をありのままに見つめることができぬ者が、粛然と生を全うできようか――。

基宗の心がもっともらしい言葉を刻んだのもこのあたりまでだった。惨状に打ちのめされてなにも考えられなくなり、父と子はなにやら義務感のようなものに突き動かされて北小路であったと思われる焼け野原を黙々と進んだ。

諸々の思いは、時間がたってからふとした拍子に胸中に湧きあがるものなのだ。いまはやたらと見通しのよくなってしまった黒焦げの世界と複雑至極な悪臭の渦中にあり、感慨を覚える余裕もない。

公家たちは焼け野原に腑(ふ)抜けになって立ち尽くしている者も多かったが、戦で生死の境を潜(くぐ)りぬけてきた武家はこういった厄災にも立ち直りが早い。町人たちも諦念まじりの開き直りをみせ、嘆息まじりではあっても焼け跡を片付けはじめ、さらには建物その他の再建まで見越してあれこれ相談し、指図している姿が目についた。

累々たる死屍には陰々滅々たる気分だが、それでも人は慣れる。復興の気負いにあふれた場に出くわせば、死の腐敗臭もふしぎに遠退く。空が青い。基宗と峯丸は足早に相国寺を目指した。

足利義満開基の相国寺は上京に途轍もない広さの寺域を誇っていた。さらに金閣寺や銀閣寺を山外塔頭にもつといえば、その規模の大きさが知れよう。ただし、焼けるために建てられたかの大寺である。出火、兵火、幾たびも全焼し、再建されてきはしたが、応仁の乱で焼き討ちされて全てが焼失し、以来手つかずになっていた。だから今回の大火では柳原散所の住民が逃げ込んでいるのではないかと判じたのである。

「七重大塔が残っておれば、よい目印になるのだがな」

基宗のぼやき声に、峯丸は目に見えぬ塔を見あげるがごとく顔を中天にむけた。現存する東寺五重塔の倍近い高さを誇った相国寺七重大塔は、三百六十尺もの日本最高が災いしたか落雷によって三度焼失し、いまでは昔語りの中だけの代物となっていた。ともあれ、ここまできれいさっぱり焼け野原になってしまうと基宗の言うとおり目印がなく、どこを歩いているのかじつに心許ない。

「父」

「どうした」

「これでは鳥など影もかたちも残らない」

「――焼き鳥か」

苦笑しつつ、焦げた地面に膝をつき、峯丸に竹筒の水を飲ませる。峯丸は咽を鳴らしたが、すべて飲みきることはせずに基宗を見つめた。基宗はもう一本用意してきた竹筒を示す。峯丸の額の汗を手の甲で拭ってやる。その手がぎこちなく止まった。

峯丸は父の唇が『ふじ』と動くのを見てとった。声にならぬ声だった。父の視線を追って怪訝そうにそっと振りかえった。老女と共に十五人ほどの侍女と七人の家僕に指図して焼け跡の始末をしている女と目が合った。焼失した屋敷の主と思われる男の姿はないが、焼け落ちた瓦の紋や建具と思われる質実剛健な金具などから勘案すれば、それ相応の武家と思われる。

芸能の村であるから当然といえば当然であるが、声聞師の村には美女がたくさんいる。そんな環境で育った峯丸であっても目を見開くほどの美相であった。

　機微に聡い峯丸は父と女を一瞥し、単なる知り合いではないことを直感し、だからこそ逆に表情を消した。なんら悟るところがないといった顔つきである。

　それに気付いた基宗は素早く思案した。以前であれば無様に狼狽えたところだが、峯丸との二人だけの生活で鍛えられた。下肚に力を込めてゆっくり立ちあがり、さりげなく息を整えると、峯丸の背に手をやって促しつつ藤に近づいていく。

　ごく平静をよそおってこの場を行き過ぎるという選択もあったが、峯丸と藤の視線が絡んでしまったのだ。前夫と我が子に気付いた藤の息を詰めた貌を、峯丸も目の当たりにしてしまっているのである。ここで素知らぬ顔をして遣り過ごしても、峯丸は絶対に何事か気付いてしまっているのだ。このような場で再会してしまったことは定めである。安直なごまかしや逃げは避けねばならぬ。万感の思いを込めて深々と頭をさげる。

「その節は、まことに御世話になりました」

　老女が基宗と峯丸、そして藤に探る視線を投げ、あらためて藤と峯丸を等分に見つめ、その顔貌の類似からすべてを見通した眼差しで、抑制をきかせて短く問う。

「因みは」

　藤が口をひらこうとした瞬間、基宗がにこやかに応えた。

「油売りにてございます。奥方様には以前、大層御贔屓にしていただいておりました。さすがにこの大火のあとに油を売り歩くこともできませぬがゆえ、息男を連れ、知人が息災かおとなうところでございます」

　老女の読みどおりであれば、さぞや情が揺れているであろうに、その口調といい、物腰といい、目の色といい、小憎らしいほどに落ち着き払っている。しかも惚れぼれするような美男だ。渋みさえ感じさせる。

　諸々を考え合わせている老女の口許に苦笑のような微笑のような、笑みにまで至らぬ皺が刻まれた。様子を窺っている侍女たちを後片付けにもどるよう軽く叱責して遠ざける。ふたたび基宗と藤を交互に見やって、美男美女が交わればこんな童が生まれる——と得心し、その視線を峯丸に据えた。

　臆することなくすっと峯丸は頭をさげ、顔をあげたときは満面の笑みですべてを覆い隠していた。誘われて老女も笑んでしまい、若干の困惑をにじませた。単なる愛想のよい美童ではないことを見抜いたのだ。

　動揺しているのは藤である。その唇がわななきはじめ、見るみるうちに瞳が潤みはじめた。それをちらと横目で一瞥し、藤を向かぬまま老女は幽かに首を左右に振った。あわせて基宗もごく控えめに頷いた。藤は奥歯を噛みしめて峯丸を喰いいるように見つめ、迫りあがる情をかろうじて抑えこんだ。基宗が柔らかな声で告げた。

「覚えておらぬであろうが、ごく幼きころ、峯丸はこの御方にずいぶんかわいがっていただいたのだ」

　すると峯丸はすべてをのみこんで笑みを崩さぬまま、言ってのけた。

「奥方様のこと、覚えておらぬことは大層心苦しいことでございますが、言われてみれば胸のあたりがふわりとあたたかく、しかも切なくなってまいりました」

　俯き加減になって藤が視線をそらした。首筋や肩を強ばらせて慟哭に耐える。老女が眉間に縦皺を刻む。峯丸の言葉は、出来過ぎである。本音なのか。それともこの場を取り繕う体裁のよい嘘であるか。鋭い眼差しを峯丸に注ぐ。その視線に気付いた峯丸は老女の瞳の奥にすうっと這入り込むような視線を投げかえし、物問いたげな藤に真顔をむけた。

「物心ついたときから、父と二人暮らしでございます」

　老女に疑念を抱かれたので顔つきを変え、話を父にすりかえたのだが、藤はぎこちなく頷いた。

「父上は大層よくしてくださいます。日々学問を教えてくださること、それがやや重荷ではございますが」

「——御父上は厳しいですか」

「はい。毎日欠かさず、早朝より昼近くまでありとあらゆる学問を学んでおります。油売りはそのあとでございます。学んでいるさなかにだらけると、いささか怖い父上でございます」

　自分にあれこれしたように、過剰な押しつけをしているのではないかと険しい眼差しで基宗を一瞥する藤に気付かぬふりをして、峯丸は頬をゆるませて巧みに執り成す。

「とはいえ、峯丸はずいぶん甘やかされております。じつは、いまだに父上の腕枕で眠っております。父の腕でないとうまく眠れないのです」

基宗は腕枕云々がいささか照れくさかったのか、老女の言いつけも上の空でじりじりと輪をせばめてきていた皆の視線を遮るかのように、顔に手をやった。指先に煤がついていたのだろう、汗の浮いた頬に意外な強靱（きょうじん）さの黒い線が三本、引かれた。侍女たちが基宗にうっとりした眼差しを投げる。

藤は己の肩口から上膊（じょうはく）にかけてを遣る瀬ない目で追った。腕枕してあげたい。胸に抱きこみたい。だが、棄（す）ててしまった子である。いっしょに魂が抜け落ちてしまって行くかのような溜息をついた。

そんな藤を峯丸は得も言われぬ優しさをにじませて見あげる。もはや藤は周囲をかまわず躙（にじ）り寄りかねぬ風情である。峯丸も頬を紅潮させて思慕を隠さない。誰の目から見ても藤の様子から母であると直覚してしまったことがありありと悟られた。

基宗が腰を屈（かが）め、そっと耳打ちした。なにを言ったのかはわからないが、峯丸は弱々しく頷き、藤から視線をそらした。きつく結んだ唇がなんとも切なげで、侍女のなかには目頭を押さえている者もある。

そんななかで老女だけが冷徹であった。峯丸の姿は見事なる純であるが、見様によっては尋常ならざる不純が隠されているような気分にもなる。

あげく老女は峯丸という鏡に己の不純があからさまに映っただけだと胸中で呟いてしまい、やや狼狽えた。もちろん峯丸の術中にはまってしまっているのではという疑念から生じた狼狽（ろうばい）である。

一呼吸おいて老女は峯丸の仕種（しぐさ）や眼差し、そして言葉によってあらわされる巧みかつ強かな処世に内心呆れ気味に感心して、しかもそれを許容し、肯定してしまっていることがなんとも不可解で、あえて酸っぱい貌をつくった。

虚実が判然としない子供ではあるが、父に対する遣り取りには真実がにじんでいる。それだけは確信できて、だからこそ許容してしまっているのだと胸中で頷いた。

言葉をなくしていた藤が、躊躇（ためら）いがちに問いかけた。

「ひもじい思いなど、しておりませぬか」

「ひもじい――」

母の言葉に、なんらかの根強い不安と不信を感じとった峯丸は、強く否定した。

「いいえ。父と二人で商う油の売り上げは、なかなかのものでございますがゆえ、衣食に不自由したことはございませぬ」

「なるほど。色艶もよいようですね」

藤は母の眼差しで峯丸を観察していた。身なりは貧しいが清潔であり、肌も清浄にして疥癬や頑癬、白癬の類いもみられない。峯丸が言うことから判断すれば女手はないとのことだが、この年頃でここまで万端行き届いている子供はそうそういない。私が手塩にかけて育んだよりも健やかかもしれぬ。そんな若干の自己否定に沈んでいると、峯丸が一歩進みでて、藤の間近に立った。

「奥方様」

そう声をかけた峯丸は、あきらかにすべてを咀嚼しきっている気配であった。藤が自身にとってどのような存在であるかを完全に把握しているのだ。幼いながらに肚も据わっていて、超然とした気配さえ漂っている。その悧発さは空恐ろしいくらいである。よくぞここまで育ってくれて――と声を喪っている藤に峯丸は言った。

「このたびの大火、御屋敷がこのような有様で、どのような言葉を用いてよいのかわかりませぬが、ひとつだけ」

「――はい」

「万が一御不幸にあわれた方がいらっしゃいましたならば、まことに不調法かつ不躾、申し訳ないことでございますが」

藤と老女が揃って首を左右に振ると、峯丸は安堵のいろで瞳を輝かせ、続けた。

「どうやらこの御屋敷の皆様方、その御表情から察するに、ここにおられぬ御方も息災の御様子。浅学ゆえ不幸中の幸いがふさわしい言葉かどうか判じかねまするが、峯丸の率直かつ正直な言葉を口にすることを許していただければ、父と鴨の河原に逃げて見あげたあの巨大な龍のごとき凄まじき焔からすれば、御家中の方々が無瑕であらせられたこと、なによりでございました」

藤もだが、老女が目を瞠っていた。いよいよ空恐ろしい。淀みがないどころか絶妙の抑揚と間合いである。ある種芝居がかっているともいえるが、大人であってもこのように心のこもった言葉を吐くのは難しい。まして峯丸の美しくも切ない表情である。片付けの手を止めて耳を澄ましていた侍女たちも感に堪えぬといった面持ちである。まともに言葉を返せぬ藤にかわって老女がもともと曲がっている腰をさらに屈めて訊いた。

「幾つじゃ」

「七歳でございます」

「信じ難し」

即座に峯丸は老女の表情を読んだ。

「父には、ときに小賢しいと叱責されます」

「小賢しいものか。大賢しいという言葉はないが、賢しらもここにまで至れば、いやはやなんとも途轍もない美童よ」

すると峯丸は頬にすっと羞恥を泛べてみせたのである。すべてを見抜かれていることに対してとぼけるのではなく、あえて恥じらいをみせたこの瞬間に老女は骨抜きにされた。峯丸の顔から視線を引き剝がすようにして強い口調で基宗に尋ねる。

「来歴を。来し方を。隠し立てせず率直に述べよ」

「先祖代々、油売りにございます」

「よう言うた。たばかるのもほどほどにいたせ。北面の武士であったはず」

あえて藤を見ず、ごく控えめに基宗は苦笑した。藤が自ら語ったのではあるまい。この家に嫁いでから老女の追及があったのだ。それにしても藤が産んだ子であると見抜かれてしまうのだから、まさに血は水よりも濃いのである。

基宗が推察したとおり老女は老獪に外堀を埋めつつ言い逃れできぬようにしてから、別れた夫——基宗のことを藤から聞き出していた。だが藤の語った人物とは印象がまったく重ならない。一見優男だが、その節は——と藤に頭をさげて以降、徹頭徹尾、気持ちの揺れをあらわにしていない。

老女のたった一人の息子は大の女好きである。けれど孕ませたことがない。ゆえに相良家には跡継ぎができなかった。養子を迎えようと親族郎党のなかからあれこれ見繕いはしていたが、帯に短し襷に長しで老女は微妙に行き詰まっていた。

風潮としては子ができなければ女のせいにすることが多いが、もはや藤のせいにしてすませられるほどの余裕もない。自分の目の黒いうちに相良の家の安泰をはかりたい。老女は油売りの強かさに賭ける決心をし、素早く思いを巡らせた。

　峯丸を取り込むにはどうしたらよいか。油売りを継がせるならば、銭の勘定ができればよいだけだ。勉学に集中する必要もない。だが毎日欠かさず、早朝より昼近くまでありとあらゆる学問を学ばされていると美童は言っていた。すなわち油売りは我が子の栄達を望んでいるに決まっている。ただし安売りはしないだろう。いま、この子供に欠けているものは、なにか。

「峯丸と申したか。武芸の嗜みは」

「ございませぬ」

　老女は峯丸を覗きこむようにしながら基宗をさりげなく窺う。

「いまは御不在じゃが、この家の主、相良政豊様は将軍家御馬廻奉公衆にして武人として名高き御方」

　いったん息を継いで、峯丸を目で示しながら基宗に言う。

「一乗谷は朝倉家総大将、朝倉宗滴殿が仰有られたそうな」

　目で基宗が先を促す。老女は峯丸を愛おしげに見やり、囁く。

「――武者は犬ともいえ、畜生ともいえ、勝つことが本にて候」

　基宗の頬がすっと白くなった。老女はさらに基宗の耳の奥に言葉を押し込む。

「生き死にには綺麗事ではすまされぬ。この童ならば、宗滴殿の御言葉を鮮やかに具現体現できるであろう」

　老女はもう基宗を見ない。峯丸に猫撫で声をかける。

「御屋形様に頼んで、武芸を教わるというのは、どうじゃ」

　諸々の遣り取りを遠国の言葉のように聞いていた藤であったが、一気に背筋がのびた。武芸を教わる――すなわち峯丸が藤のもとにやってくるということである。その貌が一息に色づいた。

　御屋形様は、子ができぬ理由が己にあることを悟っている。まだ母上には内密にしておいてくれと前置きして、ちかごろは養子を考えていると藤に打ち明けた。なんのことはない、老母も養子を迎える算段をしていたのである。

なによりも、この家の主は、じつはこの老母であった。御屋形様は老母が命じれば、なんでもそのとおりにする。老母とそっくりの感性の持ち主であるから豪胆にして繊細、即座に藤の子であると悟り、老母と同様、峯丸に入れ込むであろう。

峯丸は幽かな困惑をみせ、そっと父を振りかえった。基宗が大きく頷いてやると、峯丸は小さく頷いた。燃え殻を踏みしめ、あらためて老女に正対した。

「父上からもお許しがでました。弓矢執る身の修練、胸が躍る思いでございます。されど峯丸は常に父と一緒にいとうございます。父上の手伝いがしたいのです」

「——断るというのかえ」

「せっかくの御厚意、胸に沁みいる思いでございます。けれど甘ったれの峯丸は、いつだって父と一緒にいたいのです」

老女はひどく気落ちし、藤は俯いた。基宗が控えめに咳払いした。

「峯丸」

「はい」

「そろそろ父から離れなさい」

「はい」

「せっかく御教示してくださると仰有っているのだ。ありがたくお受けするように」

「はい」

「よいな」

「はい」

峯丸はいきなり父にすがりついた。

「父上」

「うん」

「峯丸は父から離れねばならぬのか」

「通えと言っているのだ。御教示を受けて、父のもとにもどってくればよい」

峯丸は涙ぐみかけていた。

「これから先も、峯丸は父の腕枕で眠れるのか」

「もちろんだ。峯丸の重みがなくなったら、父のほうが眠れぬよ」

「わかった。ならば通うということで、お世話になることにする」

老女は峯丸がほしくてたまらない。悧発な峯丸ならば油売りよりも武家の跡取りのほうを選ぶであろうという目論見が崩れかけたこともあり、とにかく繋がりをつけようと基宗が口にするすべての条件を呑んだ。

この家の主は火災に乗じて志賀越道などから京に這入り込もうとする盗賊その他を見張るため、出火直後から配下をともなって神楽岡の陣城に詰めているという。鹿ヶ谷に山荘を所有しているので、焼け落ちた屋敷が再建なるまではそちらで暮らすとのことである。なるべく早う鹿ヶ谷を訪ねてこよ——と老女が身を乗りだしたが、基宗は柔らかな笑みではぐらかした。

なにぶん、この有様であるから、すべては一段落してから——ということで父子は老女と奥方に深々と頭をさげて辞去し、相国寺にむかった。

寺域には北小路など比較にならぬほど大量の焼死体が運び込まれたあげく、見あげるほどに山をなし、黒焦げに無数の黒点——蠅がたかって蠢きつつせわしない羽音をたて、一角では燃え残りの柱などを集めて腐敗がひどい生焼けから先に荼毘に付していた。屍体の脂に火がつくと、立ちあがる焔はなぜか青白い。地獄絵そのままであった。

柳原散所は土蔵などがないだけに完全に焼け落ちていて、見事なまでの焦土の更地であった。父子は口許を押さえてまとわりつく蠅を追い払いつつ、焔が這いまわった西の際である烏丸あたりまで知人の消息を尋ね歩いたが徒労に終わった。

落胆した基宗は道すがら出会った老僧に背負ってきた糧食をあずけた。幾多の戦乱もあり上京はよく燃えたが、これほどの大火は久々であった——との老僧の言葉を受け、暮れかかるころ基宗と峯丸は新在家の辻を折れ、地上の地獄と裏腹に妙に長閑な鴉の声を背に声聞師村にもどることにした。

帰り道、川風がとどくあたりまできて、基宗はひょいと膝を屈めた。臂にまわした手で峯丸を促す。久々におんぶしてもらった峯丸は、きつくきつく父にしがみつき、首筋に頬を押しあてた。父と子は母のことを一切口にしなかった。

＊

この明応の大火から復興した上京は、七十三年後、こんどは織田信長の手により二条御所を残してことごとく焼き尽くされた。惣町としての上京は商工業者が数多く集まって形成されていた下京とちがって武家や公家、そして寺社勢力が結集していた。衰えが顕著になってきていた足利将軍家の唯一の実質的支配下にあったと言い換えてもいい。だから将軍義昭が傀儡になるのを拒んだとき、織田信長は恫喝のため躊躇わずに上京を焼き払ったのである。ちなみに信長は焼き討ちの前に朝廷と綿密に交渉して、上京の町民を御所に避難させていた。

09

粗樫の巨木の森である。庭木ならば樫は徹底的に剪定される。天辺をとことん刈りこんで伸びを抑制し、枝々を呆れるほどに間引いてちょうどよいくらいなのだが、東山は如意ヶ嶽山麓の自然木である。鬱蒼と茂って樹下は薄暗い。

　あたり一面に落ちているどんぐりを踏むと草鞋をとおして足裏にぐりぐりと円やかな凹凸が伝わる。ぴーょ、と山肌を伝い落ちてくる口笛に似た響きは鹿の声だ。

　秋風に樫の葉がいっせいに揺れる。あたりは晩秋の気配に充ちていて、葉擦れの音は季節の移ろいを孕み、なんとも寂しげだ。峯丸は相良政豊に持たされた槍の先端に視線を凝らす。

　六尺ほどか、政豊の頭にもうひとつ頭をのせたくらいの長さの手槍である。槍としては短いものだが、峯丸にとっては充分に立派な槍だ。ただし先端に穂はついていない。粗樫の森にむかう前、鹿ヶ谷の山荘で政豊はどこか愉しげに穂先を抜いてしまい、かわりに五寸釘を挿しいれた。

　青光りする穂先ではなく赤錆びた五寸釘が先端に鎮座している姿は、黒漆塗りの艶めいた柄との釣り合いがまったくとれておらず、とにかく見てくれが冴えない。こんなところで子供扱いされたくないと峯丸は顔にはださねど、内心は不満であった。

　とりわけ太く茂った粗樫のもとで、政豊は永楽銭を取りだすと、その四角い穴に絹糸をとおした。峯丸に木登りを命じ、どの枝にするか細かく指図し、絹糸を結びつけさせ、地上にむけて永楽銭をさげさせる。

なにをするのか、させられるのかは判然としないが、作業の完璧を期す峯丸は、太い枝に腹這いになって絹糸の結び目を慥かめ、地上を見おろす。

永楽銭が揺れる眼下はぬかるみで、ハの字にひらいた足跡が無数に刻印されている。ハの字を追いかけるように副蹄(ふくてい)の跡も目立つから鹿の類いではない。猪(いのしし)だ。どんぐりを食べにきたついでに泥濘(でいねい)に転がって軀についた虫を落としたようだ。政豊が峯丸を見あげ、その視線を追い、呟くように言った。

「どんぐりをたらふく食った猪はよき香りがするものよ。じつに旨(うま)い」

「猪はどんぐりが好きなのですか」

「ん。どんぐりや椎(しい)の実。大好きなんだ」

峯丸は枝に腹這いになったまま、四肢をだらんとさげて脱力する。政豊はそんな峯丸を見あげたまま続ける。

「鹿は緑の新芽を食べて脂を程よくまとった夏鹿がいちばん旨い。猪は秋にどんぐりをたっぷり食って脂がのった冬の猪がいちばん旨い」

樹上で峯丸が頷く。政豊が付け加える。

「ま、香りだな。鹿も猪も、いちばんの違いは香りだ」

「獣は、食べる物によって味と香りが変わるということですね」

「ん。人だっておなじだ」

「食べたことがあるのですか」

「いまのところ、ない」

しばし見つめ合い、政豊も峯丸も笑みを泛べる。脱力したまま枝の周囲を円を描くようにして峯丸は落下し、空中にて体勢を整えて地に至る。

いくら猪がどんぐりを食べても、粗樫の巨木の群れは無限といっていいほどにどんぐりを落とす。いまも峯丸の眼前にぽとんと落ちた。まるでいたずら好きの侏儒(しゅじゅ)だ。イベリコ豚は、どんぐりを食べさせたものと飼料で育てたものが厳然と区別される。どんぐりを食べて育った味と香りが最上のものは、全流通量の一割にも充たない。京都出町の改進亭という肉屋では、冬になると猪が入荷する。どんぐりをはじめとする秋の実りをたらふく食べた得も言われぬ甘みと渋みのある香り高き猪肉(ししにく)は、まさに絶品だ。

それはさておき、適当に落下したようにみえて巧みにぬかるみを避けて着地した峯丸をぐいと抱き寄せ、いとおしげに政豊は頬擦りする。ときどき発作的に頬擦りしてくるのだが、無精髭（ぶしょうひげ）が峯丸の柔肌を烈しくこすり、摩擦熱をもち、肌が香るほどだ。肌と肌のこすれる温かな生き物の匂いは峯丸にとっても好ましいものだが、尖（とが）った髭の痛みはなかなかだ。満面の笑みで逃げる峯丸の頬に、とどめのひと擦りを加える。

　解放された峯丸が見つめていると、政豊は唐突に照れて曖昧に視線をそらす。そんな政豊を上目遣いで見つめて、言う。

「決まりが悪いのは峯丸のほうです」

「ん。相済まん」

　峯丸は髭で擦られて幽かに赤らんだ頬を掌（てのひら）でこすりつつ、穂のかわりに五寸釘を挿した手槍を一瞥する。政豊は頷き、草鞋を脱ぐと手槍をもち、ぬかるみに歩をすすめた。

「足場がよくありません」

「ん。道場のような整った場所で踊っても意味がない」

　政豊は首を捩（ね）じまげて峯丸を見やる。峯丸の瞳の奥を見つめながら、左手で掴んだ手槍を、すっと真横に突きだす。

　峯丸が目を瞠る。政豊は峯丸を見ているはずなのに、つまり余所見（よそみ）をしていたのに、永楽銭の四角い穴に槍の穂がわりの五寸釘が突きとおっていた。

「的は永楽銭の穴ですか」

「ん」

「脇見をしていたのに」

「ん。目の端でちゃんと穴を捉えておる」

「永楽銭が微動だにしておりませぬ」

「ん。五寸釘は永楽銭には一切触れておらぬからな」

　政豊は槍をくいと動かして永楽銭から五寸釘を抜き、峯丸を促した。草鞋を脱いで政豊に寄り添う。実際に立つと思っていたよりもひどいぬかるみで、傾斜がついていることもあり、気を抜いて動くと簡単に足を滑らせてしまう。

「峯丸は脇見せずともよい。真正面から的を射貫（いぬ）け」

「槍のかたちを教えてもらっておりませぬ」

「ん。かたちを教えたら、的を貫けるか」

「——わかりません」

「ん。ならば己で錯誤せよ」

「錯誤してよいのでございますか」

「師範よりかたちを教われば、慥かに早い」

「錯誤してよいのですね」

「ん。錯誤せよ」

あえてなにも考えずに、峯丸は手槍を構えた。政豊が余所見をしつつ槍を繰りだしたので型を真似ることもできぬからである。つまり峯丸の構えは完全に我流であった。こうなると右足が前か後ろかといったことさえわからない。槍も右手を穂の側にするのかどうかもわからない。

わからない尽しで峯丸は永楽銭の四角い穴を狙う。じっと睨みつけて集中していると瞬きが不足して涙が湧いて、四角い穴がにじんで歪んでしまった。ままよ、と力まぬことだけを意識して手槍を繰りだす。

ちん——思いのほか澄んだ音がした。

音に反して永楽銭は前後左右に烈しく揺れる。すっと政豊が手をのばして手槍を奪い、こんどは右手で突きだした。五寸釘は四角い穴に刺さっていて、暴れまわっていた永楽銭は絹糸を若干たるませて中空で静止した。峯丸は目を瞠り、しばし思案した。

「お尋ねしてもよろしいでしょうか」

「ん。なんなりと」

「政豊様はそれぞれ片手で扱われたが、左手は甲の側を下に、右手は甲が上にきておりました」

「ん。両手で構えるときも同様である」

「峯丸は力が足りませぬから、両手で構えてもかまいませぬか」

「ん。好きにしろ」

政豊が槍を引くと永楽銭は落下し、中空でくるくる回転しはじめた。峯丸は政豊の右手左手を反芻して手槍を保持した。

「斯様(かよう)に構えると、左足が前にきます」

「ん。そうか」

回る永楽銭を見つめ、気負わずに突きだした。先ほどよりも、さらに派手に永楽銭が踊った。気負っていないつもりだったので、峯丸は奥歯を噛みしめた。

政豊は蛭(ひる)が脹脛(ふくらはぎ)に吸いついて吸血し、見るみるうちに赤黒く膨らんでいくのを眺め、充分に血を吸わせると千切るように抓(つま)んで口の中に抛り込み、丹念に咀嚼した。その間も峯丸は無数に繰りだし、すべて失敗した。

「峯丸も食え」

「蛭」

「ん」

「――食わねばなりませぬか」

「ん。食え」

「なぜ」

「吸われた血を己のなかにもどす」

なるほどと童らしくない苦笑をかえし、峯丸は手槍を突きだした。ちん、と相も変わらず弾いただけだった。当たるだけまし――と政豊が笑う。ちいさな屈辱を覚える。

たいした動きをしていないのに、息が乱れている。峯丸は呼吸を整えた。足には五匹ほど蛭が喰いついている。それを一瞥して槍を操った。滑った。転がった。

「余所に気をとられると、死ぬ」

吸われた血を己のなかにもどす――といった調子で、政豊に暗示をかけられてしまったからこそ蛭に視線を投げてしまったのだ。一瞬、蛭に意識が行ってしまったからこそ滑ったのだ。それに気付いた峯丸は、両手の泥と槍の柄の泥を丹念に落とすと、もう政豊には目もくれない。もちろん蛭も消え去った。

西の空が茜色に染まっても、永楽銭の穴を突きとおすことはできなかった。息が白くなっていた。峯丸の集中に水を差すかのように政豊が呟く。

「じき暮れる。見えぬ穴を心眼にて突き刺す鍛錬をするならば止めはせぬが」

峯丸は我に返った。政豊は、半日近く付き合ってくれたのである。峯丸は槍を引いた。肩を落として嘆息し、政豊に一礼した。

「明日からは、独りで――」

「ん。いや、苦しいのは無様である。侍女をつける。菓子でも持たせる」

「独りのほうが」

「だろうな。されど、戦いは常に他人とするもの。峯丸が学ぶのは人殺しの術。はじめからなにものかの視線に曝されているほうが身につく」

上体を屈めて、峯丸の耳の奥に吹き込むかのごとく囁く。

「戦いとは、畢竟、雑念との戦い」

雑念との戦いと復唱し、逆光に沈む永楽銭を見つめる。

「峯丸にもできるでしょうか」

「ん。狙いすぎるな」

返事をしようとしたのに疲労が背筋を這い昇ってきて峯丸は立っていられなくなり、膝が崩れてぬかるみに尻餅をついた。政豊が手をのばしてきた。手首を摑んでぐいと引き起こしてくれた。すばらしい力だった。一瞬、宙に浮かんだかの心持ちであった。

政豊は足だけだが、峯丸は全身泥まみれである。叡山から出張ってきたのだろうか、いつの間にやら樹上に猿が群れ、申し合わせたように真っ赤な顔をさらし、小首を傾げて見おろしている。猿たちの息が幽かに白く染まっていることに峯丸は気付いた。粗樫の森をあとにし、如意ヶ嶽の斜面を勢いよく流れくだる桜谷川にむかう。

昨日の雨で増水して、山肌を疾る流れが爆ぜて白銀に散って岩を咬んでいた。頬にかかる水は冷涼な秋の夜の魁を閉じ込めて痺れるように冷たい。

けれど政豊は委細構わずといったふうで、着衣のまま急流に大股で踏み込んだ。峯丸も肚を決めて流れに身をまかせる。

傾斜がきついので流されれば命の心配をせねばならぬ。が、ぬかるみにへたりこんでしまったときに引き起こしてくれたのと同様、政豊がきつく手首を握ってくれた。もう片方の手で、思いのほか丹念な手つきで峯丸の全身の泥を流してくれる。

「この川をずっと上っていくと」

「はい」

「滝がある。楼門の滝だ」

会話はそこで終わってしまい、政豊は流れのなかに胡坐をかいて峯丸を横抱きにして蛭に血を吸われた痕を叮嚀に洗ってくれた。痛痒いところである。政豊の爪がじつに心地好い。うっとり半眼で見あげた空はほぼ暮れかけていた。頭上にかかる血の色に染まった楓が夜の気配に秘やかに揺れていた。

＊

それまでは飛び飛びだったのだが、永楽銭の穴を的にして五寸釘の槍で突きとおすという課題を与えられた峯丸は、基宗に頼みこんで鹿ヶ谷の山荘に日参するようになった。基宗は峯丸と油売りにまわれぬことに対する寂しさなどおくびにも出さず、必ずや的を射貫けと峯丸を送りだした。

甘えることに長けている峯丸は、相良の家で誰に取りいればよいかを初対面のときに判断していたから、狙い澄ましたように政豊の老母にだけ我儘をいい、駄々をこねるようになっていた。それをするときは、必ず体温が感じられる近さまで老母に身を寄せて拗ねたり癇癪をおこしたりという有様である。しかも、けっきょくは老いた乳房のあたりに膨れっ面のままの頬をあてがうといった手管を用いるのだから老母もたまらない。

甘えてすり寄って甘嚙みしてくる仔犬を誰が邪険にできようか。しかもこの仔犬は抽んでたかわいさで、老母の耳にだけ拗ねた憎々しい物言いを忍びこませてくるのである。他の者に対しては、ひたすら聞き分けのよい折目正しい子供なのだ。

当初はもてあまし気味に困惑することもあった老母だが、いつしか狎らされて、お互いの呼吸がぴたりと合うようになってきた。老母と峯丸の関係は、年の差を超えて憎まれ口を叩きあう仲のよい夫婦にちかいものになっていた。

峯丸は肌を触れさせ、髪の香りを嗅がせ、場合によってはごく間近に唇を寄せて唾の匂いさえあらわにして、横座りした老母の膝で無防備に眠るのだ。周囲の誰も気付いていなかったが、乳房のあたりに頬を擦りつけられたりしたとき、老母は若かりしころ、人生がもっとも春めいていた季節の女のときめきさえ憶え、もはや峯丸は老母にとって単なる童ではなく、程よく手のかかる最愛の庇護すべき男であった。

政豊は灯明の光に揺れる老母と峯丸を苦笑まじりに見やる。峯丸につけた侍女の報告によると、今日も暮れるまで永楽銭の的に集中したあげく、疲れ果ててもどり、はじめは老母を徹底的に無視したあげく、ふとした拍子に甘えかかり、こうして寝付いてしまったという。

峯丸を横抱きにしたまま老母も柔らかな笑みを泛べて船を漕いでいる。寝所に移してやりたいところだが、なにびとも立ち入ることのできない繋がりに、声がけすることもできぬ。幸福に充ちた老幼をひとしく眺め、侍女に問う。

「で、多少は巧みになったか」

「それが――」

「ん。だめなのか」

「いえ。御屋形様が余所見したまま射貫かれたとのことで、峯丸様もあらぬ方向に眼差しを投げたまま槍をお繰り出しになるので」

「ん。正面からならば射貫けるのだな」

「はい。百発百中にございます」

七歳の峯丸の視野は、未完成だ。大人のように広い範囲を見渡せるはずもない。ゆえに峯丸の挑戦は徒労だ。もちろん当人も政豊もそんなことは知る由もない。

政豊は冬が好きであった。京の夏は厭らしく肌にまとわりつくが、冬は澄んだ冷たさが肌の奥にじわりと沁みいる。たるむよりは引き締まるほうがいい。政豊は座敷にまで忍びこんできた夜の凍えた藍色を撫でるような眼差しで見やり、首をすくめる。あわせて侍女も静かに白い息を吐く。

「すっかり暮れてしまったな」

「はい」

「冷える。明朝は霜柱が立ちそうだ」

「はい。差し出がましいとは思いますが」

「ん」

「私が基宗様のところに出向いて、今夜はお泊まりになると告げてまいりましょう」

政豊の瞬きが一瞬、止まった。侍女は気付かない。鹿ヶ谷から声聞師村まで片道半時程度か。行って帰って、現在の時間になおせば二時間ほどもかかるのだ。夜道である。酔狂なことである。政豊は侍女からさりげなく目をそらしたまま、思う。五寸釘槍修行に附き従っているうちに、この女も蕩かされてしまったようである。思いは峯丸と侍女の具体的な接触にまで至ってしまい、政豊はこんどは過剰に瞬きして妄想を追い払う。答えをせかすように侍女が問いかける。

「御屋形様。いかが致しましょう」

「ん。基宗殿はさぞや寂しがるであろうな。冬の夜である。己の膝を抱いて眠るのはつらいものだぞ」

なぜか侍女の頬が染まった。政豊の視線に気付いた侍女が頬に手をやって囁く。

「まるで」

「なんだ」

「おなごのことのようでございます」

「ん。峯丸は性悪なおなごよりも危うい。よくないところがある」

本音を口にして政豊は腕組みした。侍女はすばやく政豊の目のいろを読み、すっと出ていった。下僕に声をかけて提灯を持たせ、夜道を声聞師の村にむけて足早に行く侍女の姿が脳裏に泛んだ。老母もだが、侍女も峯丸から離れがたいのである。これを機会に峯丸が鹿ヶ谷の山荘に泊まっていくようになればよいと目論んでいるのだ。先例をつくってしまえば、約束事はなし崩しになっていく。政豊はしばし思いに沈み、薄く目を閉じて首を左右に振った。

峯丸は藤を無視する。絵に描いたような慇懃無礼である。それを老母が咎めるかといえば、籠絡されてしまっている。自分の膝にのってくれさえすれば、藤のことなどどうでもよい。政豊も自分を棄てた母に対する峯丸の気持ちをあれこれ推察してしまい、まともな言葉を放つこともできず、まして母を蔑ろにするなと叱ることもできない。

だが、これではあまりに藤が不憫だ。

どうしたものか。目頭を抓みあげるようにして揉む。ぢんと沁みる。

大火の爪痕は京の経済に大打撃を与えた。このころ酒屋は土倉と称して堅固な土蔵をもち、質屋も兼ねた。戯れ言を承知で書けば、依存症になる酒を売っておいて、その酒を買う金を質草をとって貸すといったところか。とにかく酒屋と、酒屋に附随して経営されることが多かった土倉の被災が室町幕府に重くのしかかってきていた。

酒屋は酒壺の数、土倉は質に入れられた物の数で幕府に対する納税の義務を負わせていた。放火しておいて恩着せがましく消火するマッチポンプ的な方法で多大なる売り上げを誇るのが酒屋土倉である。

つまり依存性のある酒を売って金を貸す酒屋と質屋の税収は、それが大衆に抜けられぬ輪廻をもたらすこともあり、幕府にとって侮ることのできぬ重要なものであったのだ。なにせ将軍の生活費も酒屋土倉の納銭が原資だったのである。

本来ならば火災等で営業不能となっても役銭免除はありえないのだが、被災した酒屋土倉の数が尋常でない。強引なことをすれば酒屋土倉の復興に水をさす。酒屋土倉が以前の勢いを取りもどさねば、ただでさえ少なくなってしまっている税収が危機に瀕する。しかたなしに幕府は被災した酒屋土倉に対して半年分の納銭免除を布告した。さらに新たに酒屋土倉になろうとする者に対しても五箇月間納銭免除するとした。

税収を喪いたくないばかりにおこなった酒屋土倉に対する納税の免除は象徴的な出来事だが、町衆の勢いや地方の武士の擡頭と裏腹に、幕府や公家、朝廷の経済的な弱体は目も覆わんばかりであった。

相良政豊も将軍家御馬廻奉公衆の禄など当てにせず、自身の、そしてなによりも老母の才覚により種々の商い、投資その他によって奉公衆という名誉職を維持し、一族郎党を養うだけの収入を得ていた。

このたびの大火で屋敷は焼けたが、金目の物は前出の土倉、それも戦乱等に捲きこまれることが少ないであろう商工業者主体の下京は巽組の土倉に預けていた。土倉は質だけでなく、いまでいう貸金庫のような役目も担っていたのである。

九月末に後土御門天皇が没した。

幕府は葬式の費用を捻出できなかった。

結果、遺骸は清涼殿の北、滝口の西にある黒い戸板がその名の謂われである黒戸の御所に四十一日間、放置された。

遺骸を入れた柩が黒戸に置かれたまま四十余日。玉体は腐り、損壊して、虫が湧きだし——といった描写が続本朝通鑑に残されている。腐敗した天皇の葬儀が執り行われたのは十一月であった。それほどまでに室町幕府の財政は逼迫していたのだ。

相良政豊はそんな見窄らしい幕府を当てにせずにすむだけの財力を誇っているわけであるが、いまや自身に子胤がないということに強烈な引け目を覚えていた。

向日明神の森の奥で藤とつがい、その女としての素晴らしさに、そのまま屋敷に連れ帰った。抱くたびに執着が増した。正室を二年ほど前に亡くしていたこともあり、老母に訴えた。老母は藤のことをあっさり認めた。藤がいままでに三人、産んだことを聞き出していたからである。老母もこんどこそ子ができると一縷の望みをかけたのである。

けれど峯丸がやってくるようになって、老母は完全に政豊に見切りをつけてしまった。できぬのだから、致し方ない。また政豊が藤に産ませたとしても、峯丸のような子供ができるかどうかはまさに神のみぞ知るである。老母は徹底した現実主義者でもあった。峯丸が相良の家を継ぎさえすれば、なんの問題もない。問題がないどころか相良の家にとっては最良の選択だ。だから峯丸が足繁く相良の家に通ってくるよう、そして馴染むよう、あれこれ策略を巡らせている気配がある。

政豊自身も峯丸に惚れ込んでいる。実際に武芸の手ほどきをして実感しているが、これからの乱世を勝ちあがっていける、まごうかたなき逸材である。それは力自慢といったわかりやすさとは別格の、得も言われぬ複雑さをもった抽んでた子供である。

しかも峯丸は、基宗に対するのとは微妙に違うが、それでも本音で政豊を好いてくれているようだ。政豊が武芸だけに優れた単純な存在でないことを見抜いて、敬愛してくれていることがひしひしと伝わってくる。だが、養子の件は基宗次第である。基宗が峯丸を手放すか――。

峯丸と交わるようになって、じつはいままでになく昂進している切ない思いがある。藤を孕ませたい。藤に、我が子を産ませたい。貧乏揺すりで揺れ動いていた膝頭を掌でぐっと押さえる。勢いよく立ちあがり、峯丸を抱いたまま眠る老母を見おろし、藤を誘って寝所にむかう。

政豊は仁王立ちし、膝をついた藤の頭に両手をかけている。藤は女の手管にとりわけ卓越しているわけではない。だが、惚れ込んでいるということが総てである。いきなり兆してしまい、藤の口中に充たしそうになった。はなから藤は飲み干すつもりであったが、すんでのところで政豊は苦しげに藤の頭を押しやって、しばし冷却し、あらためて藤を横たえ、重みをかけた。

「相性」

「ん」

「恐ろしいものでございます。相性」

「ん」

政豊は短く肯ったが、心のなかでは藤もおなじことを思い、おなじことを感じていたことを知り、まこと相性というものは恐ろしいと藤にかける重みを増し、密着を強めた。とたんに耐えがたくなり、小声で訴える。

「藤」

「はい」

「堪え性がなく、すまぬ」

「いえ。いつでもいらしてください。相性でございますから」

「ん。すまぬ」

政豊は反り返った。それを離さじと藤が四肢をきつく絡ませ、低く長く抑え抜いた呻きをあげる。政豊の脈動にぴたりと合わせて藤も気を遣る。政豊と藤には小賢しい技巧など不要であった。

冷える晩である。けれど政豊も藤もうっすら汗をまとっていた。政豊はほぼ無の境地にあった。唐突に藤が政豊の背にまわした腕にきつく力を込めてきた。自身の裡(うち)に引き込むかのような、摑んで離してなるものかといった切実があった。

藤も満足しきっていると決めつけ、虚脱しきっていた政豊には意外だった。さらに慾(ほっ)しているのかと勘違いした。終えたのだぞ――と揶揄(やゆ)しようとして、藤の追い詰められた眼差しと鼓動に気付いて息を呑んだ。峯丸の無関心が、藤を深く傷つけていた。藤には政豊しかないのだ。

＊

おなじころ、荒ら屋を訪なった侍女から峯丸は今夜は鹿ヶ谷の山荘に泊まるとの報(しら)せを受けた基宗は、わざわざやってきた侍女を満面の笑みでねぎらった。附(つ)き従ってきた下僕がやりすぎなくらいに頭をさげる。

峯丸がもどらぬことに、なんらかの負の感情をあらわすのではないかと侍女は心窃かに構えていた。だが基宗は平常心をくずさず、落ち着き払っていた。侍女は基宗が我が子に万全の信頼を寄せていることを悟った。そこで、あえて底意地悪く訊いた。

「一度泊まってしまえば、それは習い性となってしまっていくのではございませぬか」

「子は親から離れていくのが当然でございます」

「――それで、よいのでございますか」

「よいも悪いも、峯丸の人生は峯丸の人生。いちいち親が口出しするようなことでもございますまい」

力みの一切ない、柔らかな貌で基宗は続けた。

「まして相良政豊様には過分な御厚意、お気遣いをいただいております」

さらに若干の照れをにじませて、けれど侍女の目を真っ直ぐ見つめて、言った。

「それに、とうにお察しのこととは存じますが、峯丸の半分は、奥方様より出来あがっております。ゆえにせいぜい奥方様に甘えてくれればよいと願っております」

侍女は基宗にあらわれた滅私と含むところのない率直な気配に困惑を覚え、それを圧し隠した。こうなると峯丸が藤にだけ素っ気ないことなど告げられるはずもない。どうしたものかと手指を絡ませて逡巡する侍女に、なにかあるのか――と基宗が抑えた上目遣いで様子を窺ってきた。

しばしの沈黙をはさんで、侍女は取り繕うための笑みを拵えた。作り笑いではあるが、はぐらかしてしまうための迎合に充ちていてたいそう艶めかしく、こんどは基宗のほうが困ったような貌をした。侍女は基宗の頬や口許に泛んだまだ女を知らぬ若者のような羞恥に、心窃かに目を瞠った。

侍女に対してときめきに似た動揺を覚えてしまったことを自ら窘め、戒めて、基宗は居住まいを正した。整った顔立ちの基宗が背筋をすっと伸ばして座す姿はたいそう美しく、侍女は思わず見惚れた。

意識せずに短垂髪を翫びつつ凝視してくる侍女の色香に、基宗はわずかに俯き加減になった。藤の出奔以降、峯丸にすべてを捧げて禁慾の日々を貫いてきた。峯丸が傍らにおればこのようなこともないのだが、細面の美相にして得も言われぬ嫋やかさの柳腰の女に見おろされているうちに、胸が高鳴りはじめてしまった。

基宗と侍女の視線が絡みあった。それで侍女は我に返った。どのように処すべきか幽かな困惑のあらわれた基宗の眼差しを、わざとらしい咳払いで遮断した。どこか決まり悪そうなその貌を基宗はいとおしく感じ、年の功とでもいおうか、穏やかな口調で促した。

「今宵は冷え込みます。さ、早く、おもどりなさい」

「いえ、まだ御用が」

怒ったような口調が照れ隠しであるのを見てとった基宗は、素直に頷いてやった。込み入った話のようである。火もないので茶の用意もできぬが、立ちっぱなしもなんだからと上がるように促した。

侍女は一礼して上がってきた。腰の前で結んだ葡萄茶の細い絎帯が侍女の心の揺れをあらわすがごとく左右に踊る。深紅の花模様は牡丹であろうか、草花にうとい基宗には判然としないが、昨今の流行りらしい小袖の裾を座る前に過剰に気にして整える仕種は、ほとんど誘っているのとおなじことだ。下僕も深々と一礼したが、上がらずに框に腰をおろした。

　基宗は、あらためて向かい合って座った侍女の複雑な綾をもった美しさに感じ入った。同時にひたすら封印してきた男の疼きがいよいよ耐えがたいほどとなってきた。これはいかん、と昂ぶりを抑えようとするが、こういった情は抑制しようとすればするほど背伸びしてくるものである。

　男と女である。侍女も基宗の気配を感じとったが、粘り気のないさらっとした表情をあえてつくって、せいぜい愛想笑いに見えるよう意識した笑みをかえした。けれど基宗は侍女の耳朶が朱に染まっているのを見逃さなかった。

　侍女は誘い込まれるように耳朶に触れてしまい、指先に熱を感じとるのと同時に開き直った眼差しを隠さず、しかも勝負の負けを認め、姿勢は正したままにして、基宗にしなだれかかるような気配をにじませた。

　基宗は侍女の情を目顔で受け止め、背を丸めて指先に息を吹きかけている下僕の後ろ姿に視線を投げた。侍女も基宗の視線をなぞって老人の背中を一瞥した。基宗と侍女は共犯の笑みで唇の端をごく控えめに持ちあげた。侍女があえてごく形式的な感情を含まぬ声音で言う。

「京極は六角を下がった奈良屋さんは御存知でございますね」

「それはもう、油を商う者で知らなければ潜りです」

「明日、奈良屋を訪ねよと初様より言伝てにございます」

「初様が――」

　相良政豊の老母が、京でも有数の油屋である奈良屋を訪ねろというのである。なにごとかと怪訝そうに小首を傾げると、侍女は下僕が背を向けているのをいいことに濡れた眼差しを隠さず、基宗の目の奥を射貫くように見つめ、わずかにひらいた血の赤の唇の奥の尖った舌先を見せつける。

　基宗も侍女も向かい合って座って以降、ひたすら見つめ合っていた。肌と肌をまといつかせるのと同様に、視線と視線を絡ませ合っていた。目合とはよく言ったものだ――と昂ぶりの息をごく加減して吐くと、侍女がすり寄るかの前屈みで、けれど抑揚を欠いた感情のこもらぬ声で念押しした。

「明日、差し障りございませぬか。よろしいならば私がお迎えにあがります」

＊

政豊は藤を腕枕してやって、薄闇のなかに泛ぶ格(ごう)天井(てんじょう)の格縁(ごうぶち)を、阿弥陀籤(くじ)を辿るかのように視線を流していた。峯丸を横抱きにしてうたた寝していた老母もさすがに床に就き、峯丸を腕枕してやって寝息を立てていることだろう。

藤は政豊の腋窩(わきのした)あたりにきつく顔を密着させて動かない。もちろん眠っているわけではなく、黙考に沈んでいるのだ。お互いに言葉を放てずにいた。なにか言えば、とたんに瓦解してしまいそうだからだ。かわりに政豊は時折、天井にむけて溜息をつく。

「政豊様」

「ん」

「溜息は似つかわしくありません」

「——ついていたか」

「はい」

「すまぬ」

「いえ、謝るようなことでは」

「ん」

それきり二人は黙りこくってしまう。ひいぃ、ひよおぉ——と鵺(ぬえ)の鳴く声がする。寒くなるとどこか暖かな地に飛び去っていなくなると聞いた。まだ、このあたりに居残っていたのかと政豊は寂しげな声に耳を澄ます。立ち去る機を失したか——。そこに藤の声が重なった。

「愁しゅうございます」

「ん」

「愁しゅうございます。政豊様の御子が愁しゅうございます」

政豊は目を見ひらく。

我が子。

藤よりも誰よりも愁しているのは、この俺だ——。

政豊は、ただただ藤をきつく抱きしめることしかできない。

鵺がふたりの様子をさぐるかのごとく気配を消した。もはや溜息もでない。

藤を抱きしめて天井を睨みつけて凍りついている

と、ごく控えめな鵺の声がもどった。
ひいぃ、ひよおぉ――。
藤の啜り泣きが重なった。

10

寝苦しい夜を過ごした。強がっていたが、峯丸の不在がよけいに基宗を苛んだ。それもこれも侍女の色香のせいである。まさに人肌恋しさに膝を抱いて寝た基宗であった。

雀が屋根で跳ねる音がそのまま伝わってくる荒ら屋である。寝たりていないが、もう横になっていられない。褥の上に胡坐をかき、腕組みして、なんだか朝から疲れ果てた気分だった。

気付くと、褥のなかの真綿が片寄っているのを無意識のうちに抓んで整えていた。情けないと首を左右に振り、苦笑いしたところを狙い澄ましたように引き戸が軽く叩かれた。とたんに基宗の背筋が痼ったようになり、戸口を睨みつけるようにして、かろうじて咳払いした。

夜は女にとっての最上の化粧である。ゆえに女は朝の弾ける光のなかで見ないほうがよい。だが忍び入るように引き戸をひらいた侍女は朝の日射しの眩しさのなかでも美相であった。それも藤のように冷たく整っているのではなく、なんとも艶やかで、なよやかで、朝日を吸いこむかのような肌である。昨晩とちがって基宗はぞんざいな口調で言った。

「早いな」

「はい」

女はやや前屈みになった。眉間に無私のにじむ淡い縦皺を刻み、目を凝らす。中指を立て、すっと伸ばしてきた。強ばる基宗に柔らかな笑みを泛べ、指先で基宗の左右の目頭を優しく拭った。

「うまく、とれませぬ」

指先を見つめる女の寄り目が愛くるしい。衝動が昂ぶった基宗は逆に口を半開きにして動けなくなっていた。女は上がり框に膝をつくと、そのまま基宗の前まで膝行って、その肩に両手をかけると母の眼差しで基宗を横たわらせた。

女が覆い被さってきた。

基宗は閉じなくなってしまった口のまま、自分の上を静やかに這う女のちいさなちいさな喉仏を見あげた。

　ふわりと重なった。

　女が舌を突きだしてきた。

　思わず凝固したが、女は委細構わずといった調子で基宗の目頭に舌先を触れさせた。

　女は両手で基宗の頭を抱き、時間をかけて叮嚀に、丹念に基宗の目脂(めやに)を舐(な)めとった。

　そのときはもう男と女の軀はきつく密着して密(ひそ)やかにこすれあっていた。女は男の軀がまさに男になっていることを腰のあたりで感じとって、先ほどから絶やさぬ笑みに素直な歓(よろこ)びの気配を深くにじませた。

「御不自由なさっていたのですね」

「なぜ、わかる」

「この猛りよう」

　決まり悪さに基宗は横を向く。女はいとおしげに核心をきつく押しつけ、小刻みに波立つかのように動いて基宗を刺激し、基宗の焰を煽(あお)る。

「たいそうな強ばりでございます。慎みを忘れて申しあげます。女にとってなによりも好ましいものでございます。好いた殿原との言い分けが要りますが」

　じっと見つめて、囁く。

「おまかせいただけますか」

「逆らいようがない」

「嬉しい」

　女が腰を抱いてきた。基宗は不調法を避けるため、気を逸(そ)らそうと早口で尋ねた。

「何がなにやらといったところではあるが、奈良屋では、いったいなにが――」

　女は唇をはずした。首だけ起こして問いかけた基宗を、上目遣いで見やる。

「奈良屋さんの推挙によりまして、大山崎八幡宮にて十二月十三日に執り行われる神事、判紙の会合、正しくは判紙祝儀の会合に基宗様が臨まれて許可状と印券を戴(いただ)くこととなりました。すなわち基宗様は新加神人放札注文の認可を得られることとなります」

　堅苦しい言葉が並んだが、基宗の男の強ばりはいささかも損なわれなかった。もう喋りは致しませぬといった面差しで女は基宗の腰に顔を落とした。

神事であり秘事である判紙の会合のことは耳にしたことがある。漠然と冬に行われると聞いた。十二月十三日という具体的な日付ははじめて知った。今日は十二月の何日かわからない。が、まだ初旬で十三日でないことだけは慥かだ。

奈良屋はもともと大山崎における最高位の神人が伏見にひらいた油屋であったが、応仁の乱で荒廃した京の東京極は六角と蛸薬師のあいだに分店をだした。これが大当たりしたのである。

油売りは大山崎神人の本所神人に止めを刺す。京の市中に在って油神人としての営業を許された住京の神人は大山崎の本所神人よりも格下で、大山崎の者が洛中で商いをするときは息を潜めるようにして油商いを控えねばならぬ。

されど奈良屋はもともと大山崎の神人筆頭である。伏見の本店にて大山崎に睨みをきかせつつ分店にて洛中の油商いをほぼ独占するばかりか金融に手をのばし、いまや飛ぶ鳥を落とす勢いである。将軍家や朝廷にも金を貸しているので、それぞれの認可が必要な新加神人放札注文も、いまや奈良屋の裁量で発行できるようになっていた。

新加神人放札注文の認可を得られれば、基宗は油司として販人の立場から抜けられるということである。

あの老母にどのような力があるのか、狐につままれたような気分だが、願ってもない僥倖である。たとえ金銭をいくら積んでも本所神人に加わることは叶わぬからである。

「奈良屋へは、いつ」

侍女は基宗を含んだまま目だけあげ、昼過ぎでようございます――と、くぐもった声で囁いた。直後、長年の禁慾の箍が外れ、基宗は腰を烈しく痙攣させて爆ぜた。侍女は許さず、呻く基宗をいたぶった。どうにか基宗が鎮まると、手を添えたまま嬉しそうに笑んで見つめてきた。

時間ならたっぷりある。基宗は互い違いになるよう命じた。女は羞恥に頬を染めつつも基宗を見つめ続けながらゆっくり軀を入れ替えた。基宗は眼前に拡がる鮮やかに濡れた血の色を凝視する。

＊

奥の間に案内されて基宗は居住まいを正しはした

が、侍女との交わりがすぎて背筋に力が入らない。心地好い気怠さのなかにあって余韻を心窃かに愉しんでいた。

その店名からきたわけでもあるまいが、奈良屋の外観は大和棟の抑制のきいたものであった。けれど奥の間の書院造りの金のかかり方は尋常ではない。

拭き漆の違い棚の上段より盃、肩衝、香炉と定石通りの並びで飾られている。基宗は幽かに薫きこめられた白檀らしき香に揺蕩いつつ先ほどから漠然とそれらを見つめていた。そのすべてが、知識はあっても実際には目の当たりにしたことがない基宗から見ても途轍もない逸品であることが悟られ、若干気圧され気味であった。

――なんの、草屋には草屋のよさがある。

薄く目を閉じる。隙間風が容赦なく抜ける草屋に身を横たえた浅茅の仄かに熱をもった肌がよみがえる。白檀よりも浅茅の匂いだ。基宗は人中の無精髭に沁みついた浅茅の残り香に、うっとりと目を細める。

浅茅は奥の間に上がることを許されなかった。一緒にいたいと念じる浅茅の艶やかな上目遣いを振りきって、ひとりぽつねんと座する基宗であった。浅茅以上に依存の心が育ってしまって、基宗は片時も離れたくないという思いをもてあましさえしていた。

藤には基宗に対する敬愛がなかった。仕打ちを慮れば当然のことではあるが、自分と峯丸を棄てた女である。

比して浅茅には基宗に対する崇敬がある。情愛がある。加えて、生々しいことではあるが、浅茅の軀には藤にはなかったねっとり絡みつくもの、優しく締めあげて基宗を慰撫する女の絡繰りが隠されていた。

基宗自身の仕掛けとの相性もあるのであろうが、浅茅の女の仕組みは抽んでている。幾度も男のものとも思えぬ呻きをあげ、身悶え痙攣してしまった悦楽は、女を抱いたのが久々であるからということからもたらされたものだけではない。

茶菓が用意されたきり人の気配がしない。用意されていた白石火舎を模したと思われる火鉢の熱を頰に感じつつ、反り返る浅茅の最奥に、最初に精を放った瞬間を基宗は反芻していた。完全なる合一であった。以降は狎れたというべきか、お互いに技巧を用いもしたが、それとて藤との媾合（こうごう）ではありえぬ濃（こま）やかなものであった。

やがて女人の追憶の昂ぶりに、じわりと現実的なもうひとつの腥（なまぐさ）い思いが忍び入ってきた。初が絡んでいるのだから、対応さえ過たなければ判紙祝儀の会合にて許可状と印券を戴けるであろう。いまのいままで逼塞（ひっそく）していたとは思っていなかった。だが、顧みれば相当に不自由であった。峯丸のためにも、なによりも自身のためにも、現状を打開せねばならぬ。

男には二つの抑えがたき慾がある。女人に対する慾。そして衆から抽んでる慾である。基宗は峯丸一筋で、それらをひたすら封印してきた。それが淺茅と契ったことで解かれてしまった。基宗の心は淺茅の肌から、新加神人放札注文の認可を得て油司に成りあがることに移った。

油司で終わるつもりなどない――。

心の奥底に棲みついていて、けれど、いまだかつて朧（おぼろ）な影は見せどもその尻尾の先さえあらわさなかった願望が、窃かに基宗の唇を動かしていた。もちろんその願望という名の生き物は、基宗に声にださせぬだけの抑制と強かさがあった。けれど基宗は意識してしまった。いま現在の生活の延長を続けて小忠実（こまめ）に働いて一廉（ひとかど）の油商人になったところでなにになる。武士の血が騒ぐ。男の野望が迫（せ）りあがる。

腰から背骨に力が張り詰め、漲（みなぎ）った。油司で終わるつもりはないが、さしあたりどのような無理難題を突きつけられても油司に成りあがる。許可状および印券を手にすれば、関津料（せきつりょう）免除の特権を獲得し、関所に関銭を払わずに自由に行き来できるようになる。じつに大きな第一歩である。

嗚呼――と胸中にて声が洩れる。

東は不破（ふわ）の関から西は播磨（はりま）、阿波（あわ）国まで関銭を払わずに自在に移動できるようになるのである。期せずして基宗は、伊勢新九郎こと後の北条早雲が伊豆国および相模国に武威を示したことを脳裏に描いていた。

西はなんとなく想像がついてしまうが、東は未知の世界である。伊豆国はともかく自在に動けるようになったら東に行ってみたい。都防備のために設えられた三関の一、美濃は不破の関を越えることができるならば、ほとんど京に閉じ込められているといっていい己の世界がどれだけ拡がることか。

散所の暮らしに不満はない。峯丸にとっても、中途半端に町衆に溶けるよりもよほど世界を学ぶことができる。なによりも峯丸に感応したありすけ大夫をはじめとする声聞師村の人々の支えは何物にも代えがたい。

だが峯丸が相良政豊のもとに通うようになり、基宗は一抹の寂寥と多大なる解放感に浸っていた。それが浅茅との媾合にて一息に束縛から離れ、自身のなかに抑えこんでいた男の本性が露出してきた。

なんら裏付けはないのだが、基宗は不破の関を越えられるということに目眩く自由感を覚えていた。感じているものは幻想といってよいほどの曖昧模糊の不明瞭で、実体はなにかと己に問いかけてもなんら答えらしい答えは得られない。だが、とにかく強烈な自在感が迫りきて胸の高鳴りは尋常でない。

都に住んでいるだけに目も覆わんばかりの幕府の弱体ぶりが常々伝わってきている。戦乱の気配がじわじわと押し寄せてきている。世情に敏感な者曰く——美濃を制する者は天下を制する——とのことである。

部外者は無責任にあれこれ口にし煽るものだが、油司に成りあがれば不破の関を越えられると気付いた瞬間に、美濃という名しか知らぬ土地が基宗の心にじわり大きく根を張ってしまった。

元来、美濃の国には国衙領、皇室領、摂関家領など国家の直接的経済基盤をなす荘園公領が規模広大にして濃密に在った。寺社領荘園も並立してはいたが、国家基盤を支える土地としては卓越していた。

遠い昔は王朝国家公領ゆえ御野と表記されていたほど地味豊かにして人丸く実直、加えて京に近すぎず遠からず、ゆえに目端の利く者は東山道に属する大国である美濃を完全に支配すべし。さすれば先々覇権に手をかけることができる——と、油売りのさなかにしたり顔で判じてみせた者がいた。

もちろん無責任な町衆の噂話に毛の生えた程度のものだが、基宗の心は昂ぶりに揺れていた。いままで笑みを泛べて聞き流してきたことが、なにやら俄然現実味をまして迫ってきたのである。

聞くところによれば奈良屋は美濃に専売的な販路をもち、その独占により多大なる利益を上げているという。そういった、いままでは自身となんの関係もなく、気にとめることもなかった事柄が、いきなり符合してしまったというべきか。奈良屋の名がでたとたんにすべてが美濃に結びついてしまった。

うまく奈良屋に食い込めば、自ずと美濃への途も拓けよう。声聞師村にて峯丸との暮らしに充足し、あえてすべてを閉じてきたせいで、美濃の守護が土岐氏であり、しかも国内が乱れに乱れていることさえも知らぬ基宗であったが、湧きあがる夢想に勢いを増した鼓動を抑えることができず、そっと左胸の上を押さえた。

許可状および印券を所有していれば、行きたい場所に行ける。これがどれほどの特権であるか、まさに行きたいときに行きたいところに行ける現代の日本人からは想像がつかぬことであろう。

このころの人々の移動を妨げていた最大最悪の関門が関所であった。

関所は律令時代に治安維持のために制度化して成立し、通行人や通過荷物の検査のために要路および国境に設けて脱出や侵入に備えた関門である。

けれど目敏い者が、治安維持の大義名分のもとに、関所が金銭収奪施設として見事に機能することに気付いた。単に人物や荷物の検査をするのではなく、ついでに通行する人や物から関銭と称する通行税や物品税を徴収する。そもそも関所は、国境その他の要路に設置されるのであるから通行人も物の移動も大量である。莫大な税収となる。

要は、餓鬼大将がここは通さぬ、ここから先に行きたいならば幾らかおいていけ——というのに似た、けれど餓鬼大将とは比較にならぬ暴力装置的システマチックさを背景にした合法的恐喝のようなことを目論みはじめたのである。

通行に金を取るということは、じつは関所の権威付けにも働く。関所というものは難儀なもの。厭なもの。面倒なもの。できれば近づきたくないもの——。民草が忌避する気持ちをもつことは治安上大切なことである。しかもどのみち移動を諦めた土着の百姓以外は否応なしに関所を抜けねばならぬのだから、関銭は必ず入ってくるのである。すばらしき一石二鳥であった。

それに気付いた権力側は、本来の通行税から際限なく範囲を拡大していく。寺社などの造営料捻出のための造営関、天皇の日常品などを扱う内蔵寮の租税の不足分を得るための率分関など、人々が移動通行せねばならぬのをよいことに、あえて交通量の多いところを狙って本来の関所の目的から離れた多くの関所を設け、金銭を要求することが当然のように罷りとおるようになった。

ところが世が乱れ、幕府の力が衰えてくると、それを真似て自らが関わっている街道筋などに勝手に関所を設けてしまう経済関とでもいうべきものがあらわれてきた。

結果、関所の運営は朝廷、幕府、社寺、土豪から離れてあらゆる階層に拡がっていく。海賊が航行中の船舶を急襲して関銭を要求する水上関など、その最たるものだ。これが室町期には完全に利権と化して、関所があちこちに濫立した。たとえば東大寺領の兵庫関では年間に二千貫文もの収益があった。

日野富子は京の七口に内裏修理用の関を設置した。ところが内裏修理は名目にすぎず、七口を出入りする者たちの商売物すべてに関銭を課し、しかもその税収はすべて富子の収入となったため、御台所の強慾な遣り口に土民たちが一斉蜂起して土一揆をおこした。ところが少したって、逆にそれに目をつけた山科七郷の村人が結託して関所を設置してしまうという身分制度上、本来ならばあり得ないことまでおこった。

とにかく都の周辺は関所が多かった。京の七口に設置された七口の関は当然として、京から奈良に至る街道筋、伊勢神宮に詣る膨大な人々が行き交う伊勢街道、琵琶湖を発源として京都盆地を経てその西の端で木津川と桂川を併せ、大坂平野を北東から南西に流れて大坂湾に注ぐ淀川流域など目も当てられぬほどの関所が濫立した。

濫立といってもぴんとこないかもしれないので具体的な数字をあげよう。ルイス・フロイスは伊勢神宮参拝にむかう人の多さに驚嘆し、人々の群れを巡礼と書き記した。

その大量の参拝者を当て込んで伊勢街道の四日市から桑名までのたかだか十数キロの距離に呆れたことに関所が六十余り、さらに伊勢神宮の皇大神宮と豊受大神宮の中間に設けられた外宮関の年収は東大寺領兵庫関を上回る三千貫文ほどもあった。

また淀川の流域に至っては、なんと四百もの関所があった。往来の烈しいところを狙うとはいえ、京と大坂を行き来しようとすれば地形云々とはかけ離れた人災とでもいうべき難事が待ち構えていたのであった。

十数キロの距離を進むのに六十以上の関所を抜けねばならず、そのたびに威圧的な、けれど形式にすぎぬ検査を受け、関銭を奪われることを想像してほしい。その煩わしさと金銭的負担、さらに時間の無駄は、まさに常軌を逸した異常事態であった。

これではまともな移動流通など不可能で、室町幕府はたびたび新関停止令を発布し、取り締まったが、弱体化した幕府の施策に実効はなかった。

その一方で、大山崎の油神人のように関所の通行料免除など諸々の特権をもった一部の組織が存在した。この者たちが他を押しのけて儲けの多い流通を一手に担い、伸張していったわけだが、京大坂間を四百もの関所で足止めされ、時間と関銭を奪われる他商人に対して、フリーパスなのだから圧倒的な優位に立てるのは理の当然であり、過所と称される朝廷や幕府から附与された関所通行の自由許可書を得た者の特権は、金銭では購えぬ特殊特別の途方もない利権であった。

しかも、この利権から派生する利益の一端をおこぼれとして落ちめの朝廷や幕府が当てにするという顚倒がおきていて、大山崎の油神人はいよいよ手厚く保護されて富を掻きあつめていく。

判紙祝儀の会合にて許可状と印券を手にすればまったく違った世界に立つことができると昂奮する基宗の心情もあながち的外れとはいえぬどころか、途轍もない権力をものにするための足がかりとして通行の自由は、なににも代えがたいものであった。

この無法な関所の林立および油座などの座の不公正な特権に終止符を打つには圧倒的な権力、すなわち織田信長の登場を待たねばならぬし、さらに威力と実効性がある関所廃止令による完全な経済関撤廃は、豊臣秀吉の天下掌握までかかってしまうこととなる。逆にいえば関所の濫立は、まさに乱世の象徴であった。

基宗は通行の自由を得た己のあれこれを、美濃にまで足を延ばす姿を想い描いて恍惚としていたが、大理石の火鉢のなかで赤く熾っていた炭がその表面に白い覆いをかぶりはじめたころ、さすがに待たされすぎていると気付き、訝りはじめた。

そこを狙い澄ましたように、ちいさな咳払いが聞こえた。

居住まいを正した基宗の前に入ってきたのは、小男だった。基宗の背丈の半分ほどにも充たない。頭、胴、手足、すべてのつくりが等分に小さくて、縮尺された大人のようだった。

主だという。奈良屋の主人がこのような小さな男だとは思ってもいなかった。しかも横に潰れた蟹のような貌をして、刻まれた皺が深く、抜け落ちてしまったらしいまばらな眉の奥の目が見事に丸い。

けれど声聞師の村で暮らしていることもあり、異形の者もまた人なりという気持ちが偽りなく基宗にはあった。人の善し悪しは見てくれ外見ではなく、付き合ってはじめてわかるものである。

その一方で見目麗しき女人が大好きではある。だが美貌が当人に幸せをもたらすかどうかは微妙なものがあるということも漠然とではあるが悟ってしまっている。

綺麗な女が好きだが、人は見てくれではない。調子がよいといわれようが、基宗の気負わぬ気持ちであった。だから奈良屋主人に対した基宗はごく自然体であった。

そこに妻女が入ってきた。その姿から一目で使用人ではなく妻女だとわかった。基宗は目を丸くした。歳のころは五十代だろう。主に似つかわしくない美しい女だった。笑みが泛んだ。奈良屋がさぐる眼差しで基宗を見やった。

「どうですかな」

問いかけられて、基宗は並んで座る夫婦を見つめ、悪戯っぽくかえした。

「ひいなの人形、昨今流行りの座雛のようでございます。ただし」

「ただし」

「はい。ただし、老いたるひいなでございます。ずいぶん仲がようございますな」

妻女が見あげるようにして言う。

「揃いもそろって斯様にこづくりな夫婦もめずらしいとお思いでしょう」

「はい」

と、基宗は返して、小さな小さな夫婦を真っ直ぐ見つめた。多少見おろすようになってしまうのは、現実の背丈の関係から致し方のないことである。

「娘がおりまする」

「男の子ができませんでした」

「跡継ぎがおりませぬ」

「私は娘がいとおしくてならず、跡継ぎのことなど、どうでもよいと」

　交互に口をひらく夫婦を基宗は黙って見つめつつ、目顔で肯った。奈良屋が膝をのりだした。

「商人ですから、単刀直入に申しましょう。娘が、な」

「はい」

「基宗殿を見初めたのだ」

　意外な言葉に、基宗は自身の顔を指し示した。奈良屋が頷いた。

　妻女が声がけすると、ずいぶん間をおいて娘が入ってきた。俯き加減のまま袂で顔を隠してしまっている。どうやらこの娘の羞じらいのせいでずいぶん待たされたようだ。基宗は夫婦と娘を交互に見やった。機先を制するかのように奈良屋が言った。

「娘の背丈は並でしょう。多少は小柄だが、これ、このとおり、育ちました」

　基宗は笑んで、失礼を承知でそっと上体を屈め、斜めから娘の顔を覗きこんだ。

「いかがです」

「御父上に似なくてよかった」

　妻女が咎める声をあげた。

「その物の言い様、なんと不躾な」

「されど奈良屋様も頷いておられます」

　夫の顔貌のことで怒る妻――。なんともよいものであった。そっと付け加える。

「先ほども申しあげましたが、御夫婦の、その仲のよきこと、じつに羨ましゅうございます」

　自身を顧みた、万感の思いを込めた言葉であった。

　奈良屋の笑みが深くなった。妻女は基宗を睨みつけている。挑むように言葉を投げてきた。

「不躾には不躾で返しましょう。妻に逃げられたとのこと。息は初様の御世話になっておるとのこと」

「然様でございます」

　峯丸が初の世話になっているというのは微妙だが、逆らわずにおこうと決めた。だいたい初の描いている絵が見えた。奈良屋の娘と一緒になってしまえば、峯丸は相良家のものになるといったところであろう。

　だが峯丸はわたさぬ。当分、相良家に預けてやって武芸百般の修行をさせる。峯丸の先々に資するよう奈良屋の身代をいただいてやる。基宗には我が子が父を裏切ることがないという絶対の自負と自信があった。相良の家で峯丸の素養を涵養していただいて、経済的裏付けを奈良屋で成す。そんな悪巧みをめぐらす一方で、極限まで追い詰めてしまった藤の窶れきった青白い打ちひしがれた横顔が泛ぶ。短く息をつくと、率直に語った。

「逃げて当然でございます。度し難い阿房ゆえに、たいそう苦しめてしまいました。私は臆病なくせに傲慢で、引きこもったまま逼迫になんの手立ても打たなかったのです。出奔のみが妻の生き抜く唯一の手段でございました。あのまま膝を抱えておりましたら、妻も私も倅も、皆、餓えて息絶えておったことでしょう。松波の家は途絶えてしまったはずです。いよいよ死するしかないという雨の晩、傘張りの手内職の荏胡麻の油が残っていることに思い至り、それを舐めて私と倅はなんとか生き存えました。相良の家に御世話になっている前妻とこうして相まみえ、初様の御配慮で奈良屋様とこうして御対面できたことも、また不思議な巡り合わせでございます。私のような者が生かされていること、それ自体に御仏の意思のようなものを感じておりまするとロにするのは、傲岸不遜ではありましょうが――」

口調こそ穏やかだが、生き死にの端境を包み隠さずに告げる基宗を、奈良屋の娘が凝視していた。きつく結んだ唇から血の色が失せているのが健気であった。やや目が大きすぎる気もしたが、澄んだ黒目に基宗が映っていた。娘の目のなかの基宗は、静かに頬笑んでいた。

きつく浅茅と契ったばかりなのに、奈良屋の娘に兆すものがあった。奈良屋の娘を慾しているのは、衆から抽んでたいという男の慾と込みである気がした。不純である。だが基宗はそれを平然と受け容れていた。奈良屋が娘をせっついた。首を竦めるようにして娘がか細い震え声で名乗った。

「結實ともうします」

あわせて基宗が名乗ると、知っておりますと羞恥に顔をそむけた。結實は当然のこととして、基宗の様子も満更でもないと読んだのだろう、奈良屋が安堵の息をついた。それを見てとった基宗は、あえて率直に言った。

「奈良屋様も、親莫迦でございますな」

「基宗殿もそうであろうが」

「然様。倅のためならば命も惜しくありませぬ」

　奈良屋が基宗を見据えて、小さな握り拳を固めた。

「判紙祝儀の会合が目当てでも、奈良屋の身代に引かれておったとしてもかまわぬ。基宗殿のことはとことん調べ抜いた。油の商いはじめ、非の打ちどころがなかった。初様からも強く薦められた。なによりも昨年の妙覚寺域にて執り行われた京の油売りの会合にて結實が基宗殿を見初めて、以来夜も日も明けぬ有様でな。ま、どのみち婿を迎えねばならぬので、ならば結實の思いにそうてやろうと決めた次第」

「はい。ここに誘われた当初は、仰有るとおり打算が働いておりました」

「いまは」

「打算が消えたわけではございませぬが、結實殿を拝して――」

「言え。言ってくれ」

「ときめくもの、が、ございました」

　小さな小さな母が安堵に首をがっくり折って盛んに溜息をついた。奈良屋も薄く目を閉じて感慨に耽り、満足げに首を左右に振っている。結實はといえば、両頬を掌ではさみこんで蕩けた眼差しを基宗に注いでいる。

　峯丸ほどではないにせよ、女人を引きつける貌をしているという自覚はある。小柄で幼い結實は、まさに基宗の外貌に胸ときめかせて父母をせっついたのであろう。

　基宗は自身の娘のような年頃の結實に穏やかに包みこむ視線を投げた。その優しげな眼差しは幾許かの下駄を履かせたものではあったが、基宗の胸中にいとおしさがじわりと拡がった。早く孫が見たい――と小さな小さな母が虚脱気味な眼差しで呟いた。

11

　十二月十三日、秘密の神事である判紙祝儀の会合が、山崎の社司らの手によって古式に則って執り行われた。廟に参拝し、社座を開き、基宗に許可状と印券が与えられた。

　明けて二月、黄道吉日に基宗は奈良屋に婿入りすることとなった。峯丸は基宗の境遇の変化を敏感に悟っていたが、一切気持ちを乱すこともなく相良の家に通って武芸の鍛錬に励んでいた。

　すっかり春めいて日射(ひざ)しのぬくもりも心地好(よ)い婿入りの前日、久々に基宗は峯丸を油売りに誘った。峯丸はたいそう嬉(うれ)しそうで、笑みを抑えるのに苦労している気配であった。基宗が満足げに頷(うなず)くと、峯丸は爪先立って勢い込んで言った。

「引きというのですか。御客様を引き寄せる方策があるのです。槍(やり)の修行にて、油売りにもってこいの秘策を得ました」

　基宗は愉快そうに笑う。どのような秘策かと問うと、それは実際に御客様の眼前にてとはぐらかす。基宗は一回り背丈も厚みも増した我が子を、やや腰を引いて眺めやる。油桶(あぶらおけ)の天秤(てんびん)を担ぐ。以前と違ってあちこちに気をとられて蛇行することもなく、基宗の傍らを姿勢正しく歩む峯丸だった。それでも、そっと基宗が窺(うかが)うと、なんとも愉(たの)しげである。

　父と子でやってくるのは久々だと、さっそく声がかかった。馴染(なじ)みの遊び人であった。嬶(かかあ)に油を買うてこい——と升(ます)を投げ渡されて足早に父と子を追ってきたのである。峯丸がいささか大仰に口上を述べた。

「じつは商いを極めるため、若輩ながらこの峯丸、修行の日々でございました」

「おっ、大きくでたな」

「斯様(かよう)に御客様は仰有(おっしゃ)りますが、峯丸の油売りの技を目の当たりにされたならば、以後、他の油売りから油を購(あがな)うのが退屈至極と相成ることでございましょう」

　どこかいたずらっぽい眼差(まなざ)しで峯丸が見あげてきた。基宗には委細がわからぬから、すべて峯丸の指図に従うつもりである。

「さ、御客様。御持参の油升、この峯丸の背丈にあわせて低く、低く、地べたぎりぎりに構えてくださいませ」

　客が膝を折ってしゃがみ込み、地面に触れんばかりの位置に升をもった。峯丸は基宗に永楽銭を一枚と芝居がかった口調で所望し、真顔で続けた。

「さすれば、その永楽銭、升のど真ん中にくるように御願い致します」

　峯丸は柄杓(ひしゃく)に荏胡麻(えごま)油を汲(く)むと、爪先立った。じつは今日は油売りに付き合えと伝えて以降、峯丸は幾度となく爪先立っていた。できうる限り背伸びをしていた。客は升、基宗は永楽銭、それぞれ保持して身を縮こめるようにしてしゃがんでいる。

　精一杯背伸びした峯丸が柄杓を中空高く掲げた。わずかに手首が動いた。峯丸がなにをしようとしているのかを察した父は、緊張で喉仏を大きくぎこちなく動かしながらも拇指と中指で支えた永楽銭を微動だにさせぬよう、気を集中した。

　つつつ——と荏胡麻油が天から細い糸となって落ちてきた。客も基宗も仰ぎ見ていると、陽光を背後から浴びた荏胡麻油の細糸が淡い緑色に輝いた。透明な緑の美しい綾が一筋音もなく落ちてくる。

　油は四角い穴に一切触れることなしに永楽銭を抜けていき、じわじわと升を充たしていく。逆光に荏胡麻の油が薄緑をまとった黄金色に燦めく。

　見あげる客は感嘆のあまり瞬きも忘れて透き徹った緑の糸を凝視している。基宗は自分が永楽銭を動かし、揺らしでもしたらすべてを台無しにしてしまうと緊張の極みで、ほとんど凝固して銭を保持していた。すべて垂らしきるまで、ひたすら基宗は息を詰めていた。

　柄杓をもつ右手首がすっかり返った峯丸が満面の笑みを泛べて、もう柄杓から一滴もこぼれませぬ——と客に告げたとき、基宗はその場で腰砕けになって臀をついてしまいそうだった。

　客は升を地面に置き、峯丸の周囲をくるくる回り、派手に手を叩き、囃したてる。なにごとかと道行く者は足を止め、格子戸をひらいて顔を覗かせる。

　これが後世、油売りだったころの斎藤道三が柄杓からの油を一文銭の四角い穴を通して垂らすのを売りにして商いしたという伝承の原点である。じつは、この技は、槍の先に仕込んだ五寸釘で永楽銭の穴を突きとおす鍛錬を応用したものであった。

　充分な人だかりができてから、峯丸は、こんどは父に永楽銭を前後左右に動かしてくれと頼みこんだ。それは無理だろうと人垣から声があがり、我先に油の升が差しだされた。もちろん峯丸はこの難しい技も軽々とやってのけた。

　美少年の美技に割れんばかりの喝采がおきた。もちろん峯丸にしてみれば、永楽銭を前後左右に動かす父と完全に息があっていることを確信し、父のすべてを信頼しきっているからこそ成せる技であり、基宗も我が子の技を欠片も疑うことなく自在に永楽銭を操ったのであった。

峯丸は言葉にはしなかったが、父といっしょに油を売るのは今日が最後であることを悟っていた。どのような行く末が待っているのかは皆目見当もつかないが、峯丸はすべてを父にまかせきっていた。

その信頼がじわりと伝わって、永楽銭を抓むようにもつ父は、俯き加減できつく唇を咬みしめ、密かに落涙に耐えた。

実利とはなんら無縁な峯丸の技であり、芸であったが、客が群れ、たちまち油桶が空になってしまった。父は客たちに深々と一礼して空の桶の天秤棒を担いだ。いつもの空の桶にも弥増して、なんとも心許ないほどに軽く感じられた。峯丸が長らくの御愛顧云々と口上を述べ、それを傍らで聞いていた父は、やはり峯丸はすべてを悟っているのだと去来するものに胸をつかれ、俯いた。

父と子は黙って歩きはじめた。柄杓を高く掲げていたせいで峯丸は腕に痼りを覚え、左手で右腕を揉んでいる。それを横目で見ながら基宗は今出川小川にむかった。

明応の大火で焼け落ちた鳥屋が仮店舗で営業しているのを父は知っていた。鳥屋の前で父は子に、先ほどまで客寄せに使っていた永楽銭を渡した。峯丸が目を輝かせて父を見あげた。

父は頷き、峯丸に焼いた雉肉を見繕うよう促した。当然ながら代金として鳥屋の手に渡った永楽銭に、油で濡れたあとなどは一切なく、ただ雉肉を見繕っているときにきつく峯丸が握りしめていたので、掌の汗でしっとりしていた。

包んでもらった雉の焼き物を峯丸に持たせて、河原にでた。父と子は平たい石を選んで並んで座った。ちょうど午だった。春爛漫である。川面に爆ぜて白銀に燦めく日射しがまぶしい。父と子は同時に顔を顰めるかのように目を細めた。

「父上」

「うん」

「鴨で雉を食べるのですね」

基宗は俯き加減で笑いだした。笑いはそのままくぐもった、啜りあげるような声に変わった。けれど峯丸は、父が泣いているとは思ってもいなかった。乾ききった川石の上に黒い不規則な染みができていくのを見てとった峯丸は、黙って基宗の腕をとり、小さな懐にきつく抱きこんだ。

「会えなくなるわけでは、ない」

「はい」

「だが」

「はい」

「当分、いっしょに眠れなくなる」

「――はい」

「父はな」

「はい」

「油商いがてら、美濃に足がかりをつくろうと窃かに思案している」

「美濃、ですか」

「美濃だ」

基宗が塩した雉肉を抓み、峯丸に差しだした。勢い込んでかじった峯丸が、眉間に子供らしくない縦皺を刻んだ。

「どうした」

「――辛い」

どれ、と基宗が雉肉を見てやると、真っ二つに割れた小さな粒の片割れが覗けていた。峯丸が歯で断ち割ったのだろう。

「鳥屋も奮発したものだ。これは胡椒というものだ。かなり高価である。香りと辛みをつけるものだが、峯丸は大当たりだな」

胡椒つまり香辛料のコショウである。まだ痺れに似た気配に支配された舌先に指先で触れ、峯丸は微妙な顔つきだ。

「遠い昔、後三条天皇は焼き鯖に胡椒したものを好んで食べたとのことだ」

ならば峯丸も――と残った粒を口に入れようとしたのを奪い、基宗は奥歯で噛みつぶした。しばし間をおいて、峯丸と顔を見合わせて控えめな笑い声をあげた。

「肉といっしょに食べるべきであるな」

峯丸が大きく頷く。芳香はすばらしいが、胡椒のみを齧るのはなにかの罰のようなものである。父と子はしばし黙々と雉肉を咀嚼した。父はさりげなく峯丸に大きく艶やかな雉肉を与え、子は父に程よい色あいに焦げた雉肉を食べてもらおうと気を配る。

「いまから七、八年前といったところか」

先ほどから頭上を鳶が舞っている。雉肉を狙っているのである。気付いた峯丸は父の口に残りの雉肉すべてを押し込んだ。

「鴨の鳶はなかなか獰猛ですがゆえ」

人が物を食っているのを狙って急降下し、奪い去ろうとするのだが、ときに流血を引き起こすほどである。基宗は口いっぱいに肉を頬張ってしばらく顎を動かし、すべてを胃の腑に送りこんでから、雉の脂で艶やかな峯丸の手指を口に含んで舐めあげて、あらためて明応の政変について語りはじめた。

「第十代将軍、足利義材が家臣である細川政元の手で将軍の座を追われたのだ」

「将軍が家臣の謀反で」

「うむ。この政変以前から幕府は弱体となっていたが、これによって幕府はほとんどまともに働かなくなった。峯丸も知っているだろう。あちこちに関所が濫立していることを」

「あれは、幕府の抑えがきかないせいなのですね」

「関所以外にも、抜け殻となってしまった幕府の無力から、あれこれ弊害があらわれてしまっている。落ちぶれた権威というものはじつに悲惨。結果、いままでは幕府の顔色を窺っていた地方の有力な守護などが領地の治安から経済までを掌握し、一国の王のごとく振る舞うようになってきた」

世情と無縁だった基宗だが、奈良屋に婿入りが決まってから美濃をはじめ各地の有り様を調べ、政治経済のことまで徹底的に学んでいた。

「されど守護というものは中央の権威の後ろ楯で成り立っていたものだ。能力のない碌でなしであっても世襲等々でのほほんとやってきたような輩も多い。ま、幕府が弱体となって好き勝手しはじめたはいいが、実質が伴わぬばかりか、幕府という後ろ楯も喪ってしまったというわけだ。日本国中、不安定の極致にあるのが現状である。こんなとき、なにが起こると思う」

「——将軍が家臣に追われたように、下位であっても実力をもつ者がのしあがる」

「そうだ。下剋上の時代である」

「下剋上」

「うむ。伊豆国を奪取した伊勢新九郎殿のような御方の時代である」

基宗が草屋を構えていた西岡に縁の深い伊勢新九郎、後に初の戦国大名と称されることとなる北条早雲の名を口にするとき、基宗の声は気負いのせいで幽かに震えていた。

「乱世である」

峯丸の唇が、乱世と動く。基宗は大きく頷き、胸の裡に秘めた野望を子に語った。

「残念ながら冷徹に己を見据えれば、俺に伊勢新九郎殿のような抽んでた才覚があるかどうかは怪しい。なによりも、長い年月を無為に過ごしすぎた。得た教訓は、己を買い被らぬということに尽きる。さりとてまったく役に立たぬというわけでもない」

父の決意の眼差しに感応して、峯丸の黒目が黄金とも紫ともつかぬ複雑な色を帯びる。瞬きをしない。

「このたびの奈良屋婿入り、松波の家の名をふたたび興す絶妙にして最良の機会。だが本音はもはや家名などどうでもよい。おまえには新たな一家を成してほしい」

峯丸の眉間を刺すがごとく、人差指で指し示し、呟くように言う。

「なあ、峯丸。俺は美濃に目を付けている」

先ほど父から、油商いがてら美濃に足がかりをつくろうと思案している——と聞いていた。峯丸は父の手首をきつく握って揺れる眼差しで先を促す。基宗は美濃という国の詳細を語る。豊かな土地であり、京の都に対して絶妙の位置にあることに峯丸が納得したのを見てとってから、言葉を続けた。

「美濃の守護、土岐家を一言でいえば、家督争いの絶えぬ家柄である。とにかく美濃支配は不安定。五年ほど前か、土岐家相続をめぐり、守護代の斎藤利藤の弟利国と小守護代である石丸利光が争った」

東山からの一陣の風が川面を伝って河原を抜け、萌えはじめた青草がいっせいに頭を垂れ、まだ小さな淡い緑色の飛蝗が四方に飛翔した。

「美濃を支配しているはずの守護土岐氏の権力は衰え、守護代の弟にすぎぬ斎藤利国がのさばって、じつに守護の後継を勝手に決めるほどにまで増長していた。すなわち斎藤利国は自分が選んだ守護を傀儡に据えて美濃を支配しようと目論んでいたのだ。それに不満を抱いた小守護代の石丸利光は美濃守護である土岐成頼の四男土岐元頼を立てて、斎藤利国と争った。船田合戦である」

頭上を舞っていた鳶も獲物の消滅とともに飛び去っていた。峯丸は父の腕をきつく握ったままである。

「話が入り組んでいる。俺がなにを語っているかわかるか」

「わかりまする。それに、きっかけさえ摑めば、峯丸は自身で学ぶこともできます」

　子の力強い言葉に笑みで貌を輝かせ、基宗は峯丸の手を掌で覆って、続けた。

「この合戦は斎藤利国が勝った。で、敗れた石丸利光は自身の城を焼いて南近江の六角氏の許へ逃れたわけだが、翌年には勢いに乗った斎藤利国が六角氏討伐に遠征した」

「追討でございますね」

「うむ。ところが斎藤利国、近江にて六角氏に大敗北、斎藤一族は多数戦死、利国自身も死んだ」

　峯丸が子供らしくない苦笑いを泛べた。言いたいことを言えと基宗が促す。

「はい。なにやらすべてが莫迦正直に見えてなりませぬ」

「それだ。伊勢新九郎殿のような狡知といってはなんだが、この乱世を駆け抜けるための智慧に大きく欠けて、まさに美濃の有様、莫迦がつく正直。慾が慾のままに投げだされ、いまや収拾がつかぬ」

　峯丸が父を見あげて大きく頷く。基宗は頷き返し、峯丸の耳の奥に、ひとことひとことを区切るようにして吹き込んだ。

「俺は、将来のおまえを、当てにして、父として美濃に先乗りし、ひとつひとつ叮嚀に、しかし深く、強く楔を、楔を打ち込んでおこうと決意した」

「美濃を、どうなさるのです」

「もちろん、美濃をもらう」

「美濃をもらう」

「むろん松波左近将監基宗の代では、難しいだろう。充分に吟味したが、俺は楔を打ち込む役である。で——」

「で」

「うむ。で、峯丸は俺が打ち込んだ楔を足がかりに美濃にのぼる。美濃の頂上に立つ。すなわち」

「すなわち」

「すなわち、親子二代で美濃をものにする」

　基宗が首を折るようにして峯丸の耳許に顔を寄せて訊く。

「誇大な妄想であるか」

「いえ。この峯丸、必ずや父上の打ち込んでくださった楔を足がかりに、美濃の頂点に立ってみせます。けれど――」

「うん」

「父上と離れとうない」

「うん」

「峯丸はずっと、ずっと父上と一緒にいるつもりだった」

「うん」

「父上が奈良屋に婿入りするのは、この峯丸のためなのだな」

「そうだ。皆まで言わせるな」

「わかった。怺える。峯丸は怺える。父上によろこんでいただけるために、怺える」

「誰にも明かすな」

「もちろんでございます」

「気が触れたと思われるのがおちだからな」

「父上と峯丸だけの秘密でございますね」

「然様。俺が生きているうちに、美濃で楽をさせてくれ」

「わかった。必ずや。だが、父上」

「なんだ」

「父上が決して思いつきで物を言っているのではないことはよくわかっている。けれど、奈良屋はどうする」

「足がかりのためならば、奈良屋の身代など知ったことではない」

「そう言うと思った。浅茅殿が」

「ん、浅茅」

「浅茅殿がな、凄い笑いを泛べて基宗様は奈良屋を食い潰して伸し上がるおつもりと」

「俺は浅茅に惚れ込んでおる」

「浅茅殿はこの峯丸にようない悪戯をする」

「――そうか。すると峯丸は、俺と恋敵であるな」

父の破顔に、峯丸は渋面をつくる。

「浅茅殿は父上が奈良屋の娘のことで目を細めたりすると、てきめん峯丸に対する悪さの度合いを――」

「厭なら、やめるように申しつけておく」

「よい。浅茅殿に触れられて、父上を思う」

「浅茅は手放さぬがゆえ、これからも内密に伝えたきことあらば、浅茅に申し伝えよ」

峯丸は返事をしなかった。小刻みにしゃくりあげはじめた。基宗は峯丸の首に手をかけてぐいと引き寄せ、膝に押しつけた。峯丸の背を撫で、啜り泣きを聞きながら、鴨の流れを静かに見守る。父と子の二代にわたる美濃国盗りの端緒であった。

12

父と会う機会がほとんどなくなった。父は京と美濃を忙しく行き来して将来の足がかりを築いているばかりか、油売りの本分も忘れずに奈良屋の身代を大きく増やし、拡げているという。

政豊の老母、初は別段恩を売るわけでもなく、初孫に接するがごとくやたらと甘い。峯丸のほうが、父が初から格別の世話を受けたと思い詰めて、健気に相良の家の子息を演じているようなところがあった。ともあれ父の様子は淺茅をとおして知るばかりの峯丸であった。

その父はといえば、淺茅が峯丸に対して性的ないたずらをしていることを知っているばかりか、峯丸が可能になって淺茅とつがうならば、それもまたよし——と、淺茅に直接言ったという。

同じ女を父子で共有する。それを肯定するほどに強いつながりを持っているともいえるが、基宗の異常性の一端があらわれているともいえる。

もっとも、この尋常ならざる強い思い込みがあればこそ、基宗は油商いをこなしつつ、歩みこそ早くはないが、粘り強く美濃に着々と足がかりを築いているのである。

世情はといえば、二年前に後土御門天皇が身罷って、後柏原天皇が践祚した。峯丸が九つになったこの年、朝廷はいつまでも動こうとしない幕府に痺れを切らし、新しい天皇の即位式を執り行うべしと幕府に五千貫文の即位費用、段銭調達を命じた。段銭とは天皇即位や譲位および内裏の修理等々の費用を捻出するために一国単位にて課す臨時の税金である。

ところが守護がそれに応じない。応じたのはたった三氏のみ。その三氏の金額も、山名氏三十貫文、一色氏二十貫文、上杉氏五十貫文、計百貫文。米価変動等に左右されるためにこの時代の貨幣価値をいまと比較するのは難しいが、室町時代の一貫文を現代の貨幣価値に換算すると八万から十万円といったところか。五億入り用だと命じたのに、一千万しか集まらなかったのである。しかも寄付の類いとちがって、あくまでも税である。とにもかくにも幕府も朝廷も舐められきっていて、まともな対応をする者がいない。

　結果、年末に行われるはずであった即位式は延期せざるをえなくなり、立ち消えとなった。呆れたことに、後柏原天皇の即位式が実現したのは、なんと践祚から二十一年後であった。この遅すぎた即位式も本願寺が資金調達したとの噂がしきりであった。

　このような為体の幕府に仕えている相良政豊は、他の幕臣と同様、内心では幕府を見限りつつあり、けれどまだまだその権威は使えると判断していた。初の入れ知恵もあり、今のままの状態を保ちつつ、あれこれ私腹を肥やす算段をしていた。だが残念なことに御馬廻奉公衆という役職がじゃまをして、地方の守護のように下剋上を地で行くといった機会には恵まれず、都にて中途半端な立場のまま充足しつつあった。

　天皇が即位式を執り行えなかった翌年も、地道な武芸修行と勉学に明け暮れる峯丸の日々はかわらなかった。唯一、印象に残っているのは四月初旬に真如堂の棟上げを見学に出向いたことである。

　応仁の乱で焼けた真如堂に興味があったわけではない。たまには息抜きしてこいと相良政豊に命じられたのである。例によって淺茅が供についたのだが、峯丸と同様に棟上げを見ても——といった気配が濃厚だった。

「御屋形様は建前を終えて棟木を引上げるのを目の当たりにすると安らがれるのでございましょうか」

　淺茅がぼやく。真如堂ほどの規模であれば棟上げも壮観ではあろうが、峯丸はちらと視線を淺茅に投げ、けれどなにも言わない。ただしその唇の端は笑っている。その大人びた表情に淺茅は一瞬、息を詰めた。

　現代の暦でいえば五月中旬、よく晴れ渡っているがやや陽射しのきつい日であった。峯丸は真如堂に向かわず、神楽岡にあがる杣道を行く。淺茅も知らなかった獣道じみた登りだが、神楽岡にあがればよい風も抜けるだろう。

「昼寝して、帰ろう」

「はい」

「なあ、淺茅」

「はい」

「父は淺茅には会うくせに、峯丸には会おうとせぬ」

「お寂しい思いをされているのは峯丸様よりも父上様でございます」

「そうかな。父は淺茅と男と女のことがしたいから淺茅とは会う。峯丸とは会わぬ。そういうことではないか」

「拗(す)ねたことを口にするのは峯丸様には似合わぬこと」

窘(たしな)めると、峯丸は口を噤(つぐ)んでしまった。基宗は自らが奈良屋に婿入りして峯丸を相良政豊に託したがゆえに出しゃばるのを控えているのであり、なによりも峯丸の自立を願って我が子に会いたいという思いをきっちり抑制しているのである。

淺茅はそっと峯丸の横顔を窺うが、横顔からは一切の感情の動きを知る手がかりがなかった。正対していても読めないのだから、仕方がないとちいさく首をすくめる。


頭上にはいまを盛りと青葉が茂り、陽射しを遮ってくれている。やかましいくらいの鳥の声に耳を澄ましていると、いきなり峯丸が振りかえり、迫った。

「峯丸にも男と女のこと、教えてくれ」

「よろしゅうございますと申したいところでございますが、まだ、いささか早うございます」

「いたずらばかりするではないか」

「だからこそ、早いと申しておるのです」

淺茅は、峯丸にまだ精通がないことを言っているのである。そのときがきたら、と、じっと見つめる。けれど峯丸は引きさがらなかった。きつく軀(からだ)をぶつけてきた。

精通もないのだから、まだ真の男の慾望も兆していない。つまり切実というほどでもなかった。意地になっている気配である。そう悟っているにもかかわらず、淺茅の内側にあふれんばかりの潤いが充ちた。息を荒らげて瞬時、思案した。

いつも、いたずらするばかり。ならば、いたずらしてもらってもよいのでは。女の仕組みを教えてさしあげるのも後学のためになるはず――。

杣道を外れ、草の褥(しとね)に腰をおろす。いつもならば峯丸が抓まれて射精と無縁だけに際限なく快を与えられて躍らされるのだが、この日はちがった。

いたずらはしても、浅茅は頑なに己の秘密を見せようとはしなかった。それを青草の蒸れるような熱気に包まれつつ、白日のもとにあからさまにしてみせたのである。

　目の当たりにした峯丸は、浅茅の形状をつかみきれずに戸惑うばかりである。どうしたらよいのか目で問うと、浅茅は不規則な息で乱れがちな言葉を並べあげ、女をどう作動させればよいかを教授していく。

　やがて峯丸は常軌を逸した浅茅の乱れぶりに不安を覚え、怖ささえ感じて、腰が引けてきた。けれど快に取りこまれた浅茅は威圧的にして際限なく、まだ本格的な性的慾求の発露をみぬ峯丸にとっては、もう二度と余計なことはせぬと決心させられるほどの大層な手仕事と相成った。

　半時ほども奉仕させられて、ようやく浅茅が放心した。過敏になってしまって触れられることを拒んできた。峯丸は浅茅に気付かれぬよう、そっと安堵の息をついた。

　女は凄いものである。ここまで乱れ狂うのである。これは峯丸の手に負えぬ。父にまかせておくにしくはない――。

　浅茅は峯丸の精通にこだわっていて、ゆえにまだ幼い峯丸を迎え入れようとはしなかった。可能は可能であるが、まだ峯丸は男ではないと浅茅は慾のぎりぎりでこらえ、その日がきたらと窃かに思い巡らせる。

　そんな浅茅の気持ちを知ってか知らずか、まだしどけない格好で転がる浅茅を見やって峯丸がぼやいた。

「いやはや、凄い上棟式だった」

　浅茅はまだ烈しく胸を上下させていて、それに言葉を返すことはできなかったが、苦笑まじりの満ち足りた笑みをその血の色に染まった唇に泛べた。

*

　絶世の美男福笑いは眉、目、鼻、口といったパーツが微妙にずれて均衡を崩すこともなく育っていった。しかも幼いころから得意であった種々の表情をつくって真の感情を隠すことにいよいよ長けてきた。

とりわけ整いすぎからくる冷たい気配を隠蔽することが上手になっていて、えもいわれぬ愛嬌があると評する者さえいた。

けれど実母である藤に対してだけは凍える瞳を隠さない。真正面から対峙していても、藤を母として女として人として認識していないかの眼差しで対する。藤が切なげに身を寄せれば、じゃまな石か雑木がそこにあるかのような一瞥を投げ、一切の感情があらわれぬ無表情――峯丸本来の貌で藤を避け、何事もなかったかのように抜けていく。

初は端からそれを当然であると受け容れていたが、体裁を繕うように幾度か、おまえの母上であるぞ――と注意したあげく、なにも言わなくなった。

相良政豊は失意の藤の姿を目の当たりにすることに居たたまれず、あるとき怺えきれずに折檻しかねぬ勢いで対処を迫った。

「ええい、そこに直れ」

「はい」

「其方の生みの親であるぞ」

「存じております」

「ならば、何故あのようなすげない態度をとり続けるか」

「父と峯丸を棄てた女でございますがゆえ」

「――棄てた女。なんという物言いか」

「事実でございます」

「俺は知っているのだ」

「なにを、で、ございます」

「藤が生と死の境にまで追い詰められて出奔したことを。限界であったのだ。極限であったのだ。不憫には思わぬか」

峯丸はまっすぐ政豊を見つめた。石のような目つきであった。

「生と死の境にまで追い詰められたのは父と峯丸も同様。夫婦ならば、母子ならば、なぜ父と峯丸と一緒に死ななかったのか」

言葉を喪った政豊の瞳の奥を射貫く眼差しのまま、続けた。

「なぜ幼き峯丸をおいて逃げたのか。生みの親ではありましょう。されど断じて母ではございませぬ」

いまだかつて見せたことのない能面じみた凄みのある峯丸の目つきであった。政豊は不覚にも怯み、以来、この不幸な母子に対してなにも言えなくなった。

＊

精神的にも肉体的にも成長の早い峯丸であった。その朝はなぜか落ち着かず、己を持て余していた。じっとしていることができず、気を抜くと貧乏揺すりしかねない。なにが原因なのかわからず、峯丸は苛立った。

「父はどうしているだろう」

独白し、深い溜息を洩らす。切実に父に会いたかった。父の腕枕で眠った幼い日々が去来して、その腋窩の匂いまでもがよみがえって、峯丸は身悶えせんばかりだった。

ふと、気付く。折々に左内腿を見よ――と父に命じられていた。けれど相良の家に世話になるようになってからは、それをしなくなっていた。

松波の家に代々伝わる徴を凝視し、心に留めおけと命じられても、それは下半身をあらわにして両脚を拡げ、腿の内側を覗きこむという羞恥を伴う滑稽な姿であり、よその家で実行に移すには、なかなかに決心がいる。

もともと、避けられるものならばせずにすましたいことでもあったから、天地人をあらわすYの痣をしげしげと眺めることもなくなっていた。

どうしたことか、この朝は、Yの痣を目の当たりにせねばならぬという尋常でない欲求に突き動かされた。与えられた居室には朝の光がはじけて目映いほどである。

政豊は早朝より鷹狩りのはずであり、いきなり不躾に部屋に入ってくる者はいない。峯丸は大きく深呼吸すると下半身をあらわにした。

久々に目の当たりにする天地人――Yの痣は幼いときよりも濃くなっているような気がする。このYは、父との血のつながりを証明するものだ。

俺は父から松波の家に代々伝わる徴を受け継いだのだ――冷徹といっていい峯丸だが、めずらしく気負い、内腿を凝視し、昂ぶりの息をつく。

昂ぶりの息は、そのまま困惑の息に変わった。顔をそむけて、途方に暮れる。

Yの徴を押しやる勢いで男の徴が強ばり、丈を増している。脈動して揺るぎない徴は生中なことではその猛りを醒まさぬことをあからさまに主張している。

手出し無用――と己に言い聞かせたが、抑えがきかぬ。ぐっと握ってしまった。

さて、どうしたものかと狼狽気味に思案しているさなか、峯丸の上に影が差した。

恐るおそる振りかえった。

視線が絡みあった。

藤であった。

母だった。

この徴をなんとかせねばと焦るばかりで、けれど徴自体は微動だにせぬ。母が傍らに膝をついた。まるで腰が砕けたかのようであった。母が峯丸の耳許に顔寄せて、囁いた。

「その徴に囚われてはなりませぬ」

ぎこちなく顔を向けると、母は重ねて言った。

「その徴に囚われると、不幸を引き寄せてしまいます」

母が言っているのは、Yの徴のことであろう。だが、峯丸にとって男の徴のほうが始末に負えぬ。屹立して反り返った男の徴に、いくら囚われてはならぬと説教しても、この徴は一向に聞く耳をもたぬ。まさに峯丸の意にならぬものの象徴であった。

峯丸は憎しみの眼差しを藤に注いだ。それは羞恥が裏返った、しかも思春期の発露ならではの凶暴なものだった。

「おまえは、この峯丸と父を棄てた女」

吐き棄てて藤の首に手を伸ばす。胸中は異様に滾り、猛り狂っていた。母の首は細く、しっとり汗ばんでいた。首筋に浮かんだ血管が烈しく脈動しているのが見てとれた。ほんとうに欲しかったもの、すべてを手にした実感があった。加減せずに力を込めると、すっと脱力し、峯丸に軀をあずけてきた。

なぜか峯丸は、母の重みを支えきれなかった。たいした重みではないのだが、密着したとたんに力が完全に失せた。母と子は複雑に絡みあって転倒した。もう峯丸の手は母の首になかった。

しばし意識が飛んだ。息を乱しながらも虚ろに天井を見上げていた。我に返ったとき、徴は峯丸の手ではなく、母の掌に覆われていた。これはまずい――と切迫した。なにやら抑制不能なものが腹の奥から迫りあがってきたのである。母もそれを悟って掌の動きを納め、峯丸に密着し、誘導した。

圧倒的な熱と潤いに包みこまれ、しかも得も言われぬ母の蠕動に促されて即座に炸裂した。烈しく痙攣し、身悶えした。抑えきれぬ雄叫びじみた呻きを放つその口を、思わず藤が押さえたほどである。

完全に虚脱して母の上に身をあずけ、不規則な荒い息をなだめつつ、峯丸は己の内面からなにかが迸ったことを漠然と知った。浅茅にいたずらされたときに覚える快と同質ではあったが、とにもかくにも熱量がちがう。切実さがちがう。快の深みもちがう。自身の集中の度合いとでもいうべきものもまったく別物であった。覗いてはいけない闇を知ってしまったという実感があった。同時にまだ母の内側にある徴がまったく勢いを喪っていないことを感じた。

これが男と女のこと――。

だが、よりによって母と。

どうすべきか。

いいのか。

困った。抑えがきかない。

連続することが、なぜかとてもはしたないことのように感じられた。人としての慎みを放棄してしまっている事柄の最たるものだ。だが律動したいという慾求を怺えきれず、母に気付かれぬようにごく幽かに動作しているつもりであった。その微細なこすれであっても峯丸は顔を歪めてしまいそうな遣る瀬ない悦楽を覚えていた。母は薄く目を閉じ、ほぼ無表情であるが、峯丸が見つめていると血の色をした薄い唇がごくわずかひらき、濡れた舌先が覗けた。

母は唇を舐めた。唇を濡らした。無意識の動作であろうが、唇の血の色がひと息に鮮やかさと艶やかさを増した。

その表情に気をとられていて気付くのに遅れたが、峯丸の微動にあわせて母の腰が複雑に蠢いていた。

もう抑えられない――。

峯丸は気持ちを隠せなくなり、かろうじて抑制していた動作を解き放ち、闇雲な烈しさで母に徴を突き立て、激突させた。すると、あろうことか母は峯丸の腰に両脚をまわしてきた。逃がしてなるものかという根深いものが横溢していた。

こうして母に取りこまれることはえもいわれぬ心地よさではあったが、先ほど放っていることもあり不調法に爆ぜることはどうにか避けることができ、昂ぶりの中にも情況を見極める落ち着きがもどってきた。峯丸は母を凝視した。

母が必死で耐えていることがわかった。怺えていることがわかった。母は握りこぶしの人差し指だけを突出させて、それを口に突っ込むようにしてきつく咬んで声が洩れるのを抑えこみ、けれど時折底深い甘やいだ呻きを洩らし、ときに頭の後ろを畳に打ちつけて喉仏のちいさく嫋やかな尖りをあらわにし、ますますきつく峯丸の腰にまわした両脚を締めあげてきつい密着を促す。

峯丸がまがりなりにも様子を観察できたのはこのあたりまでであった。

すぐに、たまらなくなった。

「でちゃう」

峯丸は訴えた。

「もう、でちゃう」

母に頬ずりしながら訴えた。

「もう、でちゃうよ」

「おいで、峯丸」

母は左手で自身の口を押さえ、右の手を伸ばして峯丸の口をふさいだ。峯丸は母の両脚を振りほどく勢いで反り返り、長く深く切ない脈動を叩きつけ、母はあわせて峯丸を持ちあげんばかりに弓なりになった。母と子は限界の、極限の声をあげた。母が己と峯丸の口を押さえていなければ周囲に響きわたるほどのものであった。

峯丸は喘息にかかったような息をどうにかなだめて、母を窺った。

母は半眼だった。

完全に白目を剝いていた。

息を詰めて見守る峯丸の前で徐々に黒目がもどってくるさまは、途轍もなく恐ろしいものだった。しかも例えようもない美しさであった。加えて自分が爆ぜる直前、幼児のころにもどってしまい、なにやら甘えた言葉を甘えた声で放ってしまったことにぼんやり思い至り、退っ引きならないところに自分があることを実感させられた。

*

一線を踏み越えてしまった峯丸は、抑えがまったくきかなくなった。母の愛を受けることなく育った幼きころを取りもどさんと、危うい逢瀬を繰り返した。

峯丸のほうは母との交わりそれ自体に、そして政豊に対するすまなさをはじめ微妙かつ強い罪の意識を抱いていた。なによりも父に申し開きが立たぬ。自分は父にこのことを告白せねばならないのだろうか——と悩んだ。浅茅とこうなることとはまったく次元が違うことであると苦しんだ。父に対する裏切りであると窃かに己を責めた。

だが母はちがう。自分が産んだ子を自分にもどすことに罪悪感を覚える謂われなどないといった様子である。至極当然のことをなしているといった風情でさえある。

いつか露見するのではないかという不安も峯丸を苛んだ。だが母には発覚をおそれる気配の欠片もない。落ち着き払ってほつれた髪をいじっている母と裏腹に、額の汗を手の甲で拭い、あわてて身支度しながら峯丸は訊いた。

「母上は、これが露見したらどうなるか、気がかりではないのか」

「気がかりもなにも、露見したなら露見したでいいでしょう」

「そんな——」

「ばれたならば、峯丸といっしょに相良の家を出ましょう」

にっこり頬笑んで、膝で立って峯丸の着衣を整える。こうなるともう峯丸は母に対して逆らいようがない。腹を括った者と、罪悪感に囚われている者の差である。

峯丸の煩悶は烈しかった。眠りも浅く、しかも眠れぬと身悶えしているうちに兆してしまい、母はそれを見抜いているがごとくあらわれて、垂れ込める薄闇の中で峯丸を快に震わせ、虚脱させ、いとおしげに頭を撫でて去っていく。

もはや相良の家にいては母に抗うことなどできるはずもないと思い詰めたころには、頬が薄く殺げ、もともと色白ではあったが青褪めてきて、初も政豊も浅茅もなにかの病ではと心配するほどになっていた。不可解なことに当の藤だけは息子の窶れを一切気にせず、美貌が増したといった意味のことを峯丸の耳の奥に吹きこむのであった。

母から与えられる快楽には逆らえぬ。しかも、これも自己顕示のあらわれであろうか。愚かにも峯丸は浅茅から棟上げの日に仕込まれたあれこれを母に用いてしまい、天性のものであろう、女の核心をじつに巧みに弄うものだから、母の息子に対する執着はもはや尋常ではない。

思い悩んだ末に峯丸は淺茅に、なるべく早く父に会わせてくれと頼み込んだ。美濃にいることのほうが多くなっていた基宗が久々に京にもどったとき、淺茅は取るものも取りあえず峯丸の切迫を伝えた。理由は判然としないが、窶れもひどく、落ち着きも失せてしまっていると訴えた。

多少口ごもりはしたが、峯丸は父に松波の家に代々伝わる左内腿の徴を久々に見ていたことから端を発した母とのことを率直に語りはじめた。父は腕組みなどして真顔で聞いていたが、途中から苦笑いを泛べた。

「ま、藤をとおして俺と峯丸がつながった、ということだ」

「つながった――」

「そうだ。藤はもはや俺には無縁だが、ついに峯丸も母と致すことができる年頃となったわけで、めでたい、めでたい」

非常識といってよい父の言葉であった。さすがに峯丸は呆れた。その一方で、なんとなく、これでいいのかな――といった気分になりもした。このころ近親相姦はたいしたタブーでもなかったからである。

中国は隋代に成立した法典のうち、最も重いとされる罪の分類が『十悪』である。現代の意味における内乱を禁じた謀反。君主の住居や墓などを損なう謀大逆。他国に通じ従う謀叛。肉親を傷つけたり殺そうとする悪逆。大量殺人の不道。天子を敬わぬ大不敬。尊属に対する殺人以外の罪を指す不孝。家族に和し親しまぬ不睦。上位者に対する殺人をはじめとする礼に反する罪の不義。さらには畜生道、すなわち肉親との性交を禁じた内乱。当時の内乱とは、政権と叛徒による武力闘争だけでなく、近親相姦の意もあったのである。これら十の悪は恩赦対象から外される厳しいものであったが、唐代に我が国に伝わった。ちょうど律令時代であったが『十悪』を参考に大宝および養老律の劈頭に据えられ、とりわけ極悪非道であるとされる罪として明文化された。

ところが日本においては『十悪』から、なぜか家庭不和をあらわす不睦、そして内乱と呼ばれる近親相姦の禁止が除かれてしまい、『八虐』として成立したのである。ブリタニカ国際大百科事典には、内乱の削除は、日唐慣行の相違から生じたことである——とさらりと記されている。日唐慣行の相違とは唐においては近親相姦は絶対的な禁忌であったが、日本においては、そうではなかったということである。現在の我々の感覚からすると近親相姦がタブーではなかったというのは驚くべきことであるが、万世一系の徹底を鑑みると宜（むべ）なるかなともいえる。

ゆえに日本において近親相姦の禁忌があらわれたのは江戸時代にはいってしばらくしてからであった。つまり徳川幕府が天皇制を完全に形骸化してしまうまでは、近親相姦のタブーが存在しなかったということだ。

「まあ、政豊殿の面目もある。露見せぬよう巧みにいたせ」

基宗はどうということもないといったふうに微笑を泛べて、続ける。

「ま、あの女ならば、すべてうまく熟（こな）すであろう」

そういう問題ではないのだ、と呆れ気味の上目遣いですがる。

「なあ、父」

「どうした。まだ優れぬ顔色だ」

「峯丸は、もう、やめたいのだ」

「だが、あの女の婀娜（あだ）めくさまには抗しがたいであろうが」

「——そうだ。峯丸など、まさに子供扱い」

「ま、おまえはあの女の子供だからな」

「父。真面目に聞いてくれ」

「聞いているではないか」

「頼む。俺を母から引き離してくれ」

「なにを、そう息むかなあ。あの女の好（よ）さは俺がいちばん知っている。愉（たの）しめばよいではないか」

「そうはいかぬ。このままでは峯丸はだめになる。御屋形様を裏切るのも心苦しい」

「その裏切りを平然となしてこそ、この乱世を生き抜けるのだがなあ」

「とにかく峯丸は母から逃げたい」

「そうか。仏門にでも入るか」

「仏門」

「坊主の見習いになれば、相良家をでる口実にもなるし、さすがにあの女も手出しできまい」

峯丸の黒目があがった。思案は一瞬で、すぐに黒目がもどった。

「坊主になる」

強い調子で言うと、当てがあるらしく基宗はすべてまかせておけと頷き、ふと気付いたかのごとく問いかけた。

「浅茅を抱いたか」

「いや、避けている」

「それは間抜けであるぞ。藤よりもさらに好い。坊主になる前に試しておけ。坊主になっても浅茅ならばよいであろう。折々に抱いてやれ。よいな」

よいなと念押しされても答えようがない。組み合わせた手を凝視し、指を所在なげに絡みあわせる。今日という今日は、父という人物がよくわからなくなってしまった峯丸であった。

風が強い。藪蚊がまとわりつけぬほどである。頭上の欅の枝が大きくしなう。葉擦れの音があちこちから降りかかる。

父と子は荒廃しきって見る影もない法然の庵近くの石段に座している。言葉が途切れると、こんなところにまで風に乗って風流念仏踊の鉦や笛太鼓が切れぎれにとどく。幕府から風流念仏踊に対する禁令が出たと聞いたが——と基宗は小首を傾げかけ、幕府の禁令を守る者などどこにもおらぬと一人頷く。見つめる峯丸の視線に気付く。

「これで父も頑張っておるぞ。奈良屋の売り上げはいよいよ昇り調子。しかも、だぞ」

もったいつけた、しかも曰くありげな口調の基宗に、峯丸が身をのりだす。

「美濃守護代、斎藤利良が、俺を家宰、長井長弘の家臣に据えた」

父が家老の家臣になったことよりも、すべて呼び棄てであることに思わず笑みを泛べる峯丸であった。

「父上よ。さすが。会えぬ日々は寂しく切なかった。されど着々と美濃を攻略しているわけだな」

「うむ。単なる油屋でないことを如実に示して食い込むまでがたいへんだったが、内側に入ってしまえば食い散らせる。弱点も見いだせる。ところでな」

「なんだ」

「父は松波基宗ではなくなった。西村勘九郎と改称した」

峯丸は目を丸くした。にしむらかんくろうと口の中で呟く。

「父上は凄い。峯丸が母に抗えずにだらしなく呻いているときに、着々と足がかりを拵えている」

「そう言われると、満更でもない」

わざとらしく鼻の下など掻いてみせ、大きく伸びをした。峯丸の憧憬の眼差しをせいぜい受け、真顔にもどす。

「坊主はいつやめてもよい。父は美濃にて出来うる限りのことをしておく。俺と峯丸の大望、努々忘るべからず。よいな」

峯丸は居住まいを正した。その髪を風が乱した。父は子の頭に手をやり、乱れ放題の髪をさらに乱すがごとく力強く撫であげた。

＊

この日からたいして経たずして峯丸は二条衣棚の日蓮宗具足山妙覚寺に入り、法蓮坊の法名をもらい、修行の日々を送ることとなった。

寺に入るのも相良家を離れるのも、基宗あらため勘九郎が話をつけた。相良家においては老母の初とは一悶着あったが、父は峯丸が驚くほどの冷徹さで、理詰めにてそれを抑えきってしまった。政豊は已に子胤がないのがすべての原因であるとどこか諦めの境地といった気配で、静かに峯丸を送りだした。

藤は峯丸が相良の家を発つとき、姿を見せなかった。気が楽ではあったが、もちろん寂しくもあった。未練も尋常ではなかった。けれど、こうしなければならないと眦決して妙覚寺に向かった。

相良家とちがって妙覚寺のほうは何ら問題がなく、すんなり受け容れてくれた。松波家は代々所依の経典として法華経を重んじ、日蓮を奉じていたこともあって、妙覚寺に勘九郎の知り合いがいたからである。

峯丸あらため法蓮坊は剃髪した青々とした頭を神妙な顔つきで撫でまわす。相良政豊のおかげで槍には熟達した。弓矢の腕もなかなかである。刀の扱いも自信がある。だが戦にでて槍を扱く気にはなれない。雑兵など真っ平御免だ。妙覚寺では唐の軍法までをも学ぶつもりであった。

13

日蓮宗は他宗に対する折伏を厭わぬどころか、挑みかかるようなところがあった。折伏とは問答によって相手を論破し、改宗させてしまうことである。つまり法蓮坊にうってつけの場であったのだ。実際、折伏するときの法蓮坊はいかにも愉しげであり、生きいきとしていた。

やがて妙覚寺において『釈尊の弟子のなかでも弁論第一と称された富楼那にも劣らず』と称されるほどになり、日善上人の法弟として将来を嘱望されるようになった。

だからといって真面目一辺倒の修行僧というわけでもなく、もともと相良の家から抜けでるための方便といった側面が強かったこともあり、ときに父のすすめに従って外で浅茅との逢瀬を愉しみ、案外闊達自在な日々を送っていた。

また偶然ではあったが、美濃土岐家の重臣である斎藤利隆の弟がたまたま日善上人の同門にいて、厚誼を深めた。二歳年下の南陽坊は法蓮坊を兄のごとく慕い、二人はいつもいっしょに行動した。

と、もっともらしく書き綴ったが、このころの美濃の人物は、名は伝わってはいるものの、事績や詳細がはっきりせずに種々の解釈が複雑に入り組んでいる者ばかりである。すべては推測の域を出ないのだ。あげく斎藤利隆は斎藤道三――峯丸の父であるという説も根強い。けれどそれだと法蓮坊と南陽坊は甥と叔父ということになってしまう。下剋上が主題で最下層の油売りから成りあがったことが痛快であるのに、もともと父親が美濃土岐家の重臣であったというのは筋書き上、あまりおもしろくないし、いままで書き進めてきたことがすべて崩壊してしまう。ゆえに資料がどうであれ、このまま話を進めさせていただくことをお断りしておく。

「なあ、南陽坊よ。俺はそろそろここから逃げだそうと思う」

「なにを唐突な」

と、南陽坊を驚かせた法蓮坊は二十歳になっていた。道を行けば誰もが見惚れる美僧である。寺内でも同性からの誘いが引きも切らずであったが、法蓮坊も南陽坊もそっちのほうはからっきしであり、もっぱら檀家の女性を見繕っていた。

「坊主でいても充分愉しめるではないか」

「せまい。とにかく世界がせまい」

「が、世間ではなんでも得体の知れぬ唐瘡とか琉球瘡と称される業病が流行っておるそうではないか。法蓮坊が好き勝手をしたら、即座に唐瘡を移されるぞ」

コロンブスがアメリカ大陸からヨーロッパに梅毒を持ち帰って、それが二十年ほどで中国から琉球を経て畿内に伝わって大流行と相成っているのである。法蓮坊は苦笑いしつつ顔の前で手を振って否定した。

「南陽坊よ。女のことだけではないのだ」

「ならば、なんだ」

「うん。油売りがしたくなってな」

油売りぃ、と語尾をあげて南陽坊が呆気にとられる。法蓮坊は柔らかな笑みのまま、呟くように言う。

「幼き頃な、父と油を売り歩いた。さなかに印地打に出くわして危うい目に遭ったこともあったが、いつも父と一緒でな」

目を細めている法蓮坊を南陽坊は首を左右に振りながら上目遣いで見やる。美濃出身であるから法蓮坊の父が長井長弘の家臣となって頭角をあらわしていること、近江出兵にて長弘の父長井秀弘が戦死し、そのどさくさに法蓮坊の父は美濃において侮れぬ力を持つようになりつつあることなどを熟知している。

「御父上を助けるということか」

「いや、油売りがしたいだけだ」

法蓮坊は本気で油売りがしたくなっただけである。強いていえばたいして守りもしない戒律ではあるが、そういったものから離れて自由気儘な日々を送りたくなったのである。だが南陽坊はこう解釈した。法蓮坊は混沌とした美濃で独り強かに力を付けていく父、西村勘九郎の力になりたいのだ——南陽坊は胸中にて勝手に決めつけ、眦決して言う。

「法蓮坊が坊主をやめるというなら、俺もやめる」

「それはならぬ。南陽坊は美濃にもどって住職様になるために、まだまだ修行を積まねばならぬ」

やや揶揄のにじんだ法蓮坊の口調だった。南陽坊は下唇を咬む。たしかに長井家のしがらみに思いを馳せれば、勝手に妙覚寺を飛び出すわけにはいかないのである。

「また、会えるか。京の街で会えるか」

「会えるに決まっている。京でも美濃でもどこでも会える」

「法蓮坊の言葉には実がない」

「ああ、よく言われるよ」

法蓮坊の開き直りに膨れっつらの南陽坊にあっさり背を向ける。法衣(ほうえ)のまますたすたと妙覚寺の山門を出ていってしまう。あまりに堂々としているから誰も気にもとめない。両手を合わせてにこやかに頭を下げる馴染(なじみ)の僧さえいた。

　法蓮坊も両手を合わせて頬笑み返す。たくさん折伏したのだから、俺一人いなくなってもなんら問題はないと笑みの裏側で嘲るように呟く。京極は六角を下がったところだったか——と雑に奈良屋の場所を反芻(はんすう)する。

　最初、奈良屋では法蓮坊の出現に戸惑い、布施を求めているのではないかと勘違いされた。それにしても大層美しいお坊様であると店の女共が大挙した。御用はと問われて、法蓮坊は静かに頭をさげた。いまも父は奈良屋の主人なのだろうかという疑念が湧いたが、かまわず言った。

「私は松波左近将監基宗あらため西村勘九郎の倅(せがれ)、峯丸でございます」

　とたんに下にも置かぬ対応である。どうやらいっときの来訪と捉えているらしく、茶菓を辞退して来意を告げた。

「じつは坊主稼業に厭(あ)き果てまして、僧衣のまま飛び出してまいりました。なにが望みかといえば、父がしていたように天秤(てんびん)棒を担いで油売りがしとうございます」

　この方はなにを言っているのだろうと皆が小首を傾(かし)げている。やがて報(しら)せを聞いた結實(ゆい)が小走りにやってきた。結實にとって夫の名は勘九郎ではなく、あくまでも基宗である。その基宗の面影を宿し、しかも神々しいまでに美相の息子が訪ねてきたのである。息を呑(の)んだ。峯丸は奥に請じ入れられた。

　峯丸はさりげなく結實の横顔を窺う。小柄だが大層美しい。すっかり好意をもってしまった。その気配に気付いたのか、結實は俯き加減で頬を赤らめた。一応坊主の恰好(かっこう)をしているので結實の両親の位牌(いはい)の前で手を合わせてしばし胸中で経を唱えた。

「なんのための修行かと常に疑問を抱いてまいりましたが、いま、このときのためであると得心致しました」

「有り難いことでございます」

「坊主は、ここまでございます。お願いがあってやってまいりました」

「――油売りになりたいと」

「はい。天秤棒を担いで辻々を流して油商いをしたくなりました。幼き頃より父に従って油を売っておりましたがゆえ、道具と油さえお貸しいただければ、それなりの売り上げをあげることができるといささか傲慢に構えておりますが」

「――旦那様は、ちかごろほとんど美濃からおもどりになりませぬ」

「困ったものです」

「ですから、なにとぞ奈良屋を助けていただきたく存じます」

結實に頭を下げられて、峯丸はちいさく肩をすくめた。経営ではなく、行商がしたいのである。だが父のせいで苦労している気配の結實を助けてやりたくなった。

「では、こうしていただけますか」

「どのように」

「はい。昼まで奈良屋さんのお手伝いを致しましょう。昼過ぎからは油売りを」

結實は信じがたいものを見るような目つきで峯丸を一瞥し、やがて含み笑いを洩らし、見つめる峯丸に気付き、あわてて口許を隠した。ちいさく咳払いをすると、居住まいを正して言った。

「さすがは基宗様の御子。奈良屋は基宗様の手腕にて大繁盛しております。峯丸様がお手伝いしてくださるならば鬼に金棒。基宗様には私のほうからお伝えしておきましょう。どうかお好きなようになさってください」

峯丸も背筋を伸ばした。この小柄な父の妻を大切にしようと心底から思った。

14

春先に寺をでて、八箇月ほどたったか。いまや秋もすっかり深まっていた。峯丸は油売りに馴染んでいた。無粋な気負いもなく、軀のどこにも力が入っていない状態だ。

商いは、おもしろい。

御得意と遣り取りするのもおもしろい。一期一会と思われる相手と瞬時の交流をもつのもおもしろい。銭を仲立ちとして他人と交わるのは、とにかく、おもしろい。

峯丸は父の血をひいていることからくる独善を己のなかに見いだしているから、常に頭をさげることによって己の内面の独善を修正しようと考えてもいた。

それはなにぶん血であるから、そう簡単なことではないし、独善を矯正したとしても、新たな独善を身にまとうだけであるような気もする。ともあれ、意識のあるなしだけで行動はずいぶんちがってくる。

商いで頭をさげるのと同時に、坊主であったころもそれなりに行ってはいたが多少なりとも抑制していた事柄、すなわち異性との関係を一切加減なしに再開していた。

とにかく女人にもてる。商いのさなかも誘われ、裾を引かれ、室内に引き入れられる。その際に選択はしない。老若美醜問わずきっちり相手をする。

どのような相手であっても、峯丸は必ず女の胎内に精を放つことを己に課していた。ときに目を瞑ってどうにか果てる。

こうなると、ある種の修行である。

実際、峯丸は相手が業病を患っていようともきっちり交媾すべしと己を律していた。

たとえば唐瘡の悲惨さは重々承知しているが、それをあっさり移されるようならば、己はそれまでの器であったのだ――と天を仰いで諸々を諦める。

そんな賭け事めいた生き方が奇妙なほど性に合っていて、だから峯丸は性の快感とはまたちがった曰く言いがたい、常人には求め得ぬ昂ぶりの日々に耽っていた。

商いの途中で、どこそこの女が孕んだようだといった噂を耳にすることがある。油売りをはじめたその当日から、幾人もの女に精を注いだ。抱いた記憶がある女であれば、おそらくは自分の胤であろうと笑む。

これだけ励んでおれば、それなりの数、当たるであろう――と峯丸は他人事のように頷く。相手が変わるということもあろうが、幾度でもこなせる自身の精力に峯丸は若干の呆れを抱いてもいた。

京のあちこちに己の子を孕んだ女がいる。実際にいるのか、単なる思い込みか。それは峯丸にもよくわからない。もとより関わる気は毛頭ないが、悪い気分ではない。

孕んだ女たちと顔を合わせることもある。脹らんだ腹を誇るようにして、これは貴男の子だと言われたこともあったが、不思議と責をとれと迫られることもない。

　そんなこともあって、じつは己を買いかぶっていい気になっているだけだといったあたりに峯丸の気持ちは落ち着いていた。

　時折、美濃からもどった父と奈良屋で顔を合わせる。いっしょに縁側に座って茶など啜り、四方山話に耽る。

　ある意味安楽な坊主の生活を続け、さらに天秤棒を担いで市中を流しているうちに、二十歳という年齢もそろそろ終わりに近づいてきてしまったと峯丸がぼやくと、基宗はこともなげに返してきた。

「よい。名も法蓮坊から峯丸にもどったのだし、好きなだけ遊べ」

「遊べ——。遊んでいてよいのか」

「おまえの油売りは、畢竟遊びであろうが」

「——まあ、そうかもしれぬ。金儲けがしたいわけではないしな」

「ま、慌てることはない。気の趣くまま揺蕩うがよい」

「よいのか」

「よいも悪いも、父が息災のうちは遊び暮らせばよい」

　笑みを泛べるのにあわせて基宗は耳朶のあたりを掻いて、小首を傾げる。

「遊び暮らすはないか。結實によればなかなかの稼ぎとのこと。奈良屋のことも俺以上に巧くこなしているしな」

「父上の足許にも及ばぬよ」

「照れるな。奈良屋の経営に専念すれば人を使って楽ができるにもかかわらず、おまえが天秤棒を担いで油売りを欠かさぬのは、なんらかの思いがあってのことであろう。ま、ほんとうに困ったときは頼るから、好きなようにしろ」

　父のモラトリアムのすすめに、控えめに首をすくめる峯丸であった。

　もっとも一切表情を変えはしなかったが、胸中では感動の焔が控えめに燃えあがっていた。基宗の眼差しから、子に対する万全の信頼を酌みとったからである。

そんな子にむけて父は思いのこもった深い溜息を洩らし、述懐の口調で呟く。

「俺など、人として、男として動きはじめるまでに、どれだけの時を要としたか」

単純な体力だけならば勝てそうだが、父の肌からは男盛りならではの精力が匂いたっている。峯丸は父に甘えることに決めた。

決めるもなにも、いままでどおりか――と横をむいて胸中にて呟き、ごくほんのわずかだけ峯丸は唇の端を動かした。苦笑したつもりである。

西日の時刻である。よく晴れているが、斜めからの陽射しは弱々しい。それでも紅葉した落ち葉があたり一面を覆って、その鮮やかな深紅が眼球の芯に刺さる。

坪庭の暗がりで鈴虫が、りいんりいん――と囁き声をあげている。父と子はしばし虫の音に耳を澄ます。

「つい先頃な、桜井宗的が籠もる阿用城を攻めていた尼子経久の嫡男、政久が討ち死にした」

おもむろに解説口調で語りはじめた基宗の声に、静かに耳を傾ける峯丸である。

「討ち死にというのも微妙だが、城攻めで死んだのだから、やはり討ち死にか」

基宗の顔には含みとでもいうべき揺れが幽かに泛んでいた。峯丸は強い興味をかきたてられたが、もちろん無表情である。

いつのころからか峯丸は感情と表情が連動しなくなっていた。

一切の感情があらわれぬことを隠蔽するために、父以外と話をするときはひたすら遺漏のない受け答えをすると共に、それに合わせたそつのない顔をつくるのだが、父と言葉を交わすときは演技をせずに本来の自分でいられる。

「尼子政久は後土御門天皇からもその有職や風流を称される一方、知勇に抽んでた武将であり、父経久の出雲統一の大きな力になったという」

「俺とは正反対だな」

「峯丸には、もっと優れたものがある」

「買いかぶりだ」

「いや。だが、このことで遣り合うつもりはない」

きっぱりした基宗の口調に、峯丸は口をすぼめて上目遣いだ。めずらしく感情が面にあらわれた。とても幼い。

　基宗は誘われるように手を伸ばし、峯丸の頬に触れた。食指と中指で押すと、しっとり柔らかい。

　幾つになっても子供は子供――。

　父親の感慨を隠して、話を続ける。

「尼子政久は武人としても一流であったが、先ほど申したとおり、なによりも風流人であった」

「風流人か。ますます俺とちがう」

　いちいち突っ張って絡む息子を無視し、父は両手を挙げて唇を尖らせ、なにやら吹く仕種をしてみせた。

「とりわけ笛が見事でな。尼子政久とくれば笛とかえされるほどであった」

　相良政豊から受けた鍛錬のおかげで、武芸諸般には多少なりとも自信がある。だが風流はよくわからない。やや諄いと思いつつ、そういった意味のことを告げると、基宗は逆らわずに頷いた。

　わずかに、微妙な間ができた。

　峯丸はやや呼吸を乱し、それを父に気取られぬようごく控えめに、さりげない息をついた。それは自身が風流に脆いことを悟られぬための要心であった。

　よくわからないどころか充分に理解でき、烈しく心が動かされるからこそ触れたくないものが風流であった。

　流れ聞こえる笛の音に好いものだと心安らぐばかりか、その音が優れていればときに恍惚を覚えることさえある。

　だが、こんなことは、父に対しても絶対の秘密である。

　笛に限らず、墨絵や舞など、あるいは折々の景色など、峯丸は己がじつは過剰なほど多感にして感傷的であることを思い知っている。身に沁みている。文字通り感じやすく傷つきやすいということだ。だからこそ笛など手にしようと思ったこともない。

「阿用城はなかなかの堅城でな。二重三重に囲んで兵糧攻めとなった」

「好みではないが、兵糧攻めは理にかなっている」

「峯丸は一気に攻め落としたいか」

「どちらかといえば」

「だが兵糧攻めは理にかなっていると判じてもいるわけだ」

　峯丸は頷いた。地味ではあるがじっくり取りかこんで、城内で勝手に飢えて死んでいってくれるなら面倒がない。自身が兵を率いているとするならば、武威を示す必要がない情況であればそれに越したことはない。

「尼子政久は夜になると陣中にて笛をたしなんだ」

「なかなかに優雅な城攻めだな」

「うむ。兵糧攻めというのは動きがなく、退屈なものだ。味方の慰撫という意味もあったであろう」

「あった――と言ったか」

「鋭いのう、峯丸は」

　さりげなく過去形に込めたものに息子が気付いたので父は目を瞠った。

「阿用城主、桜井宗的は夜毎、尼子政久が奏でる絶妙にしてよく透る笛の音を城中にて聴き惚れ、敵ながら見事――と、うっとりしつつ、ふと思い至り、弓を構えた」

　峯丸が身を乗り出した。基宗が頷いた。

「呼吸を鎮め、笛の音にすべてを集中し、全身これひとつの耳となり、垂れ込める夜の藍色の奥底に狙いをつけて矢を放った」

　峯丸が凝視している。父は、おまえの思っているとおりだともういちど頷いた。

「桜井宗的の放った矢は、尼子政久の喉を射貫いた」

「おお――」

「笛を吹いていて喉笛を射貫かれたというのも、できすぎではあるが」

　基宗の揶揄の口調に、峯丸は感嘆の声をあげたくせにもっともらしく返す。

「まあ、話はつくられるものではある」

「そういうことだ。俺は、こう思う。桜井宗的は幾人もの配下に命じて笛の音にむけて一斉に射させた――と」

「笛など吹かねばよいものを」

「得意技が命取りになったという、ありがちなひとくさりだ」

　父が立ちあがった。鈴虫が静まった。

　弱々しい西日があたりを仄かな黄金色に染めている。泊まっていけばよいものを、このような時刻に出立する。忙しい人だと横目で見やり、峯丸は見送りもしない。基宗は峯丸の頭を軽く叩いて、縁側をあとにした。

鈴虫が鳴きはじめるのを峯丸は柔らかな呼吸で待った。

りいんりいん――と澄んだ声がしはじめると、左腕を枕にしてその場に横になった。薄く目を閉じ、鈴虫の音を愉しむ。

「はっくしょん」

「そんなところで寝てしまわれると、お風邪を召しますよ」

鼻の下をこすりながら起きあがろうとした峯丸を制し、結實はいったん縁側をあとにして真綿を入れた絹地の斑衾を手にもどり、峯丸の軀にかけ、畏まって座るとようやくそれなりに伸びてきた峯丸の髪を遠慮なく摑み、膝のうえに安置した。

豪商ならではの斑衾であるが、さすがに格別の温かさである。峯丸は足先まで隠れるように身を縮めた。結實はやや上体をかがめて畳紙で峯丸の鼻水をそっと拭ってやる。

結實の膝枕で鈴虫の音を愛でる。幽かではあるが微妙に植物めいた結實の女の香りを愉しみ、鈴虫の声をいとおしむ。このような至福があろうか。

「父上は、なんと」

結實は峯丸が言外に込めたものをすっと悟り、落ち着き払った声で返してきた。

「孤閨を託つくらいならば、峯丸様と」

「父上らしいといえば父上らしいが、すこし頭がおかしいのだ」

「不可思議な御方ではございます」

「で、結實殿はこの峯丸と」

「いえ。結實は基宗様の妻でございます」

いまや松波基宗は西村勘九郎と名を変えているのだが、奈良屋においてはあくまでも基宗であると妻の結實が言っているのだから、以前のままでいく。結實がさらりと肌の関係を否定したので峯丸は物足りなく思いつつも柔らかな息をついた。

「そうか。残念と言おうか、安堵したと言おうか」

「縁側で寝てしまいそうだから、膝枕をしてさしあげろと」

「なんだ、父上の差し金か。峯丸は自惚れておったよ」

結實の笑みがふりかかる。それを頬で感じて峯丸は結實の腰に顔をすりつける。結實が峯丸の頭を撫でてやると、峯丸は安らぎのにじむ間遠な呼吸で物思いに耽る。

　鈴虫が単調に鳴き続け、夕暮れの気配が忍び寄る。あれこれ巡らせていた峯丸の思いが途絶えた頃合いをみて結實が問う。

「差し出がましいことですが、いったい、どのようなことを思案なされておられたのでしょう」

「思いに沈んでいたことが、わかるのか」

「わかりますとも。すくなくとも結實のことなどきれいに消え去っておりました」

「堅い話だが、かまわぬか」

「ぜひ、聞きとうございます」

「唐土の人、孟子は賢人と称される。ちなみに孔子は至聖文宣王――聖人と称される。孔子と孟子をあわせて聖賢だ」

　女人の腰を抱くようなことをしていたわりに、ずいぶん堅苦しいことに思いを巡らせていたようだ。結實はいとおしさのにじんだ苦笑を泛べ、膝のうえで薄く目を閉じている峯丸を見おろす。

「聖賢。耳にしたことは、ございます」

「坊主をしていたとき、暇にあかせてとことん読み込んだ」

「学ばれた、ということでございますね」

「うーん。どうだろう。あれこれ識りたいから坊主になったともいえるが」

「峯丸様の抑えたお声は、鈴虫とよくからみますこと。秋深し」

　いきなり、ちがう方向に投げられた結實の言葉に、妙に照れる峯丸であった。わざとらしい咳払いをして、棒読みするような調子で言う。

「孟子だが〈尽心上編〉にて良知良能を闡明した。良知とは物事を見抜いて是非、善悪を弁別する心の力。良能とは経験や学びとはまったく関係なしに、生まれつき身についている才とでもいおうか。人之所不学而能者其良能也――と説いている」

「良知良能。生まれつき。孟子という方、もっと怖い御方かと思っておりましたが、案外の柔らかさでございます」

「うん。元来、人は悪ではなく、善を身につけて生まれつくものであると仰せられているわけだからな。人は良知にて善を判じ、善を行う生得の力である良能があると断じておられる。人は生まれついての悪ではなく、善。結實殿が感じとられたように、孟子自身なかなかの善人ではあるな」

　若干の揶揄がにじむ峯丸の口調であった。一呼吸おいて、結實が峯丸の鼻筋を指先でなぞりながら呟く。

「位の高い方は孟子という方を嫌いますな」

　峯丸は閉じていた目を見ひらいた。朝廷や幕府、あるいは寺社との折衝は、当初は入り婿として住京神人（じにん）から本所神人の資格までをも得た基宗が請け負っていた事柄だった。

　けれど西村勘九郎になってしまった基宗はいまや美濃のほうが忙しく、京には時折しかもどらない。

　結果、油座絡みのあれこれは結實が直接、動かなければならなくなっていた。だから幕府朝廷寺社の高位の者と遣り取りを重ね、あげくその者たちが孟子を嫌っているという洞察を得ていたのである。

「さすが、結實殿。見抜いておられたか」

「理由はわかりませぬが、あきらかに顔をそむけるような気配がありまする」

　結實が直観していたように、支配階級は孟子の性善説をひどく嫌っていた。

「嫌うだけでなく、恐れているのだ」

「なぜです。人は生まれつき善をもっていると仰有（おっしゃ）っているのに」

「それが、怖いのだ」

「善が――」

「当たり前のことだが、唐と行き来するには海を渡らねばならぬ」

「はい」

「その船に孟子の書物を持ち込むと、沈むといわれている」

　鼻筋を撫でる結實の手がとまった。

「それほどまでに恐れられているのですか。まるで縁起の悪いもののようでございます」

「国を治める王には徳が必須」

「当然のことでございましょう」

「人は変わるものだ。徳高き王であっても老いて慢心し、固陋（ころう）となりて心身醜悪となり、あるいは自分のことを吐（ぬ）かしているようだが政（まつりごと）が落ち着けば、女色にうつつを抜かし」

　そこで結實の笑い声が降ってきた。峯丸は結實の笑いを受けつつ知らん顔で続ける。

「いつの間にやら徳政が悪政に変わり果てるといっ

たことは、古来よくあることだった。権を得たれば、それに酔う。あげく酔いにまかせて権を振るい、すべてを顧みずに己の慾を充たすようになる。不徳の胤は尽きぬといったところか」

「はい」

「孟子は言う。徳を喪った王は、徳ある者に王の位を譲らねばならぬ」

「それは、正しくも厳しいことでございますね」

「古代より唐の王は、天の命によりてその地位にあるとされていた。王は単なる武威をもって世界を支配しているのではなく、徳があるからこそ天が支配を許しているということだ。ゆえに唐の帝王は私情や慾得で動くことは許されぬ」

「どうも我が国とはちがうような――」

「さすがは結實殿。実際、我が国は易姓革命を忌避する輩ばかりです。位の高い者は孟子を嫌うということも含めて、じつに鋭い」

「えきせいかくめいと仰有いましたか」

「現君主に徳がなければ別姓、つまり別家の有徳者に天命がくだり、その有徳者が新たな王朝をひらいて帝位につく。天命が革まり、姓を易える――ということで易姓革命。唐古よりの政の核心です」

「なるほど。あれこれ感じたことを口にするばかりで私の思いには理がございませぬ。だから峯丸様の御言葉が耳にじつに心地よく響きます」

「そう持ちあげられれば、図に乗らざるを得ん。べらべら喋りまくろう。黄帝の子孫である帝王尭は、自身の子である丹朱には人徳に欠けるところがあると見切り、臣下に次の王になるべき人物を推挙させ、摂政であった舜に帝位を譲った。舜も同じく自身の一族ではなく、黄河の治水にて自身を顧みずに尽力した禹に帝位を譲った。このように不出来な自分の子に世襲させるのではなく、有徳の者に王の位を譲ることを禅譲という」

「唐という国は、すばらしいものですね」

「ところが禹の打ち立てた夏王朝は、禹の死後、子孫が帝王を継ぎ、唐における最初の世襲王朝となった」

「あら――」

「徳というものは難しいものよ。それでも夏の王朝は、五百年ほども続いたか。けれど十七代の帝王桀に至って徳もまったく衰え、奢侈淫逸に耽るのみであったので、殷の湯王に滅ぼされ、その殷王朝も紂王の代になると、後に史記は殷本紀に以酒為池懸肉為林、すなわち酒池肉林と記されてしまうほどに堕落した。酒色に溺れた帝王紂は周の武王に滅ぼされた。どうでもいいことだが、太公望は武王の軍師だった」

「釣りの好きな方を太公望と言いますが」

「もともとは世棄て人で、渭水の浜に釣糸を垂れる日々を送っていたのだ」

なるほど、と結實が肯う気配がした。峯丸は坪庭が徐々に黄昏時の濃やかな匂いに浸蝕されるのを見守ったまま言う。

「さんざん蘊蓄を傾けたが、孟子が嫌われるのは、世襲を許さぬ厳しさがあるからだ。革命は易経の革卦にもとづくが、民こそが主という思いの孟子は武力による革命を肯定し、その論を完璧なものとなし、いざとなれば武力にて不徳の王の交代を図ることをもよしとし、殷の紂が周の武に誅伐されて滅んだことを放伐のはじまりとした」

「ほうばつ」

「禅譲放伐。唐における正当な王朝交代のふたつの遣り方。禅譲は理想だが、間抜けでも阿房であっても我が子かわいさの世襲が蔓延するのが現実だ。ならば徳を失った君主は討伐して追い払ってしまえ――という放伐が主流になった。孟子は、この放伐を殷周聖王の事跡として是認したのだ」

「これで、偉い方々が孟子という方を嫌う理由がわかりました」

「うん。放伐されては、たまらぬからな」

「唐のことはよくわかりませぬが、我が国は厭らしいほどに世襲が蔓延っておりまする。それは偉い方だけでなく、油座をはじめとする商人の世界にも――」

自身が関わる商いのことまでをも率直に口にした結實を、峯丸はじっと見あげた。そのちいさな手をとり、冷えている指先をそっと掌で覆いこみ、訊いた。

「ちかごろの世は乱れておると思うか」

「思いまする」

結實の即答に、峯丸の手に力が入った。結實は指先の痛みを心地よく迎えた。

意識せずに握りしめてしまったことに気付き、すっと峯丸は手から力を抜いた。ほんのわずかの空隙が切なくて、結實は脱力した峯丸の指に己の指先を丹念に絡ませた。峯丸も控えめにそれに応え、ふたりの指は複雑に纏わりあう。峯丸は結實の指を唇に運ぶ。そっと含む。そのまま、くぐもった声で言う。

「治める者に徳がない」

「はい」

いきなり咬んできた。結實の背筋が、ひと息に伸びる。峯丸は結實の五指を無作為に咬みながら不明瞭な声のまま呟く。

「ならば、放伐すべし――と、俺の胸の奥で孟子がそそのかす」

結實は息を荒らげた。本気で放伐しようとしている男を膝の上にのせている。保身と世襲で成り立っているこの国の権威を破壊崩壊させようとしている男が、いま薄眼を閉じて結實の小指を千切れんばかりに咬んでいる。

この美しき男は、この世界に対して途轍もない野望を秘めている。

けれど――。

この男は、奇妙なまでに淡い。野望につきものの、ぎらぎら光る粘っこいものは欠片もない。覇権を握ることによって得られるものになんら興味をもっていない。ある達観を胸に秘めている。結實は意を決し、抑えてはいるが毅然とした声で問う。

「峯丸様にとって、放伐の意気込みさえも演じられたものでございましょうか」

とたんに峯丸は結實の小指を咬んでいた犬歯から力を抜いた。結實が峯丸の唾液で濡れた小指をそっと口に含むと、峯丸は照れのにじんだ苦笑を泛べた。

「俺の知っている女のなかで、結實殿がいちばん鋭い」

「鋭いのは、峯丸様の糸切歯でございます」

口からはずして、峯丸の眼前に小穴のあいた小指を示す。

「血は出ていないだろう」

「はい」

血は出ていないが、穿たれた小穴はちいさな青痣に変わっていった。

「柔らかいので、つい歯を立ててしまった」

「――も少し、咬んでいてほしかった」

「必死に耐えたんだ」

「はい」

「父上の妻女である。俺ごときが手を出してよい相手ではない」

「そうでしょうか」

「そうだ」

「結實は気持ちが変わりました」

峯丸は微妙に顔をそむけ、黙りこくる。

「いちどだけ、いちどでよいから、情けをかけてくださいませ」

「なぜ」

「なぜと申されますか。結實は透明で青褪めた氷を味わってみたいのでございます」

峯丸の無表情が凍った。結實は峯丸に感情の熱というものがほとんどないことを見抜いているのである。

放伐に対する思いはさぞや強いものであろう。この世界をつくりなおし、編み直そうという意思の強さは尋常ではない。が、それは決して意志ではない。あくまでも冷徹な意思である。

この男は交媾のときも冷徹な氷なのだろうと結實は直覚している。けれどこの男は世界を無価値であると虚無的に眺めているわけでもない。それどころかニヒリズムからは最も遠い。

「勝手なことを申します」

「なんなりと」

「峯丸様は空観（くうがん）を抱いてはおられぬように感じられるのです」

「――遍計所執性（へんげしょしゅうしょう）は厳としてあるというのが峯丸の立場です」

「やはり」

弾んだ声の結實を、めずらしく峯丸は眩（まぶ）しげな眼差しで見やった。男女という性を超えて、抽んでた知性と感情に対する敬愛がにじんでいた。

しばし視線を絡みあわせて、峯丸は唐突に結實の膝枕を崩し、その脚を割るように拡げた。峯丸は加減せずに顔を埋めた。結實を余さず味わった。

いま峯丸が舌先に感じているものこそが、まさに遍計所執性――本質であった。それは回りまわって、本質は存在しないが事物は実在するという逆説的な本質に辿（たど）り着く。

結實の秘めやかで密やかな啜り泣きが鈴虫の声にまとわりつくかのようだ。峯丸は結實がもう極まりすぎてつらいと訴えても許さずに、ひたすら腰を抱く。

「ど、どなたにも、かように、丹念に――」

切れぎれに問いかけてきた結實の過敏な宝石に平然と歯をたてる。結實の頭の後ろが縁側に打ち据えられ、思いのほか大きな音が響き、鈴虫の音がすっと絶える。

思い出したかのように唇をはずし、けれど鼻先は結實を探ったまま峯丸が呟いた。

「普段の俺はとても淡泊で、しかも素早い」

「淡泊。どの口が」

「慥(たし)かに精を放つ瞬間は多少心地好いが、あまり愉しまぬ」

「いまは愉しんでおられますか」

「執着している」

息を詰めて、続ける。

「俺にしてはめずらしいことだ」

さらに小声で付け加える。

「女人に関しては、父上に嫉妬を覚える」

峯丸の脳裏に母である藤、淺茅、そして結實と父が愛(め)でてきた女たちの姿が去来する。自嘲が絶えぬ父ではあるが、こと女人に関しては並みの男が味わえぬ最良最上を、言いかたは悪いが喰(く)いちらしている。

「父上は己が恵まれぬどころか不幸であったと信じ込んでいるのだから、まったく迂闊(うかつ)なものだ」

峯丸はぼやきながら結實に重みをかけた。おお――と感嘆の声が洩れた。峯丸がみしりと軋(きし)んだのである。潤いは充分すぎるほどであるが、とにかくきつい。

相性というものがあるのだろう。父は淺茅を最高であると褒め称(たた)える。慥かに淺茅はすばらしい。翻弄されて情けない声をだしてしまうことさえある。だが、まだ動作さえしていないが、峯丸は結實との合一が己の一生のなかで最善となる予感を抱いた。

「俺にあせりはない」

唐突な言葉であったが、急(せ)く気持ちを抑えるために放たれたものであった。

「北条早雲殿は六十四歳にして城盗り、いや放伐をなされた」

「なるほど。峯丸様はまだまだお若い」

「――ふとな、一生油売りでいいと思うことがある」

「それは、いけません」

「なぜ」

「油売りは替えがききまする」

「慢心していると吐き棄てられてしまうかもしれないが、言いたいことはわかる。俺は放伐のために生まれた」

「そのようでございます」

「だからこそ慌ててはならぬ。あせりは不要である」

「初めてお目にかかったときから」

「うん」

「野心をあらわにされているようでいて、じつは諦念に似たなにものかを帯び、達観なされていると感じました」

「それは坊主姿だったからだろう」

「いえ。かたちの問題ではありませぬ」

下から鋭い眼差しで見つめられて、峯丸は微妙に狼狽えた。結實には秘密がもてぬと悟った。

「なぜ坊主になったかということな」

「はい」

「母上と交わるようになってしまってな」

「母上様と」

「うん。これが軀の好し悪しではなくて、心の襞がこすれるとでもいおうか、気持ちがひりひりして病みつきになった。並みのことでは抗えぬ魔魅そのものであった」

「それで、逃げだした。必死だったなあ」

「逃げだした」

峯丸を覆いつくす狭小をいとおしみつつ、そっと動きはじめる。結實の耳朶に唇を触れさせてごく控えめな呻きを洩らす。とたんに結實は、ひっ――と怯えたような声をだして腹部を烈しく上下させた。

「もう」

「はい。極めてしまいました」

「俺と結實殿は、おそらく最上の相性をもっている」

「それは、この身にて切ないほど充分に感じております」

「俺もだ」

女人と交わるようになって峯丸は初めて己を抑え、早々に窮まってしまうのを怺える算段をした。耐えれば耐えるほど快が深まり、あげく爆ぜた瞬間には、いまだかつてない濃密が放たれるであろうことを直覚したからである。

「峯丸様がにじませてしまっているのがわかります」

「すこしずつな」

「はい」

「洩れてしまっている」

「なんだか」

「なんだ」

「峯丸様に我慢を強いていることが、とても嬉しくて」

「俺も我慢するのが嬉しいのだ」

「結實はひたすら気を遣っております」

「俺が少しずつ洩らしてしまっているのといっしょだな」

「――そういうことなのですね」

「うん」

結實は峯丸が重みをかけてくる直前にさりげなく腰の下に敷いてくれたものを手探りでそっとさすって呟いた。

「この斑衾」

「途方もなくすばらしいものだが、汚してしまうなあ」

「――結實の宝ものと致します」

「俺と結實殿が溶けあったものが沁みこんでいるんだもんな」

「はしたない話ですが、結實はその部分に頬ずりをして――」

「うん。それこそが遍計所執性だ」

「峯丸様はうまいことを仰有います」

「口ばかりが達者でな」

「女人の扱いも」

「いつもはもっともっと雑なんだ」

「だったら、嬉しい」

結實殿は父の妻女であるから、まさに一期一会――と胸中で呟くと、結實は即座に峯丸に両脚を絡ませてきた。峯丸はなぜかすこしだけ悲しくなった。溜息を洩らした。とたんに以心伝心、結實の目尻から一筋、涙が伝って光った。とうに暮れているのに鈴虫たちの寂しげな声につつみこまれて、結實の涙は控えめな銀をまとっている。

＊

結實は孕み、健やかにして美しい男児を産んだ。もちろん峯丸の子である。それを知った父は、でかした――と声をあげ、峯丸の肩を加減せずに叩いて喜びをあらわにした。

峯丸は結實の身近にありながら、身籠もったときの一度のみで結實と肌を合わせることはなかった。過ちを犯したとは思わないが、野方図に媾合してよいものでもない。峯丸なりの筋の通し方であった。

これで奈良屋の跡取りができた――と父は満面の笑みである。それがつくられたものではなく見事なまでに本音であることを感じとって、峯丸は途方に暮れるのに近い奇妙さを味わった。

赤子に乳を含ませている結實に、父はやはり頭がすこし変だ――と呟いてしまった。結實はすっと目をあげて、基宗様のことを言えた義理ですか――と頬笑んだ。

15

峯丸が油売りをやめたのは、結實が子を産んでから九年後であった。油売りはそれ以前からである。だから足かけ十年以上商いを続けたわけである。

油売りから足を洗った峯丸は、三十歳になっていた。けれど無駄な時を過ごしたとは欠片も感じていない。放伐の思いは心の底に沸々と滾(たぎ)ってはいるが、あえて一度しか契っていない結實のために一生を捧(ささ)げても悔いなしといった心境である。

大山崎油座は応仁の乱で四散しかけたが、それでも数々の特権をかろうじて保持していた。具体的には美濃国不破(ふわ)関以下、兵庫、河尻、神崎、一洲(いちのす)、渡辺、大津、坂本、鵜殿(うどの)、楠葉(くすは)などの関所の関銭および津料の免除、あるいは幕府が賦課する公事(くじ)、公方役、土倉役の免除、そして荏胡麻の仕入れ、製造、販売の独占権といった莫大(ばくだい)なものであったが、結實が子を産んだあたりから油座を庇護(ひご)していた幕府朝廷の弱体がいよいよ看過できなくなり、さらに時代の流れから特権の保持が難しくなってきた。

油座全体が没落していく中、ひたすら結實の影となって奈良屋の隆盛をはかっていた峯丸であった。その甲斐あって時代の趨勢にもよく耐え、没落とも無縁だった。

社会の激変に対応できずに落ち目となる商いも多い中、京の油といえば、中京は河原町蛸薬師を上がったところの奈良屋さんと称されて、押しも押されもせぬ名店としての格と実力を誇っていた。

跡取りができたと歓喜したはいいが、それに胡坐をかいたか、松波基宗あらため西村勘九郎はほとんど美濃からもどらなくなった。責を感じた峯丸は、できうるかぎり表にでぬよう配慮して奈良屋が恙なくまわっていくことに心を砕いてきたのだ。

一応は父であり夫である基宗の子として育てられている峯丸の息子であるが、出来過ぎなくらいによく出来た子で、早くも帳簿に目をとおしてあれこれ指摘するまでに育っていた。

利発な子である。母の様子から峯丸と自分になんらかの因果があると悟っていて、やや過剰なくらいに峯丸との距離を保っている。あわせて峯丸も息子には常に他人行儀に接していた。

そんな父子に、結實はときに悲しそうな眼差しをみせることもあるが、大店を守る自負により昂然と顔をあげている。

そろそろお好きなように生きてくださいませ——と常日頃から結實に囁かれている峯丸であったが、ついに油売りから、そして奈良屋から去る日がきた。

いくらなんでも、そろそろ父を輔けてくれぬかと父、西村勘九郎から哀願されたのである。それも峯丸に直接頼み込むのではなく、わざと結實に、もう俺も歳だからと愚痴を垂れたのだ。

それを知った峯丸は苦笑するのと同時に、生まれて初めて父を下に見た。父を見おろした。父と一心同体が崩れ去っていた。長いモラトリアムであり、とんでもなく遅い親離れであったが、峯丸は唐突にこの世界には己一人であるということを悟った。

「せいぜい父を大切にしようと思う」

「お願い致します」

峯丸は結實に人払いするよう囁いた。

結實は下半身をあらわにした峯丸に頰をあからめた。峯丸は笑んだまま床に座り込み、自ら左足首を摑んで内腿付け根を示した。結實は膝をつき、峯丸の内腿に泛んだ藍色のＹのかたちを凝視した。我が子の左足付け根にもおなじＹのかたちがあらわれている。

「松波の家に代々伝わる徴だ」

峯丸の言葉に、結實は溜息に近い息をついて納得した。

「これですべて得心致しました」

「うん」

「されど、じつはなにに得心したのかはよくわかりませぬが」

「得心したのだから、それでよし」

「はい。大仰な物言いですが、これで結實は生きていける——と」

「そうか」

「はい」

「俺は一生を結實殿の影でいようと思っていたのだが」

「美濃へお発ちください」

「うん。なにやら急に父が情けないというべきか、かわいらしく感じられてな。これから先は奈良屋に入れ込んでいたすべてを、父に入れ込んでやろうと決めた」

「それがよろしゅうございます。結實は峯丸様が大望を抱いていらっしゃることを充分に感じとっておりました。それが奈良屋で飼い殺しのようになってしまっていて、内心忸怩(じくじ)たる思いでございました」

「いや、俺は結實殿に尽くすことが心地好くて、張りもあり、よい気分だったのだ」

剝きだしの下半身を身仕舞いしようとした峯丸の手首を、結實がぐっと摑んだ。

「美濃へお発ちになる前に、この結實に最後の情けをお願い致します」

「——最上にして、もっとも美しいもの。峯丸は気がちいさいので触れることができなくなっていたのだ」

「ならば、なおのこと」

結實は峯丸の肩口を柔らかく押した。峯丸は逆らわずに仰向(あおむ)けになった。結實がそっと峯丸に重なった。あわせて峯丸は結實の腰を両手で加減せずに引き寄せた。

16

大の字になって転がると、大口をあけた太り肉の黒い獅子に乗った文殊師利菩薩が半眼で見おろしてくる。

菩薩の光背は黄金に塗られた花瓣様の渦が無数に刻まれた挙身光で、斜めに射し込んだ光が複雑に反射して長井新九郎の美相に鮮やかな綾をもった波状の模様を描く。

外の風は倦みきった春の気配だが、鷲林山常在寺本堂を抜ける風は程よく新九郎の肌を醒ましていく。磨きぬかれた床もしんと冷たい。だからといって覚醒するわけでもない。うつらうつらしている。

することがないのである。まったく代わり映えのしない日々なのである。やることがないのである。単調すぎて怠いのである。詰まるところ、退屈なのである。あるあると五月蝿いが、新九郎はとことん無聊をもてあましているのである。

うたた寝する新九郎の顔に覗きこむ影がさし、光背に反射して頬でゆるやかに踊っていた光がさえぎられた。揶揄の口調が降ってきた。

「日参だ。信心深いことだ」

「日参上人殿か」

揶揄に駄洒落をかえされて、日護の口許に苦笑が泛ぶ。

「許せ、日護上人殿。ここがいちばん落ち着く。大伽藍はじつに落ち着く」

「落ち着くではなく、寝やすい、だろう」

「まあ、そういうことだ。勤行までもが守歌だ」

「よくもまあ、そんなに眠れるものだ」

「夜は、眠れない」

日護が首を傾げてみせると、新九郎は上体を起こして雑な手つきで頬を掻き、大あくびした。

「ここで寝てしまうから、眠れない」

「ならば午睡は控えればよい」

「いちいち当たり前のことを吐かすな」

ぞんざいな口調の新九郎に、日護の笑みが深くなる。新九郎は首をねじまげて菩薩を一瞥した。

「心窃かにな」

「うん」

「居眠り菩薩と呼んでいる。うたた寝するにはたいした御利益がある。日参りする価値がある」

いいなと思ってしまい、いかんとちいさく首を左右に振る日護である。

が、もう居眠り菩薩という名が居座ってしまっている。仏はみんな居眠りしているような貌をしている。大の字の新九郎の脇に両膝をつき、畏まって座し、呟く。

「やれやれ御本尊の御利益が美濃の護りではなく居眠りとは、持是院妙椿様もあの世で苦笑いだわい」

なんだかんだ言いながらも、日護は本堂でごろごろしている新九郎を心底から慕っている気配である。

峯丸あらため長井新九郎。

二条衣棚は日蓮宗具足山妙覚寺にて法蓮坊こと峯丸といっしょに修行した南陽坊あらため鷲林山常在寺住職、日護。

つまり新九郎と二歳年下の日護は、学友であった。美濃にやってきてたいしてたたぬうちに、新九郎は常在寺に入り浸るようになった。なにをするでもなく、寝にやってくるのだが。

じつは日護は美濃守護代だった斎藤利藤の子であり、波乱の幼少期を送ってきた。委細は省くが斎藤利藤は船田合戦で失脚、隠居のあげく死していた。その子である毘沙童の命も危ういところであったが、弱年ということで助命され、妙覚寺に入れられて南陽坊として修行し、美濃にもどって常在寺の住職となったのである。

さきほど日護の口からでた持是院妙椿は、利藤・利国の叔父で、斎藤妙椿として知られている。持是院の法名があらわすとおり、斎藤妙椿は五十になるまで善恵寺塔頭持是院にて僧侶としての日々を送っていたが、兄の死により僧籍を離れぬまま家督を継いだ。

美濃守護、土岐成頼は応仁の乱において在京して戦った。その間、守護代として美濃に在国した斎藤妙椿は立場を利して国内の対立勢力を打倒し、八万石もの諸荘園を押領――奪いとって留守の土岐成頼を凌ぐ勢力を確立した。

勢いに乗る妙椿は隣国の近江や越前、尾張や伊勢にまで進出し、突出した軍事力を形成した。その力は、応仁の乱は持是院の意思で東軍西軍の帰趨が決するとまで称されたほどである。

もはや守護である土岐成頼を凌ぐ実力者として美濃に君臨した妙椿だが、狡猾にも土岐成頼を排斥せずに傀儡のごとく扱い、争いよりも領内の安定を図り、応仁の乱の後は足利義視と義材の父子を保護し、その経済力により美濃を実質支配した。

新九郎たちにとって歿して四十年以上たつ人物のことをあえて詳細に記しているのは、斎藤一族の権力争いのあげく坊主にされた日護がらみであることと、応仁の乱以降いまに至っても領主である守護が形式ばかりでおざなりなままであることに加えて、美濃という国を実質的に支配している斎藤家の家督争い等々、内紛の種を仕込んだのが守護の後継までをも決定する力を得た斎藤妙椿であり、いまだ美濃は危うい均衡の上に成り立っているという微妙さと落ち着きのなさを示したいがゆえである。

その斎藤妙椿が妙覚寺世尊院の日範を招じて開山した鷲林山常在寺は寺領六千石、境内六千五百坪という大刹である。住職となった日護は、美濃にやってきた新九郎になにくれとなく世話を焼いてくれて、その推挙により新九郎は、美濃においては誰しもが一目置く実力者、小守護代の長井長弘の家臣となっていた。

美濃にやってきて驚愕したのだが父、西村勘九郎はいつの間にやら長井長弘に仕えて、しかも長井姓を与えられて長井新左衛門尉と名乗っていたのである。

同様に峯丸も長井姓を押しつけられ、長井新九郎と相成ったわけである。

これも稚気というべきなのであろうか。どうやら父は諸々諸般をあえて新九郎に告げることを控え、美濃にやってきた新九郎を驚かせることを目論んでいたようである。

新九郎が奈良屋の隆盛に心を砕いているあいだ、美濃に居続けてほとんど京に寄りつかなくなっていた父は、その働きぶりもさることながら、どうやら人誑しの才も開花したらしく、じつに巧みにあちこちに取り入って、いまでは長井新左衛門尉といえば美濃では侮れぬ人物として知られていた。

もちろんなんの実績もないままに美濃にやってきた新九郎が長井長弘の家臣に推挙されたのは、日護の力云々よりも実父が下拵えをしていたからである。

新九郎としては父の許で働きたかった。力を発揮したかった。だがそれはよくも悪くもはぐらかされるようにして、新九郎にとっては中途半端で宙ぶらりんな立場に置かれてしまった。

為すべきことのほとんどは父がこなしてしまう。いや、新九郎にはなにもさせようとしないのだ。底の底では不安定な美濃だが、新九郎がやってきたときはまがりなりにも国内は安定しており、結果、長井長弘も新九郎を遊ばせたままである。

いくらなんでも、そろそろ父を輔けてくれぬか――と、わざわざ新九郎を美濃に呼んだくせに、西村勘九郎あらため長井新左衛門尉は常軌を逸したという枕詞が必要なくらいに活動的であり、精力的であり、意欲的であった。

当初は俺など不要ではないかと拗ねかけもしたが、ふと気付いた。父は八面六臂の大活躍を息子に見てほしいのだ。倅から驚愕と尊敬の眼差しを注いでほしいのだ。

妻に逃げられ、父子で餓死しかかっていた絶望的なまでに無気力だった過去から立ち直って、一介の油売りから武士となり、美濃において実力を発揮し、重要度を増していく父の晴れ姿を息子に知ってほしい。

なんのことはない。いい歳をして承認欲求を充たして満悦の長井新左衛門尉であった。もちろん周囲から多大な賞賛を受けるだけの働きはしているのだが、それがすべて息子に向いてしまっているところが、この父親の特異なところであった。

あまりにも暇なので、出る幕がないではないかと新九郎が苦言を呈すれば、よいよい、ゆるりと構えておれ。いずれ新九郎を必要とするときもくるわ――などと鷹揚な笑みを泛べて頷く。

だが新九郎は、父の微笑の奥に隠されたいかにも得意げな胸中を察してしまい鼻白む。おまえはなにもせずともよい。黙って父を見ておれ――。

結果、新九郎は常在寺の本堂にて日課のごとく午睡するようになった。

他にすることといえば、周囲の女たちが抛っておかないということもあり、油売りのころと同様、誘われれば、どのような相手であっても必ず女の胎内に精を放つことを己に課していた。

相手によりけりではあるが、やっていることは概ね快楽を通り越して、ほとんど行である。内心、冗談交じりにいつか悟りの境地に達するのではないかなどと自嘲することさえある。

梅雨のさきがけだろう、まばらなわりに湿り気の強い雨が落ちている。内も外も基調は黒灰色に染まっている。

汗が女のあちこちに滴りおち、その肌が汗を弾(はじ)く。新九郎は極めるたびに大声を出す女の口を掌(てのひら)で覆って、とっとと終えてしまおうと速度をあげていく。

招かれたのは自宅であり、閨(ねや)であった。夫の匂いの染みついた男臭い部屋にて媾合(こうごう)するということは、昂(たか)ぶりと同時に微妙な不安を新九郎にもたらしていた。

その不安は、盗み食いに対する後ろめたさといったものとは別種の、肉に直接捻(ね)じこまれるかの生々しいものであった。

この女の亭主は美濃でも剣客として知られた男であるそうだ。そういったことに興味がない新九郎は聞き流してしまっていたが、いまごろになっていやな予感がする。

先ほどから背にひりついた気配が刺さっているのだ。

昼日中の情事に溺れた女は両手両脚を新九郎に絡みつかせて絶対に放すまいといった切実さだが、新九郎は女の頭のうえに投げ出した己の刀に視線を据えていた。

汗ばんだ新九郎の背から臀(しり)にかけて、いよいよ針を束ねたもので肌を突かれているかのごとく張り詰めた気が強く刺さってくる。まちがいなく殺気である。

だが、自身に課した必ず精を放つという重しが、女から離れることをさせてくれない。

思いすごしか。

それとも、雨天と女の粘つく喘(あえ)ぎの複合した蒸し蒸しする室内の熱気に一点鋭く穿(うが)たれた冷たい尖(とが)りは、まごうかたなき妬心の溶融した激怒の気配か。

巡らす思いは、女を組み伏せる動作に似て輪廻(りんね)のごとく円環を描いて新九郎の脳裏を駆けまわる。

落ち着かぬこと、この上ない。

新九郎にしてみれば、背に刺さる棘(とげ)を深用心であるということにして、とっとと女の胎内を精で充たし、この勤めを果たしてしまいたい。

﨟長(ろうた)けた女ではあったが、誘われなければ絶対に肌を合わせてはいなかった。女はよく喋った。新九郎は気をそらさぬ相槌を打ってはいたが、なにも聞いていなかった。それがこうしているさなか、唐突に剣客という言葉が泛び、殺気が刺さっている。

　不安があれば萎えそうなものだが、女房を組み伏せる新九郎の猛りは弥増すばかりである。ただし、いざというときのために額から流れ落ちる汗が目に入らぬよう、瞬きを欠かさない。

　承認慾求に囚われている父も異様だが、新九郎は危難を直感しながらもますます女を乱れさせ、不安を糧にして自身の男を増強し、屹立させて身を翻すことのできぬ因果の渦中にある。

　ここで萎えたら人生の敗者に堕するとでもいわんばかりの、執着ぶりである。女体に対する執心ではない。いかなるときであっても精を放つことができるという自負の奴隷なのである。もちろん自身の異常さに気付いていない。

　襖が蹴り倒された瞬間、新九郎は反射的に女の奥底に深々と突き刺して烈しく精を爆ぜさせ、快に呻きつつも這いのぼるように女から離れ、その手を刀にのばして鯉口を切っていた。

　音と裏腹に襖は間延びした調子でゆるりと倒れてきた。風を孕む舟の帆を想わせる悠長さで、まだ脚を拡げたまま血の色彩の集中した潤いをあらわにしている女と、縁側に至る障子に背を向けて立った全裸の新九郎に緩くふんわり生温かい風をおくってきた。

　室内であるから襷掛けで仁王立ちの男は下段に構えている。

が、その全身から放たれている気合いは最上段から新九郎を真っ二つにせんとする激烈なるものであった。

　刀を振りまわせば、鴨居を斬るのが関の山だ。腰が抜けてしまった女の汗に濡れた漆黒の乱れ髪を一瞥して、俺はいったいなにをしているのだろう——といまごろになって新九郎は強く自嘲しつつ、それでも中段に構え、対峙する。

　まだ両脚を拡げたままのしどけない恰好の妻女を夫は目の端で睨みつけ、一瞬、蟀谷を痙攣させた。

　さらに、いまだ硬直させたものが天を指し示したままの新九郎の股間に視線を据え、頬に笑みに似た引き攣れを疾らせた。

騒ぎを聞きつけた女中らが、主人と全裸の妻女と間男の異様な姿を目の当たりにして声を喪(うしな)い、立ち尽くす。

配下も駆けつけ、抜刀した。抑えた声で主(あるじ)は命じた。

「私怨であり、私闘である。手出し無用。ここにて起きたこと、他言も無用」

夫は新九郎と妻に交互に視線を投げ、すべてを投げ棄(す)ててしまったことからくる虚無のにじむ灰色の眼差しを、視線から動きを悟られぬよう半眼にし、すっと脱力した。

斬られる――。

直覚し、新九郎は委細構わず中段から刀身をほぼ水平に差しあげた。

男は切先を反転させ、新九郎の喉元に狙いさだめて鋭い突きを繰りだしていた。

切先の反転は新九郎を確実に為留(しと)めるためであったが、その一瞬の間が新九郎に命を与えた。かろうじて切先を弾いていた。

昼とは思えぬ薄暗い部屋に、不規則な朱の火花が散って流れ、薄煙のごとく金気の臭いが漂った。

突かれたのに、弾いた新九郎の刀の切先三寸物打が見事な楕円(だえん)に欠けていた。次の打ち込みに備えなければならぬが、もうこの刀は使い物にならぬ。恐怖に、新九郎は庇(かば)った喉元から刀を動かせなかった。

欠けた楕円をとおして、太刀筋を読まれぬよう刀を引いて背後に隠してしまった男の半眼が新九郎の一挙手一投足を舐(な)めまわすかのごとく窺(うかが)っているのがわかる。

女房は部屋の隅で胎児のように軀(からだ)を丸めて顫(ふる)えている。あとでじっくり成敗してくれるわ――と夫の唇が動く。

その瞬間に隙ができたわけではないが、狭い室内で達人と対峙していては勝機があるはずもない。

新九郎は横っ飛びに障子をぶち破って縁側に転がり出て、そのまま視線を男から外さずに庭先に跳躍した。

濡れた砂利の尖(とが)りが、すっかり柔になった新九郎の足裏に鋭い痛みを与え、一気に肌が収縮した。

刀身を肩に当てて、男が跳躍した。抜き身を肩に当てて動くのは戦場における刀の扱いである。許多の生死の境をくぐり抜けてきたことがじわりと伝わってきた。

戦と無縁の新九郎は、これはいよいよ分が悪いと手放しで泣きだしたくなった。にっちもさっちもいかぬと悟ったとたんに一瞬ではあるが幼児化しかけたのである。

大志を抱いているつもりであった。

が、たいして慾しくもない女の誘いを断れずに命を喪おうとしている。

女の誘いを断ってしまうと男が立たぬという奇妙な自縛に陥っていたことに、いまさらながらに気付かされて、その無意味な拘りの愚かさに、全裸の新九郎の肌に弱気の細波が揺れる。

雨は大粒だが、男と新九郎を小莫迦にするかのようにまばらに降っている。

新九郎は濡れた外気を胸郭に充たし、どう打開すべきかめまぐるしく思案する。

平伏して謝罪する。

この情況では、まったく無意味だ。まさに謝ってすむことではない。だが、なんとか言いくるめられぬものか。

あるいは、逃げる。

委細構わず一目散に逃げる。

どこへ――。

そもそもこの間合いで斬られずに逃げられるはずもない。

詰んだ。

諦念が湧きあがり、構えた刀が異様に重く感じられてきた。

それなのに――。

まだ、勃起していた。

呆気にとられた。

男も新九郎の気配に、その股間に視線をくれた。そしてあらためて気を込めなおした。よくも悪くも只者ではないと悟ったようである。

雨天を指し示しているそれは、女の裡にあったときよりも、強張りを増してさえいる。まちがいなく昂ぶっているのである。この情況を、少なくとも軀は受け容れているのである。

刀を構えている己と、その勃起。

二刀流か――。

苦い笑いに、口の端が歪む。

和合に誘われ、刀を構えあっている。

この為体(ていたらく)である。殺しあいをせねば決着はつかぬ。まったく、なんのために美濃くんだりにまでやってきたのであろうか。結實(ゆい)を支え、そして一人息子の成長を傍らで見つめながら奈良屋の隆盛に尽くしていればよかった。

そんな弱気なものが胸中を流れていく一方で、蒸してはいても雨は雨、その一粒一粒が新九郎を醒(さ)ましていく。

男が最上段に振りかぶった。

とにもかくにも間合い、距離をとらねば脳天幹竹(からたけ)割りにされる。

無様ではあるが、新九郎は摺(す)り足で背後に逃げる。あらためて敷き詰められている砂利の鋭角が足裏に刺さり、覚醒が脚を這(は)い昇って臍下丹田(せいかたんでん)に凝縮していく。

男の足の拇指(おやゆび)が砂利を摑(つか)むかのように動いてめりこみ、ぎゃりっと軋(きし)み音をたてた。新九郎のように柔ではない。足指であってもきっちり大地に力を加え、摑む勁(つよ)さがあった。まさに勁敵(けいてき)である。

いや、敵云々(うんぬん)はおかしい。

俺が女房を抱いてしまったからこうなっているわけで、俺は仇討(あだう)ちをされるようなものであって、そもそも刀を構えあって対峙していること自体が男にとっては理不尽、それどころか、なんと俺はこの男の名を知らぬ。家名を知らぬ――。

追いつめられているせいで、甘言を囁(ささや)いていたくせに、いまは女の名も頭から抜けおちてしまって判然とせぬ。

非道(ひど)いものである。この男の怒りは当然である。

まちがいなく非は俺にあり。

非は俺にあれども、ここで死ぬわけにもいかぬ。このような仕儀にて斬り殺されるのは無様すぎる。

この家の者たちが縁側にずらり並んで固唾(かたず)を飲んで成り行きを見守っている。

勃起させたまま素っ裸で斬殺されれば、末代まで長井新九郎は間抜けな間男と嘲笑される――そんな戯(ざ)れ言までもが新九郎の脳裏で渦巻いていた。

ならば理非など知ったことではない。

返り討ちにしてくれる。

開き直ると、じわりと臍下丹田に気がもどり、昂ぶりの硬直はいよいよ天を指し、薄ぼんやりと新九郎の視界の裡にある。とにもかくにもこの猫に追いつめられた鼠の情況を打開せねばならぬ。

で、その方策は――。

まず、はっきりしていることは、切先三寸を半月状に欠損させられてしまったこの刀はもう役に立たない。

まぐれで男の上段からの一撃を受けることができたとしても、あっさり折れるか曲がるかして致命傷を与えられてしまうだろう。

もちろんこちらから斬りかかっていっても格が違うばかりか、それを受けられれば、やはり折損するかだらしなく曲がってしまうかのどちらかだ。

つまり斬撃には使えない。

残された途は、突き以外にない。

柄を握る新九郎の手指が刀を扱うものではなく、槍を握るかの力加減に変わった。

槍ならば、とことん仕込まれた。相良政豊から槍の穂がわりの五寸釘を永楽銭の四角い穴に突き刺す鍛錬を徹底的にさせられた。前後左右に揺れている永楽銭に、あるいは中空に投げられた永楽銭に五寸釘を突きとおすだけの技量を得た。

あげく永楽銭の穴を濡らさずに荏胡麻油を柄杓から一筋落として客の升を充たすという芸を用いて、油売りに励んだものである。

新九郎は己に聢と言い聞かせた。

幼きころ、眠りについても頭のなかで常に永楽銭が揺れていた。一晩中、その穴に狙いさだめて槍を無限に突きだした。さらには商いという戦場において、俺は一点を突きとおす技を磨きに磨いた。

狙うということにかけて俺は、この男よりもはるかに上位である――。

武者は犬ともいえ、畜生ともいえ、勝つことが本にて候。

勝つことが本にて候。

相良政豊の老母、初からさんざん吹きこまれた一乗谷は朝倉家総大将、朝倉宗滴の言葉である。

俺は犬であり、畜生である。ゆえに勝つことが本にて候。

新九郎は流れ込む雨をしばたたいて追いやってからやや目を細め、対峙する男のある一点に永楽銭の四角い穴を穿った。これから突き抜くべき場所に、永楽銭の四角い穴を重ねたのである。

そこで、また思案に取りこまれる。

突くにはいったん腕を引かねばならぬ。

が、それをすれば一刀両断されてしまう。

ならば、どうする。

新九郎は足裏に感じる砂利の尖りに意識を集中し、あえて青眼のまま腰を落とし、じりじりと前に進んだ。

青眼のまま低い体勢で前進する新九郎を男は落ち着き払った眼差しで見つめ、その出方をさぐっている。なにやら色白の亀のごとき動きである。退こうが、進もうが、どのみち間合いを摑んでいるのは己であるという自負と自信に充ちて、男の肩からは完全に力が抜けている。

女房を寝取られたこと云々はきれいに消え去って、ただただ全裸の薄気味悪いほどに整った顔貌の亀の命を一刀のもとに絶つことに集中している。

新九郎が男の間合いに完璧に入ってきた。

男は吸気を整え、上段に構えたままの切先を背のほうにわずかに下げ、抜く方向で力加減をし、吐く息と共に斬りおろした。

新九郎が頭頂部から真っ二つに割れた。

力みのない会心の一撃だったので、刀身はその自重で新九郎の心窩（しんか）あたりまで一切の抵抗なしにすうっと這入（はい）っていった。

顔面を血が伝う。

返り血か。

そこで男は己の額に刀が突き立っていることに気付いた。目をあげれば、ごく間近に半月状の欠けが見える。白い亀の刀である。

さらに間際に尖って愛想のかけらもない鼻がある。男と新九郎の顔は、頰が触れあわんばかりである。

「斬ったはずだ」

「斬られていたはずだ」

「何故」

「突くには腕を引かねばならぬ」

「その刀だ。突くしかなかろう」

「引けば斬られていた」

「だから、斬っていた」

「腕を引かずに、軀ごと跳んだ」

「そのための低い姿勢か」

「そうだ。無様だが、跳躍する力をためるためには、あの恰好しかなかった」

「――だが、わからん。合点がいかぬ。間違いなく避けられたはずだ。まさか額を突き抜かれるとは」

「いや、避けられないのだ」

「わからん。避けられたはずだ」

「すまぬ。避けようがないのだ」

「わからん。避けられたはずだ」

「狙い定めた一点を必ず突き抜く修行を重ねてきたのだ」

「わからん。避けられたはずだ」

「貴殿が俺を完璧に斬ろうと切先を整えなければ、相打ちとなっていたであろう」

「わからん。避けられたはずだ」

「この結末が理不尽であることは百も承知。が、俺は犬であり、畜生である。ゆえに勝つことが本にて候」

「わからん。避けられたはずだ」

　男は新九郎に頬を当て、その耳に息を吹きこむかのようにして囁いた。

「突きでくることはわかっていた。だから上段から振りおろしつつも柄で喉仏を庇い、突きを避けた」

　荒かった息が心許(こころもと)なく不規則になってきたが、男は続けた。

「それが、なんで、額か。鎧兜(よろいかぶと)を身につけていれば、突きは喉仏だろう。それしかない。戦場では当たり前のことではないか。わからん――」

「生憎(あいにく)、戦にでたことはない」

「――わからん。避けられたはずだ」

　新九郎と男の顔が交差した。

　男は濡れた砂利のうえに棒のごとく倒れ込んだ。新九郎の刀の柄が砂利に押され、男の後頭部から切先が突き抜けた。

　ふっと息をつく。

　黒灰の空を刺し貫くがごとく屹立していた強張りがゆっくり消えていく。

　新九郎はきつく目を閉じて天を向いた。合わせて雨が烈(はげ)しくなり、新九郎の顔を化粧していた男の血を洗い流していく。

17

　巷(ちまた)では、まず実力者としてめきめき頭角をあらわしてきた長井新左衛門尉の倅として知られ、居眠り新九郎と綽名されていたことを宮代右近之介を突き殺してから、知った。

間男して、全裸のまま魔羅をおっ立て二刀流、居眠りのくせに強い——などと噂しているのが洩れ聞こえてきたときには、さすがの新九郎も赤面した。

苦虫を嚙みつぶしたような新九郎と対照的に、日護が破顔しながら言った。

「人の噂は抑えようがないものよ。それに別段尾鰭がついているとも思えぬが」

「——もう女性渉猟はやめた」

「うん。それがよいと思うよ」

抹香の匂いのなかにあると、まばらな雨に打たれつつ宮代右近之介の額を突き抜いたのが幻だったように感じられる。

「俺は女にも武芸にも向いていないよ」

肩を落として呟く新九郎に、日護が囁くように言う。

「己の弱さを知る者こそが、もっとも強い」

「また、坊主臭いことを」

「坊主だからな」

「——まあ、身の程を知ったよ。思い知らされた」


黒光りする板の間に背からごろりと横たわった新九郎の溜息は深い。相良政豊から徹底した槍の鍛錬を受けはしたが、実際に生き死にを懸けて戦ったことはなかった。

新九郎は、人を、殺したことがなかった。

「女はこりごりだし、武芸の才はない。それなのに、困ったことに——」

言葉を吞んだ新九郎に向け、日護が頷く。

「騒ぐものがあるのだろう」

転がったまま、新九郎は目をあげる。

「わかるか」

「新九郎のことは、手に取るようにわかる」

「そう単純な出来でもないのだがな」

ぼやき声の新九郎に、強い調子で日護が迫る。

「が、これはわかる。このことは、わかる」

「言ってみろ」

「戦いたい。争いたい。率直に言ってしまえば、殺したい」

一呼吸おいて、表情を消した新九郎が肯った。

「——そのとおりだ」

日護は腕組みし、転がる新九郎のやや色の淡い黒目を見据える。

「この世から争いがなくならぬのは、自分以外のすべてを屈服させたいからだ」

「ああ。その窮極が、人殺しだ」

開き直る口調の新九郎に、日護が返す。

「殺せばいいではないか」

「また、坊主とは思えぬ科白」

日護が揶揄を撥ねかえす。

「坊主としては、嘆かわしいと額に縦皺でも刻んで俯かねばならぬところだが、殺し放題の現世だ。殺した者がすべての上に立つ。殺し抜いた者が、地獄という名の現世を支配する」

「うーん。困った」

「人殺しという快楽に目覚めてしまったからなあ」

「この歳まで、あれほどひりひりした昂ぶりを知らなかった。なにせ自分が死ぬかもしれないのだから。俺の父は美濃に移って戦にもでて、たくさん殺したのだろう。だから別人になった」

日護はちいさく頷いた。

「それはともかく、拙僧のぶんまで殺せ」

「御墨付きか」

「ああ、墨付きだ」

組んでいた腕をとき、日護は言った。

「宮代右近之介とのこと、私闘ゆえに咎めなし」

「——咎めなし」

「宮代右近之介、己の強さに胡坐を掻き、人望皆無。土岐頼芸様より、全裸二刀流、痛快なり——との御言葉」

「守護家が痛快であると吐かしたのか」

「そう申された」

「全裸二刀流はよけいだわ」

「よいではないか。これで新九郎は美濃の者たちの心に強く刻まれた」

「全裸二刀流としてな」

「諄いぞ。こだわるな」

膨れっ面をつくりながら、咎めなしの沙汰は父や長井長弘、そして日護が背後で動いたからであろうと推察し、とりわけ土岐頼芸に事の顛末を面白可笑しく語って執りなしたのは日護であろうと見当をつけた。

「すまぬ。世話になりっぱなしだ」

「なんのことやら、とんと」

とぼける日護を一瞥し、新九郎もそれ以上は言わぬ。戦乱のない太平の江戸時代のように引き締めのためだけの形式的な身分上下や忠義やらの縛りがなく、痛快なり——で片がついてしまう時代であった。

本堂を一陣の風が抜け、新九郎の男にしては細い髪を乱し、髪のない日護は風に誘われて額から後頭部にかけてを掌でなぞるようにして、だらけきった新九郎を見おろした。

「さてと。用件にはいるが」

「ん。まだなにかあるのか」

「土岐頼芸様がお会いしたいとのこと。新九郎以外には言い触れることのできぬ大切な頼み事があるとのことだ」

「守護家の頼芸が俺に頼み事——」

「あくまでも内密で、な」

「内密な頼み事か。日護は知らんよな、どんな頼み事かまでは」

「拙僧が知っておったら、内密ではないな」

実質はともかく、美濃でもっとも位の高い一族の者が会いたいといっているのである。予備知識として多少のことは知っておきたい。けれど、たとえその頼み事の内容を知っていたとしても、日護は余計なことは語るまい。

頼芸から頼み事があると誘われるということは、本来ならばなかなかに光栄なことである。小物ならば小躍りするところだ。

だが、新九郎は悪い予感というほどではないにせよ、なにやら胸騒ぎに似た若干厭なものを感じて、それを押しやるかのように伸びをして呟いた。

「こうして暇をもてあまして転がっているよりは、ましか」

18

夕刻である。ざざっと降って、すっとあがったので、ふわりと温度がさがって雨の匂いだけが残されている。頼芸と新九郎はしっとりした気配のなかで肚の探りあいだ。

せいぜい無表情をつくっているつもりではあるが、不機嫌を隠すまでには到らない。それが伝わるから土岐頼芸も微妙な上目遣いで迎合気味だ。

京で生まれ育った新九郎にしてみれば贅を凝らした京風の調度までもが苛立たしい。見るからに似而非である。奈良屋に入るまではよくわからなかったのだが、堺の商人たちの美意識が油屋界隈にまで伝わっていて、新九郎は美という実体のないものの本質を否応なしに体得させられていた。

こんな偽物に金を遣って悦に入っているのだとすれば、愚かさを通り越してすこし足りないのではないかとさえ思われる。嘲笑してやりたいところだが、そうもいかぬ。

新九郎が入ってきたときに違棚に投げた視線に微妙なものが含まれていたのを感じとった頼芸は、中央に対する劣等感もあり、揉み手こそせぬが膝頭が細かく揺れて、いかにも不安げである。

このようなとき、新九郎は自らは絶対に口をひらかない。もちろん目上の者に対する礼としては問題がないことを織り込み済みの無礼であり無視である。

わざわざ拳を口許にあてがって頼芸が咳払いした。とことん焦らしてやるつもりだったが飽きが這い昇っていた。たいしたことのない人物であると即座に見切ってしまったのである。いかようにも手玉にとれると判じてしまったのである。手練手管を駆使して自家薬籠中物とするほどのこともない。

ほんのわずかにあった緊張も雑にほぐれてしまい、下手をすると欠伸をしかねぬので、新九郎は沈黙から抜けだすためにゆるゆると目をあげてやる。誘いこまれるように問いかけてきた。

「いかんか」

「と、申されますと」

「この棚だ」

視線に気付いていたのか――と新九郎は瞬きをしばらく止めて頼芸を見つめてやる。もちろん演技だ。あえて真っ先に違棚に胡乱なる物を見やるかの大仰な目つきを投げておいたのである。即座に食いついてきた。微妙な間合いをとって、率直かつ辛辣な言葉を投げる。

「いかにも無粋の極みでございますな」

「無粋」

繰りかえして、頼芸は口を半開きである。新九郎は食指を突きだして、違棚のその周囲をなぞるように動かす。

「この部屋の造作、じつに見事、結構なものでございます」

蛇足だが作者登場。『じつに見事、素晴らしいものでございます』と書きかけてふと気付き、苦笑い気味に書き換えた。近世あたりまでは『素晴らしい』という言葉は、じつは望ましくない様子をあらわすのに用いられていたからである。

　地の文ならばともかく会話で素晴らしいを遣ってはいけないな――と反省しきり。かといってあまり厳密に科白を書けば、現代人にはなにがなにやらということにもなりかねないのですべては匙加減であり、作者はなるべく科白において現代語にちかい構文を心がけているのだが、そして意を砕くのは自己満足にすぎないけれど、時代小説というものは、気配りをし始めると相当に微妙にして難儀なものなのだ。

　まさに蛇足ではあった。新九郎の様子にもどす。いままでの半眠りから、いきなり眼光鋭く頼芸の背後を睨み据え、幾度も食指を左右に動かす。

「さて、頼芸様。新九郎の指の先になにが見えますか」

「――違棚」

「違棚を示すなら、指を違棚に据えるはず。あえて左右に動かすはずもございませぬでしょう」

「そうか。そうだな」

「部屋の造作、見事と申したはず」

「そうだ。造作か」

「はい。よい暗がりが拡がっております」

　頼芸は素直に上体を捩じ曲げて、新九郎の示した暗がりとやらのはったりを感に堪えぬといった表情で眺めやる。黄昏時のしじまに秘めやかに、秘やかに拡がる光と影の綾はどのような凡庸な空間であっても、それなりに邃深なものである。

「せっかくのその暗がりに、なにゆえ贅を凝らした材を組み合わせた安っぽい寄木細工のごとき代物を設えられたか」

「――安っぽい贅」

「銘木であること、一目瞭然。されど、ここに立ち顕れたじつに優雅にして幽玄幽遠に対しては、空騒ぎに似てあまりに安っぽい」

　頼芸は眉間を抓みあげ、幾度も頷き、すがる眼差しで訊いてきた。

「この暗がりを活かすには、どうしたらよいのだ」

「易きことにございます。欅にて抑えて抑えて抑え抜いたかたちにて設えれば、この暗がり、影が秘めやかに浮きあがりましょう」

「わかった。影を活かすためには技巧が邪魔をするということだな」

「いくら物申しても、とんと伝わらぬ御仁ばかりで辟易致しておりましたが、さすが頼芸様。御賢察に感じ入ってございます」

頼芸という人物を相当に舐めきった失礼な物言いであるが、当の頼芸は頬を赤らめてじつに嬉しそうである。

立場を拵えるために、どこにも存在しない幽玄幽遠なる暗がりを捏ちあげはしたが、こんな遣り取りを新九郎はいつまでも続ける気はない。まだあれこれ喋りたそうな頼芸からいったん視線をはずす。頼芸を見ずに言う。

「さて、御用」

「——ん」

「美濃にやってきたばかりの若輩に、いかなる御用がございますのでしょう」

若輩という年齢でもないが、そして若輩という言葉には謙譲の欠片も含まれていないのだが、そこはいかようにも厚顔無恥になれる新九郎である。

実際に新九郎を目の当たりにした頼芸は素直に若輩という言葉を受け容れて、その能面じみた美貌に内心、これは女人が抛っておかぬわ——と感嘆しきりであった。

それは扨措き、どのような鬱屈、あるいは羞恥があるのか頼芸は決まり悪そうに口をへの字形に結んで俯き加減になり、それを虚勢で吹きとばすかのように昂然と顔をあげ、人払いを命じた。

新九郎と頼芸だけになると、いよいよ贅を凝らした京風の造作がうそ寒い。

近う——と頼芸が弱々しく手招きする。新九郎は首をすくめそうになったのをかろうじて抑え、膝で躙り寄ってやる。

気配がした。

よほど過敏になっているのだろう、頼芸の背筋がぎくっと伸びた。

灯明に火をともすために声がけした女に、絶対に誰も入ってくるなと触れまわっておけと棘のある、けれど落ち着きのない口調で吐き棄て、きつく腕組みすると胡坐の両膝を激しく揺らせた。

異様なまでの落ち着きのなさである。不安と畏れと逡巡らしきものが凝縮して痙攣するがごとくだ。

両手両足を組んで達磨のような恰好でせわしなく動揺している頼芸を眺めやる新九郎の眼差しの奥に、冷気に似た蔑みと倦怠の色が流れた。

「頼芸様」

「――うん」

「腕をとき、肩から力をお抜きになり、息を大きく吸って」

新九郎は揺れる頼芸の両膝を両の手で平然と押さえ込み、深呼吸を促した。まるで子供扱いだが、頼芸は大きく二度頷いて新九郎の言うとおりにした。

人はいきなり接触されると不安になる一方で、心底から不安なときには、たとえ新九郎のような偽りの心配りであっても直に触れられると、ずいぶん心が鎮まるものである。本来ならば身分的にも安易に躯に触れてはならぬ相手ではあるが、人払いして周囲に誰もいないこともあり、当然ながら頼芸には新九郎に対する依存が育った。

「なんといえば、よいのだろう――」

蟀谷に指先をあてて思案する頼芸の膝がまたもや揺れはじめた。新九郎は加減せずにその膝を叩くようにして押さえ込んだ。パシッという打音に、頼芸のまなこがまん丸になって見ひらかれた。

頼芸と新九郎双方が、うっすら忍びこんできた藍に紫を溶かしこんだかの薄闇のなかで凝視しあった。お互いに瞳の奥底を覗きこむがごとくである。先に口をひらいたのは、頼芸であった。

「――不調法を詫びる」

新九郎は当然といった面差しで、頷く。立場が逆転しているが、もはや頼芸は新九郎がなにをしようが受け容れてしまいかねぬ心の有り様である。いまだかつて接触という方法でここまで深く食いこんできた家臣など、当然いなかった。

もちろん新九郎は直属ではなく、小守護代の長井長弘の家臣である。頼芸は思案気味に新九郎を見つめる。この男が慾しい。

もっとも、もともと新九郎が必要というべきか、新九郎でなくてはこなせぬ頼み事をせざるをえない状況であり、宮代右近之介との私闘もあえて不問に附したあげく、苦渋の選択にてこうして人払いして灯火もつけずに額をつきあわせているのである。

　新九郎は黙って頼芸を見つめている。頼芸も新九郎を見つめ続けてはいるが、その瞳の奥にはまだ口にするのを決断しかねている逡巡がまだらに揺れている。

　その揺れがいちばん大きくなったところを見透かしたかのように新九郎は頼芸から視線をはずした。新九郎の表情は周囲に立ちこめている夜の気配のごとく泰然自若にして、なんら意思らしきものの含まれぬ仮面のごとき静謐（せいひつ）さであった。

　逡巡を咎めるでもなし、受け容れるでもなし、ただ、もはや意識はここにはないといった気配のみが頼芸に伝わった。頼芸は狼狽（ろうばい）した。いきなり前屈（まえかが）みになって新九郎の手を握った。

「曰（いわ）く言い難いことなのだ」

　そろそろ面倒臭くなってきていたのと、妙に火照った掌がじっとり汗ばんだ男に手を握られていることに辟易しはじめた新九郎は、醒めた眼差しを隠して呟いた。

「――この長井新九郎、口と魔羅だけは硬いと自負しておりますが」

「それだ」

　と、新九郎の手を握ったまま大声をあげた頼芸の手をさりげなく振りほどき、口の前に食指を立て、声を抑えろと目顔で伝える。

「おお、そうであった。これはとことん内密に処さねばならぬことである。つい気が急（せ）いてしまったというか――」

　あれこれ言い訳をはじめそうな頼芸を制して、新九郎は無表情に諭す。

「内密にせねばならぬことほど、肝心なところから語らねばなりません。回りくどく語ろうとすれば必須の事柄が遠い彼方に逃げ去って、頼芸様の思いはこの新九郎に伝わらぬということに相成ります」

　要は、とっとと喋れということなのだが、頼芸は感に堪えぬといった息をつき、釈明した。

「これが己の弱さであることは百も承知。されど、これがじつに言い辛（づら）いことでなあ」

「だからこそ、前置きなしに申してしまえということでございます。瘡蓋（かさぶた）を剝がすとき、ゆるゆる剝がせば痛みが増しますぞ」

　若干反った姿勢にて醒めきった眼差しで見やる、

まったく偉そうな新九郎である。だが頼芸は大きく息を吸うと、血の色を喪うほどに唇をきつく結んで深々と頷いた。

「じつはな――」

「はい」

「不如意でな」

「不如意。頼芸様ほどの方に、なんの不如意がございましょうか」

「いやな、そのな、口と魔羅の硬い新九郎に告げるのもどこか業腹ではあるが」

新九郎は片手をあげて頼芸を制した。

「皆まで言わなくとも、よろしゅうございます」

新九郎は唇の端を歪めた。頼芸との対面ではじめて笑みを泛(うか)べたのである。ただし内心と裏腹に頼芸を侮蔑する気配は欠片もない。それどころか仲間に対する親密に似た情のこもった頬笑みであった。

もちろん薄い薄い、とことん薄い頬笑みである。常時ならば頼芸もその薄さに気付いたであろうが、なにせ新九郎の手を握ってしまうほどに追いつめられている。もはや完全に籠絡された。しかも新九郎は耳打ちするかのごとく囁いた。

「大仰な物言いをいたせば、魔羅のことで世を響(どよめ)かせてしまった新九郎でございます。それもじつに情けない顛末にございます」

「いやいや、全裸二刀流。宮代右近之介との戦いは、この頼芸も武者震いするほどであったぞ」

全裸二刀流――。

嘆息したいところであるが、新九郎は笑みを絶妙な苦笑に変えただけで内心を悟られるような愚は犯さない。

「なにゆえこの新九郎、許多の女性(にょしょう)を漁(あさ)ってきたかといえば、じつは自信がないからでございます」

新九郎の手管に嵌(は)まってしまっていることもあって、決しておろそかに扱われぬであろう――と勝手な思い込みに覆いつくされている頼芸であったが、それにしても意外な言葉が新九郎から洩れた。目を見ひらいてから、もっともらしく顎の先など翫(もてあそ)んで気を惹(ひ)かれたことを示す頼芸である。

ふむ、とあえて間をつくって応じ、新九郎を凝視する。

「じつは、いつ不如意になるか、びくびくしながら女性に重みをかけていたのでございます」

「だが、いかように見ても新九郎は不如意とは無縁にしか見えぬが」

「心の裡(うち)の畏れでございます。すなわち女漁(おんなあさり)には逆の心が隠されております」

「逆の心」

「然様(さよう)でございます。新九郎は男でありたいという切なる思いを抱いておりました。されど己が真の男であるか、じつに不安でございました」

　短く溜息をつく。吐くつもりのない本音を口にしてしまっていたからである。

「揺れに揺れて落ち着かぬ新九郎の落ち着かぬ心を、刹那であっても男であると感じさせてくれるのが女性でございました。渉猟は胸拉(むねひし)ぐ思いの裏返しでございました」

　本心を明かし、けれど相手はどのみち愚鈍と侮って、くるりと反転する。自身の性的能力に疑問を抱いたことなど一切ないくせに、俯き加減で呟いてやる。

「この新九郎、いつ不如意に陥るかわからぬ不安ゆえに、無理遣り己を試す。ひたすら数をこなす。必死でございました」

「うーむ」

　頼芸は相変わらずもっともらしく顎の先を翫んでいる。たいしたものでないがゆえに無精鬚(ぶしょうひげ)と指先がこすれる音がやかましく、癇(かん)に障る。

　恰好を付けるのもたいがいにしろと頼芸の顎を一瞥すると以心伝心、頼芸はあわてて顎から指先をはずした。新九郎はごく柔らかな声で己の真の気持ちを告げた。

「ゆえに今回の全裸二刀流騒ぎにて、真の思い人があらわれるまでは、この身のなまくらな刀を用いるのは、やめようと決心致しました」

　いきなり頼芸が膝で立ちあがった。

「それは困る。それは、困るのだ」

　新九郎にしてみれば自ら全裸二刀流なる言葉を用いる迎合もあったが、この場ではじめて心の奥底の一端を明らかにしたのである。だが頼芸の狼狽は尋常でない。

「な、新九郎。それは困るのだ。それでは、まことに困ったことに相成るのだ」

　じっとり濡れた掌でまた手を摑まれたりしたらたまらぬので、新九郎はさりげなく拳を固めてだらりと手を下げてしまった。

「回りくどく語ろうとすれば必須の事柄が遠い彼方に逃げ去って、頼芸様の思いはこの新九郎に伝わらぬ――と申し上げたはずでございますが、不如意に関わることとなれば、それはさすがに軽々に口にするのもはばかられますな」

前屈みで迫る。

「が、この新九郎にいったいなにを求めておられるのか、それをまずは審らかにしていただきたく」

最後を端折って睨みつけるように迫る。頼芸は張りぼての玩具になってしまったかのように、幾度も幾度も首を縦に振った。

「じつはな――」

「はい」

「深芳野という女を誰よりも愛でておる」

「はい」

「名を口にしただけで、切ない」

「そういった心と無縁に渇ききって生きてきた新九郎。思い人がいらっしゃること、じつに羨ましいことでございます」

「そうか。そうであろうな、全裸二刀流だものな」

醒めた怒りと苛立ちが這い昇ったが、新九郎は殊勝げに頷く。

「じつは、な」

「はい」

「その思い人の深芳野のことなのだ」

わかりきったことを、くどくどと――と、新九郎は胸中で辟易する。することがなくて美濃の様子にまったく興味が持てなくなりすべてが右から左に抜けてしまっていた新九郎であっても頼芸側室の、その女の名は聞き覚えがある。抽んでた美相ではあるが、途轍もなく気が強くて頼芸も這々の体であるとの噂である。

「深芳野だが、じつに情の深い女でな」

酸っぱい表情の頼芸の言葉に、新九郎は厭な予感を憶えた。情が深い――言外に性慾が強いとにじませているのである。新九郎は即座に開き直った。

「さて、この新九郎はなにをすればよろしいのでございますか」

「不如意に陥って早二年。いよいよ深芳野は怺えられなくなってきてな」

「然様でございますか。じつは爆ぜれば仕舞いの男とちがって、真の慾は女性のほうが強いものでございますからな」

「それだ。まったく味を知ってしまった女の恐ろしさよ」

　そんなもんは自分(てめえ)でなんとかしろよ——と胸の裡にてぞんざいに吐き棄て、横柄に顎をしゃくって先を促す。

　どのみち美濃にあるかぎり否(いや)でも応でも下命をこなさねばならぬ。それがどうやら全裸二刀流、女絡みであることを、それも生半可なことでないことを悟ってしまい、めずらしく新九郎は感情を殺せなかった。とっとと言えと睨み据える。されど薄闇と相手の愚鈍さにより、新九郎の苛立ちは伝わらぬ。

「深芳野から献策といおうか、進言があってな」

「いかような」

「それがな——」

「言い淀(よど)まれますと、頼芸様と新九郎を覆いはじめてじわじわ迫りくる夜の闇がより言葉を消し去ってしまいますれば、一気呵成(かせい)におっしゃっていただきたい」

「じわじわ迫りくる夜の闇がより言葉を消し去ってしまう——。さすが新九郎。芳純なる詩心である」

　思わず失笑しそうになり口許をきつく結びなおしたが、どこかでこの愚鈍を許してしまっている己を見いだして、新九郎は苛立ち気味の気持ちをすっと抑制した。

「で、深芳野殿の献策とは」

「それだ。途方もないことを言いだした」

　頼芸は一段と声を落とし首を落とし、深芳野の声音を真似(まね)て続ける。

「これ以上、閨(ねや)のことおろそかなれば、離縁お願い致します」

「されど不如意」

「——そうなのだ。これほどの困惑に直面したこと、生まれて初めて」

「道具がございますでしょう」

「うん——」

　泣きそうな伏し目がちである。頼芸は首を左右に振った。

「張形で弄(いら)うなど、この深芳野に対する蔑みのなかでも最悪のこと、そのような挙にでるのならば深芳野のことはきっぱりお諦めになることでございます」

「じつに気の強いというべきか、頼芸様に対する御言葉とは思えませぬ」

「――それも含めてな」

「いとおしいと」

　頼芸は力なく頷いた。

「でな、深芳野が申すにはな、この深芳野の軀に触れたくば、肝心をじっくり充たしていただいて身も心も解き放たれた心持ちにしていただければ頼芸様のお心もわからぬでもなし、とのことでな」

　肝心をじっくり充たせ――とは、これまたとんでもない物言いをする女である。天晴れだ。

　だが、このようなことを吐かす女を、このような愚鈍が制することなどできるはずもない。どうやら深芳野の完璧なる奴隷である。湿り気の濃い薄闇に座す冴えない達磨のかたちを抑えた息で叮嚀に見やる。

　面皰の痕のあばたが目立つ頬のたるんだ不細工な頼芸の貌に対しても、夜は厭わずに薄い闇を侍らせてその不形を化粧してやっている。新九郎は侮蔑よりも悲哀を感じとって、やや視線を落として思いに沈む。

　女に籠絡され、俺に籠絡されて、だが当人はそれに気付いていないのか、それとも生まれ落ちたときから籠絡され、食う寝るに不自由せぬだけでいいようにあしらわれて生きてきたので、これが当たり前なのか。

　貧窮の底に生まれ、どうにか死にはしなかったが、いまだに心根は商人に過ぎないと自負している新九郎からすれば、生まれついてちやほやされて育った者の内面がよくわからない。

　だが側室からこれほどまでの愚弄を受けてなお、いとおしさを棄てられぬ純な男がここにいる。実質的な権力はともかく、女などいくらでも自由にできる立場にある男が、いいようにあしらわれて周章狼狽しているのである。

　新九郎の思いを知ってか知らずか、意を決して眦をあげた頼芸は、落としに落とし抜いた、けれど深芳野の声音を真似た甲高い声を新九郎の耳の奥に吹きこむ。

「時折でよろしゅうございます。我が身と心に燃えあがるこの切なく遣る瀬なき不足の苛立ちを充足」

新九郎は片手をあげて制する。

「不足の苛立ちを充足。深芳野殿の御言葉を吟味いたせば、物言いが不躾になりますが、頼芸様の代わりが要るという不遜ではございませぬか」

新九郎の指摘に頼芸は口調を棒読みのようなものに変え、顫(ふる)え声でかろうじて言い切った。

「——不足の苛立ちを充足に変えていただければ、他ならぬ頼芸様。深芳野の身をいかようにも扱ってよろしゅうございます」

「つまり道具ではなく、正物(しょうぶつ)を用いて堪能いたせば、頼芸様が触れることを相許すと」

「そうだ。そう吐かしおったのだ」

「手討ちに致してしまえばよろしい」

新九郎の眉間に立ちあがった険から視線をそらして頼芸はぼやく。

「それができたならなあ」

「妄執と紙一重の未練でございますな」

小莫迦(こばか)にしたように言い棄てると、自覚があるのか中空を虚(うつ)ろに見あげて呟いた。

「妄執——。きついことを言う」

寺は頼芸の見あげる空虚と似たり寄ったりの代物だった。それを念頭に呟き返す。

「具足山妙覚寺にて修行した身でございますからな」

「だからこそ、すがるのだ。並みの者でないことを聞き知っておるから頼るのだ」

「されど深芳野殿の身も心も解き放つ役目を仰せつかる者の気持ちをいかように思いなされるか」

「それだ。悩みに悩んだ。一晩中七転八倒したあげく頬が痩(こ)け、朝も起きられなくなるほどにな」

飽食のあげくの太り肉(じし)を一瞥して、新九郎は溜息を呑みこむ。

「新九郎は溜息をつくが——」

呑みこんだつもりだったので、ちいさく狼狽した。

頼芸は顔をくしゃくしゃにして泣き声をあげた。

「深芳野がな」

ひくっと咽(のど)が鳴る。

「深芳野がな、全裸二刀流の噂を聞いて、唐突に言いだしたことであるぞ」

ひっく、ひっく、やかましい。薄闇に涙と鼻水がねっとり光る。

「唐突に言いだしてな、呆れ果てているこの頼芸の不如意をとことん愚弄し、荒れ放題。どのようにしても、たとえ手討ちにされてもここから逃げだそうと、この頼芸から逃げだそうと目論んでおることが見えみえのな、無理難題であったのだぞ」

　こんどこそ遠慮なく溜息をついた。

「この新九郎は、いわば頼芸様の擂り粉木になるわけですな」

「擂り粉木。言い得て妙である」

　泣いていたはずなのに、くるりと真顔にもどって胸の裡をそのまま言葉にしてしまう苦労知らずを斬り殺してやりたいという衝動が迫りあがった。俺の場合は斬り殺すではなく突き殺すだ——と奇妙なほどに冷静に修正したとたんに衝動は霧散した。

　いま、このとき、まちがいなく頼芸は深芳野の擂鉢を捏ねまわす擂り粉木を脳裏に描いている。もちろん俺にも擂鉢と擂り粉木の下劣で無様な醜悪にして噴飯物の絵が見える。愚劣もここまでくると、いっそ清々しい。ならば全裸二刀流あらため擂り粉木を極めてやる。

「頼芸様」

「ん」

「大の男に擂り粉木役。これはたいそうな侮蔑でございますぞ」

　若輩を自称していたが、いつのまにか大の男になっている。だが威圧にでたときの新九郎の気配には、とことん尖り抜いた針先の鋭利かつ壮絶な刺し貫く気配がある。頼芸は仰け反っていた。

「——どう、どうすればよい」

「それなりの報いをいただきましょう」

「だが、深芳野を、深芳野を抱けるのだぞ」

　鼻で笑う。

「思い人があらわれるまでは女を断つと申したはず」

「そうか。そうであったな」

「犬畜生にも劣る新九郎ではございますが、一応は武士でございます」

「悪いようにはせぬ。長井長弘は気に食わぬし耐えがたいが、それでもあえて新九郎に声がけしたのは、新九郎を心底から頼んでおるからだ」

「新九郎、開き直りました」

　開き直りを頼芸は取り違えた。

「やはり厭か。厭に決まっておるよな。大の男が擂り粉木だもんな。あげく、よく擂ってもらったねっとり艶やかな胡麻の油を味わうのはこの頼芸であるもんな」

　笑えぬ比喩を口にしつつ頼芸は俯いて左右の蜂谷を力なく揉みはじめた。

「だがな、心底から、本心から、この頼芸が擂り粉木になりたいのだわ」

「心中、お察し申す」

　弾かれたように顔をあげた頼芸である。

「開き直ったと申したのは、頼芸様の擂り粉木になって身を粉にして働こうと思いなおしたということでございます」

「おお、おお、なってくれるか擂り粉木に」

　深く頷きはしたが、このどこか焦点の外れた喜劇に新九郎はまさに開き直っていた。文殊師利菩薩に見おろされて無聊を託ち、昼寝ばかりしている日々である。ならばせめて軀を動かそう。

「いや、軀は動かしていた。正しくは腰か」

「ん、なんと申した」

「心がまだ揺れております。自嘲の独言でございますがゆえ、お気になさらず」

「すまぬ」

　擂り粉木役を撤回されてはたまらぬので、頼芸は気が気でない。ふたたび左右の膝頭が貧乏揺すりでせわしない。

　そもそも全裸二刀流の噂を聞いて、深芳野自らこのような提案をしたというのだが、いったいどのような性格の女か、さすがの新九郎にも見当がつかない。

　頼芸を心底から侮蔑しているからこその言動であろうが、頼芸も頼芸である。擂り粉木役を受け容れてまでも、それほどまでにして触れたい女性の軀というものがあるのだろうか――新九郎は内心首を捻るのであった。

「頼芸様。ひとつだけ守っていただくことがございます」

「なんなりと」

「深芳野殿とのこと、擂り粉木役、凄まじき屈辱でございます」

「わかっておる。大の男に頼むようなことではない。わかっておるのだわ」

「されば、深芳野殿との閨、聞き耳を立てたり覗き見したりすることの一切なきよう」

　頼芸の喉仏がぎこちなく上下するのがわかった。

「もし斯様なことが露見した暁には、そのときは新九郎、相手が誰であっても存分に全裸二刀流を発揮いたしますぞ」

　頼芸は顔をそむけ、消え入るような声で言った。

「わかっておるよ。そのような下賤の行い、この頼芸がなすと思うか」

「魔が差すということもございます。無礼を承知で念押しいたしました」

「この頼芸、深芳野に触れられれば、抱いてもらえさえすれば、それでよいのだ」

「抱いて――」

「いや、なんでもない」

　女性を抱くという意味ではないのは明らかだ。抱いてもらう。よくわからぬ。が、深芳野と接すればわかることだろう。

　新九郎は辞去のきっかけを窺う。だが当の頼芸は唇に厭らしい笑みを泛べている。もはや眼前の新九郎が見えていない。

　肝心をじっくり充たされた深芳野を、さらに弄うことを想い描いているのがありありと見てとれて、これにて――と新九郎は片膝を立てた。とたんに我に返った頼芸が膝で躙り寄ってすがりつく。

「すまぬが、いますぐだ。いますぐ」

「――これから、すぐ、ということでございますか」

「それが深芳野の所望」

「なんとも――」

　浅ましいという言葉を呑みこんで、ならば擂り粉木を貫徹だ、と肌が冷えびえとした新九郎であった。

19

　案内する若く稚い侍女は、あきらかに怯えていた。委細はわからずとも新九郎がなにをさせられるのかは悟っているのである。

　屋敷の奥は、あちこちに靄が立ちこめているかのように湿り気がきつい。足裏が張りつくかの鬱陶しさだ。

　側室たちの部屋であろうがときおり香の匂いが洩

れつたわる。それさえもがべたつく甘さでじつにいとわしい。

内緒で囁くような小声で声がけし、侍女がそっと開いた檜（ひのき）の板扉の部屋の中心、一段高いところに端座している女は、癖のない真（ま）っ直（す）ぐな髪が顔を覆っていて顔貌（かおかたち）が判然としない。ただひとつ一目瞭然の事柄があった。

深芳野は、大女だった。

立ちあがれば、新九郎よりも背丈があるだろう。武家である。大柄な女を大切にする。好みもあるから正室はともかく、側室には必ず大女を配す。武人は軀が大きく生まれたほうがよいからで、実利があるからだ。戦うなら小柄は損だ。

本来、肉体の巨大化強靱（きょうじん）化は軍人（いくさびと）の本能のようなものではあるが、こういった意識が完全に固まっていった江戸時代に到れば、戦がないからこそ階級差を背丈であらわすといった意識無意識がはたらいて、武士は町人たちよりも頭ひとつほども高いといった背丈体格による地位の誇示がずいぶん固定していったものである。それは巨大な闘犬を作出するためにブリーディングするのとなんら変わらない。

侍女が音をたてずに扉を閉めた。見おろす新九郎に、気怠（けだる）げに深芳野が視線を投げた。

慥（たし）かに深芳野は美相だった。

左右対称の新九郎とはちがった美しさがその艶やかな貌に横溢（おういつ）していた。抽んでた絵師により、あるべきところにある目鼻立ちが微妙にずらされたかの絶妙の間合いがある。新九郎の表情は所詮、能面だ。けれど深芳野の貌は生きている。

涼しげな目許という比喩は深芳野のためにあるようだ。濃（こま）やかなれど、それをいちいち外にあらわさずに淡々しくさえ感じさせる天性の手練の持ち主であることが窺われた。見事なる清涼である。

しかも、その軀の大きさだけでなく、柔らかく覆いつくしてくれるような包容力の気配もにじんでいる。

ただし性格までもが涼しげかどうかはわかったものではない。面立ちは内面をあらわすが、一筋縄ではいかない。正反対である場合も多々ある。

なるほどと新九郎は頭をさげ、部屋の入り口の隅の板の間に畏まった。深芳野に抱いてもらえさえすればそれでよい——という頓芸の言葉を即座に理解した。

　頼芸は深芳野の赤子なのである。深芳野は頼芸の心の母なのだ。斯様な性癖の男は少なくない。全裸にて横抱きにされて深芳野の乳房を吸う頼芸の姿が泛んだ。甘やかされ、ときにきつい言葉を、さらには叱責さえも受けたいのだ。さんざん叱られて、それでもしがみつく母の胸――。

　思い巡らす新九郎の鼻筋から眉間にかけて物思う男の微妙な気配が横溢している。非の打ちどころのない美男が沈思する気配は、胸騒ぎどころの生やさしいものではなく、犬歯にて首筋を咬み千切ってやりたいほどの衝動を深芳野の内面にもたらしていた。

　それを涼しげな眼差しで完全に隠し、ごくごく控えめな呼吸と共に端座し、新九郎が部屋に入ってきた瞬間を反芻していた。

　全裸二刀流がほんとうにやってくるとは信じていなかった深芳野は、気付かれてはおらぬだろうが、新九郎を見あげた瞬間幽かに頬に血を昇らせてしまったことを恥じ、いまは頬を青褪めさせて真正面を見つめている。

　その視野の片隅に新九郎の姿が映じているはずではあるが、深芳野は新九郎の姿を一切意識にいれていない。そこにあるのは朧な影にすぎない。

　ところがどうしたことか、新九郎のほうも深芳野を忘れていた。

　頼芸のところは闇だった。

　ここには、ちろちろ灯りが揺れている。仄かではあるが、闇にせいぜい朱が逆らって影を乱れさせている。

　菜種の油の香りがする。赤種独特の辛子に似た匂いだ。ちいさな焔が立ちあがってごく控えめに爆ぜるあたりから、幼きころから親しんだあの香りが漂っている。

　油の匂いなどいやというほど嗅いできたにもかかわらず、なぜか新九郎はこの場にていわば身に染みついてしまった香りにつつみこまれて我を忘れている。

　深芳野が視野にあるにもかかわらず完全に新九郎を無視しているように、眼前の深芳野が見えなくなっていた。

　新九郎の様子に気付いた深芳野が、意図的に瞬きした。

だが、新九郎は目醒めなかった。端正に座したまま、油の匂いと追憶に浸りこんで甘酸っぱくもつらい過去に遊んでいた。

深芳野が、空咳で気を惹いた。

即座に我に返った新九郎は、この部屋に一切香の類いが薫き込められていないことに気付いた。だからこそ菜種油の香りに取りこまれ、控えめな忘我にあったようだが、香との関わりについては正直、判然としない。

なにやら言いたげな深芳野であるけれど、自負と自尊の心が許さない。そんな気配を感じとり、新九郎のほうから口をひらき、問いかけてやった。

「この一件、とどのつまりは、お戯れでございましょう」

「——そうじゃ。戯れじゃ」

深芳野はふっと短く息をつく。

「全裸二刀流。下劣よのう」

「返す言葉がございませぬ。が、あえてさらなる下劣を返せば、いまは全裸一刀流でございます。真剣を抜く理由もございませぬからな。糅てて加えて残された貧相な一刀を抜く理由もございませぬ」

深芳野はすっと口許に手をやった。声をたてずに笑っているのである。好い笑顔だ。けれど京の時代から無数の女を知っている新九郎の脳裏では仕分けが終わってしまい、美濃にてはなかなかの美相にして大女——と整理分類してしまい、もはや新九郎には緊張や昂ぶりの欠片もない。

「新九郎」

「はい」

「妾を完全に思い消ち、はるか彼方に飛び去っておったな」

侮れぬ。新九郎は率直に頷いた。

「菜種の油の爆ぜる香りに、遠い追憶に浸っておりました」

「妾を前にして、それか」

「それは深芳野殿とはいえ、いささか傲岸な物言い」

「——さぞや、ちやほやされてきたのであろうな」

「ちやほや。いえいえ、苛々させられるばかりでございました。汲々とせざるを得なかったとも言えましょうが」

「よう、わからぬ」

「女人はよろしきものなれど、女人は大儀なものでございます」

「――頼芸様のほうがよほど大儀じゃ」

新九郎はすっと肯う。

「深芳野殿は頼芸様の乳母ではございませせぬからな」

涼しげな目許がめいっぱい拡がった。新九郎は肩をすくめて、もうなにも言わない。

「話をもとにもどす」

「はい」

「妾を完全に無視したこと、あえて言い訳せぬのか」

「言い訳するようなことでございますか」

「妙な男じゃ」

「ならばお返し致しましょう。妙な女だ」

粗略な新九郎の口調と同時に、視線が絡んだ。男女のねちっこいものではなく、意の通じあった人と人の親愛の籠もったものであった。

「そのようなところにおらず、近う」

新九郎は深芳野の真正面に胡坐を掻いた。

「よいものでございますな、灯りの油、その香り」

「妾にはとんと」

「香を薫き込めておられぬ」

「不要じゃ」

「おかげで菜種の匂いを愉しみました」

「不要じゃ、と申したのじゃ」

「新九郎は少々足りぬがゆえ、その意するところをきっちり申していただかねば、なにがなにやら」

「妾の薫り」

「不躾をお許しください」

新九郎が身をのりだすと深芳野は髪を背後にやり、首筋をあらわにした。深閑とした森の奥の澄んだ湿りのうえに淡く育った緑の植物のごとき芳香が新九郎の鼻腔を充たした。抗いがたい匂いである。新九郎は我知らず鼻先を深芳野の首筋に触れさせてしまい、離すことができなくなってしまった。

吸う。

深々と吸う。

鼻腔に香気が充ちる。

なんなのだ、この薫りは。

艶めかしい薫りだが、生臭くない。

ごく淡いが、輪郭はくっきりしている。

肌と髪と軀の薫り、秘められた女の薫り。

新九郎は逡巡し、懊悩する。物思うことをやめて趣くままに身をまかせてしまうか、先々を考慮して冷徹に処するか。

その間も新九郎は深芳野の犬であることをやめられず、その肌に鼻先をこすりつけるようにして狂おしい振る舞いを止められぬ。深芳野も新九郎の動きを先取りするがごとく着衣を巧みにはだけていく。抗えぬ。将来における支配被支配など、瑣事に過ぎぬ。いま得られるであろう至高の瞬間を、つまらぬ企みや技巧などで減殺するなど愚かの極みだ。

「深芳野」

と、呼び棄てる。

「新九郎」

と、返してきた。さらに新九郎の耳朶に唇はおろか前歯をぶつけるように触れさせて訴える。

「たまらぬ。閨へ」

深芳野にいざなわれて立ちあがったが、新九郎は足を縺れさせてしまい、深芳野に倒れかかった。深芳野は新九郎をぐいと支え、大きく息んで引きずるようにして閨に連れていき、自身の腑甲斐なさに唖然としている新九郎を横たえ、膝枕した。

「魂魄を抜かれたがごとしだ」

嘆息気味に呟くと、深芳野はそっと頰を撫でてきた。その手つきは赤子を愛おしむのに似て、柔らかで滑らかで力みがなかった。あわせて新九郎から性的な気負いと力みが消えていき、比べるものとてない安堵が全身を覆っていった。

深芳野の太腿は肌理細かで仄かに冷たく、新九郎の頰にぴたりと密着した。余剰は一切なく張り詰めているが、さりとて硬質なところはなく、しっとり嫋やかだ。新九郎は頰ずりしつつ薫香を鼻腔に充たしてうっとりし、柔らかく目を閉じる。

「なにゆえ深芳野の肌はかような心安らぐ芳香がするのか」

「知らぬ。生まれつきじゃ」

深芳野は素っ気なく返してきた。そこに深芳野の照れを感じとった新九郎は頼芸もこの薫りの虜であることを確信し、深芳野の薫りはなにに似ているのか思いを巡らす。

不可思議なことに肌から漂うのだが、肉の臭いではない。草木、草花が近いが、さらに深閑とした気配がある。凛としている。奥深く気高い。それが足を縺れさせた新九郎をぐいと支える骨格のしっかりした女に備わっているのである。しかもその軀が美しい。背丈はともかく流麗なる柳腰である。顔などちいさすぎるきらいがあるが、すっと立てば、その威厳に平伏しそうになる。

　新九郎は我に返った。美濃にてはなかなかの美相にして大女――と冷徹に整理分類してしまったくせに、薫りに気付いたとたんに天女扱いである。これは大きなしくじりだ。新九郎はついつい解説するかの口調になって深芳野を讃える。

「ごく幽かなものだ。身を間近に寄せねば気付くことのない微香に過ぎぬ。いや、鼻の悪い者は気付かぬかもしれぬ。幽玄といってよい。だが深芳野の香りを悟ったとたん、籠絡されている。逃げられぬ。薫りというもの、じつに恐ろしいものだ」

「恐ろしいか」

「恐ろしい。この俺が骨抜きだ」

「小憎らしいことを」

「本音だ」

「世辞でも嬉しい」

「これぞ接しなければわからぬ嬌羞だ」

「きょうしゅう――」

「愛嬌の嬌に羞恥の羞。女性の艶めかしい恥じらいを言う」

「妾には恥じらいがあるか」

「ある。深芳野の薫りには、得も言われぬ艶と恥じらいが隠されている」

「巧みに擽る」

「擽られているのは、俺だ」

　たまらなくなって新九郎は反転し、深芳野の腰をきつく抱いた。薫りの核心に鼻先を突っこみ、胸郭を大きく上下させる。新九郎の不規則な呼吸の律動、その息が深芳野の過敏を思いのほか鋭利に圧迫する。

　深芳野は両手で新九郎の頭をきつく押さえて、座した姿勢のまま奥歯を咬みしめて大きく首を反らせる。くっ――と声が洩れるのを怺え、眉間に深い縦皺を刻んで天を仰いだまま凝固する。

　しばし凝縮した後、一気に弛緩して腰を抱いている新九郎の背に重なるように倒れこんできた。深芳野が全身に発汗していることを感じとって、そのすべてが決して演じられたものでないことを悟る。

「鋭敏な――」

感嘆の声を洩らすと、深芳野は膝と上体で新九郎をはさみこんだまま、しばし荒い息を整えようと意を砕き、かろうじて言った。

「息にて刺すなどありえぬわ。すべては新九郎が、悪いのじゃ」

「たかが息だ。こうまで深いと、さぞやつらいだろう。生きづらいだろう」

新九郎の呟きに一瞬、深芳野は硬直した。新九郎を邪険に膝から落とし、その左脇に自ら身を投げ出し、仰向け(あおむけ)に転がって、天井を睨(にら)みつけるようにして問い詰めてきた。

「なんと申した。生きづらいと申したか」

新九郎は返事をするかわりに、互い違いの体勢になっている深芳野の軀の奥に真っ直ぐ手を伸ばした。加減せずに力を込め、痛みを与えた。

「生きづらいだろうが。苦しいだろうが」

「生きづらくも苦しくもない」

「そうか」

突き放すと、一呼吸おいて呟いた。

「――程々がよいのだろうなと思ったことはある」

頷いて、さらに力を込める。

「痛いか」

「痛い」

「もっと痛くしてほしいか」

冷徹な声をかけると、哀願が返ってきた。

「もっと、もっと痛くしておくれ」

「いとおしすぎてな、潰してしまいたいほどだ」

「潰しておくれ。千切っておくれ」

「そうするにはあまりにちいさい」

「そうなのか。軀は充分以上に大きいが」

「ちいさい。とてもちいさい」

いささか妙な遣り取りになってしまい、新九郎は頭をすこしだけ上げて、深芳野の表情を窺う。深芳野は柔らかく笑んでいた。

「いつまで互い違いでいる気だ。早く俺の腕のなかにこい」

「――なにやら恥じらいが強くなってしまってな、火照りもひどい」

「きつく目を閉じて、さあ、おいで」

「――はい」

言われたとおり深芳野はきつく目を閉じて反転し、新九郎の腋窩(わきのした)に顔を埋めた。新九郎はいまだかつてない細心さで指先を用い、ひたすら深芳野を踊らせた。

　とことん踊らせれば芳香も高まるであろうという読みであったが、どうやらこの薫りの本質は潤みとは無関係であるようだ。

　新九郎は強まることのない匂いにやや物足りなさを覚えはしたが、際限のないものよりも、これが深芳野のもっている抑制をよく顕(あらわ)していると心窃(ひそ)かに敬愛の念を抱いた。

　読みどおり深芳野は限界を超えて極めることのできるたちで、ひたすら頂点にあって息が詰まってしまってもはや快の呻きさえ洩らすことができず、きつく新九郎にしがみつくばかりだ。

　新九郎は深芳野に軀のあちこちに爪を立てられて、その痛みに男として覚醒し、男であることを自覚させられていく。昂ぶりながらも冷徹に深芳野を彼方に送りこむ。

　どれほど続いただろうか。嫋やかに揺れていた深芳野が目尻から涙を流しつつ、新九郎をせがんだ。もったいつける気はない。満足に動けぬままにかろうじてかたちをとった深芳野に加減せず重みをかけた。

　ひとつになった瞬間に深芳野は我に返り、すがりつく眼差しで訊いてきた。

「妾は、どうじゃ。妾は――」

　差し迫る快を押しやって、新九郎にとって女としてどの程度かと問いかける。自負と自尊にあふれた深芳野である。新九郎は率直に答えた。

「二つとなし。又となし。上なし」

「――世辞が過ぎる」

「世辞ではない。きつく男を弄ぶ女は多い。が、たいがいが薄い」

「薄い。薄いのか」

　新九郎は頷いた。肉が薄いとでもいえばいいか。包みこんで張り詰めはするが、ほとんどの女は薄い。貧相とまではいわぬが、抱いてしまえば未練が残らぬのは、率直かつ生々しい物言いをしてしまえば女としての肉の厚みに欠けるからである。深芳野は新九郎の表情を窺いつつ、重ねて問いかけてきた。

「大方は薄いのか」

「薄い。裡にありながら外が透けて感じられるとでもいおうか。が、深芳野は」

「妾は」

「女の篤みがちがう。軀も心も俺をきつく包みこんでいる。隙がない。密であり、外の雑な光も気配も届かない。このような軽薄さのない軀、はじめてだ」

「妾はな」

「うん」

「もう、なにがなにやら——。このような情けを受けたこと、信じ難い」

　新九郎は顔を重ねて深芳野の唇をふさぐ。常ならば新九郎は己の威力を見せつけようとしてどうしても口舐りといった技巧的なかたちになりがちなのだが、深芳野の舌と絡みあわせた新九郎の舌は、まさに口中を契るといった気配が横溢していて、深芳野は新九郎の舌先を必死で追い、縺れあわせ、吸い、ときに咬み、夢中になりすぎて息をするのを忘れて、唐突に顔を離して水面に浮かびあがってきたがごとくの息をつく。

　放心気味に新九郎を見あげて、目尻の涙を照れた笑みとともに高々指でなぞる。新九郎と深芳野はきつく接したところをゆったりすりつけあっている。

新九郎は深芳野の内面に驟雨の前触れの蠕動の気配を感じとって、それをとことん受け止めてやろうと、いままで憶えたことのない優しい気持ちで静かに待ち構えていた。

　驟雨ではなく、嵐だった。ただし静かなる野分といった趣で、騒々しさは一切ない。ただただ裡で荒れ狂う女の悍さを抑えることができず、翻弄され、けれどそれを声や動きで発散せずに新九郎にきつくしがみつき、際限なく頂点にあり、受け身として新九郎の動きに寸分違わず同調し、女を全うしている。

　すっと深芳野の肌が冷たくなった。気を遣りすぎて、意識を喪いかけている。いかに快の果てとはいえ、気絶してしまえば、そこから醒めれば悪寒のようなものしか残らない。新九郎は抑えた声で呼びもどす。

「深芳野よ」

「は——い」

　かろうじて返事をした深芳野は、自身の髪のいくらかを血の色を喪いかけた唇にはさみこむようにして幽かに泡だった唾の純白を見せつけている。新九郎は静かに諌めた。

「ゆきすぎてはならぬぞ」

「ゆきすぎてはならぬ」

繰りかえす深芳野の目は黒目が失せていて真っ白だ。

「帰れなくなるぞ」

口中に這入り込んだ髪に指を絡ませ、軽く引っ張って覚醒を促す。深芳野に黒目がもどる。だがまだ虚ろである。抑揚を欠いた声で訴えてきた。

「彼方に消え去ってはいけませぬか」

「ならぬ」

「ああ、深芳野は、この身を爆ぜさせて粉々になって消えてしまいたい」

「それも一興。が、俺と深芳野は出逢ったばかり」

「そうか。そうじゃ。深芳野は新九郎と出逢ったばかりじゃ」

「出逢ったばかりで死を見てはならぬ」

「妾は死を——」

深芳野の瞳孔の収縮を見てとり、新九郎はありのままを告げることにした。

「俺の耳の奥に小声で訴え続けていた」

「なんと」

「死ぬ、死ぬ——と」

「心地好すぎてな」

「わかっている。心地よさの過ぎるところ、死が実相を顕す」

「そうなのか」

「そうだ」

深芳野の目に力がもどってきた。

「出逢ったばかりだ。妾は死ぬわけにはいかぬ」

あえて新九郎は堅苦しい物言いで己の気持ちを告げる。

「奇しくも頼芸殿からのじつに異な言い寄りにより て斯様なことと相成っておるが、これを奇貨に俺は深芳野と心底から懇ろになりたいと願っている」

「それは、妾も同じくじゃ」

「ひとときではなく、永久に続くものとしたい」

「本音か」

「口説きで永久という言葉は遣えぬよ」

「だが——」

「どうした」

「新九郎は妾を充たして去ればよい。されど妾は、あの蝦蟇蛙に弄われるのだぞ」

「そういう決めごとになっているのだから、致し方ないであろう」

「なんという情のない物言い」

「――腸が煮えくりかえっている」

逆に冷たく透き徹ってしまっている新九郎の目の奥を深芳野は射貫くように見つめ、この男は激情のさなかに冷徹をまとうことを悟った。深芳野の視線に気付いた新九郎は薄く笑んで呟いた。

「どのみち頼芸殿は芯のない壊れた道具。こうすることができぬ」

新九郎は加減せずにきつく激突させ、最奥を突いた。子宮の奥で快の静電気が炸裂し、深芳野は後頭部を床に打ちつけて痙攣し、しばし呼吸を止めた。

その姿を無表情に見おろして、新九郎は意を決した。この女にだけ、打ち明ける。

「深芳野よ」

「――はい」

「美濃を戴こうと思っている」

「いただくとは」

「美濃を我が物とする」

深芳野が目を見ひらいた。半開きの唇の奥で血の色の舌先が逡巡するように動き、ようやく真顔で問いかけてきた。

「本気か」

「居眠りばかりしていたが、心は常に均衡を欠いて無様に揺れている美濃の国をいかにものにするかということに向いていた」

他言するはずもないだろうが、枕詞として他言は無用と前置きし、新九郎は一介の油売りに過ぎなかった父が何故美濃に目を付け、美濃に這入り込んだかを語った。

家督争いの絶えぬ美濃土岐家に狙いを定めて、ゆくゆくは美濃をもらうという野望を父は抱いている。長井新左衛門尉は己一代でそれを成しとげられるかどうか微妙なところであると断じ、父が楔を打ち込むから、新九郎がその楔を足がかりに美濃の頂上に立つとの展望を示した。すなわち親子二代で美濃をものにするというのである。

「意外や、意外。あの御方が斯様な野望を抱いておられたとはな」

「うむ。やたらと人当たりがよいから、皆だまされておるわ」

そう口にする一方で、新九郎は父が本気なのかを心窃かに疑っていた。当初は真剣に美濃一国をものにしようと念じていたことに疑念を差しはさむ気はないが、いまや父は中途半端に充足し、誰もが一目置く己の栄達した姿を倅に見せつけることに意を尽くしているかの為体である。

「深芳野よ」

「はい」

「美濃は戴く。が、父は当てにならぬ」

「つまり妾に力になれと」

「そのとおり」

視線が絡みあう。深芳野が念押しをするかのごとく問いかける。

「父上はともかく、妾以外に美濃をものにすること、口にしておらぬのだな」

「当たり前だ。いま、ここにて、はじめて心の奥底に閉じ込めておいた本音を、深芳野という掛け替えのない女に告げた」

甘言と本音を掛け合わせた言葉を吐き、いささか投げ遣りな口調で続ける。

「父は美濃にそれなりの楔を打ち込んでくれた。当人もそう自負しておるだろう。だから妙に得意げだ。これ見よがしでもある。ゆえにもう父はいい。父は要らぬ。用済みだ。俺が独りで美濃をものにする」

新九郎は深芳野を凝視し、口許を歪めた。酷薄な笑いであった。深芳野はそれをうっとり見あげ、しばし放心した。

先ほどは肉体の快で途方もないところに飛び去りかけていたが、こんどは心の昂ぶりで彼方に流れ去りかけた深芳野を呼びもどすがごとく新九郎が囁いた。

「焦りはない。まずは我が父を踏み台にして地歩を固めていく」

なにげなく呟いたのだが、新九郎の背筋を稲光に似た衝撃が抜けていった。なぜか新九郎の眼前で父が放心し、口惜しげに頽れていく姿がありありと映じたのである。合点がいかぬという父の眼差しの背後に緋色の滴りさえ見えたが、あれは血か。なぜ、新九郎の前で父が血を流すのか。

深芳野は自身のうちにある新九郎の様子から、何ごとかは委細わからぬが、慟哭しそうなほどの感情の乱れの渦中にあることを感じとって、まったく感情をあらわさぬ男が自分に対してだけは素の己を曝けだすことを直覚した。

　父を踏み台と口にした瞬間、新九郎は長井新左衛門尉こと西村勘九郎という男の本質を完全に感じとってしまい、おぞましさに近い不快に肌を粟立たせていた。

　深芳野は、そっと新九郎の下膊をさする。なにに心を乱しているのかといった問いかけは一切せず、黙って新九郎の肌が鎮まるように掌を触れさせる。

　新九郎は息を乱しつつ脱力し、全体重を深芳野にかけてきた。

　深芳野はその重さを大層好ましく感じ、なおかつこれだけ感情を乱しているのに深芳野のなかの新九郎は揺るぎなき鋼のままであることに驚愕し、この男の本質的な強さに目眩に似た陶酔を覚えた。

　深芳野に背をさすられ、静かに慰撫されつつ新九郎は思いに耽る。西村勘九郎はあざとい。あざとすぎる。しかも、当人はそれに一切気付いていないのだ。いまも、昔も、そしてこれから先も——。

　西村勘九郎は美濃において、表面上は充足した風情である。だが、いまだに自分の価値が周囲に認められていないと意識の底で激烈なる不満を抱いている。けれど、その価値とはいったい何かと問われれば、答えることができないのだ。

　いまの言葉でいえば承認慾求である。いまだに息子に承認慾求をぶつけてくる父は、救いがたい。

　それどころか息子は当然のこととして、周囲にもまちがいなく承認されているというのに、西村勘九郎は一切充たされておらず、空虚をもてあましている。あの男の抱えている負は際限がない。

　あの男の慾しているものは、この世にはない。そもそもあの男の慾しているものにはかたちらしいかたちが一切ない。永遠に手に入らぬ摑みどころないものを希求しているだけである。

　美濃を手に入れるために楔を打つと宣言しておいて、息子がやってきたとたんに抑えこんでいた承認慾求が一気に迸って空虚に陥っている。

「ならば、かたちある美濃一国のほうが、どれだけ理にかなっているか」

　ここまで育ててくれた恩を忘れはせぬが、あの男の本質は妻に逃げられたときとまったく変わらない。

「求めるならば、かたちある物を求めよ」

兎にも角にも己を認められたいという実体のない執念が空回りして虚栄と虚飾の実の欠片もないどん底の生活に墜ちこんで妻に逃げられ、あげく棄てられた己を保つために我が子にすべての意を注ぎ、どのような手段をとってでも生き存えさせるという開き直りにとことん支配されたあげく、いまに到る。

「決して蔑ろにされたわけではない。その逆だ。とことん可愛がられた。貧しくはあったが不足はなにひとつなかった。俺は誰よりも幸深くあった」

どのように育てられても、子は親に不満をもつのであろう。だが、新九郎に対する西村勘九郎の徹底的な滅私には途轍もなく厭な臭いがする。

新九郎は深芳野に全体重をかけたまま、密かに首筋に顔を押しつけて、その薫りを胸に充たす。この薫りだけが新九郎を心底から慰撫してくれる。

ところが実際に西村勘九郎の軀からは濁った悪臭がする。

幼いころから新九郎はひたすらそれに気付かぬふりをして耐えてきたのだ。

だが、もう、限界だ。耐えられぬ。

深芳野もひとつになった直後、妾はどうじゃ――と自らの軀のことを問いかけてきた。承認欲求としては似たようなものであるのかもしれない。

けれど新九郎は深芳野に西村勘九郎に覚えるようなおぞましさを感じなかった。深芳野は混じりけなしに純粋に新九郎に認められたかったのだ。己が新九郎にふさわしいかどうか危惧していたのだ。

深芳野には自覚があった。

西村勘九郎は今も昔も徹頭徹尾、無自覚である。

「無私の仮面をかぶって、己を充たす。俺という手頃な生き物に情愛を注ぐ真似をして、己の滅私に酔う。それがいまだに続いているのだから、ぞっとする」

「細かいことはとんとわからぬが、要は気付いておられぬのだな、父上は」

新九郎は目を見ひらいた。

「なぜわかる」

深芳野は答えず、見つめかえす。顔が間近なので焦点が合わぬが、血の気を喪っている新九郎の美貌が誇らしく、それだけでうっとり気を遣った。

「そうだ。深芳野の言うとおりなのだ。気付いていないのだ、父上は。あの男には自覚というものが、なぜか欠片もない。どのように謙ってみせようとも、じつは平然と無意味かつ無自覚に屹立して恥じることがない。処世だけは巧みになっていくが、真に自己を省みることがない。それが俺を苛立たせるのだ。俺を苛むのだ」

真情を吐露しながら、まるで己を責めているようだと錯覚しそうになる。胸苦しい。まさに血でつながっているからこそ許せないのだ。親と子の強固に過ぎた依存が逆転してしまえば、いささか常軌を逸した苛烈な忌避に陥るしかない。

新九郎は深芳野の薫りに包まれて、いま、完全に乳離れならぬ父離れをしていた。

委細の不明な深芳野は新九郎の苦悩や苛立ちの理由を理解しておらぬし、そのすべもないが、直感かららこれだけは訊いておかねばならぬと迫る。

「――新九郎は父上を消せるか」

恐るおそるの問いかけであったが、新九郎は満面の笑みを泛べた。

「遠からぬうちに死するのではないか」

「笑んで言うた」

「人の生き死にばかりは、わからぬもの」

「が、遠からぬうちにか」

「そんな気がすると言っただけよ。本音ではあれには近寄りたくもない」

だが、深芳野の内側の鋼は一段と硬度を増し、重みを増した。

「さらに問うてもよいか」

「なんなりと」

「邪魔になったら深芳野も消すか」

「さあな」

「――消されるのか」

「さあな、と言っただろう。俺が曖昧な物言いをするときは、じつは確言するときよりも慥かだ。深芳野を消すなどもってのほか」

内面の新九郎の鋼の様子に集中したが、先ほどと一切変わらず、微動だにしない。心の動きは片鱗も立ち顕れていない。意図的に保っているのか、それとも本音なので揺らぎないのか。

「煙に巻かれた気分だ」

深芳野は苦笑気味に嘆息し、控えめに動作をせがむ。強かさの質がちがう。少なくとも本心を見せてくれたのだから、この桁違いの男に隷属しよう。いや、隷属したい。力になりたい。それがたとえ一欠片であっても、この強かさに加担できたなら、それは自身の誇りとなる。

　そんないささか顚倒し、倒錯した思いを胸に、深芳野は新九郎の脚に己の脚を複雑に絡ませる。また降りだしてきたようだ。が、快が迫りあがってきて雨音が遠い。

「好い。じつに好い」

　小声で訴えると、俺もじつに好いと掛け値なしの声が返ってきて、深芳野はたまらず両手を新九郎の臀にあてがい、引き締まった肉に爪を立ててきつく引き寄せ、密着させる。爪の刺さる痛みからであろうか、新九郎の猛りが弥増して、深芳野の唇から悲鳴に似た声が洩れ、はしたなくもその唇からすっと涎が一筋流れ落ちた。

　もはや幾度めか判然とせぬが、これ以上の高みはないと思われる頂点からじわりと湿った空気のなかに引きもどされ、存外に烈しい雨音に鮮烈なものを覚え、深芳野は鋭く大きな銀色の雨粒が先の黄昏時の雨でぬかるんだ地面に乱雑な、けれど無数の容赦ない傷を穿っていくところを想い描いた。後頭部の痺れは尋常でないが、澄みわたった心持ちで尋ねる。

「新九郎の思いは、不要なものは、消すということでよいのだな」

「そうだと肯いたいところだが、要不要だけではない」

「要不要の他になにがある」

「好き嫌いがある」

「要不要に好き嫌いか。妾は好かれているようなので一安心じゃな」

　新九郎はいとおしげに深芳野の髪の生え際を撫であげる。その濡れた眼差しに視線を落として呟く。

「ずっと父上が好きだった」

「言うてよいか」

「言ってくれ」

「好きだったのではなく、必要だったのではないか」

「そうか。そうかもしれぬ」

「人は生きていくために必要な相手がある。阿るつもりはないにせよ、好きなふりをしなければ己が死するとすれば」

　新九郎は深く頷いた。深芳野は己の生に重ねた言葉を口にしている。人は誰でも自在に生きているわけではないし、自在に生きられるわけでもない。

　とりわけ幼いうちは生存のためにも親なり庇護者なりの他者が必要不可欠だ。そして幼いうちは生殺与奪の権をもつ庇護者に楯突くことなどできるはずもない。

「大好きだった。阿ってもいた。曰く言い難い」

「血のつながり、厄介なものよ」

「だからこそ、血のつながりのない者同士が契るのであろう」

「そうじゃ。だからこそ新九郎は妾に白い血を注ぎ込む」

　見あげる深芳野の口許に苦笑いが泛ぶ。

「もっとも妾に言わせれば、赤い血も白い血も厄介だがな」

　新九郎と深芳野は見交わしながら、微妙に頰笑みあう。新九郎が軽く円を描いたので、深芳野は眉間に苦痛に似た縦皺を刻み、小刻みに痙攣する。

「際限ないのは妾か、新九郎か」

「深芳野に決まっておる」

「そうか。この深芳野に釣り合う男がようやくあらわれたが、類い希なる実のなさ」

「よくぞ言ってのけた」

「ふふ。すっかり肚が据わった」

　深芳野は新九郎の首に手をかけた。

「妾はせいぜいあの蝦蟇蛙を籠絡しよう。言葉巧みに新九郎の知りたいこと、知っておくべきこと、なにもかも物にしてくれよう。新九郎のためならば、おぞましき痴態も見せつけてくれよう」

　とたんに鋼の新九郎が力を喪った。深芳野の醒めた視線を浴びて、新九郎は泣きそうな顔だった。

　深芳野は自分の顔に新九郎の涙が落ちかかることを期待した。けれどぎりぎりで新九郎は耐えた。奥歯の軋む気配さえ届いたが、新九郎は無表情を保ち、じわりと鋼の硬さを取りもどした。

「いつか妾の胸で思いのままに泣けるようにしてあげよう」

「そういうことを言うな」

「なぜ」

「泣いてしまうではないか」

　深芳野は怺えきれずに啜り泣いてしまった新九郎を柔らかく抱きこんで、無言でその背をさする。密な雨音に縁取りされて、性の交わりよりも一段上の、心と心が溶けあう時が過ぎゆく。

「新九郎も、夜空も泣き虫だ」

「涙。忘れていたよ」

「好いものだな、雨と涙」

「——よくわからん」

「泣いていても、ずっと妾の内側にあって猛っているのだから空恐ろしい」

「逆だろう。泣いているのに逃がしてくれずに、ひたすら保つことを強いられている」

「よう言うた」

ぴしりと新九郎の臀を打った。新九郎は泣き笑いの表情で言った。

「相手は腐っても守護家の者。耐え難きを耐え、あえて言う。完璧に骨を抜け。それと」

「それと」

「蝦蟇蛙と言ったな。以後、絶対に口にするな。頼芸様と言え」

「新九郎といっしょのときくらい、よいではないか」

「いかん。頼芸殿の眼前でなくとも、他の誰かに蝦蟇蛙と口を滑らせかねぬ」

「周到じゃな」

「細部をおろそかにすれば、美濃の国は逃げ去っていく」

父にはそれが足りない、と付け足したいところだが、口にはしなかった。

「妾は常に新九郎の言うとおりにしよう」

「ところがこの新九郎、じつは深芳野の犬なのだ」

「犬には飼い主が必須だ」

「犬は飼い主に尽くすもの」

「妾が必須ということじゃ」

「そのとおり。だからこそ、飼い犬のためにとことん頼芸の骨を抜け」

「妾は新九郎の役に立てるのだな」

新九郎はあらためて深芳野を組み伏せる体勢をとり、その紫がかった瞳の奥を射るように見つめてくっきりした口調で言った。

「役に立つどころか、この新九郎の女にして母者人(ははじゃひと)のごとき深芳野である。絶対にして、大切にして、なくてはならぬ縋(すが)りつくべき最愛の相手。新九郎は深芳野、おまえに賭けることにした。だからこそ、美濃をものにすると明かした」

「新九郎は我が子となるか」

「我が子。なろうとも。深芳野の子になろうとも」

「我が子になるならば、いかようにも助けよう。この深芳野、新九郎のためならば、なんでも為そう」

　そこで急に新九郎の眉間に弱気なものが疾った。

　それを見てとった深芳野が問う。

「兆したか」

「うん。たまらん。怺えきれぬかも」

「いとおしき男よ」

　耳朶を咬みつつくぐもった声で告げる。

「存分に放て」

　とたんに新九郎は解放され、一切の加減なしに深芳野に打ちつけ、その奥の奥に烈しい脈動を送りこみ、あふれさせた。加減せずに深芳野の耳に顔を密着させて獣の呻きを押し込んできた。周囲に洩れ伝わらぬように抑えに抑えたものであったが、類い希なる牡の雄叫びであった。

　雄叫びがおさまっても、新九郎は激烈なる痙攣を続けていた。深芳野の上で反り返り、がくがく揺れて止まらない。しかも勢いが過ぎて、深芳野から外れてしまい、深芳野の火照った軀に点々と白濁が飛び散っていく。深芳野の内奥に過剰なまでの白い血を充たし尽くしたにもかかわらず、それで終わらぬ烈しく凄まじき男の発散であった。

　深芳野は見ていた。放心した新九郎を見つめていた。自身が極めるよりも、新九郎が忘我の果てに烈しく爆ぜたことを祝するがごとき慈愛のこもった眼差しだった。雨はますます密に降りこめている。

＊

　頼芸はことのほか満悦の態である。深芳野によれば子供扱い、幼児扱いを徹底すればするほど機嫌がよくなるという。深芳野にとっても赤子扱いは楽なものである。乳さえ吸わせておけばよいと嘲笑する。乳さえも吸わせたくない新九郎ではあるが、ちいさく頬を痙攣させてどうにか気持ちを鎮めている。

　深芳野の出来の悪い赤子はお喋りなので、問いかけられるままになんでも明かしてしまう。また深芳野はそういった策略にじつに長けていて、頼芸に一切の疑念を持たれぬままに新九郎は美濃一の情報通と相成った。

ここでいくつか入り組んだ面倒なことを解説していかなければならない。年号年代は省いて、ごくごく単純に無様な美濃の権力争いについてを記していく。

おっと、その前に新九郎の父、西村勘九郎の名が変わったことを、あらためて記しておこう。西村勘九郎は永正の大乱にて功をあげ、土岐政房より長井姓を賜って、長井新左衛門尉と名を変えていた。この時代、ころころ名が変わるので始末に負えぬというのが作者の実感だ。読み手にとっても混乱のもとであるので念押ししておく。

さて、権力争いである。

深芳野から蝦蟇蛙と嘲笑される頼芸と頼武は次男長男の関係である。父である土岐政房は次男が好みで、長男の頼武を廃嫡しようと試みた。あげく父政房の企みにより次男頼芸は長井新左衛門尉――つまり新九郎の父と、その上司である小守護代長井長弘に担がれた。

ところが深芳野の懇願により新九郎は蝦蟇蛙の閨を三日おきに訪れているのである。新九郎にしてみれば毎夜でもかまわぬが、そうもいかぬといったところだ。いや、そういうことではない。新九郎は一応は蝦蟇蛙こと次男、頼芸の又家来なのである。

このあたりじつに微妙なものではあるが、人の口には戸を立てられず、どうやら深芳野絡みであること、しかも全裸二刀流が関係していることらしいと伝わると衆目はなんとなくにやけた笑いなど泛べ、委細はわからぬにせよ新九郎が主人である蝦蟇蛙の愛妾のもとに通うことを容認というべきか、もちろん咎める堅物もいないではないが、知った顔をして見て見ぬ振りをするといったあたりに落ち着くようになった。

蝦蟇蛙頼芸と長男頼武の家督争いだが、美濃にて実権争いをする守護代、小守護代の神輿に乗る恰好で新九郎が美濃入りをする前に派手な合戦をしている。陣営の結束が緩むのは避けたい。

もとより頼芸は新九郎に夢中である。新九郎のおかげで深芳野と潤沢なる乳児プレイをとことん愉しめるのだから、粗略に扱えるはずもない。

それどころか頼芸にはマゾヒズムの気があるようで、深芳野だけでなく新九郎にきつい言葉を投げられたり叱られたりすると、ひどく悄気るくせに上目遣いで機嫌を伺って、新九郎に過分なあれこれを与える。

新九郎は心得たもので、頂戴した高価なあれこれをひどくぞんざいに扱う。それが頼芸にはたまらないらしく、ときに目尻に涙など泛べて嘆息する。

新九郎は頼芸に阿っているのではなく完全に籠絡しているのだということが徐々に周囲にもわかってきて、小守護代一派のあいだでは新九郎の話題がでると微妙な目配せが交わされるようになってきた。

加えて新左衛門尉の倅殿はじつにたいしたものである——と囁かれるようになり、父は満足げな笑みを泛べて頷くのだが、お株を奪われてどこか不服そうでもある。

20

新九郎と深芳野、そして頼芸は車座ならぬ三角関係そのままの三角座にて、額を間近につきあわせている。なにをしているのかといえば、博奕だ。

「ふっふふ、シッピン、勝負流れて親の総取りだ」

わざとらしい笑い声と共に、頼芸は深芳野と新九郎が賭けた十貫文をあらわす黒い碁石と百貫文をあらわす白い碁石を無造作に手許に引き寄せる。深芳野はさばさばした表情だが、新九郎は渋面で白黒の碁石を見送る。

駒代わりにしている碁石だが、黒は硬質粘板岩である那智黒が素材なので入手は容易である。けれど白石は朝鮮蛤の分厚い殻が半化石化したものを削りだして拵える。日向国は小倉浜で産する貝殻が分厚くて最上とされているが、囲碁の流行と共に絶対量が不足しはじめていた。

頼芸が駒として用意した白石百八十個超は厚みといい磨きといい見事なものであるが、じゃらじゃらがちがち音をたててぶつけ放題こすり放題、扱いは雑で囲碁の好きな者が目の当たりにしたら目を剝くだろう。もちろん頼芸は、高価で珍重される代物をことさら投げ遣りに扱っているのだ。

新九郎らが盆茣蓙として中心に据えた厚円座に骰子を転がしておこなっているのは、四一半という博奕の変形だ。七半とならんで江戸時代に盛んになる丁半博奕の原型とでもいうべきものである。

奇数偶数に張って勝負を決める単純な博奕だが、親のときに賽(さい)の出目が四と一だと賭け金の半分が問答無用で親の懐に入るので、四一半と称されている。後の追丁(おいちょう)——おいちょかぶなどに見られるシッピン、クッピンの原型であろう。

頼武が示したルールは、親の半取りではなく、総取りであった。親は骰子を振り、勝負の段取りをつける采配役である。ゆえに勝ち負けとは無関係だ。けれど親のときにシッピンをだせば子の二人が賭けた銭をすべていただくことができる。

結果、負けと無縁に大きく勝ちあがれるわけだ。ゆえに子として二人で丁半を争うよりも、二つの賽の目の和が五以下になってしまって親落ち——いわゆる後家落ちしないほうが勝負が俯瞰(ふかん)できて効率がよい。

ルール変更を提案するだけあって頼芸は意外なほどの博才を発揮して、ほぼ独り勝ちといった状態である。深芳野はとんとん、新九郎は——まったく勝てない。手を抜いているのかと頼芸が訝(いぶか)るほどに弱い。

偉そうに四一半のことを解説したが、じつはその遊びかたや作法についてはほとんど残っていない。許多の資料を調べても四一半と七半のルールは判然としない。シッピンがでれば勝った者にも親は半額しかわたさないから四一半とする資料を採用したが、推測の域をでない。

増川宏一先生の大部〈賭博〉全三巻に目をとおしても四一半と七半の禁令に関する事柄ばかりが解説されていて、その実際の遊びかたは微妙だ。ゆえに頼芸が四一全と名付けたこの博奕は作者創作による虚構と受けとってくれてかまわない。

そもそも賭博というものは伝播(でんぱ)していく過程において各地でローカルルールが発生し、洗練されたり泥臭くなったり勝ち負けの綾が極端に疾ったりしていくものである。

蛇足ではあるが作者が悪戯(いたずら)をしていたころは、博奕と無縁で若干の不安を抱いている者を鴨(かも)として手早く場に引きこむために花札の数を覚えさせる面倒と手間暇を避け、あえて数字の明確なトランプで代用していた。花札や株札を脇にのけて、運を天に任せるから任天堂——などと蘊蓄(うんちく)を吐(ぬ)かしつつもトランプというわけである。おっと、まさに蛇足だった。

話を三角座にもどす。

　幽かな鈴虫の声が涼しげだ。灯火が夜風に静かに揺れる。もはや光明を求める蛾の類いも消えた。けれど頼芸の屋敷の最奥に設えられた俄賭場には中秋とは無縁の熱がこもっている。

「しかし新九郎は信じ難いほどに弱いな」

　そう揶揄されるのは幾度目か。だが、こんどの頼芸の呟きと眼差しには理解不能なものを見るかのような気配がにじんでいた。

「抛っておいてください」

　吐きだすように応えて、手にした碁石を汗ばんだ手で握りしめ、ぶすっと横をむいた新九郎である。

　どうした具合か袂に潜りこんでしまった碁石をさぐりながら、深芳野もなかば本音を口にする。

「意外じゃ、意外。鬼の目でも剜りぬいて喰う輩かと思っておったからの」

　新九郎は悪循環に陥っていた。まずは自身にこれほどまでに博才がないことに打ちのめされ、さらに唐突に育ってしまった劣等感だけでなく軀にも心にも、無用な力みが育ってしまっていた。

　頼芸と深芳野にからかわれれば、骰子を転がす手がますますぎこちなくなって、厚円座をはずして骰子を畳に転がしてしまうほどである。

　親のときに盆茣蓙である厚円座から骰子をはずしてしまうと、いばり洩らし——小便垂れとして、一切の斟酌なしに子らが賭けている賭け金と同額を無条件に払わなければならない。

　賭場によっては、いばりは問答無用で三倍付けとしているところさえある。骰子もまともに扱えぬ輩は、博奕の美学から外れた不細工の極致というわけだ。

　新九郎は先ほどから幾度かいばりをしてしまっていた。手許が狂ったという言い訳も、連続するとじつに虚しい。

　厚円座から外れて、畳の上で三の目を見せている骰子に茫然とした視線を投げる。三倍付けでないことが救いだが、問答無用で親落ちだ。意味もなく渇ききった唇をこすり、新九郎はうわずった声で釈明する。

「なにがどうしたか、こう指先が攣ったようになってしまうのです」

「あれこれ弄わなければならぬ大切な指だからの

う」

頼芸の皮肉な言葉を聞かなかったことにして、新九郎は眼前でわざとらしく骰子を吟味してみせる。

「この骰子、かたちがおかしくありませぬか。なにやら合点がいきません」

「おいおい、その合点がいかぬ骰子を転がすことにおいては、この頼芸も一緒。斯様にちいさき骰子に仕掛けなど施せぬよ」

「骰子なんてそんなものですよ。ま、所詮は牛の踝（くるぶし）の骨。しかも博奕はおろか骰子自体も御禁制の品といいます。どこぞの隠れ家で手早く削りだされたものでしょう。いまや象牙の骰子など消え去ってしまいましたからね。そもそも博奕打ちは骰子の歪みからくる癖まで読んで振ると聞きました」

諭す口調の深芳野には視線さえ向けぬ。ただただ乱れた息を悟られぬよう胸の上下を隠す新九郎である。だが、そうすることによってよけいに呼吸が浅くなってしまっている。どうしたものか――と頼芸と深芳野が目配せを交わしたことにも気付かない。

深芳野としてはおちょくりはしても憐（あわ）れみめいた眼差しを絶対に注がぬよう気配りしている。一方の頼芸も唯一新九郎に勝てるものを見いだして得意の絶頂ではあるが、せいぜいはしゃがぬように自制しつつ、新九郎を剝いでいく。

新九郎にしてみれば、頼芸から伝わる勝負に賭けた抑制が伝わって、それがひどく癇（かん）に障る。常に調子に乗って『あれこれ弄わなければならぬ大切な指』といった軽口雑言を放ってくれればまだしも、骰子を振る段になれば、愚者と軽んじていた頼芸が慎重静穏に集中力を研ぎ澄まして勝負に挑んでくる。あげくそんな頼芸が徐々に大きく見えてくるから、たまらない。

親である頼芸が新九郎と深芳野に駒を場にあげるよう促す。深芳野は胡坐をかいた新九郎の前の碁石を一瞥する。残りは白三つに黒が十ほどか。

横目で頼芸の碁石を見れば白黒混ざりあってこんもり裾野の広い山をなしている。頼芸が強いということもあるが、頼芸を見くびっていた新九郎の賭け方があまりにも雑で、しかも一発逆転狙いばかりであったのも、ここまで傷口が拡がった原因だ。

いまの遣り方で勝負をする以上、もはや借銭を重ねて一晩中勝負を続けても最終的な勝敗がひっくり返る余地はない。

負けは負け。深芳野は溜息を呑みこむ。遊びの小博奕とはいえぬ額を新九郎は頼芸に払わなければならぬであろう。

深芳野が肩代わりしてやってもいい。だが新九郎の自尊の心がそれを許さないだろう。忌避している父に無心せねばならないかもしれない。

どうしたものか――。

賭ける駒がなくなれば博奕は仕舞いだ。少なくともやめる口実ができる。とりあえず深芳野は、新九郎にすべてを吐きださせてしまうことにして、白三つに黒十を厚円座の隅に置いた。新九郎の持ち駒にあわせて、新九郎を裸に剝いてしまう算段だ。

この遣り口は、深芳野が勝つと自覚しているからこその賭け方だ。

それを悟った新九郎が奥歯を嚙み締めるのがわかった。美相を裏切ってぐりぐり動く新九郎の蟀谷（こめかみ）を見やって、深芳野はことさらな無表情をつくった。

あまりの緊張と硬直ぶりを見てとって、頼芸がちいさく肩をすくめた。どうしたものかと思案顔のあげく、言葉を投げる。


「新九郎」

「――はい」

「懲りたか」

「――いいえ」

「また、やろうな」

「――はい」

どうしても返事が一呼吸遅れる新九郎である。頼芸は新九郎の博奕の弱さに、逆に新九郎の心の底深くに隠蔽された誠実さを見抜いていた。

もちろん世に言うまめまめしい実義などではない。無理やり言葉にすれば、過剰なる羞恥であり、廉恥の心であろう。

新九郎が愚鈍と判じて見下げてきた頼芸であるが、こういった事柄に関してははじつに敏感である。それは博才に通じるものであるかもしれない。

また美濃を統べる家系に生まれながらも、周囲の実力者の心の奥底を忖度（そんたく）して生きなければならぬ生い立ちが磨き抜いた感受性でもあった。

新九郎の表面にあらわれた投げ遣りなものや冷笑じみたあれこれは、あるいは道徳律から外れて見える言動は、じつは仮装されたものなのだ。

頼芸と深芳野と新九郎。まったく奇妙な三角関係であるが、いまや不可解かつ不可思議な絆（きずな）さえ生じていた。小博奕が強くても、現実にはなんの力も持ち得ないと頼芸は自覚していた。

新九郎、おまえは博奕が弱くてよいのだ。今のままでよい。新九郎よ、強くなる必要はない――。

それを新九郎に告げたい衝動を覚えたが、憐れみの眼差しを隠した深芳野と同様に、頼芸はあえて冷徹な表情をつくった。それが賭けを促す声にも反映し、博奕の最後とは思えぬ静かな諭すような声が洩れた。

「さ、丁か半か」

そんな頼芸の声をひっくり返すかのように深芳野が呟く。

「いかにも忠実立（まめだ）っておられるが、頼芸様は平然とシッピン親の総取りを狙っているとみました」

頼芸の頬が苦笑いに歪む。

「ま、親であるからな」

「怖い、怖い。せいぜいお手柔らかに」

深芳野と頼芸のあいだで、遊びで博奕をしているときならではの軽口の遣り取りが続いていく。

けれど新九郎は無言にして、口で息をしている。しかも、それに気付いていない。一見して頬がかさついていることがわかるし、眼球など渇ききって艶と光が失せてしまっている。

深芳野など美味（うま）し美味し――と手指で抓（つま）んでしまった志摩の御厨（みくりや）から届いた極上の酒の肴（さかな）の生鮑（あわび）も手つかずのまま放置されて、そのやや変色したさまは、そのまま新九郎の唇の色に重なっている。

頼芸も深芳野も、新九郎はこれで終わりだと確信した。頼芸は表情をあらためて声がけする。

「丁か、半か」

目でおまえが先に決める番だと新九郎に促す。とたんに新九郎は腕組みして思案しはじめた。その姿は新九郎にあるまじき恥も外聞もないといった態である。

頼芸は胸中で、首を左右に振った。いまさら思案しても意味がない。確率は思考を超越している。頼芸の言葉に訳せば、直感以外に勝つ方策はない――ということだ。

けれど新九郎は、いまさらながらに尋常でない気合いと集中力をもってこの勝負がはじまって以降の確率を脳裏に描きはじめた。頭の中で微細な雷光が爆ぜ、ああなればこうなるとめまぐるしく計算している。

痛々しいことに、新九郎といえども勝負のすべてを記憶しているわけではない。だが、印象的な勝負の断片ばかりを積み重ねて、見事に片寄った方向に傾いていく。

勝っていて調子のよいときはそれもうまく転がる秘訣だが、負けが込んでいるときは墓穴を掘るだけである。確率という魔物は、人の思惑など一切頓着しない。

考えすぎて新九郎は凝固してしまった。けれど当人はそう思っていない。頼芸と深芳野は思わず見交わした。

鈴虫の声がやんでいた。

恐るべき新九郎の気合いである。

だが、念で骰子を操れるわけではない。

そもそも発端がよくなかった。新九郎は生まれて初めてする博奕で、頼芸をとことん痛めつけてやることを夢想し、そうできると信じ込んでいたのだ。

もともと新九郎は頼芸を侮り、すべてにおいて頼芸を捩じ伏せることができると過信していたのは読者諸兄も周知の事実である。賭博も例外ではないと、ごく軽く骰子を手にしたわけである。

これは博奕という遊びに対する冒瀆であった。勝負の相手は頼芸ではなく、じつは確率であり、運命であるからだ。

新九郎には確率に身をまかせるという発想がなかった。人対人という硬直に支配されてしまっていた。すべては、運でしょう——と肩から力が抜けている頼芸に勝てるはずもない。深芳野に到っては、ただの気晴らし。飽きたら部屋にもどるつもりでいた。

「半」

切迫した新九郎の声に、ようやく鳴きだした鈴虫がまたもや鎮まってしまった。

頼芸と深芳野は忍びいる静けさに息を詰めたが、新九郎は外界のことが一切感じられなくなっていた。たかが確率二分の一に、頭の芯に痛みを感じるほどに考え抜いた結論が、半であった。

深芳野も直感ではなから半と決めていた。勝負を流してもよいのだが、あえて丁に賭けることにした。こういうときは、なぜか反目が勝つものであるからだ。

頼芸は黙って賽を振った。

常日頃の手慰みの甲斐あって、頼芸の賽の扱いは抜群である。

運命というには大仰だが、若干歪んで黄ばんだ骨でつくられたこの小さな立方体には、まちがいなく運命が凝固している。

瞬きを忘れた新九郎の眼を意識してか、運命を載せたふたつの骰子は絡みあってくるくる廻り、残像をともなった絶妙な踊りを見せつける。

やがて運命は、あっけないほどに坦々と力むことなく収束していく。

運命の数字が刻まれた面を上方に向けて、静止する。

二のゾロ目だった。

頼芸は押し黙ったまま新九郎の駒を深芳野の前に移した。あらためて深芳野と新九郎を交互に見て、呟くように言う。

「これにてお開きとするか」

ぐっと顔をあげた新九郎だが、頼芸の穏やかな視線を受けてぎこちなく横を向き、やがて俯いた。深芳野は手許にやってきた碁石のなかから白石をひとつ抓みあげ、寄り目気味に一瞥し、笑みを泛べた。

「妾が親をやりますがゆえ、頼芸様と新九郎で、もう一勝負、いかがですか」

「だが、もう新九郎には賭ける銭がない」

「新九郎が賭けるのは、命」

一呼吸おいて、新九郎が勢いよく顔をあげる。深芳野は新九郎に視線を流し、けれど命を賭けられるかと目で問うこともせずに拇指と食指で抓んだ白石を撫でさする。

一切の感情のあらわれぬ深芳野であるが、頼芸はあの芳香が一段たかまったことを感じとり、新九郎と深芳野を見較べる。

「命か」

「富み栄えていても極貧のどん底にあっても、あるいは貴賤とも関係なく、人は誰でも最後の最後に賭ける唯一のものをもっておるのでございます」

「――大きくでたな。だが、この頼芸、命を小博奕に賭けるほどの度量はない」

「もはや新九郎には賭けるものがないから、命と申したまで。頼芸様にはいくらでも賭けるものがございましょう」

「が、生憎(あいにく)、新九郎の命に匹敵するような賭徳(かけどく)はもっておらぬわ」

　ぞんざいな口調ではあったが、新九郎に対する情がにじんでいた。深芳野はえくぼを深くして、ことなげに言い切った。

「そこまで仰有(おっしゃ)るなら、頼芸様は美濃一国をお賭けになられたらいかがでしょう」

　美濃一国と、新九郎の命——。

　頼芸は苦笑いを泛べるしかなかった。新九郎の命などもらったところで、なんの意味もない。美濃一国とは重みがちがう。

　それに、たとえ勝負に負けて美濃一国を与えることになったとしても、頼芸自身は案外さばさばした気分でいられるだろうが、美濃に寄生している有象無象が黙っているはずもない。

　いまでも微妙な均衡の上にかろうじて成り立っているのに、美濃が博奕で新九郎のものになってしまえば、すぐさま内乱が勃発し、国内は乱れに乱れるであろう。普段は念頭にも泛ばない、畑仕事に精をだす下々の者たちが戦乱に労苦する様子さえ鮮やかに見えた。

　そもそも博奕にて命と国を遣り取りするなど、当該の博奕に耽っている当人以外、誰も認めるはずもない。真に受ける者はいない、ということだ。

　新九郎の命は新九郎のものであるから、新九郎が負けたなら即座に首を落とそう。が、美濃国は頼芸一人のものではない。さて、どうしたものか——。

　我に返った頼芸は咳払いし、いよいよ苦笑を深くした。小博奕で美濃を新九郎に与え、その後のことにまで真剣に思いを馳(は)せている己が可笑(おか)しい。

「この頼芸が負けて、新九郎が美濃を手にしたとたん、余の首と胴は生き別れだろう。なにせ新九郎の自尊をとことん踏みつけにすることを強いている余であるからな。一方で新九郎が負けて首と胴が生き別れても、それだけだ」

　口をへの字に曲げて、間をおいて続ける。

「この頼芸が圧倒的に損をするだけの、なんの益もない博奕ではないか」

「妾のみたところ、新九郎は頼芸様を好いておるがゆえ、たとえ美濃を手にしても斯様なことはありえませぬ」

「これは意想外な。新九郎よ、おまえはこの頼芸を好いておるのか」

「――好いてはおりませぬ」

「だよなあ。好いているわけがない」

深芳野がちいさく欠伸しかけて、そっと口許を隠す。

「ならばお開きということで」

得た駒をすくいあげ、頼芸の駒の山の上にじゃらじゃらと落としていく。

「妾は銭勘定に付きあう気はない。あがりは頼芸様に呉れて差しあげましょう」

言い棄てて、手も添えずに足だけで立ちあがりかけた深芳野を、頼芸が制する。

「待てと仰有るか」

「相変わらず気が短いのう。だいたい新九郎が勝負を受けるかどうかの返答がまだではないか」

「新九郎は受けるに決まっておる。なあ、新九郎。たかが命」

「――はい。さんざん恥をさらしたあげく、この新九郎の肩身を保つ最後の勝負の便宜を拵えていただきました。頼芸様に受けていただけるならば、謹んで命を賭けさせていただきます」

当然だといった顔つきの深芳野の鼻が一段高くなったように見える。逆に、まいったなあ――と苦笑いにまで到らぬ渋面をつくって頼芸は鮑の皿に残っていた肝の溶けた汁をくいと飲み干した。

「たかが博奕に仰々しいが、新九郎の命と美濃一国がかかっておる。誓詞を、起請文を取りかわそう。借用書や覚え書きのようなものでは不細工すぎるであろう」

中腰で深芳野は頼芸の顔を覗きこむ。頼芸は深芳野の視線が注がれたあたりの頬を軽く掻いて、筆と硯を用意させた。

「急なこととて牛玉宝印の料紙を用意することは叶わぬが、その様は案じておる。口約束ではないことを文言にして明らかにしておかねばならぬ」

誓詞を取りかわすのはいいが、牛玉宝印の起請文は大仰だ。小首をひねって深芳野が呟く。

「慥か書き出しは梵天帝釈、四大天王でしたか。長々と続くので先はわかりませぬが」

「余はすべて諳んじておるぞ。梵天帝釈、四大天王、総じて日本国中六十余州大小神祇、別して伊豆箱根

両所権現、三島大明神、八幡大菩薩、天満大自在天神、部類、眷属の、神罰、冥罰各可罷蒙者也。仍起請文如件――だ」

「牛玉宝印の起請文を書いたことがあるのですか」

「いや、牛玉宝印の文言は暇にあかせて覚えた。この頼芸の退屈を知ったら、おまえは腰を抜かすぞ。現世にていちばん暇なのが、余である」

　威張って言いながらも、溜息をついて肩を落とす頼芸であった。深芳野からみても頼芸がなにもさせてもらえないということは否めない。神棚の注連縄のようなものである。

　ゆえに代償行為に過ぎぬとはいえ自在に賽を転がし、さんざん運を弄んだあげく、見事に勝ちあがることのできたこの一夜の小博奕は、さぞや興が乗ったことであろう。鬱憤を晴らしたことだろう。静かに見つめる深芳野にむけて、頼芸が重ねてぼやく。

「やれやれ、余の所在なき日々の惨めさなど誰も悟ってくれぬわ」

「ならば、今宵最後の大博奕、存分に愉しんでいただきましょう」

　頼芸の満面の笑みに含み笑いをかえして深芳野は膝をつき、なかば放心している新九郎の背を叩いた。体格もあり、そのへんの男よりもよほど力があるがゆえに小気味よい音が響き、鈴虫の音がやんだ。

　新九郎は気付いた。深芳野が頼芸に注ぐ眼差しがいままでのものとはまったく違うことに。

　蝦蟇蛙扱いされていた醜男であるが、新九郎から見ても妙に魅力的である。

　それはそうだ――と新九郎は得心する。狼狽えてばかりでいばりを連発する自分とちがって、美濃一国を賭けるという起請文を書こうという豪胆ぶりである。新九郎は頼芸に虚心坦懐な声をかける。

「まさに真剣勝負でございますね」

「うん。博奕の勝ち負けと神仏に対する誓いの重みはいっしょだ」

「ではこの俺も、この勝負に負けたら、命を差しだすという起請文を起こさねばなりますまいな」

「ん。前段の梵天帝釈、四大天王、総日本国中六十余州大小神祇云々は、この頼芸が書いてやるよ」

「はい。それで心置きなく勝負ができるというもの」

　頼芸は大仰に顎を引いて、ぐっと仰け反ってみせた。

「怖いなあ。目つきが違う。新九郎は本気で美濃国を獲るつもりでおるぞ」

「退屈な勝負でしたけれど、ようやく肌が張り詰めてまいりました」

おまえに言えた義理かと苦笑いを隠さず、頼芸は指摘する。

「退屈だったのは誰ぞのせいであって、余のせいではないぞ」

「もちろん。新九郎が弱すぎたせいです」

「物事は拮抗しておらぬと、欠伸たらたらではあるな」

「言いたい放題でございますな。が、いまの新九郎は、先ほどまでの新九郎とは別人でございます」

「それがまことかどうかは、鈴虫が判じてくれるわ」

新九郎の黒眼がわずかに上方に動いた。真顔で問いかける。

「どういうことでございます」

「負けが込んできてからというもの、新九郎が気合いを入れたとたんに、その気の大仰に気圧されて、鈴虫の奴、鳴くのをやめてしまっておってな」

「——まったく気付いておりませんでした」

「だから、負けちゃうんだよ」

「はい。仰せのとおりです」

力むことなく肯った新九郎を上から下まで見やって、大きく首をすくめる。

「まずいなあ。こうなると美濃一国をもってかれるかもしれんぞ」

おどける頼芸に、深芳野がとっておきの頬笑みをかえす。相好を崩した頼芸を視野の端に捕らえ、新九郎はふっと短く息をついた。諸々の乱れはおさまっているようだ。

それでも命がかかっているのである。新九郎は完全に壊れてしまっていた内面の律動に意識をむける。自己判断ではあるが、鼓動も呼吸も至極まっとうである。

諸々を勘案すれば頼芸が呉れてやると言っても美濃一国は当てにできぬが、この勝負に負ければ、命は差しださねばならぬだろう。詰まるところ賭けるということは、そういうことなのだ。

金を賭けたなら金。命を賭けたなら命。じつは金も命も、賭けられたなにもかもが運命の象徴で、運命を実体化したものなのだ。しかも思い返せば新九郎はとっくに骰子を振っていたのだ。

深芳野だけに『美濃を我が物とする』と言い放ち、己の心の底を打ち明けたあの瞬間、新九郎は骰子を振ったのだ。

あのとき新九郎の振った骰子は、まだ廻り続けている。脳裏でからからと音をたてて勢いよく廻っている骰子の音に耳を澄ます。この先どれくらい廻りつづけるかわからぬが、止まる気配はみじんもない。

深芳野の深謀か、この博奕に勝ったからといってすんなり美濃国を手に入れられるはずもないが案外、頼芸は本気である。まさに命懸けではあるが、新九郎にとって悪い勝負ではない。

されどこの賭けに負けて死すれば新九郎が自らの意志で転がした骰子は回転を止める。人生とはその場その場において無数に骰子を廻すということなのだ。

すべてが思い通りになるなら、神仏は不要だ。もちろん、骰子も。

なぜ人は博奕に嵌まるのか。

幾許かの銭を用いるということは、人の運命における最悪の結果——死を金銭にて代理させるということだ。負けて銭を喪うということは安直な死の象徴だ。

新九郎は今宵、負けることによって無数に死んだ。だが、どれだけ注ぎこもうが、たかが銭——である。博奕に入れ込んだあげく一文無しになって首を吊るのは、運命の別の側面である。

その一方で銭ですまさずに博奕にて本気で命の遣り取りをするなど不条理の極致に見えはするが、それこそが博奕の、いや運命の本質だ。

運命それ自体が不条理で、博奕は人が骰子を用いて運命に対して挑む小さく控えめな戦いなのだ。人は誰でも最後の最後に賭ける唯一のものをもっているという深芳野の達観こそがすべてである。

現世での闘いとは、人と人との争いに仮装した人と運命との闘いである。

うまくいく者と落ち零れていく者の差は、歴然としてある。人は視野に入ってくる敵対する相手ではなく、その背後の遠い彼方に控えている運命と闘わねばならないのだ。

だが、ついつい人は間近に関わる者とあからさまに、あるいは心窃かに闘ってしまう。新九郎の父の生き様がその悪例の最たるものである。

ところが悪しき先例を目の前で見つめ続けていたにもかかわらず、新九郎自身も頼芸を侮りつつ、負ける気のしない手頃な相手として闘ってしまっていたのである。

これこそがうまくいかぬ者、落ち零れていく者特有の勘違いである。目先しか見ていないから、転ぶのだ。

闘う相手を間違っていた。闘う相手には血が通っていない。闘う相手は曖昧模糊の不明瞭、けれど途轍もない力をもっていて、しかも人の思惑など一切斟酌しない。気まぐれに幸運を振りまき、波風立たぬ平穏な日々を与えてくれたかと思うそばから、徹底的に不幸のどん底を押しつけてくる。

この利害など超越したところで骰子を振って遊ぶ人智を超えた不可解な何物かと闘わなければ先は拓けない。それをようやく理解できた新九郎だった。

頼芸と深芳野は沈思する新九郎に黙って視線を注いでいた。

ふたりの視線に気付いた新九郎は、唐突に顔をあげた。照れ笑いがにじんだ。

じつに好い笑顔で、頼芸と深芳野は感じいってしまい、ふたり同時に息をついた。深芳野は自分が提案した勝負により、この笑顔が胴と生き別れになるやもしれぬと、いまさらながらに肌が粟立つのを感じた。

なぜ、あのようなことを言いだしてしまったのだろうか。心を遡っても、まったくわからない。

妾は新九郎を喪いたいのだろうか――。

憖かに殺してしまえば、新九郎は追憶のなかで自分に都合のよい姿のまま、永遠に生きる。だが、それは微妙に違う気がする。深芳野は新九郎に気付かせたかったのだ。

「なにを――」

ごく小声の深芳野の独言を聞きとがめたのは、頼芸であった。どうした、と深芳野の顔を覗きこむ。

「なにを伝えたかったのか、ということでございます」

「誰に」

「さあ」

「要領をえん。深芳野らしくない」

「妾にもなにがなにやら」

「ま、そういうこともあろう」

「頼芸様こそ、眉間など抓んで思いに沈んでおられた」

「うん。余が勝って新九郎の首を落とすのは簡単だろ。頼芸の狼藉（ろうぜき）ということで、まあけりがつくし。けど、余が負ければ、じつに七面倒臭いことになる」

「そうですなあ」

「他人事（ひとごと）か」

「まじめに美濃を新九郎に渡すことを思案なされる頼芸様。なんとも、なんとも――」

「なんとも、なんじゃ」

「なんでもございませぬ」

「ふん。どう負けるか、いかに負けるかに思いを馳せるのが博奕の肝要よ」

　頼芸の呟きに、新九郎は目を見ひらいた。頼芸と視線が交錯した。頼芸はごくちいさく頷いた。意識を集中していなければ見落としてしまうほどの頷きであった。実際、深芳野はそれに気付いていなかった。新九郎は深々と一礼した。何ごとかと深芳野が怪訝（けげん）そうな眼差しを投げた。

　命と美濃一国を賭けた勝負は、妙な気負いの気配もなく始まった。鈴虫は庭の端の清陰なあたりから、玉のような音色を届けてくれている。

　深芳野は器用に食指と高々指、そして紅差指のあいだに二個の骰子をはさみこんで、頼芸と新九郎に示した。

　ほぼ同時に頷いた頼芸と新九郎に、深芳野がちいさく頷き返す。

「丁半、お決めいただきましょう。右回りの作法に則（のっと）って、新九郎から」

「丁」

「頼芸様は、どう致します。流しますか」

「いや、この勝負、科料金品にて流すはふさわしからず。滞るは無様」

　一呼吸おいて、頼芸は残されたひとつを静かに口にした。

「半」

　深芳野が、なにもない厚円座に視線を落とす。じつはここには美濃一国と新九郎の命が載っているのである。一国と命の采配をとることができるのだ。深芳野はまさに天下をとったかの万能感に心窃かに歓喜した。

妾がこの男たちの運命を決めるのだ――。

そんな深芳野の気持ちを見抜いているかのように、頼芸がからかいの言葉を投げる。

「気合いを入れすぎて、いばりを洩らさんでくれよ」

厚円座から骰子を落とすなということであるが、深芳野は指のあいだに骰子を構えたまま、親の自分がいばりを洩らしてしまったとしたら、命と一国を賭けているふたりにどう対処したらよいのだろうと、若干の不安を覚えた。

「生憎でございます。妾がシッピンをだしたならば、頼芸様は美濃国を、新九郎は命を妾に献上致さねばなりませぬぞ」

「どうじゃ、新九郎。この強気」

「俺とちがって、絶対に洩らすことなどございませぬ。それよりシッピンに心置かねば、とんでもないことになります」

「うーむ。だが、生憎だが、深芳野はシッピンにおける牛玉宝印の起請文を取りかわしておらぬ。すなわち蚊帳の外よ」

新九郎がぽんと手を叩く。

「なるほど。この勝負、深芳野殿のシッピンは無関係でございますな」

「そのとおり」

「ええい、勝手なことを申すでない。博奕の決め事は必ず守っていただきます」

「深芳野殿」

「なんじゃ」

「前振りはよろしゅうございます。さ、賽を振ってください」

新九郎の柔らかな笑顔に促され、鈴虫の声が続いていることを憾かめて、深芳野はひらりとごく軽く手首を返し、骰子を厚円座の中心に投げた。

ころころころころさいころころころころ。

ぴたりと、止まる。

「五六の半」

出目を口にしてから、その声がひどく掠(かす)れていることに深芳野は気付いた。

勝負前の笑顔をくずさぬまま新九郎は落とされる

であろう首筋を撫でて呟いた。

「負けてしまいました」

背筋を硬直させて青褪めている深芳野にすまなそうな視線を投げ、厚円座のほぼ中心に佇んでいる二つの骰子を見やり、小さく息をつく。

「頼芸様」

「ん」

「この新九郎、ここまで博奕が弱いとは、我ながら呆れ果てております」

「さばさばした顔だが」

「はい。自分の内側にある骰子はまだ勢いよく廻っているのですが、じき、この骰子も鎮まります」

「そうだな。新九郎の骰子にはどのような思いが載せられていたのか、知りたい気もするが、それも叶わぬな」

頼芸が立ちあがり、大声で刀を持ってくるように命じた。侍女が恭しく捧げもつ刀を手にし、抜刀する。一点の曇りもない白銀の刀身に灯火の朱が映える。

深芳野は俯いて微動だにしない。頼芸は深芳野に一瞥をくれることもなく、新九郎も肚が決まっているので、あえて深芳野を見やることもない。

「頼芸様。新九郎はどのような体勢をとればよいでしょうか。部屋を汚しますから、場所を移りましょうか」

「よい。ここで、よい。新九郎の間と名付けて、折々に訪れておまえを偲ぶ。沁み込んだ血潮が真っ黒に変わっても、命日には香を焚こう」

「なにやら仏のようで気恥ずかしいことでございます」

「ま、仏になるのだから」

「なるほど。で、体勢は」

「うん。脳天幹竹割りな。いちど脳天幹竹割りを試してみたくてな」

「てっきり首を落とされるものと思っておりましたが、脳天幹竹割りですか——」

「いやか」

「どのようなかたちでもかまいませぬが、すっぱりいっていただきたいものです」

「だよなあ。頭をはずして肩口なんぞを斬り裂いてしまったら、大層痛いだろうなあ」

「はあ——。首に幾太刀も入れられるのもきついだろうなとは思いますが」

「うまく真っ二つにしてやるから、安堵してまかせろ」

「わかりました。では、このあたりに立てばよろしゅうございますか」

「ん。いいね。じゃ、この牛玉宝印の起請文を顔の前に掲げろ」

「罪人の首を落とすとき、なにやら目隠しのようなものを致しますな」

「それだ。二枚の起請文ごと、すっぱり真っ二つにしてやる。勝負が付いたのだから、こんなものを後生大事に残しておくこともあるまい。美濃国も新九郎も真っ二つだ」

「はい。では、よろしくお願い致します」

新九郎は力むことなく起請文を眼前に掲げて、すっと立つ。

一太刀で為留めてもらえればいいが、刀を構えている頼芸がじつにへっぴり腰なので、いささか不安である。上段に構えるであろう頼芸が起請文で見えないことがいいような悪いような若干の心許なさがあるが、息をするのもあと少しである。美濃国を労せずして手に入れる絶好の機会を逃して、かわりに命を差しだすことと相成った。

これぞ運命——と新九郎は胸中で呟いて、間近すぎて焦点の合わない起請文の文字を追い払うように目を閉じた。

上方から、かっと打音が響いた。

新九郎の頭に刀身は達していない。

このようなとき、じつに頭はめまぐるしくはたらくものである。大上段から振りかぶった刀の切先が天井に当たり、けれど委細構わず頼芸は新九郎を脳天幹竹割りにした。

と、判じたとき、頼芸の高笑いが新九郎を醒ました。

新九郎の右と左の手には、それぞれ真っ二つになった牛玉宝印の起請文があった。

「案の定、斬り損ねた。武道はからっきしなんだわ。失敗してもうた。おまえを幹竹割りにできなかったこと、今生の大失策として胸に刻もう」

膝をついて顫えている侍女に刀を手渡し、鞘にもどすように命じ、吐きだすように新九郎に言う。

「そんなもん、後生大事にもっているんじゃない。

とっとと棄て去れ」

新九郎は慌てて手にしている起請文を丸めて投げ棄てる。

「今宵はじつに愉しかったよ。また、やろうな新九郎」

と、鷹揚に頷き、手首を返して骰子を転がす手つきをして見せ、頼芸は背を向けた。厚円座の前で頽れそうになっていた深芳野にはあえて目もくれなかった。

侍女が刀を捧げもって頼芸を追うように出ていってから、新九郎は深芳野の傍らに膝をつき、きつく抱き締めた。いまごろになって額から玉の汗が噴きだして、新九郎はかまわずそれを深芳野の頬に擦りつけた。

＊

馬を手に入れた。

どこで聞きつけたか、陸奥の馬商人が軽海西城主になられたお祝いに——と十頭ほどの馬を連れてきたのである。

土岐頼芸から軽海西城を与えられたのは一年ほど前であった。現代の感覚からすれば馬商人が売り込みにくるのが遅すぎるが、このころの時の流れはのんびりしたものである。

義経公が寵愛なされた鷹鳥屋小黒澤の産でございます——と馬商人はいずれ劣らぬ名馬を牀机に腰をおろした新九郎の前に引きだして、並足で歩かせた。そのうちの小柄な一頭の牝馬から視線が離せなくなった。

一目惚れだった。

無表情が得意な新九郎だが出逢いの瞬間、昂ぶりを隠せなかった。だが馬商人はこの牝馬を売る気がなかったようだ。

武士というものは大概が見てくれの大きな馬体を求めるものである。まさか牝馬を慾するとは思ってもいなかった。だが新九郎の熱意は尋常でなかった。そのせいもあって足許を見られ、新九郎は大枚をはたいた。

いかにも通好みと馬商人は腕組みなどして感嘆していた。だが当の新九郎は馬に精通していたわけではない。新九郎を完全に無視したこの馬に魅入られてしまったのだ。

馬商人はこの牝馬を最良の牡と番わせれば抜群の仔を産むと判じていたから、新九郎の意気込みに乗じて値を吊りあげる算段もあっただろうが、売買を終えても売り惜しみの気配を隠さなかった。

牝馬ゆえに軀も大きくはないし、一見なんの変哲もない尾花栗毛である。

が、目つきが悪かった。

それを馬商人に指摘すると、大きく頷いて牝馬の目を覗きこんだ。

「犬の目でございますな。野良犬じみておりまする」

「馬なのに、犬か」

「馬の賢さはその根に臆病がございます。されど、この馬は牝にして生きることに長けているのがありありとわかります。言いかたがよくありませぬが、賢い犬の狡さと勁さをもっています」

馬商人は蹴りを警戒して牝馬からできうる限り軀を離し、その腹部にそっと触れた。

「御覧ください、この血の筋を。脇に控えたその立派な体軀の牡馬にもまさる太さ」

指摘されて、なるほどと感嘆した。どの馬よりも血管が太いのである。新九郎はあらためて牝馬を吟味した。尾花は灰白というよりも、黄金色をしている。一見して目立つといえばこの黄金の鬣と尾くらいのもので風情は控えめといっていい。

城としての体裁を整えるために一応、幾頭か馬を飼っていた。古い厩はそのままに、新九郎は牝馬のために新たに厩を建てさせた。厩といえばなにかと引き合いにだされる細川管領家の十三間には遠く及ばないが、ちいさくとも丹精込めた二間の厩である。当然ながら猿も飼わないが、真珠と名付けた愛馬のために猿回しを呼んで猿を舞わせた。

厩は棟割長屋形式で、ほどよく陽射しの入る一間を真珠の寝床とし、隣の一間に新九郎自身が眠るための寝台を誂えさせた。遠侍に寝起きするのではなく、横たわった真珠の目と己の顔の高さが揃うようにしたのだ。

その入れ込みようは尋常ではなく、不在のときはともかく誰も近寄らせない。そもそも食が細く、馬丁が飼葉を与えれば見切ったかのように生存に必要なぎりぎりの量しか食べない真珠である。

ところが新九郎が与えれば、気のなさそうな様子ではあるものの、すべて食い尽くす。無視されるのは馬丁と同様であるが、飼い葉を食べてくれるというその一点だけでも新九郎は嬉しくてたまらない。

真珠は老練な馬丁にも絶対に軀を触らせようとしない。新九郎は蹴られぬよう気を張りつつ、その均整のとれた艶やかな軀を嬉々として梳る。

うまく馴らせば、血筋からいっても抽んでて賢いうえに、持久に富んで労苦を厭わぬ素晴らしい働きをする資質をもってはいるけれど、この馬に乗るのは、相当に難儀なことですぜ——と馬喰は断言した。

牡の気の荒いのは単に気が荒いだけなので飴と鞭と情で対応をすればよいだけのことだが、牝のなかには血筋がよく、能力が高いがゆえに始末に負えぬ莫連、手に負えぬ阿婆擦がときおり生まれるものだとも力説した。新九郎も一目見たときからそう思った。

起き伏しを共にしたからといって真珠が懐いてくれるかどうかわかったものではない。それほどに気性の読めぬ馬であった。なにしろ触れさえしなければ、いたって温和しいのである。その目つきに気付かなければ、柔和な牝馬そのものである。

が、その軀を梳るといった目的もなしに、ただ単になんと可憐な姿よ——と臀を撫ででもすれば一呼吸おいて強烈な蹴りを繰りだしてくる。

即座に蹴るのではなく間をおくのは、撫でた者を油断させるためではないかと新九郎は読んでいる。反射で動くのではなく、人間以上に間をはかるのが巧みで、絶対に外さぬよう的確に対処してくる。

新九郎はぎりぎりで避けたが、気を許した瞬間を狙って確実な一撃をぶち込んでくるのだ。性格の悪さと狡知に長けたところは馬を超越している。

こんな真珠に乗ることなど、不可能事の最たるものである。いかに宥め賺そうが、機嫌をとろうが、鞍はおろか洗轡さえ付けることができぬ。

新九郎はこの手強い娘に対して意地になっているわけではない。性悪ぶりがひたすら愛おしいのだ。家を空けねばならぬ用事がないかぎり、ひたすら真珠に添い寝する日々が続いている。そのせいで深芳野はかなりお冠である。妾が牝馬に負けるとは——と大仰に天を仰ぐ。

眠っているさなかに、真珠の鼻息を感じることがある。じっと見つめられているのも感じる。視線には不可解な触手が込められていて、それが頭の中に白銀の蜘蛛の巣じみた無数の網の目をつくりあげていく。必ず悪夢に襲われる。

悪夢はさまざまだが、たいがいにおいて父が絡んでいる。父が悪夢の源であると言いきってしまってもいいくらいである。この夜はこんな夢を見た。

まだ赤子の新九郎の横で、胡坐をかいた父が異様な執念で季指やら食指やらを動員してひたすら鼻屎をほじり続けている。集中する姿はじつにおぞましい。

これは夢だから、と新九郎は己に言い聞かせるのだが、よりによって父は狂気の宿った目つきで歪みの目立つ奇妙な笑みを泛べて鼻屎をほじっているのである。新九郎は口のなかがカラカラになってしまうほどの嫌悪を抑えることができない。

もう全てほじり尽くしたにもかかわらず、その手が止まることはない。あげく両方の鼻の穴から鼻血をだらだら垂らし、周囲に血溜まりができていく。鼻から下、顎を伝って胸から腹と全面が緋色に染まって、新九郎は腐敗物に似た生臭さに閉口する。たかが鼻血なのに、まるで割腹の場であるかのような尋常でない大流血である。父の顔がどんどん白っぽくなっていく。おぞましいことに、かいた胡坐に血の池ができているではないか。

ふと我に返った父が、虚ろな眼差しで転がっている新九郎に視線を据える。血塗れの姿で躙り寄り、空腹のあまり泣く気力さえない新九郎のうえに覆いかぶさり、そのちいさな口に、鼻血を垂らす。

父は己が流す血ですっかり衰えてしまった新九郎を生かすつもりらしいが、なぜ鼻血なのか。しかも、父の鼻腔からの出血量は異様である。見あげる赤子の新九郎にとって、迸る滝のごとしである。

骨と皮になって頭蓋の繋ぎ目が外からもわかるほどに痩せ細った新九郎は体力を喪っていることもあり、血を飲むどころではない。溢れでる父の粘っこい血に噎せかえり、呼吸困難を起こして烈しく身悶えする。

父はそれを新九郎がよろこびに顫えていると勘違いして、鼻を抓んでいったん流血を止め、奇妙なまでに甘い鼻声をかけてくる。

美味いか、俺の血は美味いか、遠慮するでない、たんと飲め――。

ふたたび、だらだらと粘っこい血の滝が落ちかかる。必死でよけても血潮は蛇の動きで確実に新九郎の口中に這入り込んでくる。いよいよ窒息して死ぬ。

その苦痛の極限の瞬間に目覚めた。

なかば虚脱放心して首筋や額を濡らした脂汗を拭うと、鼻息も荒く真珠が土間を苛立たしげに踏み鳴らしはじめた。四肢が乱れ動いて尾が風を切る。

新九郎が悪夢から目覚めたことが、血で窒息死しなかったことが不服らしい。蹄が打ちつける不規則な打音と共に、新九郎の寝床よりもよほど叮嚀に敷き詰められている土間の藁から幽かな黴の気配を含んだ日向臭いものが立ち昇る。

夢の続きで、まだ口中に鉄錆くさい血の臭いが充ちているのだが、それを押しのけるようにして藁から漂う蒸れた陽射しの匂いが新九郎の鼻腔に侵入してきた。

濃く澱んで垂れ込める闇のなかで思いもしなかった日溜まりの香りを嗅いだ新九郎は、冷たい汗で濡れそぼった背を意識しつつ、苦笑い気味に囁く。

「おまえ、俺がいよいよ苦しみ悶えているときに、俺を舐めただろう」

問いかけると何ごともなかったかのようにすっと鎮まって、もう新九郎を見もしない。逆に新九郎は丑三つの暗黒を透かし見るようにして真珠を凝視する。

際限のない悪夢をもたらすこの魔物めいた生き物を愛でる俺は、おかしいのかもしれない。これだけ厭な思いをしつつも、黄金色の鬣が岩場を流れ落ちる流水のように乱れ、揺れるのを目の当たりにすると、それだけで総てを受け容れてしまう。いったい俺はなにに魅入られているのだろう。おまえなど見るに値しない――と横柄に視線を逸らすばかりの目つきの悪いこの牝馬が、俺が眠っているときだけじっと見つめているのだ。ぞくぞくする。まして悪夢の極致で、俺の頬や額や唇を舐めまわしているのではないかと思うと、たまらない。

たまらない――には、この上なくよいという極上の悦楽に近い痺れと、どうにも居たたまれないといった不安が折り重なっている。この好悪が入り交じった不可解な気持ちの動きは、いったいなにからきているのか。悪夢を見続けることに、なにか意味があるのか。悪夢を見るのは厭だ。さすがに毎晩だとしんどい。軀はともかく心の疲弊は尋常ではない。それなのに真珠を介した悪夢詣でをやめられない。これにはなにか理由があるのではないか。たとえばとことん見続けることによって己の内面に澱んでいる総ての厭でおぞましい混沌が既知の事柄にまで格下げされて、俺から悪夢に類するものが、それに対する畏れが見事に抜けていっているのではないか。真珠がやってくるまでは、悪夢を避けてきたからこそ、俺の心の奥底に鬱屈がたまりにたまったのではないか。真珠の眼差しには俺のなかに沈殿して腐っているものを泛びあがらせる力があるのではないか。

惚れ込んでいるがゆえのやや大仰な、しかも肯定的な物思いに耽りながら、新九郎は朝を告げる鶏の声を聞く。ずっと左腕を枕にして横たわる真珠を見つめ続けていた。

闇の醸す濃紫の靄が晴れてきた。朝の光の魁によって真珠の鋭い面差しがあらわになってきた。昼日中にみせる嫋やかなものはあきらかに偽装である。この馬の芯には、鋭い匕首が仕込まれている。

一瞬だが、視線が絡んだ。

真珠は即座に視線をはずしたが、その首筋に浮かびあがった血管が常にもまして烈しく脈動しているのが見てとれた。

新九郎は上体をおこしてしばし真珠を見おろし、力まずに寝床を離れ、轡を手にして真珠に近づいた。いつもなら気配だけで荒い気性をぶつけてくるのだが、真珠は視線を逸らしている。

その逸らしかたには、いつもの不遜さがない。真珠は新九郎を見ずに、すっと立ちあがった。黄金色の尾は落ち着いて垂れている。新九郎は当然といった手つきで真珠に馬具を装着していく。

手綱を引くと、素直に厩からでた。夏の朝の湿り気が新九郎と真珠をつつみこむ。稲葉山は霞をまとってそのなだらかな姿態のほとんどを隠していた。真珠の脚も新九郎の足も朝霧に没して、動きに合わせて仄かで白い軽やかな流れが地に沿っておきる。

新九郎は軀から力を抜いて真珠を見やる。顔を近づけようものなら歯を剥きだしにして怒りをあらわす真珠が、小首をかしげるようにして新九郎を見つめかえしてきた。

その黒々とした瞳に新九郎の笑顔が映っている。犬の目が、羞じらう小娘の眼差しに変わっていた。

「俺はあの剣呑な目つきのほうが好きだな」

首筋の血管を指先で辿るようにして撫でて呟くと、真珠はいやいやをするように首を左右に振った。

新九郎は鐙に足をかけた。鐙革が伸びきるまでは緊張があった。けれど真珠は落ち着き払っている。

またがると、そっと首筋を叩く。真珠は並足で朝霧を幽かに乱しつつ歩みはじめた。真珠が唐突に後肢で立ちあがって、あるいは四肢で烈しく跳躍して振り落とそうとしないか心窃かに身構えていた。

真珠は厭なことと気に食わぬことに対して反射的に動くのではなく、必ず相手の様子を見切って油断させ、確実な痛手を与えられる瞬間を狙い澄ましてくる。

だから絶対に気を抜けない。新九郎は鞍に臀を落ち着けてから意識せずに背骨を反り気味に張り詰めさせていた。それに気付いて力をすっと抜き、前屈みになって囁く。

「振り落とすなら、派手にやってくれ。それでこそ真珠」

ぶるる――と真珠は口を鳴らし、歩みを止めずにゆっくり新九郎を振りかえった。目と目が合った。それだけだった。

朝霧に隠された濡れた玉砂利を蹄が搔く音だけが控えめに城内に響く。

行き先は決めていなかった。新九郎はすべてを真珠にあずけていた。半眠りだった門番があわてて開いた門を抜けると、真珠は長良川の方角に歩を進めた。

軽海西城は揖斐川と長良川にはさまれるかたちの平城である。三十歳で美濃にやってきて、三十二歳で城を与えられた。戦功があったわけでもなく、土岐頼芸からぜひにともと請われて長井長弘から離れて以降、深芳野との三角関係もあって頼芸の直臣として手厚く遇されているのである。

百姓たちが軀を屈めて田圃に取りついている。馬上から見るともなしに見つめると、立ちあがって腰の屈伸をしている女と目が合った。深々と一礼してきたので、新九郎も笑みを泛べて頷いた。

いよいよ朝靄が濃くなり、河畔に到った。真珠は河川敷の踏み分け道を落ち着き払って進んでいく。ときおり飛蝗の類いが慌てふためいて四方に散っていく。

新九郎は大きく息を吸うと、真珠の豊かな鬣に顔を突っこんだ。

糞(ふん)が附着したとき以外は頑(かたく)なに軀を洗わせようとしなかった真珠である。その体臭はかなりきつい。けれど新九郎は顔を埋めた鬣から立ち昇る独特の酸っぱい匂いに安らいでいた。生き物の匂いである。芳香ではないが、とてもよく馴染(なじ)む。

もはや新九郎は上体を倒して真珠の鬣に顔を埋もれさせて進行方向を見もしない。手綱からも手を放してしまい、両腕はだらりと垂れさがっている。

雲が切れて、ときおり朝の陽射しが新九郎の首筋に熱をもたらす。ここしばらくの出来事を脱力したまま反芻する。

深芳野が妊娠したのがわかったのは、昨年の晩秋で、暮れも押し迫ったころに頼芸に報告した。頼芸は、深芳野を孕ますことができるのは新九郎しかおらぬではないか——と憎々しげに吐き棄て、深芳野などおまえに呉れてやる——と横柄に顎をしゃくった。

正室に迎えてやりたかったが、頼芸がいずれおまえにふさわしい正室を選んでやると言って聞かず、新九郎のところにやってきても側室として扱わざるをえなかった。

だからといって不憫(ふびん)といった感情からは離れたところに新九郎はいた。深芳野は縛ることのできぬ女だ。新九郎のもとで自在に生きていけばよい。

風説や推論は、どうしても面白可笑しいほうに流れていくものである。世間では頼芸が孕ませて、扱いが面倒になったから新九郎に押しつけたというのが定説となっていた。

まわりの口さがない連中は、頼芸から恩着せがましく疵物(きずもの)を下げ渡されたとからかったが、当の深芳野は常に新九郎といっしょにいられると心底から満足げで、巷(ちまた)の噂など一切気にかけなかった。

新九郎は頼芸が不能であり、妊娠させられないことを徹底的に秘した。それどころか疵物下げ渡しを否定もしなければ肯いもしないといった様子に終始した。頼芸と深芳野と新九郎の不思議な三角関係から発した仁義とでもいうべきものであった。

十日前の早朝、まだ暗いうちに深芳野が男児を産んだ。深芳野に似て大層大柄な赤子だった。見てくれのままに豊太丸(とよたまる)と名付けた。新九郎が真っ先にしたことは、豊太丸の左内腿を慥かめることであった。

淡いものではあったが、あのYのかたちをした痣が浮かんでいた。おそらくそこにあるべくしてあると理解している新九郎以外にはわからないのではないか。それくらい薄いYのかたちであった。

もちろん深芳野を疑ったわけではない。それでもあえて自分の子であることを確認したのは、心構えを定めるためだった。豊太丸には深芳野がいるのだ。母がいる。

新九郎は心のなかに、血を分けた存在に対する強烈な執着があることを悟っていた。具体的には子のすべてを己の支配下におきたいという衝動だ。

言い方を変えれば、我が子だけはいかなるときでも愛着を糾弾されることなく自在に扱え、我が子のためならばという言い訳さえ捏ちあげられれば、己の物として束縛してもかまわないという尊大な気持ちだ。間違いなく父から受け継いだものである。

このような性情までもが血を介して取りこまれるということに驚愕、いや呆れ気味であったが、実際に我が子に対する執心は胸中で滾(たぎ)るほどであり、それを能面じみた無表情で抑えこんで、外には一切出さない。

結實が産んだ我が子に対しても身悶えが起きそうな執着を覚えた。だからこそ徹底的に己を抑えこみ、他人行儀に接し、美濃にやってきてからは京に行く機会があっても頑なに息子に会うのを拒んでいる。

血を分けた存在、子に対する異様なまでの執着は、父が幼い新九郎に為した慈愛に充ちたあれこれで、まさに身に沁みている。幼いころは父が大好きで、父が全てで、命であった。

「真珠よ。俺は母を知らぬ。物心ついて母に出逢ったときは、母はよその家の妻女であった」

新九郎は真珠の鬣に顔を突っこんだまま、囁き続ける。

「母を取りもどしたかったのだろうか。俺は母と契りもした。昂ぶりが過ぎて、なにやら痛みに似たものを覚えるほどであった。けれど母は俺のものにならなかった」

真珠の鬣の奥の地肌に新九郎の鼻先がきつく押し当てられた。新九郎は真珠の生えはじめの淡い体毛を口に含みつつ、訴えた。

「いや、そうじゃない。母は母にはならなかった。

俺の女になりはしたが、俺の母にはならなかった」

真珠は踏み分け道から外れ、委細構わず流れのゆるやかなところに向かい、新九郎を乗せたままその軀を水中に横たえた。休んでいた鮎がすっと離れていくのが真珠の黒々とした瞳に映じた。

新九郎は鬣から顔もあげずに真珠に密着したまま、下半身を柔らかく冷やして愛撫する水流を愉しんだ。

「父が俺にしてくれたことは、まさに申し分のない並外れた奉仕だった」

それは保護し、育てるという大義名分のもとに、のべつ幕無しに幼い新九郎に降り注ぐ際限のない支配慾であった。西岡の草屋に逼塞して誰からも相手にされぬ父が、唯一支配できたのが、新九郎だった。

物心ついたとき、父しかいなかった。本来は母の乳房に依存すべきときに、頬ずりしてくる父の髭のざらついた尖りに安堵した。だが新九郎の依存にもまして父の干渉は尋常でなかった。

いまごろになって、父の変形した支配慾のすべてが己にのし掛かっていたことに気付いた新九郎であった。

しかも、おなじことをしかねない危うさが血として流れていることを自覚していた。支配する対象として子ほど便利なものはない。しかも、それは情愛という偽善をまとって施されるのだ。

父は、優しかった。誰よりも新九郎のことを大切にし、己を擲ってでも新九郎を守り、慈しみ、ときに物の筋道を教え込むために叱りもした。けちのつけようがないのである。糾弾しようがない。

だが、いま振りかえれば、父は新九郎を柔らかで滑らかな、けれど強靱な絹の細紐で雁字搦めに縛りつけて、操り人形のように扱っていたとしか言いようがない。

「愛おしくてたまらぬ深芳野が産んだ豊太丸だからこそ、俺は豊太丸に干渉せぬことを誓う。俺とちがって豊太丸には母がいる。父の出る幕などない。豊太丸は、徹底して母に甘えて育ってほしい。豊太丸からすれば、俺は冷たい父ということになろう。だが干渉して善意で覆いつくして窒息させてしまうくらいならば、父はさりげなく身を引いて、おまえが自在に息ができるようにする。豊太丸よ、父はおまえに関わらぬようにしよう」

新九郎は鬣に潜りこませていた顔をぐいとあげ、立ちあがった。加減せずに真珠の平頸を叩き、掌を合わせて流れをすくい、真珠の全身を濡らしていく。真珠を手ずから洗い清めていく。

「生娘が目脂をこびりつかせているのは無様だぞ。――暴れるなよ」

本来ならば目を閉じてしまうところだろうが、真珠は新九郎の指先が目脂を刮げていくのを、ごく落ち着き払った眼差しで受け容れた。あげく新九郎は真珠の口中にまで指を挿しいれ、とことん磨きあげていく。歯と歯茎を磨きあげてやると、よほど心地好かったのか、真珠は薄桃色の唇を捲りあげて新九郎に頬ずりするような動きをみせた。

洗われた真珠は当然のこととして、新九郎も全身びしょ濡れだ。強さを増してきた陽射しが心地好い。川面の燦めきに目を細め、腕組みして真珠を覗きこむ。

「信じ難いなあ、真珠。いままでの突っ張った態度は、いったいなんだったのだ。こうしてとことん油断させておいて、なにか仕掛けてくるのではないか」

新九郎の問いかけに、真珠はちいさく鼻を鳴らした。どこか笑い声に似ていた。新九郎が岸辺を見やると、真珠はすっと立ちあがって尻尾や鬣から派手に水しぶきを飛ばし、新九郎を先導した。

21

新九郎と真珠が通じあってたいしてたたぬうちに、戦がおきた。この戦により美濃の守護、土岐頼武は川手城を追われ、新九郎が担いだ土岐頼芸が第十一代美濃守護の座についた。

この政変は新九郎が調略を重ね、企図したものである。城を与えられたのだから、多少は働くかと思惑を重ねたのだ。深芳野の妊娠を知って、いよいよ美濃を己のものとする、その第一歩であると窃かに気負った。

だが、頼武側に対する裏工作よりも、煮え切らぬ頼芸と新九郎の父である新左衛門尉、そして小守護代の長井長弘を説得するほうが面倒であった。

じつは二年ほど前に頼芸と新左衛門尉がその当時、

新たに守護代となった斎藤利茂を攻めたてて、斎藤氏居城の稲葉山城を占拠し、さらに美濃守護所である福光館をも奪取していた。

　この反乱は、斎藤利茂が支えている土岐頼武に対する示威の側面が強く、延々と続いていた美濃内乱においても劃期となる戦いであった。

　ここで一気に土岐頼武まで畳み込んでしまえばよいものを、頼芸たちは稲葉山城等々を得たことでなにやら充足してしまい、一休みといった為体であった。

　延々と続いている美濃の内乱である。いまさら慌てることもないし、焦る理由もない。勝ったことに驕らず、まずは態勢を整えるべしという声も多かった。

　慥かに戦力を整えたほうがよいという具申には一理あるが、戦は勢いである。まして反乱である。のんびり息をついている場合ではないというのが新九郎の偽らざる気持ちであった。

　けれど父は、新九郎が美濃にやってきてから、どうも煮え切らないというか体裁ばかりかまっている。新九郎は父を見切り、頼芸に仕える前に世話になっていた小守護代、長井長弘を焚きつけた。

　川手城は木曾川と荒田川にはさまれて、広大な城域を誇る。応仁の乱で都を追われた公家たちが多数川手に移り住んだことにより、京風の匂いに充ちた独特の風情があり、文化都市とでもいう側面が強かった。

　京風に劣等感をもっている頼芸に吹きこんだのは、矮小ではあるが都を蹂躙してみたくはないかという物騒なものだった。

　小守護代の長井長弘は慎重居士で、新九郎があれこれ口説いても、きつく腕組みなどして、いまは待つべきときと頑として首を縦に振らない。

　このままいつまでも守護代の頭に『小』がついていてよろしいのですか――と新九郎はあえて無礼の挙にでた。ようやく長井長弘をその気にさせることができた。

　もちろん父である新左衛門尉も参陣した。けれど新九郎が仕切ったことが気に食わないのだろう、いちいち突っかかってくる。まさか父の口から隠忍自重なる言葉がでてくるとは思わなかった。

「隠忍はともかく、自重はしております」

「口答えか」

「そのようなつもりはございません」

甲冑姿の新左衛門尉が口許を歪めた。顎をしゃくって真珠を示した。

「小柄だのう」

「はい。そこを愛でております」

「戦で駆けるには、力不足ではないか」

「ところが、案に相違してなかなかの名馬でございます」

薄笑いに似たなにものかだが、薄笑いにまで到らない新左衛門尉の口許の歪みは消えない。どれどれと手をのばした。雑な手つきで真珠の尾を摑む。蹴っていいかと真珠の目が問う。新九郎は耐えろと目でかえす。

「はて、きんたまはどこに」

「牝馬でございます」

「牝か。見間違いではないのだな」

「牝馬だと、なにか芳しくないことでもございますか」

「戦にて牝馬に乗ってはいかんという法もないがな」

まわりの者がにやつきたいのを怺えて、ぎこちない真顔をつくって父と子のやりとりに耳を欹てている。

「さすがは我が子よ。乗るのは常に牝か」

あからさまな毒を感じたが、軽く受け流した。

「然様。新九郎は牝が大好きでございます」

「うーむ。さすがは全裸二刀流だ」

新九郎は頰を白くしたが、夜の帷がそれを隠した。実の父が、あれほど俺にすべてを捧げてくれた父が、それを言うか——。新九郎は笑んだ。

「馬に関しても全裸二刀流の面目躍如でございましょう」

父は歪みの目立つ嘲笑を返してきた。

「ま、せいぜい落馬せぬようにな。皆が見守っておるでな。牝馬に乗られたおまえを目の当たりにするのも、それはそれで乙な眺めかもしれぬがな」

笑みを引っ込め、ねちねち絡んでくる父を醒めた目で見つめる。篝火を受けて赤鬼じみた貌だ。ずいぶん老いた。目尻をはじめ深く刻まれた皺の奥に陰険さが潜んでいて、それがじわりとにじみだしてきている。

——父は俺を支配できなくなったことが苛立たしいのだ。疎ましいのだ。

とても、悲しい。

老いの醜さは耐え難い。

この場で首を刎ねることができるなら、さぞやすっきりするだろう。

幼きころ飢えて死にかけたのも、詰まるところこの男の身勝手によるものではないか。俺に母がいなかったのも、この男が過剰なる自尊の心を飼い慣らすことができず、妻に甘えきって怠惰を貪り、理不尽を押しつけたからではないか。

俺はずっと母の出奔を胸中にて責めてきたが、おそらく父は母に全裸二刀流に類する心ない言葉を投げつけたにきまっている。俺が母の立場であったなら、無為徒食にして尊大な夫にこのような口をきかれれば家を出るにきまっている。

新九郎は途方に暮れた。父が注いでくれた愛情を心底から理解し、感謝しているにもかかわらず、どんどん拗くれていく。愛憎という言葉が胸を抉る。

「美濃においても父上のおかげで好い思いをさせていただいております」

「それだ。おまえは父に対する感謝の念が薄い。薄すぎる。なぜ、それを早く言えなかったのか」

「——父と子の仲に甘えておりました」

「うむ。甘えは醜いぞ」

「聢と心得ました」

「うむ。長弘殿、そして頼芸様にもせいぜい感謝の念をもて」

「はい。父上に恥をかかせぬよう、この新九郎、以降細心熟慮、さらには滅私をもちましてお仕え申し上げます」

「うむ。それを貫徹できた暁には、おまえは真の武士となる」

なんと愚劣なやりとりか。だが、聞き耳を立てている連中のなかには感極まった面持ちをしている者さえいる。この世は莫迦の巣窟だ。新九郎は嘔吐したくなった。

父は美濃を奪うつもりではなかったのか。親子二代で木曾、長良、揖斐の三河川を誇る川の国をものにするはずではなかったか。それともいまの父の姿は擬態なのか。

大きな蛾が篝火のまわりを狂おしく舞っている。

新九郎が念をおくると、偶然ではあろうが翅に焔が移った。蛾はちりちりと鱗粉を撒き散らしつつ地に落ち、小さな小さな篝火となって燃えつきた。

＊

　真珠にまたがった新九郎は先陣を切った。槍を小脇に抱え、酷暑に乾ききった大地に蹄を叩きつけ、颯爽と駆ける。大母衣が旋風を孕む。後に続く者たちが目を剝いた。

　大母衣は純白の絹で、そこに大小ふたつの黒く盛りあがった波頭が描かれていた。父は斎藤家伝来の撫子紋を押し戴いたが、新九郎は飽き足らず、自ら立浪紋を創案したのである。

　常在寺に日護を訪ねて、得意げに立浪紋を披露したところ、日護は筆を手に、波の右に墨の雫を三つ、左に二つ垂らし、これで完璧であると頷いた。

　よけいなことを――と渋面をつくった新九郎に日護が解説した。右の三つの波飛沫はこの世にて割り切れぬことをあらわし、左の二つは割り切れることもあるという謂であるという。

　なるほど、世の中には割り切れることと割り切れぬことがある。なんとなく納得させられてしまったが、新九郎にしてみればよけいな飛沫などない二段重ねの暗黒の波頭のみのほうがよほど美しい。

　だが、日護がたっぷり墨を含ませた筆から落とした計五つの飛沫は、新九郎にとって割り切れることであった。すべては厚意と判じていささか大仰に謝辞を述べ、いずれたっぷり寄進するからな――と悪戯っぽい眼差しで日護を見やった。

　馬上で物思いに耽っている新九郎のすぐ脇を鈍色の鉛玉が抜けていった。まだ距離があるので鉄砲の弾の勢いが落ちて、目視できるのだ。天空にむけて射られた矢が大きな弧を描いて新九郎の頭上に降ってくる。

　真珠は委細構わず鬣をなびかせて駆ける。頼りなく見える琵琶股と細脛に秘められた撥条のすばらしさが遺憾なく発揮されて、すばらしく速い。ぴんと立った耳筒が凜々しい。人の眉間にあたる瞙に幽かに刻まれた縦皺に妙な色香が宿っている。

　敵も味方も、誰もが小柄な真珠の伸びやかな疾駆に目を瞠っていた。雑兵が遅れをとってなるものかと全力疾走で追う。

純白の母衣はいよいよ風を孕み、黒々とした波が真実の波浪のごとく揺れ、乱れ、新九郎の背に打ち寄せる。

　いよいよ城が間近に迫り、矢弾が雨霰と飛散してくるが、新九郎は進路その他すべてを真珠にまかせきっていた。実際真珠は直進するばかりでなく、右に左に巧みに行く手を変え、巨大な母衣には流れた一矢さえ当たることがない。

　いよいよ城の護りとして常設されている柵が迫った。広壮な川手城の全面に柵が振られているのである。これを乗り越えぬことには攻めもおぼつかない。

　だが柵には攻めを想定して応急に先端を鋭く切って焼入れした竹矢来が組み合わせてあり、無理やり馬で跳んで引っかければ、馬は腹を裂かれて茶色がかった青紫の臓物を撒き散らすであろう。

　新九郎よ、いかが致すのか——と、父や長弘の配下が固唾を呑む。

　充分に武威を示したのだからいったん引いて、雑兵に柵に火を附けさせるなり破壊させるなりすべきであると誰もが思った瞬間、真珠が跳んだ。

　馬上で新九郎の上体は軽やかに後傾し、波浪の母衣が翼のごとく拡がって、真珠の馬体は美しく弓なりに反った。黄金の鬣が真昼の陽射しを反射し、蒼穹に長い残像を引きずった。

　人馬一体にて飛翔し、ありえぬ高さを軽々と越えた瞬間、味方は当然のこととして城にこもっている敵方からも感嘆のどよめきが起きた。

　遅れてならじと雑兵共が柵を破壊し、一気に雪崩れこむ。続け、とばかり長弘の兵が、新左衛門尉の兵が槍衾をつくって突進し、川手城に迫る。

*

　あっさり、けりがついた。

　土岐頼武は越前に逃げ延び、新九郎は頼武の弟である頼芸を土岐家の頂点に据えることに成功した。

　それにしても——と畏怖ともとれる声がやまぬ。新九郎は稲葉一鉄の家に伝わる軽量な頭形兜を被っているものと誰もが思い込んでいたのだが、よくよく思い返してみれば、新九郎は兜を被らずに真珠を疾駆させて川手城に突入したのである。

　命知らずというよりも、なにやら魔が憑いているのではないか——と声を潜めて噂する者が絶えない。

わざわざ真珠の手入れをしている新九郎を訪ねて、腕組みなどしてしばらく見守っていた父だが、小さくわざとらしい咳払(せきばら)いをし、いまさらながらといった感があることを自覚しつつも諭した。

「いくらなんでも、兜も被らずとはあんまりだ。愚かな。矢弾が絶対に当たらぬとでも信じ込んでいるのか」

　無謀を窘(たしな)めはしたが、新左衛門尉の声には力がなかった。新九郎は真珠の尾を梳(くしけず)りながら笑った。

「当たるときは、当たるでしょう。大当たりです」

うむ——と、父は頷いた。命を粗末にするなと小声で付け加えた。

　どうやら父にとって新九郎は丹精込めてつくりあげた作品で、それが思っていたよりも上出来であり、だからこそ万が一割れてしまったりしたら目も当てられぬということらしい。父は真珠の下腹部に視線を投げ、飛翔の瞬間を反芻(はんすう)し、呟(つぶや)いた。

「陰脈(いんみゃく)もないのに、抽(ぬき)んでた牡(おす)よりも高く跳んだな」

「はい。きんたまはありませぬが、気力体力知力共に尋常ではありません」

「気を悪くするなよ」

「はい」

「凶相であろう」

「はい。面山(めんざん)に見上(けんじょう)、どちらも凶とでております。この眼水(がんすい)も妖災ありて云々(うんぬん)と伝えられている典型でございます」

「なあ、新九郎」

「はい」

「真珠といったか。この馬に番(つが)わせたい馬がおる」

「父上。真珠は生涯を生娘で通す所存。ひょっとしたら牧にてとうに番ってしまっておるかもしれませんが、それでもいまのこの様子を保ちたい。仔(こ)を産ませて下腹を下垂させたくありません」

　新九郎は特別に大豆を多く調合した飼葉を黙々と食(は)む真珠を見やりつつ、その尾株(びほん)から三途(さんず)、百会(ひゃくえ)と掌(てのひら)を動かし、丹念に揉(も)みほぐしていく。

　父が俯(うつむ)いた。自分の馬の仔を産ませることを新九郎が断ったことで傷ついたというよりも、どこか新九郎に圧倒されている気配であった。

「どれ、豊太丸の顔でも見ていくか」

　孫に会うというのに気乗りしない表情の父に、新九郎は声を潜めて囁く。

「巷の噂はあくまでも噂。父上。豊太丸の内腿にはあの徴がございます」

「まことか」

「はい。ただし他言は無用。絶対に口外なされぬよう。頼芸様および当家の沽券に関わることでございますがゆえ」

　新左衛門尉は要領を得ぬまま、頷いた。新九郎から放たれる気配には、徴のことを口にすれば命に関わるといった鋭利で剣呑なものがあって鼻白んだ。されど徴があるならば、まちがいなく新九郎の子であり、己の孫である。

　とたんに笑みが深くなった父の顔を覗きこむようにして、せいぜい孫を愛おしんでくださいと新九郎は促した。

22

　逡巡が一瞬、双眸を掠めた。

　けれど、それはまさに一瞬で、いつもの平静な眼差しにもどっていた。

　その一瞬を見逃さなかった深芳野が、笑みを崩さずに微妙な上目遣いで問う。

「なにを躊躇っておられる」

　新九郎は率直に返す。

「出来物は取り除かねばならぬが、それなりに恩がある御出来なのでな」

「なるほど。されど一緒に膿み腐れてしまうのは、どうかと」

　新九郎は頷いた。その唇に深芳野も息を呑むほどの凄艶な微笑が泛ぶ。が、それはすぐに消え去って、妙に鯱張った真顔が取ってかわった。

「豊太丸は息災か」

「なにを他人行儀な。祐向山のお城に出向かれて、御自分で抱きあげればよいではございませぬか」

「いや、まあ、その――」

　貧乏揺すりの変形だろうか。手指を絡みあわせて、せわしなく動かす。

「狼狽えておられる。おかしな御方です」

　深芳野が明るく笑うと、新九郎もつられて笑った。

　けれどそれは笑いというよりも、引き攣れに似ていた。深芳野は新九郎の父に対する複雑な気持ちを知り抜いている。

母親が出奔してしまったぶん、父親の献身的な愛情を一身に受けて育ったのに、いまではそれを疎ましく苦々しいものと感じて、絶対に父の二の舞を演じてなるものかと眦決している。まったく人の感情とは一筋縄ではいかぬものだ。

なぜ、白と黒しか選択肢を持ち得ぬところまで自分を追い込んでしまうのか。灰色でよいではないか。そう深芳野は率直に、あるいは遠回しに囁いているのだが、新九郎に中間色は有り得ぬようだ。

豊太丸は数えで三歳になった。深芳野に似たのだろう、おなじ年頃の子供のなかでは抽んでて軀が大きく、頭もよい。なによりも初対面の者が目を瞠るほどの美童である。

深芳野にすれば新九郎と妾の血をひいているのだから当然——といったところだが、乳母も圧倒されるほどにきつく乳首に吸い付いて、大量に乳を飲む。

この時代、衛生観念などあってないようなものであるから、乳幼児の致死率がやたらと高かった。ゆえに経済的な余裕のある家の子供はとっくに乳離れしてもよい時期を迎えても、乳母を介し母乳で育てられていた。

母乳ならば腐敗した食物からくる感染等の心配をせずにすむからであり、また母乳は完全栄養食品であるからだ。

けれど、じつは新九郎は母乳からくる豊太丸の軟便が気に食わない。取るに足らぬといえばまさにそのとおりなのだが、豊太丸の下の世話をしているところを目の当たりにすると、苛立ちが這いのぼる。

母が消え去って、父は途方に暮れるばかりで為す術もなく虚ろな時を過ごしていた。飢えも限界に達して、乳飲み子だった新九郎は死にかけていた。そんな極限状況で、傘張りの油紙をつくるための荏胡麻油を舐めさせられて、どうにか命をつないだという過去があるからだ。

父は荏胡麻油のせいで、際限のない下痢便を放ったと、どこか得意げに、どこか嬉しそうに、自慢話のような口調で新九郎にさんざん語って聞かせた。しかも荏胡麻油の下痢便は腐肉のような臭いがして最悪だったと付け加えるのを忘れない。

もちろん下痢便を放ったのは父だけでなく新九郎

も同様で、ひたすら油っぽい糞を小便のように垂れ流した幼い新九郎の姿を面白可笑しく語るのである。

母乳ばかり飲んでいる豊太丸に対して、そろそろ一人前の糞をしてみろ——と内心では苛立っている。けれど、新九郎はそれを口にすることができない。豊太丸の育児その他に一切関わらぬことを己に課したからである。それに、その思いが理不尽であることも自覚しているのである。

とはいえ、一度だけ深芳野に、そろそろ乳母は必要ないだろうと探りを入れるかの口調で迫ってきたことがある。

怪訝そうな深芳野に、荏胡麻油の一件、下痢便のことを重複の多い諄い口調で延々と語り、豊太丸も母乳由来の軟便から脱するべきだと力説した。

それは何故と問い返せば曖昧模糊の不明瞭で、せいぜいが童から脱するためとか、乳からなる軟便から漂う独特の悪臭が耐え難いといった主観的な事柄程度で、子育てに単なる好悪を持ち込む新九郎には付き合いかねるというのが深芳野の本音である。

このあたりの機微は、いくら説かれても深芳野には伝わらない。直接口にはしないが、深芳野からすれば内心は荏胡麻油で命をつないだのだから、下痢便くらい受け容れるべきだと思っている。

まして豊太丸が健やかに育つために乳母を配しているのだ。新九郎が沈んだ顔つきを隠さずに豊太丸の軟便を受け容れがたいと呟いたときは、まったく理解の埒外で、なにがなにやらよくわからなかった。

よくわからないことといえば、豊太丸の内腿に記された『松波の家に代々伝わる徴』のことである。子供に親とおなじところに痣があるといったことは、めずらしいことではない。大概の親は、それに御大層な意味など附与しない。

慥かに豊太丸の左太腿内側にはYの痣がある。けれど指摘されなければ見逃してしまう程度の淡いものである。天、地、人をあらわす——などという大仰な能書きを裏切る薄さなのだ。

新九郎は父の思い込みの烈しさを糾弾するが、深芳野からすればもっとも『松波の家に代々伝わる徴』に拘っているのは、新九郎自身である。新九郎にとって徴は呪縛であり、徴は呪いだ。

この徴のことは絶対に口外するなと命じられている。当の豊太丸にも教える必要はないという。

間違いなく父親は新九郎であるということ以外に徴に対してなんら意味を見いだせぬ深芳野であるから、口外もなにもすぐに念頭から消え去ってしまっていた。

それなのに、新九郎は折々に徴のことを蒸し返す。日常的に深芳野の理解を超えたところのある新九郎ではあるが、このことに関してはあまりに神経症気味であり、心ならずも反撥心が湧きもすれば、鬱陶しいと眉間に縦皺を刻みたくもなる。

そんなことに拘るよりも、豊太丸を高く抱きあげて相好を崩せばよいではないか。頬擦りすればよいではないか。深芳野が呆れるほどに溺愛すればよいではないか。

けれど新九郎は頑なに豊太丸に近づこうとしない。豊太丸を抱いたのは、生まれた直後だけである。可哀想に豊太丸は父のいない子同然だ。

深芳野の理想では子は父を頼り、敬愛し、ときに厳しく叱責され、それで悄げかえって母に甘えて駄々をこね——と、両親のあいだで硬軟の均衡が取れていることが何よりであるのだが、何ごとにおいても極端にはしる新九郎にはそれを望めない。

「俺の跡継ぎは、あくまでも豊太丸である。こればかりは違えることのできぬ松波の家の絶対的な掟である」

「薄いとはいえ、Yの字があるのですから、そのとおりになるに決まっています」

あえて『薄い』という皮肉をおいて、鷹揚に見せかけて頷く深芳野であった。

側女に過ぎぬ深芳野の息子が跡継ぎであるということは願ってもないことではあるが、子を生み、母となって深芳野は己の心持ちが大きく変わったことを自覚していた。新九郎が美濃を支配するしないといったことは、もはやどうでもよいことだ。

家族に恵まれなかった深芳野の本心は、なによりも親子三人水入らずで仲睦まじく暮らすことであり、跡継ぎ云々は二の次、三の次である。

どうせ会いにいかないのだから、豊太丸のことはもういいでしょうと目配せで遮断し、周囲に人の気配がないことをあらためて確認し、声を落として問う。

「出来物とは、長井長弘殿のことでございましょうか」

　男の世界の謀略事などどうでもよいが、自分にできることはなんでもすると決めている深芳野である。たとえそれで命を喪（うしな）うようなことがあってもかまわない。

　けれど豊太丸が生まれて以降、新九郎は深芳野に間諜（かんちょう）に類することを一切させなくなった。母を全うさせたいという新九郎の思いが伝わって、身震いしそうになるほどの幸福につつまれる。だからこそ新九郎の力になりたいのだが――。

　深芳野にはこういった話をしたくないという気配を隠さず、きつく腕組みしつつ、それでも新九郎は口をひらいた。

「慎重居士（こじ）。手間のかかる男だ」

「半年、いやもっと以前からですか。新九郎は、なにやら長弘殿と昵懇（じっこん）というには過ぎたお遊びをなされてばかりですから、なんとも奇異なものを感じておりました」

　はじめて情を通じたとき以来、ふたりだけのときはお互いに呼び棄（す）てである。新九郎は鋭い目つきで呟くように言う。

「一気にもっていくと用心深い男ゆえ、じわじわと深みに落とす算段をしてきた。もう一年以上前からだ」

「妾のみたところ、もう見事に搦（から）めとることができたのでは」

「まあな。雁字搦（がんじがら）めよ」

「おそろしや。長弘殿、近ごろ政務怠慢との誹（そし）りをお受けになっておりますが」

「ああ。酒池肉林責めが効いておるからな。毎日、朝から贅沢（ぜいたく）なあれこれをつつきながらの酒宴。そしてとことん酔って、昼間から、女。朝っぱらからそれに付き合う俺もじつに大儀だが、慎重居士だからこそ、遊びを知らなかったからこそ、溺れてしまえば陸は遥（はる）か彼方（かなた）」

　深芳野は首をすくめ、どこかわざとらしくふっと息をついた。思惑は充分に理解できるが、ときどきでよいから酒宴の時間を豊太丸に割くことができないものか。

　腕組みを崩さずに長弘に対するあれこれを反芻しているらしい新九郎を、包みこむような眼差しで見やる。

　さしあたり妾にできることはない――と判断した。

いまさら深芳野が長弘に色仕掛けをする余地もないし、新九郎自身がそういったことは絶対に望まぬことを知り抜いている。

もう、それ以上はお話しにならずとも——と深芳野は軽く手をあげて制し、新九郎も自尊心や劣等感にかかわることでもあるから口を閉ざす。ごろりと転がり、深芳野の膝に頭をあずける。

豊太丸に、この大きな子供。酒池肉林を続けながらも二日にあげず深芳野を求めてくる甘えん坊である。豊太丸以来孕まぬのは、日々の酷使により薄まってしまっているからではないか。困った子供である。

口を半開きにして惚(ほう)けた表情の新九郎の鼻筋をなぞる。深芳野だけにみせるこの無防備な姿はたまらない。豊太丸に対する接し方に不満はあれども、この胸が軋(きし)む愛おしさは、なにものにも代えがたい。

出産のたるみとは一切無縁で、深芳野の腿はぴしっと張り詰めている。肉割れができぬたちで、腹部も以前と変わらない。若干、髪が細くなったか。変化はそれくらいだ。新九郎は子を生んだことで美しさだけを増した深芳野の膝で思いに耽る。

新九郎の裏側からの尽力により土岐頼芸は美濃守護の座についた。頼芸も新九郎が陰となって煮え切らぬ長井長弘や長井新左衛門尉を動かしたことを知り抜いていた。

なによりも頼芸が感動させられたのは、裏工作を手がけるばかりでなく、名馬真珠を駆って新九郎が先陣を切って川手城に突入したという事実である。

ゆえに頼芸は新九郎に新たに祐向山城を与え、そればかりか武将として長井長弘と同格の地位にまで引きあげて、じつに手篤(てあつ)く遇している。

新九郎からすれば、そして周囲の者たちからすれば、この大出世、文句を言う筋合いもなければ不満に感じることなどあろうはずもない——といったところである。

けれど新九郎の胸の裡(うち)では、沸々と煮えたぎるどす黒いものがある。

結局のところ守護の地位に就かせてやった頼芸はお飾りであり、実際の采配その他、美濃国の実権を握ったのは古くから頼芸に仕えていた長井長弘であった。

世の習いといえばそれまでだが、誰もが新九郎の働きを認めてはいたが、節序を重んじて波風立たぬよう配慮した結果、無能ではあっても長井長弘を立てるということになってしまうのである。

しかも同格まで這いあがったとはいえ、家柄やら土岐家に仕えてきた年月やら年齢やらが加味された覆しようのない序列というものがある。結局は新九郎は長井長弘に命令を下される立場なのだ。

もちろん慎重居士というべきか、気の弱いところのある長井長弘は、新九郎に対して頭ごなしになにかを命じるといったことはしない。それどころか酒と女で籠絡するまでは、腫れ物に触るような扱いだった。

長井長弘は目の上の瘤(こぶ)に過ぎず、瘤は削(そ)ぎ落としてやると対処を決めてしまった。そのための酒と女である。

いま現在、新九郎の気持ちを逆撫(さかな)でしているのは、すっかり丸くなってしまった父の新左衛門尉である。

初孫は結實(ゆい)が生んだ男児であり、奈良屋で健気(けなげ)に商売に励んでいるが、京に出向く機会があっても商家を訪ねるのは武士の沽券にかかわるとでもいうのか、見向きもしない。けれど、どうしたことか豊太丸に対しては無様なほどの好好爺(こうこうや)ぶりである。

親子二代で美濃をものにすると決然と言い放った父は、もはや存在しない。女たちに溜息(ためいき)をつかせた整った顔立ちは、いまや消滅してしまった。たるみきった頬や顎、あちこちに浮かんだ肝斑(かんぱん)の類い、ひょろりと伸びた耳毛や鼻毛。なによりも生気のない眼差し。衰えてしまったというだけでなく、惚けてしまっているようでもある。

こんな父など見たくもない――。

新九郎の愛憎は複雑で、父の衰微が居たたまれない。その一方で鬱陶しくはあるが、せいぜい豊太丸に入れ込んでいてくれれば面倒がないという冷たい割り切りもある。

「妾のみたところ、新九郎は長弘殿とちがって、きっちり政務をこなしているというか、並以上の働きでございます」

深芳野の声に、新九郎は父に対する思いから引きもどされた。

「当たり前だ。俺は呑んだふりをして、頃合いをみて長弘に女をあてがって、すっと姿を消すというわけよ。で、長弘に費やした無駄な刻(とき)をきっちり埋め合わせる。いや埋め合わせる以上に、ひたすら集中して働いている」

「さすが、新九郎。長弘殿がいなくなってしまえば、ずいぶん上の方の見晴らしがよくなることでございましょう」

「まあな。明日にでも頼芸のところに出向いて心謀の仕上げをしてくる」

「頼芸様のこと、呼び棄てですか。しかも心謀ですか。頼もしいといいましょうか、恐ろしやといいましょうか。新九郎を選んでよかった」

新九郎は深芳野の手をとり、そっと頬にあてがった。汗ばんでいるわけではないが、熱をもっていた。気持ちがぴたりと一致していることが伝わってきた。深芳野ならではの、あの蠱惑に充ちた軀の香りが高まった。

＊

讒言は難しいものである。頼芸に顔をよせて、その耳許で有ること無いこと囁くなど愚の骨頂だ。

あれこれ思い巡らせたあげく、新九郎は長井長弘に関することは一切口にしないことに決めた。正確には、頼芸が長井長弘のことを言いだすまでは、よけいなことは絶対に口にしないということだ。

「うっふっふ。一のゾロ目でございますぅ」

「――やはり疑わしい」

「疑うのは勝手だが、新九郎だっておなじ賽を振ってるわけだからなあ。仕掛けがあると吐かすならば、新九郎にもゾロ目を出せるというものではないか」

紫の袱紗の上で赤い●が三つ並んでいるのを凝視したあげく、新九郎は手をのばして袱紗ごと骰子をぐしゃぐしゃに掻きまわし、負けた額を三倍にして、なかば投げつけるように碁石を頼芸の前に転がした。

「わはは、三倍付けは腹に据えかねるか。露骨に怒ってる。新九郎が怒ってる。おお怖、おっかないよぉ」

骰子三つで勝負するちんちろりんに似た博奕である。唐から伝わった『たぶ』と称される博奕の変形だ。

いまだにこんな有様で、なかなか頼芸には勝てぬが、以前のように負けっぱなしというわけではなく、わりとよい勝負をするようになっている。よい勝負とは、作為なく頼芸にちゃんと勝たせてやることができるという意味も含まれている。

守護所枝広館、頼芸ともっとも親しい者以外は入ることのできぬ白木造りの奥の間の夜は更ける。新九郎は雑念を棄てて夜半までひたすら勝負に集中し、ほぼ五分五分にまで盛り返し、ふぅ――と短く息をつく。

手指が凍えて賽の扱いに支障がでぬよう、頼芸と新九郎の斜め脇には御丁寧にそれぞれ手焙りが置かれている。頼芸と新九郎は同時に手をかざし、お互いに顔を見合わせる。

そろそろ、いいだろう。新九郎はしみじみとした口調で誘いこむ。

「頼芸様とこうした刻をもつのもずいぶん久々でございます」

「まったくだ。新九郎は長井長弘と遊んでばかりだからなあ。前に骰子を転がしたときは息は白くなかったぞ。なにやら汗ばんでいた記憶がある」

「無沙汰をお詫び申し上げます」

頼芸の口から長井長弘の名がでた。いったん息を継ぐ。

「この新九郎、どれほど頼芸様と遊びたかったことか」

「それはこの頼芸も同じ思いよ」

「されど、ほぼ毎日、長井長弘殿の迎えの者がやってくるので、無下にもできませぬ」

「ま、誰と遊ぶよりも新九郎と遊ぶのは愉しいからなあ。長弘の気持ちも、わからんでもないが」

不服そうな頼芸に、新九郎はすまなそうに溜息をつく。

「新九郎の立場では、長弘殿のお誘いを蹴るということも致しかねますし、御一緒すれば長弘殿、なかなかの好人物でございます」

「好人物か。あの堅物がどうしたことか。酒と女にまみれておるではないか。はっきり言うが、政務怠慢もはなはだしい」

「申し訳ございません」

「なぜ新九郎が謝る。ちゃんと見ておるぞ。新九郎は手抜かりなく政務につとめておるではないか」

「――長弘殿が女のところに出かけたら、即座に己の仕事にもどっております。酒も呑むふりばかりがすっかり上手になりました」

「長弘と新九郎は同格なのだぞ」

「そうは申されましても、家格がちがいますがゆえに、長弘殿には逆らえませぬ」

「ちっ。おもしろくない。余よりも長弘か」

新九郎は思案のにじんだ眼差しを宙に投げる。誘いこまれて、頼芸も新九郎の視線を追った。

ごく幽かに、しかし頼芸が気付く程度に悩ましげに新九郎は頬を歪め、いかん、いかんといったふうに首を左右に振る。

「なにを呻吟しておる」

「――呻吟しているように見えましたか」

「新九郎はどんなに痛くても、博奕で余に負けたとき以外は顔にださぬから、この頼芸の勝手な見立てよ。が、あきらかに胸中にて苦しんでおる」

新九郎は真顔で返す。

「さすがは頼芸様。隠し事はできませぬな」

煽てにのって、頼芸は得意そうに、満足げに先を促す。新九郎の真顔がいよいよ深くなる。

「この新九郎、何故、大切なる頼芸様を抛って長弘殿と遊び呆けて見せていたか」

「やはり、なにか、あるな」

「新九郎の口からは申せませぬ。が、御留意なされるよう」

「――信じ難いことであるが、巷の噂では、長井長弘に謀叛の兆しあり」

新九郎は眼差しを伏せて否定も肯定もしない。そもそも巷に窃かに長井長弘謀叛の噂を流布しているのは新九郎である。

「謀叛云々は、まことか」

「我が父を取り立ててくれたことをはじめ、大恩ある長井長弘殿でございます。確実な証しをつかむまでは、推測でものをいうことはできませぬ」

頼芸は顎の先を翫びつつ、思案に耽る。柔らかな無精髭がすれる音がする。いきなり目を見ひらく。ぽんと手を叩く。

「読めた」

「なにごとでございます」

「読めたぞ。新九郎。お主、長井長弘の動向を探るために、あえて長弘と遊び呆けておるな」

先ほどの会話から、とっくにすべて読み切っていたものと思っていたら、これである。博才はあっても、洞察力はない。

けれど手取り足取りして事を押しつけてはならぬ。

常に自身で気付いたというふうにもっていくのが讒言の壺（つぼ）である。新九郎はさも驚いたと目を瞠ってみせる。

「――さすが、御慧眼（えげん）」

「新九郎は、心底から余のことを思ってくれているのだなあ」

「長井長弘殿から受けたものが大恩ならば、頼芸様から受けた恩は、なんと言い表せばよいのか。この新九郎にはそれを表す言葉がございません」

よくもすらすらとこのような科白（せりふ）を吐けるものだと、あくまでも胸の裡ではあるが、新九郎は苦笑いを抑えられない。上っ面はもちろん誠意のこもった眼差しを頼芸に注いでぶれることがない。

うーむ、と腕組みして頼芸は考えこんでしまっている。いくら考えても結論はでないようで、ちらと新九郎を覗（うかが）う。大仰に咳払いする。

「余のために長弘と放蕩（ほうとう）の日々を過ごしてきたわけであろう」

「然様でございます」

「ならば、いま、新九郎は長弘謀叛、どのように思っているのか」

「繰り返しになって心苦しくはありますが、まだ確証をつかんでおりませぬがゆえ、なにも申し上げられませぬ」

「だが、ずいぶん長いあいだ付き合っておるではないか。世に聞こえた新九郎がなにもつかんでおらぬとは、それこそ異なこと。率直な心証を述べよ」

「――十中八九は」

「企（たくら）んでおるか」

「まだ決め手に欠けておりますがゆえ、断言は致しかねます」

「ええい、まどろっこしい。十中八九といえば、ほぼ確実に謀叛を企んでいるということではないか」

頼芸は骰子に手をのばし、掌（てのひら）のなかでがりがり音をたてる。息が乱れている。

「余の目は節穴ではない。長井長弘の度の過ぎた放蕩は、この頼芸を欺き、油断させるためのものである」

もともと新九郎が長井長弘を誘ってはじまった遊蕩であることを忘れたのか、そもそもそれを知らぬのか、あるいは自身の推理に酔いはじめているのか。頼芸は長井長弘の謀叛を真に受けはじめている。

「万が一ということもございます。もし、謀叛云々が単なる噂に尾鰭の付いたものであったとしたら」

「新九郎が慎重になるのもわかる。わかるがな、謀叛が起きれば、死するのは余である。新九郎の働きもあって兄を再び越前国に追放することができ、漸う濃州太守とまで呼ばれるようになったがな――」

頼芸は口を噤む。誰もが頼芸を実質的な美濃守護と思っているが、実際は、まだ勅旨がおりておらず、美濃守ではないのだ。美濃の実権を握ってはいるが、頼芸の立場はじつに不安定なのである。それを痛いほど自覚しているのは、当の頼芸である。

「そもそも余の足許が完全に固まらぬうちに引っ繰り返そうという者があらわれても、なんら不思議はないわ。いいか、新九郎。長井長弘は越前の頼武に誑かされ頼武に通じているとみた。それであるならば、長弘は容赦せぬであろう。地位を追われるだけですむならまだしも、この頼芸が殺されるのだぞ。死ぬのだぞ」

唇から色が失せ、瞬きを忘れている。おそらく口のなかはからからであろう。生来の臆病さが噴きだしているのをじっくり見てとって、新九郎は頼芸の瞳の奥を射るかのごとく凝視する。

「頼芸様は、深芳野をこの新九郎に押しつけたことを、よもやお忘れになってはおりませぬでしょうな」

「ん。忘れることができようか。新九郎は今日まですべてを呑みこんでくれている。豊太丸のことも、心底から感謝しておる。余の体面を守るため、余が孕ませて下げ渡したというさがない噂まで浴びて、されど動じることなく、一切の言い訳をせず、その一身にて受けとめてくれておる」

「――新九郎としては、長井長弘殿謀叛のこと、確たる証しをつかんでから対処せねば、色恋沙汰とちがって、有象無象からなにを言われるかわかったものではありませぬ。言われるばかりか責めを受けかねませぬ。そのために、じっくり刻をかけて、望みもせぬ酒池肉林に付き合っておるのでございます」

頼芸の膝頭が貧乏揺すりで烈しく揺れる。その膝の上の指も、まるで琴を弾くがごとく不規則に動き、乱れている。

「言いたいことはわかる。わかるがな、余は死にたくない。十中八九だろう。十中八九」

「はい。十中八九でございます。が、新九郎の働きが至りませぬがゆえ、まだ一か二ほどの欠片が見つかっておりませぬ」

大きく反り返って、頼芸は吐き棄てた。

「ええい、新九郎らしくない。長井長弘に謀叛の意あり。この頼芸が見極めた。上意討ちを許す」

してやったり。

泛びそうになる笑みをしっかり抑えこみ、どこか不服そうな表情をあえて崩さず、慇懃に迫る。

「よろしいか。頼芸様は実質、まごうかたなき美濃国の守護にござりますぞ」

実質という言葉を用いて頼芸の不安を煽る底意地の悪さである。軽く顎をあげて突き放す。

「長井長弘は家臣にすぎませぬ。上意討ちなどとまわりくどいことをせず、手討ちにいたせばよろしいではないか」

「いや、それは、その——」

しどろもどろの頼芸を、新九郎は冷たく見やる。頼芸は恥も外聞もなく膝で躙り寄り、必死で迫る。

「頼む。新九郎。其方しか頼れる者がおらぬのだ」

「——ならば、新九郎が勝手に討ち果たしたとされるのを防ぐためにも、上意討ちの奉書を戴きとう存じます」

「奉書など、いくらでも書く。書くから、早く余が枕を高くして眠れるようにしてくれ」

新九郎は目だけあげて、頼芸を鋭く一瞥する。二進も三進もいかなくなると、この新九郎に押しつける——との気配をにじませた咎める眼差しである。

居丈高な新九郎の目つきに、頼芸が怯む。頼芸の気後れした表情を見てとって、新九郎は深々と頭をさげる。頼芸の唇がわななきつつ、動く。すまぬ、すまぬ——と声にならぬ声で連呼する。

すべては新九郎の謀であるのだが、深芳野のときと同様、頼芸が無理強いをしたということになってしまった。頼芸はますます新九郎に頭があがらなくなっていく。すべては計算尽くであった。

新九郎の肩から力が抜けていく。もちろん強ばった顔色は崩さない。一年ほどかけた企みであったが、正月間近になってようやく結実した。

実際は長井長弘との酒席や女遊びはなかなかに愉しかった。なにしろ長井長弘は格上である。長弘は新九郎の命じるがまま、ひたすら新九郎の趣味に従って、金銭をはじめなにからなにまで自らが負担し、やがては水先案内人である新九郎の機嫌を損ねぬよう、酒色で惚けているにもかかわらず、並ならぬ気配りをみせるようになっていた。

つまり、いい歳をして遊びを知った長井長弘は、新九郎を頼り切っていたのだ。その新九郎が奉書を構えるようにして、上意討ちである――と居丈高に迫った瞬間、長弘はどのような貌をするであろうか。

帰途、新九郎は霜柱を踏み締めながら、ごく抑えたものではあったが白い息をたなびかせつつ笑い続けていた。

23

正月明け、十三日。晴天であった。

新九郎は武装した一隊を引き連れて、美濃国武儀郡の長井長弘居城、安桜山城に向かった。大気が乾いているので山裾までくっきり見わたせる。

いまから不条理を行う。なんら落ち度のない長井長弘を討つ。まさに美濃をものにする真の第一歩だ。己の代で美濃を支配することが重要だ。さすればあとを継ぐ豊太丸に美濃をわたすことができる。

新九郎の脳裏にあるのは、豊太丸に完全なかたちで美濃を与えることのみである。まったく会おうとせぬくせに、親莫迦の度合いは尋常でない。いや、豊太丸の成長に一切関与せぬからこそ、新九郎自身はまともに意識していないが、心の奥底には抜き難い罪悪感が居座っている。

さりげなく振りかえれば、者どもの吐く息が、白い。列なす馬が吐く息はなお白い。新九郎は真珠にまたがって、安桜山の北側斜面の曲輪を見やる。具足のがっしゃがっしゃと軋む音が、新九郎の背を追ってくる。

枝広館において、あえて皆の面前にて、早く上意討ちを全うせよと焦って督促する頓芸の狼狽え気味の姿をさらし、上意討ちに出向くのは本意でないということが周囲にもわかるようじっくり根回しをした直後、それが長井長弘に伝わる前に行動を起こした。

案の定、長弘は土足で上がりこんできた甲冑姿の新九郎に奇異なものを覚え、また新九郎の一行を遠巻きにした己の家臣たちが途方に暮れた様子を隠さずに俯き加減であることに若干の不安を覚えた。

　だが長弘は朝から酒浸りであった。新九郎にそのように仕立てあげられてしまったのだが、酔いのまわってしまった頭であれこれ考えるのが億劫で、奇妙なほどに機嫌がよく、妻女と共に新年の一献を、と杯を飲み乾す仕種などしてみせた。

　新九郎は若干の哀れをにじませた眼差しで長弘を見おろし、奉書を示した。

「土岐頼芸様、上意討ちの沙汰の御奉書にござる」

　新九郎がなにを言っているのか理解できぬ長弘は、酔いに血ばしった瞳を右上にくいっと持ちあげた。妻女が長弘の背後に隠れてしまって、ようやく上意討ちという言葉が胸中に居座った。

「はて。新年早々、上意討ちとな。いったいなんのことやら」

「然様。この新九郎にとっても、いったいなんのことやらといったところだが、これは間違いなく土岐頼芸様御奉書。頼芸様の家臣に過ぎぬ新九郎は、長井長弘殿に対する万感の思いを背後に押しやって、命じられたことを為すまで」

「だが、拙者、頼芸様に討たれる理由が見つからぬというか、まったくわからん」

「それは、この新九郎も同様。頼芸様がなにを思われているのか、正直判然とせぬ。が」

「が――」

「が、上意討ちを命じられた以上、長井長弘殿を討ち果たさねばならぬ」

　朗々と読みあげる気にもなれず、新九郎は長弘に上意討ちの書状を手わたした。長弘は書面に目を落とし、顔を上下させながら右筆の達者な文字を追い、最後に土岐頼芸の花押を吟味し、間違いなき上意討ちの書状であることを慥かめ、短く息をついた。

「この長弘が謀叛――」

　あえて長弘の家臣たちに聞こえるように新九郎は声の調子を強める。

「率直に言って、新九郎と酒を酌み交わし、愉しく遊んでいただけの長弘殿に謀叛云々など雑な言いがかりに過ぎぬとしか思えぬが、頼芸様がなんらかの証左を得ているのだとすれば、頼芸様家臣である俺は長弘殿を討たねばならぬ。長弘殿。俺がいかに煩悶したか。俺には頼芸様のことがよくわからなくなってしまったよ」

「だが、討つのであろう」

「討たざるをえぬ。が、なぜ大恩ある長井長弘殿を俺が討たなければならぬのか」

遣り取りは額を突きあわすようにして酔って喋るときと同様のざっくばらんなものとなっていき、ふわっと見あげた長弘の瞳には、新九郎に対する親愛さえにじんでいた。

　新九郎は傷ましそうに、しかしわざとらしく顔を背け、ごく小声で宣した。

「上意」

　抜刀する。

　長弘は苦笑気味に肩をすくめた。すくめた肩が左右に不規則に揺れる。あきらかに泥酔している。新九郎と連絡がとれず、めずらしく妻や側女と酌み交わしていたのである。

「わっはっは。まいったな。新九郎殿」

　新九郎は、黙りこくっている。

「ま、この長弘、充分に生きた。唯一の心残りは景弘のことだ。よろしく頼む」

「――わかった。惣領のこと、案ずるな。誠心誠意対することを誓おう」

　長弘は頷き、苦笑したまま首をのばし、このあたりだぞ――と、酔いに赤らんだ襟首をさすった。

　新九郎は天井に切先を当てぬよう気配りして上段に構え、茫然と見やる妻女と視線を絡ませ、直後、振りおろした。

　首の皮一枚残して、見事に落ちた。

　新九郎は噴きでる血飛沫を避けずに、全身を長弘の血で化粧した。

　さらに新九郎は血で濡れた草鞋が滑らぬよう気配りして妻女の傍らに立ち、そっと背を押して白く細く後れ毛もいとおしげな首筋をあらわにさせ、大きく息を吸いつつ、ふたたび上段に構えた。

　妻女の首は、皮一枚でつながっている長弘の真横に転がり落ち、一緒に並んで早くも膜が張りはじめた感情のこもらぬ青みがかった目で新九郎を見あげている。

　新九郎はしばし二人を凝視し、素直に首を差しだした長弘に万感の思いを抱き、その呆気なさに薄く目を閉じ、短く息をつくと刀の血を拭い、鞘に収め、目頭を揉んだ。指先についていた血が新九郎の目蓋を汚して、緋色（ひいろ）の凄惨な化粧を施した。

　長弘の配下も新九郎の配下たちも新九郎が自ら斬首するとは思っておらず、この仕儀は長弘に対する情の証しであると悟った。

　だが後にこのことを記した太田牛一（おおたぎゅういち）の信長公記には『情なく主の頸（くび）を切り――』と記された。太田牛一は真実を見抜いていたのか、それとも伝聞によってこのことを書き込んだのか――。

　あとの処置を配下にまかせ、新九郎は血で全身を彩ったまま真珠にまたがった。血の匂いに真珠はいやいやをするように首を左右に振り、ぶるる――と烈しい息をついた。新九郎がぽんと首筋を叩くと、静かに歩み始め、新九郎が指図せずとも深芳野が待つ城へともどっていった。

　深芳野は血塗（ちまみ）れで項垂（うなだ）れている新九郎の手をとり、湯屋につれていく。血がしみてじっとり重い着衣を焼き尽くせと侍女に命じ、全裸の新九郎の前で自身も全裸となり、その手を引いて委細構わず一緒に浴槽に沈む。

　湯が淡い薄桃色に染まったころ、新九郎は我に返った。湯中であり、身が軽くなっていることもあり、深芳野に横抱きにされていることに気付いて、とことん脱力した。

「お疲れ様でございます」

「うん。疲れた」

　長々と続く新九郎の嘆息に、深芳野が優しく囁く。

「新九郎らしくない」

「いやな、あまりに長井長弘が虚心であったのでな」

「そうですか。虚心でいらしたですか」

「見事であった。このあたりを斬れと、襟足を示してな。薄汚い肝斑がたくさん浮いていたが、それさえも夜空の星のごとく見えて、得も言われぬ心持ちであった」

　小首をかしげるようにして深芳野が訊（き）く。

「御酒を召されておりましたか」

「うん。なかなかに好い心持ちであるようだった」

「それほどお呑みにならない御方でしたが、新九郎のおかげですっかり酒豪です」

「酒だけでない。この一年で、一生分の女と情を交わしたはずだ」

「一生分とはどれほどでしょう。新九郎の一生分と長弘殿の一生分は、なにやら位がちがうと思うのですが」

　新九郎は深芳野の鎖骨のあたりに頬ずりして、声をあげて苦笑した。その微細な揺れによって湯面に拡がっていくごく控えめな波紋を目で追う。

「でな」

「はい」

「長弘の妻女だが」

「はい」

「胸中の短刀を握っておった」

「自死するおつもりで」

「うん。首など突いても、なかなか死ねぬ。だから俺が落としてやった」

　深芳野は、大きく頷いてやる。

「それは、ようございました」

「ころころ転がってな、長弘の首と並んだ。仲良く一緒に俺を見あげていたよ」

「どのような眼差しでございました」

「一切、感情に類するものは、あらわれていなかったなあ」

「それは、まさに、死したということでございますね」

「そうか。死んでしまえば、もはや現世はなんの関係もないということか」

「新九郎を見あげていたのではございませぬということです」

「彼岸を見ていたのだろうか」

「そうです」

　断言してくれることが、いまの新九郎にとってどれだけの支えとなることか。新九郎は深芳野の乳房を手探りし、湯面になかば顔を落として幼子のごとく乳首を吸った。

24

　当然ながら、長井長弘の首を落とされた長井一族は猛り狂った。上意討ちであると開きなおっても、酒色に耽ることを長弘に教え込んだのは新九郎であるとわかっているから、そう簡単に納得しない。

　なによりも長井長弘の父である斎藤利隆は美濃守護代である。守護に次ぐ立場にある守護代を擁している長井一族だ。上意討ちなどと吹聴されようが、実際に頼芸の奉書があろうが、当の頼芸は臆病風に吹かれて事態収拾の沙汰を発するわけでもなく、これでは事がおさまるはずもない。

けれど斎藤利隆は長井長弘に輪をかけた温厚な人物であり、しかも新九郎と昵懇の常在寺の日護は利隆の弟であった。

日護は新九郎の企みであることを当然察していたが、長井一族からはじかれて僧侶にされてしまったという密かな怨みを抱いていたこともあって、またなによりも新九郎を好いていたので、兄に短慮は慎めと諭した。斎藤利隆は一族の怒りと裏腹に実際に事を起こす気配を見せなかった。

若干蛇足の気配ありであるが、斎藤利隆は長井長弘の父にして日護の兄という入り組んだ関係に加えて、じつは当の新九郎の父であるとする説も根強い。美濃国雑事記の長井系図や古代氏族系譜集成に、道三は斎藤利隆の子であると記されているのである。

こうなると斎藤道三の国盗りなど虚構の最たるものと化してしまうが、この作品はもちろん虚構の最たるものであるから、いまさら斎藤利隆が新九郎の父であるといった事柄を取りあげるはずもない。

が、知識として知っておいても好いであろうという判断から、あえてここに挿入しておく。断っておくが、作者が最も重要な資料として参照しているのは昭和年間に著された郷土史家らしき方の文章である。当然ながら昨今の研究成果とは年代をはじめ、まったく相容れぬ部分が多いのだが、歴史小説ではなく時代小説であり時代劇である。物語を貫徹させていただくこととしよう。さて長井一族が大騒ぎ——の続きである。

斎藤利隆が動かぬということを読み切っていた新九郎は騒ぎ立てる有象無象に対して、まともに取りあうことをせず、あっさり枝広館に逃げこんだ。ほとぼりを冷ますという名目だが、先に向けてさらに頼芸を籠絡するための目論見だ。

なんのことはない、長井長弘を酒婬で骨抜きにしたのと同様、頼芸と酒を酌み交わして博奕三昧、飽きれば茶を点て、詩歌や舞など嗜み、とことん遊び呆けた。酒婬の婬のほうは頼芸は不可能なので、逆に頼芸に対する新九郎の密着ぶりは徹底していた。新九郎と一緒にいられることで頼芸は有頂天であった。唯一博奕だけは頼芸が自在に操れる事柄であったが、京であれこれ仕込んだ新九郎の有職は、頼芸にとってたまらないものだった。

油売りの下働きだけしていたならば新九郎に京仕込みの学識や趣味など身につかなかったであろうが、散所にて舞など見よう見まねで覚え具足山妙覚寺にて修行し、堺ほど先鋭的でないにせよ、京は奈良屋にて過ごした日々で得た茶道その他の心得は、京に対する劣等感の塊である頼芸を夢中にさせるに充分であった。

そもそも新九郎には臨機応変にあれこれ捏ちあげる狡さがあった。それが遺漏なく虚飾に見えないところが新九郎の取り柄である。頼芸からすれば、新九郎という男には知らないことがない——といった錯覚をおこさせてしまうほどで、頼芸は位や立場を超えた崇敬を新九郎に抱いていた。

「もう初夏。逼塞にも厭き果てました」

迷いこんできてまとわりつく蠅を雑に追い払い、新九郎がぼやいた。もっともらしい顔で頼芸が受ける。

「あれこれ言い聞かせてはおるのだがな、奴らも名誉はともかく、長弘が仕切ることによって一族にまわってきていたあれこれが途切れることを案じておってな」

「要は阿堵物ですな」

「あとぶつ」

「その昔、西晋の宰相、王衍が金銭のことを忌んでこう呼んだのです」

妙覚寺で学んだ事柄である。坊主はこのような雑学に近いことを有り難がって教え、教わるのである。阿堵物——と、新九郎がさらりと書いてみせると、さっそく頼芸も筆をとり、なぞるように書いて満面の笑みだ。

知的には阿房というほどでもないが、そして自身が悧発であると信じこんでいる者にありがちではあるが、どうでもよい知識を有り難がる莫迦は今も昔も変わらない。

「阿堵物か。おまえといると、どんどん聡くなる」

「とはいえ、この為体では政務もままなりません」

「だなあ。新九郎を遊ばせておくのも、もったいないというか、なんというか」

具体的にはなにもせぬ臆病者のくせして、もっともらしい顔つきの頼芸を見つめ、新九郎はしみじみとした口調で言う。

「本音を申せば頼芸様との通好は、まさに至交。男が男に惚れる。口幅ったいことではありますが、新九郎は頼芸様のもとから離れたくありませぬ」

大仰かつ実のない科白であるが、孤独に苛まれている頼芸は横を向き、さりげなく滲んでしまった涙をごまかす。新九郎は素知らぬ顔をしてとぼけている。

「この新九郎、出来うる限り頼芸様を訪のうつもりでございますが、問題山積の美濃、放置しておくこともできませぬ」

「だよなあ。まったくもって、この不安定さはじつに苛立たしい。余が慾しいのは、新九郎と遊び呆けることができる平穏だ」

「ならば新九郎、喫緊の要事、長井一族を抑えこむことに致しましょう」

「できるか」

「頼芸様のために、せねばなりませぬ」

「うう――」

「どうなされました」

「泣かせよる」

「どうせなら遊び呆けて、大声で笑いあいましょう」

「わかった。で、どうする」

「長井長弘殿、死を覚悟なされて新九郎に、唯一の心残りは景弘のことだ。よろしく頼む――と言い残されました」

「莫迦が緞子の衣を着たような倅だぞ。あんなのでも親というものは」

頼芸にも、まだ可能なときにつくった頼栄という似たような阿房丸出しの倅がいるのである。それを念頭に、新九郎が鋭い眼差しで窘める。

「皆まで申されるな」

「うむ。そうだな」

「まずは頼芸様が、この件はあくまでも上意であるとされ、長井一族は新九郎と和睦すべしと強要していただきたい。一族がそれを受け容れる受け容れぬはどうでもよいのです。一族に上意を反故にする気があるならば、守護として思い致すところがある――と迫っていただきたい」

新九郎の強い調子に、臆したところを隠せぬ頼芸である。

「そういうのが苦手でな。されど、余がきちっと動かねば新九郎は政務どころではないわな」

瞬きを封印して新九郎は頼芸を見つめ、大きく息を吸い、唇を真一文字に結び、おもむろに言う。

「然様。新九郎は頼芸様の、頼芸様の美濃の御役に立ちたい」

誠実を絵に描けば、このような表情になるといった新九郎の演技に、頼芸は感極まってしまった。

「余の美濃。余の美濃であるな」

「はい。和睦はかたちだけでよろしい。和睦を押しつけて、この新九郎は強引に景弘殿の後見役におさまることと致しましょう」

頼芸は膝を打つ。

「なるほど。長井長弘は新九郎に景弘のことをよろしく頼むと言って、首を差しだしたのだからな。家臣共も、それをちゃんと聞いていたであろうしな」

「はい。率直な気持ちを申し上げれば、御屋形様の御命令とはいえ、長弘殿の首を落としたことは、新九郎にとってじつに心苦しいことでございます。せめて御子息のことは、きっちり致したい」

頼芸を御屋形様と他人行儀に呼び、さりげなく、けれどはっきり頼芸の命令であると強調することを忘れぬ新九郎である。

「景弘殿後見となれば、一族も迂闊に新九郎には手出しできませぬ」

一呼吸おいて、頼芸にすがるような眼差しを向け、わずかに膝で躙り寄り、前屈みになって静かに、しかし頼芸に恋い焦がれるといった様子を隠さずに迫る。

「本音を申しましょう。さんざん長弘殿と遊び呆けておりました。が、その渦中にあっていつも泛ぶのは頼芸様のこと。頼芸様とこうして遊びたいものだ——と、いつも身悶えせんがごとく思い詰めたものでございます。この新九郎、長井一族が怖くて枝広館に逃げこんだのではございませぬ。途方もない荒波に飛びこむ前に、せいぜい頼芸様との刻を、充実した刻をもちたいとの思いより、枝広館に居候したのでございます」

先ほど滲んでしまった涙が、ついに堰を切ってしまった。他人からここまで思慕を寄せられたことのない頼芸は、手放しで泣きだしてしまった。あわせて俯き加減、きつく拳を握って耐えに耐えといった風情ではらりと涙を落としてみせる新九郎であった。

＊

途方もない荒波もへったくれもない。濃州太守頼芸が完全な後ろ楯となった新九郎は、景弘後見となったとたん、長井長弘謀叛は頼芸様が見極めなされたことで、上意に従ったまでであると彼らの面前で開き直り、新九郎よりも上の立場の人間は斎藤利隆と頼芸のみであることを楯に、強権発動を連発した。

あげく新九郎が後見した景弘は、どうしたことか日々、異様な昂奮状態にあり、大層な活力というべきか、精力に満ちあふれた様子だった。なにしろ女人であれば前後の見境なく、誰彼かまわず押し倒す傍若無人ぶりであった。

ところが夏の終わりごろになると唐突に衰弱し、秋口には皮膚が青紫色に変色して、あっさり身罷った。顔の筋肉が溶けて引き攣れたかのように歪みきった、凄まじい死に顔であった。

もちろん周囲は毒殺を疑ったが、景弘が常軌を逸した淫蕩に耽り、呆気にとられるような精力的な日々を送っていたのも事実で、父が死んで箍が外れた景弘は、若いくせにあまりに放蕩が過ぎて命脈が尽きたのだという見方も強かった。あるいは父の長弘が酒池肉林に耽った晩年を反芻し、あれは血であると苦々しく吐き棄てる者もあった。

新九郎が景弘に用いたのは蝦夷地伝来の附子である。紫碧の花も美しいトリカブトの根を煎じたものを附子という。植物界最強といわれる猛毒だが、烏頭との異名もある。烏頭は根をそのまま乾燥したもので、附子は加工したものである。

烏頭は蒸したり煮たりすると、つまり熱を加えると、修治と称される弱毒作用がおきて毒性が衰える。それを附子と呼ぶのだが、新九郎は酒などに附子を絶妙に混入させ、その向精神作用によって軽い錯乱——常軌を逸した昂奮状態にあって放蕩を重ねる景弘の姿を周囲に見せつけておいて、頃合いをみて致死量にちかい附子を摂取させたのである。

もちろん長井一族とて毒殺の疑いを消したわけではなく、窃かに景弘の屍体を医者に調べさせた。あれこれ診たあげく、医者は血を搾りとって自身で舐めてみるといったことまでしたが、毒の存在はつかめなかった。蝦夷地のアイヌは烏頭の矢毒で殺傷した獣を平然と食す。烏頭の毒は獣の体内で分解されて無毒と化してしまうのである。

景弘が死んでたいしてたたぬうちに、後見を楯に、新九郎はあらためて長井新九郎規秀と名乗り、長井一族を足下におさめてしまった。つまり労せずして長井家を乗っ取ってしまったのである。

新九郎は、のちに信長が惚れ込んで己のものとし、岐阜城と名付けた長井家居城、稲葉山城を手に入れ、頼芸の補佐役として斎藤利隆を差し措いて美濃において絶大な権力を振るうようになる。

これで折々に新九郎が遊びにきてくれると期待に胸を弾ませた頼芸だが、豈図らんや、政務多忙との言い訳をもって新九郎は頼芸にほとんど近づかず、実際に新九郎の働きを目の当たりにしているだけに、遊んでくれとも言いだしづらく、頼芸はなまじ親密だった時期があったことから、以前にも増して孤独を託つようになった。

25

三年後、新左衛門尉が死んだ。耄碌して面倒ばかりかける父を毒殺したのではないかといった冗談交じりの噂が流れた。新九郎は耳の穴などほじって苦笑いだ。

「本音をあかせば、幾度、毒を盛ってやろうかと思ったことか」

「もう亡くなられたのですから、そのような物言いは慎みなさい」

「怒られてしまった」

深芳野は城外の緩やかな傾斜で揺れる芒の群生に、なんともいえない物寂しさを覚えつつ、大仰に首をすくめる新九郎を見やって柔らかい笑みを泛べる。

いまや新九郎は名城の誉れも高き山城、稲葉山城城主である。この男は、以前の甘さから完全に脱却し、着々と足許を固めるばかりか、大きく飛躍しているのである。

妾が選んだ男に、まちがいはない――そんな思いを込めて、眼差しを強くする。

　その視線に照れた新九郎は、眼下の長良川から彼方でうねる木曾川に視線を移した。視野の下方に、井口(いのくち)の城下に向かう道に接して丁の字を描く、ゆるやかにうねる道を行き交う人馬が芥子粒(けしつぶ)のように見える。

　東山道である。稲葉山城の南を抜け、関ヶ原から近江に到る要路だ。新九郎も幾度往還したことか。

　目を細めて彼方を見つめている新九郎に、新左衛門尉の名誉を挽回(ばんかい)せんがために深芳野が囁く。

「父上様から受け継いだ紙座からの運上金ですが、侮れぬ額、いや途轍(とてつ)もない額でございます」

「そうか。利には敏(さと)かったのだな」

「また、そういう物言いを」

　新九郎は乾いた笑い声をあげた。深芳野が具体的な数字をあげると、新九郎は口をすぼめた。なにかに耐える面差しである。深芳野が上目遣いで見つめていると、すっと一筋涙を流した。

「もう、甘えられませんね」

「もう、よけいな節介をやかれずにすむ」

「そうですね。もう、いらっしゃらないのですからね」

「もう――」

　と、だけ言って、新九郎は唇を真一文字に結んだ。深芳野は手を差しのべ、新九郎の涙をさりげなく拭ってやる。

「そうか。紙座か」

「はい。紙座です」

　新左衛門尉の所領は東および西山口郷から大屋田郷にまで及んでいた。このあたりは美濃紙の集散地であり、美濃佐竹(さたけ)氏の所領であったが、佐竹氏は京在住であり、代官による間接支配のせいで武威に欠けていた。

　それに目を付けた新左衛門尉は、大屋田郷を手始めに、じわじわと武力行使にて蚕食を重ねていった。幕藩体制が確立した江戸時代にはまず有り得ぬことであるが、おなじ美濃領内にありながら、まさに力尽くである。

　もちろん、このような無理無体が通るはずもなく、佐竹氏に所領を返還せよという幕府奉行人の命令書が発給されたが、新左衛門尉は慇懃に平伏して恭しくそれを受け、無視した。美濃守護も新左衛門尉の実力を認識していたから、事をこじらせると面倒であるとの思惑により、それを黙認した。

つまり新左衛門尉の所領は佐竹氏のものであるが、実効支配が継続していくうちに、なんとなく周囲にも東西山口郷から大屋田郷は新左衛門尉の所領であるという認識が定着してしまった。

紙座からの収入を奪われた佐竹氏は、もはや京からもどって新左衛門尉に挑むほどの経済力の持ち合わせもなく、名門常陸佐竹家の分家は有耶無耶のうちに美濃から閉め出されてしまった。

最上の和紙として知られる美濃紙は、この時代においては貴重な輸出品であり、紙座からの運上金は莫大な額となった。それをそのまま受け継いだ新九郎は、なにもせずとも多額の収入を得て、その基盤をますます強めていくこととなった。

「新九郎は父上様から途轍もない跡式を戴いたのですよ」

「最後の最後まで俺の面倒を見てやったとふんぞり返るわけだ」

「実を取るだけのこと。あの世でふんぞり返っている父上様をいとおしみなさい」

新九郎は鼻で笑った。

深芳野は、新九郎の虚勢こそがいとおしいと、そっと身を寄せた。新九郎も四十になる。軽さの目立った美貌に渋みと深みが加わって、以前にはみられなかった男の色香さえ漂いはじめている。いまや美濃において押しも押されもせぬ新九郎である。

手段など、どうでもいい。なにもつかめぬ者が陰でいくらあれこれ言い募ろうが、新左衛門尉ではないが、他人の領地をすまして戴いてしまう強かさが総てである。

「近ごろ、新九郎をくちばみと呼ぶ者もあるそうな」

「くちばみとは」

「蝮」

「なるほど。言い得て妙だ」

「正しくは父と倅をあわせて、くちばみと」

「それは、嬉しくないな」

「ならば、新九郎単独でくちばみと称されるよう、新たに気合いを入れなおしてくださいませ」

「うむ。と、頷いてしまってからしみじみ思うのだが、深芳野は凄い女だな」

「凄いのは、新九郎です」

深芳野にいわせれば、刻がたてば強奪したあれこれも薄らぼやけていき、実質だけが残る。醜聞を勲章のごとく扱える新九郎の強かさは、男の強さの結晶である。そして、それはあきらかに新左衛門尉から受け継いだ血のなせる業である。

「なんだ、なにを見ておる」

「好いお顔でございます」

新左衛門尉様の面影が見事に宿っております――と胸中にて続け、深芳野は笑みを深くした。

*

数年後、守護代に就いていた長井長弘の父である斎藤利隆が病没した。利隆がもう少し長生きしていたら、附子を盛られたかもしれぬが、じっくり様子を見ていた新九郎は、運を引き寄せた――と大きく頷いた。

けれど、ここで事を焦らぬ強かな新九郎である。いまかいまかと待ち焦がれる頼芸をとことん焦らし、幾度か頼芸の使いを蔑ろにしたあげく、おもむろに枝広館を訪ねた。

「小見の方は、どうじゃ。なあ、どうじゃ」

開口一番、頼芸は亀のごとく首を突きだして、右手の扇子で左掌をパンパン叩きつつ、昨年に新九郎に世話してやった正室について訊いた。

「どうじゃとは、どう答えればよいのか。困りましたな。具合はどうかと問われたとすれば、最上にございます」

「ええい、小憎らしい。小見の方に入れ込んで、余を無視しおって」

新九郎はわざとらしく頭を掻く。本来は深芳野のような大柄な女が大好きである。新九郎は、こと女に関しては、じつにわかりやすいマザーコンプレックスなのだ。

小見の方は小柄で骨細で、けれどじつに気が強い。強いていえばこの気の強さに母性を見出して惹かれもするが、深芳野に対するような執着はない。

だが清和源氏の血を引く東美濃一の名家、明智長山城主、明智光継の長女である。新九郎の経歴に、そして新九郎の子らに源氏の血筋であるというはったりを附与してやりたい頼芸の精一杯の心尽くしである。

　それを即座に見抜いた新九郎は、ぜひにとも——と、頼芸に平伏して正室として小見の方を受け容れた。ちなみに明智光秀は小見の方の甥である。

「ありていに申して、頼芸様から戴いたあまりにすばらしき引き出物に夢中で、慥かにこの新九郎、頼芸様のことを若干ではありますが、失念しておりました」

「引き出物。引き出物と申すか」

「然様。引き出物でございます」

「うーむ。よく言った。おまえの小見の方に対する思いが、じつによくわかった」

　引き出物とは、馬のことである。主人が馬を庭先に引き出して客に贈ることをいう。頼芸は、新九郎が真珠という牝馬にして荒馬を乗りこなすために二六時中厩に同居していたという逸話を反芻していた。

「この新九郎をきちっと乗せられるよう仕込まねばなりませぬ。ここしばらく、それに費やしておりました」

「隠しも衒いもせずに、ぬけぬけと」

「頼芸様であればこそ本音を申しました」

「当たり前だ。明智家に馬扱いが知れたらなんとする」

「新九郎は頼芸様に、ひとつ、弱みを握られましたな」

「ふふ。強かな。すなわち小見の方は、駒ということであるな。で、大切な持ち駒となり得るか」

「はい。頼芸様のお心遣い、確と受けとってございます」

「ん。新九郎のように飲み込みの早い男は、付き合っていて楽でよい。鈍感な奴ばかりだからな」

「新九郎とて、頼芸様の御前以外では、あえて愚鈍を演じるなど、それなりの労を執っております」

　すらすらとやりとりを重ねているが、すべては身振り手振りを含めた新九郎の誘導で会話が進んでいるのである。頼芸はもともと小見の方のことを新九郎の持ち駒にするなど、考えてもいなかった。いまや、己の発案であるかのように得意げである。

「ここまでの恩義を、いかにお返しすべきか呻吟しておるところでございます」

「呻吟もなにも、新九郎は余にどれだけのものを与えてくれたか」

「されど新九郎は、もっともっと頼芸様のお役に立ちとうございます」

さりげなく身を寄せた新九郎に、頼芸は性的なものさえ感じてしまい、いささか狼狽えた。女人との交情が不可能になってしまい、以来あえて女など眼中にないといった態度できたが、新九郎の発した性的なシグナルはじつに鋭角で、頼芸の中心に刺さった。

もちろん新九郎と衆道の仲になることも叶わぬが、男と女ではなく、男と男の友情のめくるめく歓びがあるのではないか――。

じっくり間合いをとって、新九郎は俯き加減で告白する。

「このようなことを口にしてよいものかと、烈しく逡巡いたしました。が、いまや滾る気持ちを抑えきれなくなりました」

頼芸は生唾を飲んだが、昂ぶりに口中がからからで咽が鳴っただけだった。頬を上気させて、新九郎の言葉を待つ。

新九郎はじっくり引きつけて、あえて顫え声をつくって一気に言った。

「新九郎は頼芸様に対して臣下としての忠誠以上のものを心窃かに抱いておりました」

あとはひたすら俯くばかりである。

頼芸は新九郎が眼差しを伏せているのをよいことに、前屈みになって遠慮なしに新九郎の全身を眺めやる。女人とは別種の美しさが横溢している。このような男と特別な仲になれたなら、もう女など不要である。

いまだかつてない渇きを覚えた頼芸は、素早く酒肴の準備をするように命じ、とりあえず運ばれてきた酒を啜るように干涸らびた咽に流し込んだ。もちろん新九郎にも勧める。新九郎は頼芸とあえて眼差しを合わせぬようにして、一息に飲み乾してみせた。

いざとなると、肝心のことを口にできぬ頼芸である。新九郎は相も変わらず俯き加減で呟くように言う。

「新九郎はより以上に頼芸様のお役に立ちたいのです。そのためにも、もっともっと頼芸様のお側にいられる立場になりとうございます」

「側にいられる立場――」

頼芸は焦り気味に思案し、一気に捲したてる。

「うまい具合に、斎藤利隆が死んだではないか。よし。新九郎。守護代を継げ」

　空々しく返す。

「長井家や斎藤家の御方ではなく、この新九郎が、でございますか」

「然様。余と新九郎のあいだに長井家やら斎藤家の誰それが這入り込むことには耐えられぬ。余と新九郎は直に結びつくべきである。ええい、面倒だ。新九郎は長井姓を棄て、今日より斎藤姓を名乗れ。名跡を継げ。よし。余が名を捻りだしてやる」

　他家のことをあれこれするのもじつに図々しいが、頼芸はもう夢中である。頼芸は大仰に腕組みした。墨と筆を用意させる。

「よし。新九郎は今日より斎藤新九郎利政と相成る」

　新九郎は畳に額を擦りつけた。その口許は頼芸から見えぬのをよいことに厭らしく歪んでいる。

「謹んで御拝領いたします」

　いきなり顔をあげる。その面には過剰なほどに眦を決した気配が泛びあがっていた。強烈な眼差しが頼芸を射貫く。

「身に余るお心遣いに、新九郎は顫えがきております。この命、頼芸様のためにお捧げいたします」

「うん。足繁く余のもとに通うのだぞ」

「斎藤新九郎利政、守護代として常に頼芸様の傍らにそっと身を寄せることをお誓いいたします」

　特別な男が自分に寄り添ってくれる。そう思っただけで頼芸はうっとりしてしまい、あげく勢いよく酒を呑んで烈しく噎せた。

　新九郎は如才なく立ちあがり、頼芸の背後に膝をつき、過剰に軀を寄せてその背をさする。噎せやんだ頼芸に泛んだ恍惚を、横目で冷たく見やる。

＊

　小見の方は新九郎に嫁いだとき、二十歳であった。二十一歳になったいま、夜毎新九郎に触れられて、すっかり女として開花した。その性的慾求の強さに、新九郎は顔にこそ出さないが若干辟易気味であった。

　軀の大きさと性慾には相関がないと新九郎は苦笑しつつ、閨で畏まって待つ小見の方のもとに日参する。これで深芳野の相手もしているのだから、たいした絶倫ぶりである。

「守護代の御拝領、謹んでお祝い申し上げます。新九郎様に嫁いでよかった」

「出世しない男は、駄目な男か」

「どうなのでしょう。御出世なさらずとも、少なくとも妻子にとっては良い方もいらっしゃるでしょう」

うむ、と新九郎は強く同意した。幸とは、いったいなにか。新九郎とて程よい生活を送ることができたならば、どれほど心安く生きていけることであろうか。

だが、亡き父から親子二代で美濃をものにすると吹きこまれ、奈良屋の結實と息子を棄て、企みと欺きの濁流にある。

あるころから芽吹いてしまった父を疎ましく思う心の根底に、武士として生きることの強制と圧迫に対する反撥があるのではないかと新九郎は心窃かに思っている。

親子二代で美濃を松波の家のものとすることを目指すと囁かれたときは、昂ぶった。だが父は程よいところで途中退場である。

しかも一国を我が物にするということは、他人を蹴おとして不幸のどん底に突き落とすばかりか、自分自身を著しく傷つけることを余儀なくされるのだ。

商人として結實と力を合わせ、奈良屋を守り立てる。いまと同様、汚れ仕事は総て引き受けて、企み欺き卑劣を為すであろう。銭こそ命、奈良屋の隆盛のみを目論む心根は、浅ましいものである。

だが目指す方向がまったく違うような気がする。権力なる他者に対する絶対的強制力を希求するのは、人であることを棄てることである。

なにを甘いことを——。

新九郎は表情をあえて好色のにじむものに変え、小見の方の傍らにどさりと転がる。小見の方はなかば強引に新九郎の髪をつかみ、膝に乗せる。

深芳野は新九郎の思いに添うことを心がけて、強引なことはしない。小見の方は悪意こそないが、案外力尽くである。どのみち膝枕を所望するのだから、ならばとっとと乗せてしまおうといったところだ。

新九郎は薄闇に泛ぶ小見の方の尖った顎をぼんやり眺める。小見の方は顔を下に向けて新九郎の眼差しの奥を見つめる。

「あくまでも豊太丸様が長井、いえ斎藤家の総領でございますか」

「うん。俺は決めたことは絶対に変えない」

「ようございます。けれど小見が男子を生んだならば、ひとつだけ固く契って戴きたいことがございます」

「なんだ」

「豊太丸様に対する接し方、異様にして異常でございます」

「干渉せぬと決めたのだ」

「小見の子ではありませぬがゆえ、いかようにも。が、小見が生んだ小見の思子(おもいご)には、あのような接し方をなさらず、常にいとおしんでいただきたい」

「わかった。親莫迦になろう」

「わかっておるのです。新九郎様は豊太丸様を撫でさすり、頬擦りしたくてたまらないのです」

「――その気持ちを必死で抑えておる」

「そのような無理を、小見の子には絶対なさらぬよう」

「うん。跡継ぎといった重荷のない子には、とことん甘く接する」

「ほっとしました。新九郎様のほんとうの姿を我が子には見せてやってください」

「たぶん、おまえから遣りすぎだと文句がでるのではないかな」

「深芳野殿が嫉妬なさるでしょうね」

新九郎が小見の方を見あげ、やりとりは中断された。新九郎は悟った。小見の方は深芳野に嫉妬しているのだ。深芳野に与えられる情を、自分はもらっていないと見極めてしまっているのだ。

夜毎の交情も、新九郎が深芳野に近づかぬようにするための必死の思いからでたものなのだ。新九郎は胃の腑(ふ)のあたりがねじれるようないとおしさを小見の方に覚えた。

「嫉妬か。つまらぬことを吐かすな」

「つまらぬことですか。大切なことです」

「口答えするな」

新九郎は政務で疲れ果てた軀に気合いを入れ、上体を起こし、膝で立つ。小見の方に顎をしゃくって命じる。

「四つん這いになれ」

「四つん這いとは」

「いちいち問い返さず、さっさと四つん這いになれ」

「――これで、よろしゅうございますか」

「ん」

新九郎は小見の方の絹の夜着を捲りあげ、こぢんまりした白く艶やかにして滑らかな臀をあらわにした。なにをされるのか、期待と不安に小見の方の胸が烈しく上下する。

ぱしっ。

いきなり臀が爆ぜた。

打った新九郎の掌が無感覚になるほどに強烈な平手だった。小見の方は腰骨が縮むほどの衝撃を受け、まだ自分の身に起きたことをまともに把握できていない。新九郎は掌がぢんぢんしびれているのを他人事のように感じつつ、大きく振りかぶった。

ぱしっ。

ぱしっ。

ぱしっ。

ぱしっ。

一切加減せず、打ち据える。小見の方は頽れそうになりつつも、下唇を咬んで必死で耐え、四つん這いの体勢を崩さない。

「ちっ。掌が腫れあがりそうだ」

投げ遣りにぼやきつつ新九郎は右手を前後左右に雑に振る。小見の方がぎこちなく振りかえる。視線が絡む。新九郎は酷薄な薄笑いと共に小見の方の剝きだしの臀に視線を落とす。

「紅葉のごとく色づいておる。好い色だ」

「新九郎様」

「なんだ」

「――また、打ってください」

新九郎がとぼけると、小見の方が目を見ひらいて哀願する。

「小見は新九郎様に折檻していただきとうございます」

「約束はできぬ」

「新九郎様は、絶対に小見を叩きたくなります。わかっています。新九郎様は小見を叩きたいのです」

「叩くほうもな、それなりに痛い思いをするのだ」

「叩かれたことは、ございますか」

「ない」

「――小見は、もう、このかまえをとっていることができませぬ」

新九郎は腫れあがった小見の方の臀を軽く突いた。

箱がひしゃげるがごとく小見の方は夜具に腹這いに倒れこんだ。新九郎はこれ以上有り得ぬといった究極の硬直をあらわにして、かろうじて首をねじまげている小見の方に見せつける。小見の方は新九郎の示威に早くも恍惚に濡れた眼差しで、あろうことか舌舐めずりした。それを受けた新九郎は、皮下が血の色に染まった臀の膨らみを左右に押し広げ、周囲まで拡がった潤いにて妖しく照り映える絶妙な景色を見つめ、あえて指を用いてすっかり迎えいれる状態になっていることを慥かめ、背後から重なった。

新九郎は意図して腫れあがった臀にぶつかるように動作する。痛みと快に小見の方はあられもない声をあげる。こんなこと、こんなこと、絶対に深芳野殿にはなさっておらぬでしょう——。切れぎれに洩(も)れた言葉を新九郎は脳裏で組みなおし、薄笑いを泛べる。

「ない。おまえだけだ」

「嬉しい」

言ってしまってから、小見の方は慌てて口を押さえた。新九郎はとぼけて腰の動作をより烈しいものとする。小見の方は極めっぱなしとなり、洩れ伝わる悲鳴に似た声に、離れにて控えている女中が狼狽え気味に俯き、その頬が朱に染まる。新九郎が小見の方の内側に加減なしに爆ぜたとき、小見の方はほとんど気を喪っていた。

＊

翌朝、小見の方は、いつにも増して艶っぽく、家臣たちはその顔をまともに見られぬほどであった。皆の隙を狙って小見の方は、ごくさりげなく新九郎の脇腹をつねり、艶麗な笑みを泛べた。

女人を支配するのは権力を自分のものとするよりも工夫がいるといった意味のことを新九郎は胸中で呟き、幽かに残る脇腹の痛みを愛でた。不思議なことに小見の方に対するいまだかつてない思慕が迫(せ)りあがってきた。新九郎と小見の方は、ようやく共通の言葉とでもいうべきものを得たのである。

26

木曾(きそ)、長良、揖斐(いび)の三河川を擁し、川の国と称されて地味豊かな穀倉地帯を誇る美濃である。

けれど、それは苛烈激烈な水害と表裏であった。なかでも長良川は、上流の飛驒山地に降った雨水を一気に下流に打ちまけるので、暴れ川として恐れられていた。

小見の方と仲睦まじく過ごすようになった翌年の秋もだいぶ深まってきたころ、その長良川が大氾濫をおこした。死傷者二万余、流失家屋数千という尋常でない洪水であった。なお、当時は長良川という呼称ではなかったが、煩瑣になるので長良川で通す。

下流域――木曾川、長良川、揖斐川の木曾三河川が合流する濃尾平野南西部は、古より洪水常襲地帯であった。ゆえに水害より家屋や耕地を護るための輪中と称される水防共同体が成立していたが、この大洪水は、ますます輪中の発展を促した。

輪中が文献に登場するのは江戸初期であるが、もちろんそれ以前から着々と集落や耕地を輪中の呼称の元となった囲堤と呼ばれる堤防で囲み、水害を自衛せんとする特異な集落が発達していたのである。

されど、洪水に対し徹底的な備えを施していた輪中の被害も尋常でなかった。

この国難に新九郎の国盗りもいったん休みといったところで、昼夜もなくひたすら水害地をまわり、村落集落の疲弊度や重要度によって対処し――と、小見の方がその窶れを案ずるほどに守護代としての役目を全うした。

さすがに頼芸も新九郎と遊べぬことに対して文句を言うこともできず、ならば暇と倦怠をもてあまして欠伸ばかりしておらず、守護として先頭を切って水害対処の指揮をすればよいのだが、居室に引きこもって折々の報告を他人事のように聞くばかりであった。

守と護、まもるという字を二つ重ねた立場の頼芸がなにもできず、なにもせず。守護の代わりとされる新九郎が大活躍である。

ぬるぬるどろどろの泥濘で覆われているときは伝染病などが発生して地獄であるが、泥が乾いて飛散するようになると、それはそれで耐え難いものとなる。百姓たちは手拭いで鼻と口を覆って、分厚い目脂を刮げながら必死の復旧作業である。

ちょうど刈り入れの時期に、すべてを泥流に薙ぎ倒されたのである。新九郎はその惨状に対して出し惜しみをせずに手篤く補助を与え、ときに農民にあわせてしゃがみ込み、その訴えに真摯に耳を貸した。

頼芸に対する不満と、新九郎に対する期待が、氾濫による汚泥にまみれた庶民のあいだから広がった。

やがてそれは権力を握っている側にも伝播していく。くちばみには毒があるが、毒は薬にもなる——などとしたり顔で言う者もあらわれた。

当の新九郎は支配層の意見や助言には一切耳を貸さず、民百姓の立場に寄り添って独断で徹底した復旧を行った。

これは、じつは、先々新九郎が美濃をものにしたときに、自身に都合の良い国とするための、その第一歩であった。

完全な治水は難しいにせよ、己の国が毎年水害に遭って難儀することは避けたい。被害を最小限に抑えたい。民衆に支持されぬ支配者は強権発動に頼るしかなく、それは国そのものをじわじわ弱体化させていく。新九郎は我が国を再設計しなおすといった心意気で事に当たった。

洪水とはまったく無関係であるが、この年の五月、後々新九郎と縁浅からぬ仲となる織田信長が生まれた。

さらに翌年春、小見の方が女児を産んだ。のちに信長に嫁ぐ帰蝶——濃姫である。

ここに到って新九郎が抑えに抑えていたものが爆ぜた。小見の方が不安に感じるほどの帰蝶に対する偏愛である。

豊太丸に注ぐべき愛情を異様な精神力で抑制していた無理がたたったのだ。しかも帰蝶は女児である。世継だのなんだのといった煩わしいものとは無関係に、純粋に父親としての愛着を発揮することができる。

「ほうら高い高い、父でちゅよ〜」

帰蝶の両脇に手を挿しいれて、爪先立って掲げ、笑み崩れた顔を隠すどころか幼児言葉で帰蝶の機嫌をとる新九郎である。

さすがに小見の方も呆れ気味だが、たまたま居合わせた深芳野は呆然とした。正気とは思えぬばかりの陽気さと昂揚をあからさまにして、豊太丸には一切与えなかった愛情を、もはや周囲のなにものも目に入っていない状態で帰蝶に注いでいる。

小見の方はちらと深芳野を窺い、ちいさく咳払いなどして俯き加減で囁く。

「妾が申すことではございませぬが、とても正念とは思えませぬ」

「――さすがに、ここまでとは」

「はい。我が子を可愛がるのになんの衒いがいりましょう。が、日々この調子。常道から大きく外れておられます」

　新九郎は帰蝶を抱きあげたまま、とんとん足取りも軽く広間を縦横に跳ねている。帰蝶は笑い声をあげてはいるが、与えられる振動の烈しさに、その笑いには幼いなりに不安に近い気配もにじんでいる。

　まだ帰蝶は首が据わっていないので軽々しく揺すってはならぬと小見の方が幾度も注意したのだが、新九郎はきれいに失念して、奇矯といってよいほどのはしゃぎぶりである。小見の方は嘆息する。

「あげくまわりが止めるのも一切聞かず、下の世話まで御自身でなさいます。そして、いつも感極まった声で仰有るのです――これを見よ、松波の家に代々伝わる徴が女子にもかかわらずこれほどくっきり鮮やかに」

　摺り足で駆けまわる新九郎に一瞥をくれ、小見の方は苦々しげに続ける。

「妾に言わせればただの痣。長じたとき、女人にとって疵は決して」

　小見の方は辟易を隠さずに、曖昧に語尾を濁した。

　またもや松波の家に代々伝わる徴――か、と深芳野は溜息を呑みこみ、新九郎は豊太丸の徴が薄かったことが微妙に物足りなかったのだ、といまさらながらに悟らされた。

　結局、深芳野は徴についてはなにも言葉を発さずに、にこやかに笑んで立ちあがる。

「お幸せなことでございます。羨ましゅうございます」

　気の強さと裏腹に、人情に篤い小見の方は申し訳なさそうに頭をさげた。小見の方の心が痛いほどわかる深芳野は、笑みを崩さずにその場を辞した。けれど一歩進むごとに己と豊太丸の切なさに突きあげられ、肌を幽かに収縮させていく。

＊

　以降、新九郎はあちこちで子を成し、記録に残されているだけでも十六人を数える。なかには長男豊太丸——義龍以前に庶子として成した子もいるようであるが、詳細は資料が乏しく曖昧なので略す。
ただしこの庶子であるとされる道利は道三に仕え、後に義龍と通じ、重要な役を果たすこととなる。

27

帰蝶が生まれたころから新九郎は稲葉山城の大改修を開始した。

まずは稲葉山城南西の裏鬼門を守護するために古利美江寺を移転させて、金華山西麓の井口に居館をつくりあげた。

いまだに長良川大洪水で浸水した枝広館の収拾がつかぬ頼芸が、居候させてくれと羨むほどの豪奢なものであった。もちろん新九郎は態よく撥ねつけた。

居館を完成させてからは、長年構想を重ねてきた城下町の構築に手をつけた。

城下町は三方に門を設えた総構え、京に倣った区画整理も美しく、また城下町外郭には規模の大きな市場が新設された。

新九郎の選択眼は慥かで、東山道と尾張への街道が交差する御園、揖斐方面へ向かう岩倉、大桑方面に到る中川原という交通の要衝に設置された市場の賑わいは当初より大層なものだった。

市場は単なる商取引の場という素っ気ないものではなく、縁起を担いで市場神である榎が大量に植栽され、日陰も涼やかなじつに整然とした場が形成されていた。

この市場の劃期は、楽市を開いたことである。楽市といえば織田信長が泛ぶが、市場における諸役免除、市場税の免除、さらには専売座席を廃した自由な商取引といったあれこれは、新九郎が稲葉山城の城下町で先に試みたことである。信長は新九郎の遺り方を継承したのだ。

「いや、なに、俺は所詮商人の出である」

と、人々が群れる楽市の繁栄ぶりに目を瞠っている小見の方に呟く新九郎であった。このころになると、周囲の誰も新九郎に意見できぬ空気が濃厚になってきた。理由は、経済力である。

紙座の利益についてはご承知のとおりであるが、さらに数年前に可児郡に築城した烏峰城に養子、斎藤大納言妙春こと正義を入れ、木材の一大集積地である錦織は木曾川綱場を仕切らせた。

この河上関所は、日本有数の生産量を誇る木曾山脈で伐採された木材を筏に仕立てあげて下流に流す筏流しの起点であり、それら木材の徴税所であった。

伊勢神宮や京の朝廷などに供する公用木材は非課税であったが、茶の湯などの隆盛と共に木曾檜という一大ブランドを求める民間需要は凄まじいものであった。

また戦国の世であるがゆえ戦火によって焼ける建物も多く、必然的に木材不足が惹起されてしまい、新たに建てられる建物のための木材は供給不足に陥り、質に難のある木材までをも含んで価格の高騰を招いた。それに伴って木曾川を下る筏の数は際限なく増していき、関銭――税収は莫大なものとなった。

烏峰築城にあわせて力尽くで河上関所を奪いとってしまった新九郎は、山の物を川に流すだけという遣り口で無尽蔵の金蔵を得たわけであるが、烏峰城主斎藤正義は自身も潤うことから新九郎に操られることを善しとして、綱場で睨みをきかせた。

これら諸々は、奈良屋に婿入りすることを条件に、判紙祝儀の会合にて関銭を支払わずに自由に関所を通過できる許可状と印券を手にしたときの父の昂奮ぶりを新九郎がありありと記憶していたからこそで、ならば自分は税を毟りとるほうになってやろうという微妙な反撥心をもって、じっくり計略を練ったのである。

関銭に限らず、税というものを発案した者は、じつはいかに国家云々といった大義名分を並べあげようとも、究極の利権を手にしたのであり、新九郎はその一角のもっとも効率の良い税制をものにしたのである。

時折、抜き打ちで新九郎は烏峰城に正義を訪ね、木曾川綱場に立ち、激突する筏の思いのほか澄んだ音に耳を傾け、銀の飛沫を浴びつつ立ち昇る濃厚な檜の香りを嗅ぎ、目を細めるのだった。

ともあれ戦をするのも、家臣を増やし、養うのも、なにをするにも最終的に物を言うのは経済力である。商人の出と自嘲してみせる新九郎の判断はじつに的確で、ゆえに争乱の絶えぬ美濃においていよいよ抽んでた力をもつに到った。

その一方で、頼芸は修理大夫任官を朝廷より却下拒絶されていた。中納言の万里小路惟房を伝奏にして任官依頼をしたのだが、従四位下、修理大夫の任官に必要な礼銭の額が、相場の三分の一以下に過ぎぬ十貫という低額であったためだった。

それを知った新九郎は、遣うべきところに遣わぬ頼芸の吝嗇ぶりを嗤った。

困窮著しい宮廷である。官位取得で箔付けしたい大名に金額次第で官位を与えて、なんとか凌いでいたのだ。

つまり官位など銭さえ積めば大名でなくとも小名であっても授かるものであり、乱発されていたのである。

「ま、官位なんぞ虚勢の最たるもの。銭次第の官位など頼芸様にはふさわしくございませぬぞ。そのように悄気なさるな」

「だがな、皆が嗇いと陰口を叩いておる」

「実際にそれを耳にされましたか」

「せんでも、目つきでわかるわい」

「それは僻目というもの。官位ごとき十貫程度で充分という頼芸様の見切りの清々しさに、この新九郎、大いに感じいっておりますぞ」

「新九郎だけが余の心をわかってくれる」

「然様。新九郎に言わせれば、落ちめの宮廷なんぞに落ちめの、しかも従四位下などという冴えない官位を求めた頼芸様の提示した十貫という額こそが、じつに痛快至極でございます」

褒めているのか貶しているのか、前後の脈絡さえいい加減な、わけのわからぬ早口の物言いだったが、頼芸は感激の面持ちである。膝を叩いて幾度も大仰に頷く。新九郎がさらに重ねる。

「京におれば否応なしにわからされてしまう朝廷や公家の貧困の実相」

新九郎は鋭い眼差しで言葉を句切り、頼芸を一瞥して続ける。

「それを知らぬばかりか、いまだに朝廷の権威を真に受けている田舎侍が、銭だけはたっぷりもっている御国者の大名小名が、朝廷に欺かれて多額の金品を毟りとられているというのが、実態でございます。美濃という大国の守護であらせられる頼芸様におかれては、くれぐれもそのようなつまらぬ欺瞞に乗ることのなきよう」

「だよな、だよな。京で生まれ育って、京のあれこれを知悉しておる新九郎が言うことに間違いはないわ」

「はい。頼芸様は新九郎だけを信じておられれば、心安らかに過ごすことができます」

話は多少前後するが、頼芸が任官拒否された修理大夫はいわば宮中修理職の長官とでもいうべき官位であるが、その修理に関して、信長の父である織田信秀は、貧窮極まった内裏の築地を修復するために四千貫ほどを朝廷に献上した。さらに伊勢神宮外宮の遷宮の折りには一千貫ほど寄附している。

蛇足であるが、信長の後見であり、うつけを諫めるために腹を切ったとされる平手政秀は信秀の命により築地修理に京に派遣され、朝廷より中務丞という官名公称を許可されている。

この莫大なる寄附が行われたのは、じつは織田信秀が稲葉山城の新九郎を攻めて、敗退したその年であった。

戦は金のかかるものである。負け戦に陥ったにもかかわらず、このような多額の献金をして微動だにせぬ織田家の経済力は凄まじいものだ。

それに引き比べて頼芸のいじましいことときたら、哀れを催すほどだ。

新九郎は頼芸との遣り取りを続けながら、この男も長くはない――と心窃かに見切りを付けたのであった。

とはいえ、腐っても土岐家。

崩れた築地――塀さえも修繕できず、貧困のどん底に喘ぐ朝廷と同様、美濃に進出して強大な勢力を築いたのが鎌倉幕府の御家人時代という古い時代まで遡ることのできる土岐氏は、いまでは同族の争いにより弱体化し、形骸化して実体を喪い、美濃の騒乱の元兇となっているにもかかわらず、結局のところ衆目は土岐一族を美濃源氏の雄族として遇し、頭をさげるのである。

一介の油売りである新九郎に欠けているのは、まさにこの得体の知れぬ虚構――権威であった。

そのあたりは源氏の血筋を引くという土岐家の旗印の威力を生得のものとして悟っている頼芸であるからこそ、掛け値なしの善意を発揮して、新九郎の正室に清和源氏の血を引く明智長山城主、明智光継の長女である小見の方をあてがったのである。

これは、じつは新九郎にとっては有り難いことである一方で、屈辱でもあった。

　いまになって、しみじみと思うのだが、幼きころの父との油売りの日々、あのころが新九郎にとっていちばん幸せな時代であった。父が死んでせいせいした一方で、新九郎は以前よりも頻繁に幼き日々の追憶に耽る。

　父は徴がどうの、松波の家がこうのと五月蠅いことこの上なかったが、つまり父は得られぬ権威の奴隷だったのだが、峯丸時代の新九郎は満ち足りていた。

　それを鑑みると、いまの己はじつに不細工であると、内心忸怩たるものがある。それもこれも、権威という虚構の化け物のせいである。権威を忌避する気持ちが強い一方で、権威を手に入れねば真の支配は始まらぬという直感に苛まれている。

　権威にすがるのみの土岐家がずるずるだらだら沈み込んでいく一方で、油売りだった新九郎は稲葉山城下や市場の整備から関銭徴収まで、経済力という実利を握って周囲に頭をさげさせているわけだが、それが頼芸の前では得体の知れぬ権威とやらのせいで簡単にひっくり返ってしまうのだ。

　頼芸はいまや新九郎の経済力を当てにしてさえいるくせに、精神的にも新九郎に依存しきっているくせに、けれど新九郎に対して決して真の意味で頭をさげない——ということである。

　修理大夫任官の礼銭さえまともに払えない頼芸に、なぜ頭をさげ、あれこれ煽てあげて機嫌を窺わなければならぬのか。

　だが、権威という魔物は、いかに新九郎の才覚を用いても覆すのが難しい。

　幾らだせば従四位下を与えるという具体的な数字を示さずに、ひたすら官位を乱発する朝廷であり、伝奏役を任じて上前をはねる公家である。

　金で遣り取りされる権威など、冷静に俯瞰すればもはや権威などではないのだが、権威という実体のない虚構はその程度のもので、その程度であるからこそ始末に負えぬものである。

　銭金で権威の欠片を買えるならばと蠅のごとく群がる有象無象を侮蔑の眼差しで見やりながら、だからこそ新九郎は、屈辱の苦さをぐっと抑えこんで、土岐頼芸に食いこむ算段を続ける。

　朝廷から買う権威など新九郎の経済力からすれば

どうとでもなる。いま新九郎が為すべきことは、土岐家から権威を剝奪して己のものとすることだ。

　守護代となった新九郎は、頼芸の二人の弟である頼満と頼香を娘婿に迎えた。もちろん土岐家との縁戚関係は、小見の方の清和源氏よりも美濃においては直接に作用するからである。効率的であり実用的であると言い換えてもいい。清和源氏は権威の常で、刻を経たときに威力を発揮する。新九郎の出自が薄ぼんやりと霞んでくる子々孫々の代に生きてくるというものだ。

　が、物事は一筋縄ではいかぬもので、娘婿に迎えた頼満が新九郎の隠された悪意に気付き、兄を誑かしているという疑いを抱いてしまった。

「御屋形様は危ない、と。なんとか頼芸様から御屋形様を遠ざけねばならぬと画策なされるばかりか、直に頼芸様に進言なされるおつもりでございます」

　頼満のことを新九郎に告げたのは、秀麗な面差しの女中である。頼満と頼香には、それぞれ間諜として女をあてがっている。さっそく、報せが入ったというわけだ。

　新九郎は女を真っ直ぐ見つめて呟くように言う。

「盛れるか」

「御屋形様のためならば」

「嬉しいよ」

　新九郎は顔を子供のように綻ばせ、女中を柱につかまらせ、その着衣を捲りあげ、委細構わず挿しいれる。

　女中は声をあげぬよう必死に下唇を咬みしめる。その必死の抑制が、快をより増して、新九郎が離れたときは腰が砕けて痙攣し、荒い吐息のまま切れぎれに謝罪する。

「御屋形様のお情けに、このような無様な姿をさらしてしまい、恥じ入っております」

「御屋形様と呼ばれるのは、擽ったい」

「菊にとって、御屋形様は御屋形様以外の何ものでもございませぬがゆえ」

　いったん言葉を呑み、言うべきか言うまいか思案し、俯き加減の小声で訴える。

「多くを望みませぬ。が、時折、こうして菊に情を与えて戴ければ、菊は御屋形様に命を捧げる所存」

「うん。じつに、いとおしい」

　新九郎は膝をついて、そっと女中の頬を撫でる。

「短くてすまぬ」

「なんのことでございます」

「おまえに押し入って、すぐに爆ぜてしまったであろう」

「――はしたないことでございますが、菊は幾度も極めて、まだ立てませぬ」

「おまえを好ましく思っているからだ。男というもの、惚れ込んでいる女性には素早いものよ」

　女中の感激の面持ちに、大仰に頷く新九郎であった。

　だが実際は、新九郎は果てていなかった。女中の背後で過剰な呻きと共に爪先立ってみせたのは、演技である。新九郎は女中の内面の様子から、間断なく七度ほど極めたのを感じとって、これくらいでよいだろうと終局を演じ、離れたのである。

　新九郎は要人すべてに女を放っていた。女たちには、閨にて最初はごくさりげなく新九郎の悪口を言うように命じてある。男の反応を見極めながら、必ず男の自尊心や自負心を大仰なくらいに認めてやりつつ、それに比して新九郎様は云々と蔑んでみせる。それで男の口がほぐれるのである。

　人というものは、なんだかんだいってもお世辞が大好きなのだ。たとえ褒め殺しに近い無理があっても、それを真顔で述べあげられれば、結局は受け容れてしまうのが人の弱さだ。承認欲求をとことん充たしてくれる相手に溺れるのが、人である。

　新九郎は放った女たちから折々に報告を受けているから、美濃の実力者の動向や思いはほぼ完全に把握している。

　与しやすい相手であれば、機会をみて近づき、世辞と愛想、そして自尊の心を充たしてやる言辞にて籠絡してしまう。もちろん金銭などの実利も大切な餌だ。

　それらが通用しない相手は、消す。

　新九郎はしばし思案した。女中は鋭い上目遣いで新九郎を窺い、命令を待つ。もはや新九郎の言うがままに行動することによろこびを見出している眼差しである。

「二人だけの酒宴」

「頼満様と二人だけ、ということでございますね」

「うん。二人だけ。で、盛ったら、すぐにここにもどってこい」

「――もどってよろしいのですか」

「うん。確実に死んだのを慥かめて、即座にもどれ」

「菊は死する覚悟でございますが」

「なぜ、おまえを生贄にせねばならぬ。俺は俺に忠義を尽くしてくれる者を蔑ろにせぬ」

女は感激の眼差しで面をあげた。新九郎はいきなり女の口をきつく吸い、押し倒し、重なった。女は新九郎の強さに感嘆し、感激して両手両脚をきつく新九郎の軀に絡ませ、まとわりつかせた。

「必ずや、必ずや菊は御屋形様のお望みどおりに為すべき事を為して御覧にいれます」

「よし。じっくり可愛がってやる」

なにせ、先ほどの背後からのときは、新九郎は爆ぜていないのである。当然ながらその軀は衰えを知らぬ。こんどは正面からなので演じることをせぬつもりである。

新九郎自身がこの女の好さを実感しているから、正対して抱きあったとたんに気持ちの昂ぶりは尋常でない。新九郎が垂直の動きに加えてゆるやかな円を描くと、女は叫び声をあげそうになり、それを予期していた新九郎が女の口をきつく押さえる。

そのままあえて酸欠気味にして、女を完全な忘我に送りこむ。

女の頰が朱から青白いものに変わった時点を見切り、息を吹きこんでやる。女の軀に夢中になりながらも技巧と集中を重ねるので気が逸れて、こんどは長かった。

女は目尻から涙を流すばかりか、はしたなくも涎を一筋垂らしてしまうほどで、それに気付いた新九郎は加減せずにその唾を啜りあげ、きつく唇を重ねる。

＊

土岐頼満はそれからたいしてたたぬうちに死した。盛った女中がもどると、血で汚さぬようわざわざ湯殿に誘い、きつく交わったまま新九郎は己が爆ぜるのに合わせて、その喉頸を掻き切った。事切れた女は、笑みさえ泛べていた。新九郎は訴えた。

「おまえの唾の味が大好きだったよ」

28

新九郎が次に消さねばならぬと心窃かに狙いを定めたのが、頼芸が元気なころに成した長男の猪法師丸こと土岐頼栄と、頼芸の弟であり揖斐氏の養子となった揖斐城主、土岐光親であった。

頼芸に似ず気の荒い猪法師丸は、新九郎に向かって、奸臣め――と吐き棄てたこともあり要注意であったが、叔父である土岐光親に接近し、新九郎に対して叛旗を翻すことを隠しもしなかった。

猪法師丸も光親も毒を盛られることを用心して毒味役を配するばかりか、自分にとって都合のよいことを囁く女を遠ざけるという賢明なる慎重さを発揮し、為す術がない。叔父の助言もあるのだろうが、猪法師丸は単に気が荒いだけではないのである。

これは、いかん――と新九郎は自ら猪法師丸の許に出向くことにした。対峙して弱点をさぐり、あるいは性格的な弱さを見抜き、籠絡することを選んだのである。

新九郎が屋敷にやってくることを知った猪法師丸は、分厚い唇を歪めて凄い笑いを泛べたという。

「わざわざ足を運んでいただいて御足労なことですな」

仁王立ちしたまま猪法師丸は言い、端座した新九郎を見おろした。

「この新九郎に邪心なきことを証したく、伺った次第」

「ふむ。なるほど。ならば邪心もろとも断ち切ってくれるわ」

抜いた。

びょう――と風が哭き、新九郎の脳天めがけて刀身が迫った。

かろうじて避けられたのは、猪法師丸の刀の切先が鴨居に当たってわずかに刀身が逸れたせいであった。

以前にも相手が鴨居を斬ったせいで命拾いをしたことがあったが、思いもよらぬ展開であった。

斬りかかられたのだから、対してもよいのだが、新九郎は素早く思案した。猪法師丸の太刀筋は、力まかせで決して褒められたものではないが、逆に討ち取ることができるにしても、それは好ましくない。猪法師丸の父である頼芸は、手中にあるのだ。ここはうまく引いて、唐突な猪法師丸の抜刀を暴虐として過大に吹聴して、己の立場を有利にしたほうがよい。なによりも土岐光親と一緒に、まとめて始末したほうが効率がよい。戦も厭わぬ。そろそろ己の真の力を示すときだ。

　新九郎は幼きころに油売りで鍛え抜いた下半身の撥条を活かして、一気に跳ねあがるように立ちあがり、猪法師丸の懐に潜りこむように接近した。

　頸の左右にある壺を両の手刀ではさみこむようにして打ち据える。

　血の筋を一瞬、断絶されて意識朦朧となった猪法師丸の手から、拇指と中指で抓みあげるようにしてそっと刀を奪う。二本の指で重い長刀を摑む根本的な力とでもいうべきものが新九郎にはあった。

　我に返った猪法師丸に鼻が接しそうな近さで囁きかける。

「惜しい。室内で斬るには、も少し短い刀を用いるべきである。鴨居さえ斬らなければ、俺は脳天幹竹割りにされていたよ」

　まさに油断していた己を反芻し、投げ遣りな笑みで猪法師丸を見据え、鼻翼と鼻翼を接触させて小声で続ける。

「これ即ち、宣戦布告と了解してもよろしいということでござるな」

　頬と頬を触れあわせた恰好だけをとれば、まるで愛の告白である。猪法師丸は唇をわななかせて、言葉を返せない。

　家臣や女中たちも、なにやら奇妙な胸騒ぎのような昂ぶりを覚え、二人の男の接触を凝視した。同時に、よい悪いは別にして、人間の格とでもいうべきものの圧倒的な違いを思い知らされていた。

　一呼吸おいて、新九郎は奪った刀を、わざと猪法師丸が腰を屈めれば利き腕にて拾うことができるあたりに落とし、抑えてはいるが周囲にも聞こえる声で言う。

「拾え。ふたたび刀を手にすれば、遠慮会釈なしに斬る」

　腰を屈めたとたんに新九郎が抜刀し、あらわになった襟足に刀身が吸いこまれ、きれいに首が落ちるところが見えた。とんでもない奴を相手にしてしまったと怯えた。

　お互いの息の湿り気が過剰なほどに意識される近さで顔を突きあわせている。新九郎は舌打ちした。

「猪法師丸殿。息がくさい」

　軽く中指を突きだして、猪法師丸の額を押す。それで呆気なく猪法師丸は膝を崩し、倒れてしまった。これは壺ではなく、ただただ猪法師丸が新九郎を恐怖してしまっていたからである。

＊

　猪法師丸が唐突に新九郎に斬りかかった一件は、新九郎が尾鰭を付けなくとも目撃した者たちから面白可笑しく誇張されて伝わっていった。

　じつは猪法師丸は新九郎斬殺に失敗した直後、取るものも取りあえず父、頼芸のもとを訪ねて新九郎の悪逆ぶりを訴えた。

　だが、父は常日頃から猪法師丸の力尽くを好ましく思っておらず、醒めた目つきを返すばかりであった。猪法師丸がなにを言おうとも、聞く耳を持たずといった態である。

　頼芸にとって新九郎は同性ではあるが、ある種の愛人のようなもの、無骨一辺倒の直情径行が過ぎる倅を疎ましく思っていたのである。新九郎は頼芸にとって、なよやかな男であり、定規を宛がったかのように動く猪法師丸には機会があれば父の首を落としかねない危うさがある。

　猪法師丸の直訴がなされてたいしてたたぬうちに、猪法師丸がいきなり抜いて新九郎に斬りかかった顚末が頼芸の耳にも届いた。当の新九郎は頼芸に息子猪法師丸の尋常ならざる無法を一切語らず、いつもどおり頼芸に接していたので、あれこれ聞いた頼芸は驚愕してしまった。

「なぜ、黙っていた」

「頼芸様の御子息ですから」

「場合が場合ならば、新九郎は真っ二つになっていたのだぞ」

「はい。危ういところでした」

「新九郎だからこそ、避けられたのだぞ」

「それは買いかぶりというもの。運がよかっただけでございます」

「――猪法師丸の奴、叔父と傅役を頼って鵜飼山城にこもってしまいよった。言い方を変えれば、逃げてしまった」

しばし無表情であったが、頼芸がそれに不審な思いを抱いたころ、新九郎の眉間に複雑な縦皺が刻まれた。

「これを言ってよいものか」

「言え。言ってくれ」

「新九郎が放った女からの報せで、猪法師丸殿、土岐光親殿と組んで守護転覆を狙っていると――」

「まことか」

「それを慥かめに、まずは端緒をつかもうと直に出向いたところ、唐突に斬りかかられた次第」

新九郎は苦笑してみせる。

「猪法師丸殿がなにを思っているのか探る余地もなく、頭上に降りかかる切先を避けるに精一杯」

うむ――と頼芸は腕組みして唸る。

「猪法師丸は余を殺す気か」

「さあ。なにしろ言葉を交わすもへったくれもない状態でしたからな。新九郎には猪法師丸殿がなにを思うか、判断することはできませぬ」

頼芸の脳裏には、狼狽えた猪法師丸が駆け込んできて新九郎の悪辣さ、いずれは守護の座を狙っているということを切々と訴えた、あのときの印象が強く残っている。

新九郎にかぎって――と、言下に否定したが、その一方で疑念が湧かなかったわけでもない。権力者の常で讒訴に過ぎぬと突き放しはしても、自身の身が危ないという言葉を受ければ、とたんに不安と恐怖が這い昇り、誰も信用できないのである。

けれど、あらためて冷静に思いを巡らせれば、頼芸が一番信頼している新九郎が訪れたところにいきなり斬りかかったという筋の通らなさが、猪法師丸の謀叛の心をあらわしているのではないか。

「なあ、そうは思わぬか。余にべったりといっては語弊があるが、まあ、余にべったりの新九郎である」

べったりですか――と苦笑する新九郎にすがる眼差しを投げて、頼芸は訴える。

「余は新九郎が忠臣中の忠臣であると信じておる。猪法師丸からすれば、新九郎が単独で訪れたこと、内心小躍りして始末してしまえと抜刀したのではないか。新九郎を亡き者にすれば、猪法師丸は邪心の命ずるがままに一気に突き進むことができる」

新九郎は腕組みし、もっともらしい、しかも深刻な顔つきで言う。

「疚しいことが一切なければ、なにも鵜飼山城に逃げこむ必要などございませぬ。奸臣である新九郎を斬ろうとしたのは、美濃のために信じたことを行ったまでである――と堂々と構えておられればよいだけのことでございます」

「ここのところ土岐光親とずいぶん近しいよな、猪法師丸は」

「はい。光親殿は猪法師丸様と違って、若干ではございますが、面を下げて陽の光を避けるような気配がございますな」

「猪法師丸は光親に誑かされておるのであろうか」

「そこのところは、なんとも――。なにしろ言葉を交わす機会を猪法師丸様は自らお潰しになられた」

「だよなあ、だよなあ。愚かだよなあ。せっかく新九郎が出向いてくれたのになあ」

「下剋上の世でございます」

頼芸は細く長く嘆息し、目頭を揉んだ。

「下、上に剋つ――か」

「親族といえども、御子といえども、油断めされるな」

「うむ。殺伐とした厭な世じゃ」

「新九郎としては、頼芸様の下働きに徹してそういった不安のない美濃を拵えて、頼芸様と面白可笑しく日々を過ごしたいものです」

「そうじゃ。そうじゃ、それじゃ」

「だが、実際は、なかなか。新九郎が口にするのは僭越ではございますが、悪い芽は、早めに摘むことが肝要かと」

「だよな。だよ――な」

沈みきった頼芸の貌を、気付かれぬよう上目遣いで一瞥し、もう一押しするか、それともこのまま放置して不安を弥増してやるか思案する。

「これはあくまでも噂に過ぎぬので、口にしてよいものやら」

「言え。言ってくれ」

まったく相も変わらず、いつもどおりの遣り取りになっていくことに、新九郎は笑いだしたい気分であるが、もちろんぐっと抑えこんで真顔をつくる。

「光親殿、猪法師丸殿に謀叛を勧めておられるとのことでございます。美濃を統べられるのは猪法師丸殿以外にありませぬと。ま、口であれこれ言っているうちはよいのですが、どうやら実際に鵜飼山城に兵を集めはじめているようでございます」

「まことか」

「頼芸様が御自分でお慥かめになればよろしいかと」

「うむ。相わかった。即座に鵜飼山城の様子を報せるよう命じよう」

　眦決した頼芸の表情が滑稽である。新九郎を切り損なったことにより立場をなくした猪法師丸と光親が組んで、猪法師丸の傅役である村山芸重の居城、鵜飼山城に兵を集めているのは、周知の事実である。それさえもが耳に入ってこない守護というものも、じつに悲惨な境遇ではある。

*

　煮え切らぬ頼芸を差し措いて新九郎が鵜飼山城を攻めることに決め、実際に戦闘に入るべく進軍しはじめたのは奇妙なまでに湿った梅雨の晴れ間だった。

　新九郎が注意せねばならぬのは猪法師丸や光親ではなく、鵜飼山城主の村山芸重であった。芸重は中島政重、国島隆重と共に土岐三将、あるいは三重と称され、許多の武勲を誇る土岐家の重臣である。

　だから城を落としても、村山芸重の首を取る気はなかった。一方で頼芸には結果を突きつければ、即ち猪法師丸と光親の首を見せつければ、否応なしに納得するであろうという強引な遣り口を描いていたのである。

　さらには、鵜飼山城を攻め落として流れが自分にありというときには、一気に頼芸を攻め滅ぼしてしまう心積もりであった。

　が、ここに横槍が入った。

　さすがは土岐三将と称される村山芸重、昇り調子の新九郎の軍勢とまともに戦えば鵜飼山城の落城は時間の問題であると判断し、されど傅役であるがゆえに、頼ってきた猪法師丸を無下にもできず、一緒にやってきた叔父の光親の暗さを嫌っていたこともあり、過去の伝を頼って一計を案じた。

　村山芸重は尾張の織田信秀、越前の朝倉孝景、近江の六角定頼らに仲介を頼み込み、彼らは芸重の頼みとあらば致し方あるまいと承諾し、新九郎に鵜飼山城攻城を断念するように申し入れてきたのである。

青天の霹靂は大仰だが、このような横槍が入ることを想定していなかった新九郎は、しばし途方に暮れた。城の周囲に巡らされた柵に放火して、新九郎の兵たちは意気軒昂である。だが、有力大名の仲介を無視するのは、方法としてはうまくない。

使者を前に新九郎は歯軋りしかけたが、にこりと笑って、それを受け容れた。

猪法師丸と光親を屠った勢いで、一気に頼芸も亡き者にしてくれようと鵜飼山城落城後の用兵まで脳裏に描いていたのだが、いま織田や朝倉と対峙するのはまずい。断念するしかなかった。

結果、残ったのは頼芸の命令も受けずに独断で鵜飼山城を攻めようとしたという事実だけで、勝手に事を行ったことに対する不徳を恥じるという名目で、常在寺の日護のところに出向き、入道し、剃髪して道三と名乗ることとなった。

村山芸重の機転で命を存えた猪法師丸と光親は、衝動的なわりに、道三のようにまさに間髪を容れず頭を剃って自ら謹慎してみせるといったことができず、無様に狼狽えるばかりであった。

それらを目の当たりにした頼芸は、道三の独走は余を思ってのことと好意的に受けとるおめでたさで、光親には一顧だにくれず、躊躇わずに猪法師丸を廃嫡した。

29

剃髪して一件落着としたいところではあるが、周囲よりも自身の抑制がきかなくなってしまって狼狽え気味の新九郎である。

独断で動いてしまったことにより、いままで完全に抑えきっていたものが、喉元どころか口中にまで強烈に迫りあがってきて、権力への意志の塊が嘔吐寸前にまで達してしまっていた。

内面では、いよいよ滾るものに着火してしまい、火勢は嵐に煽られる大火のごとくであり、それを抑制するのに並ならぬ気苦労を必要とするほどだ。

周囲からも、そして頼芸からも、以前とまったく目つきが違うと指摘されるようになった。卑しい目つきは高貴の出ではなく、もともと油売りであり、坊主であったからだと胸中にて開き直り、道三はつるつるに剃った頭を掌で撫で、薄く笑うのみである。

道三が鵜飼山城を攻めかけて横槍が入ったことにより果たせなかったのは、帰蝶が七歳になったころであった。

同じころ稲葉山城の大幅な改築とその城下町の完成を見た。楽市のますますの繁盛ぶりは誰もが目を瞠るほどであり、くちばみと称されるほどであるから人望はともかく、財力その他、美濃においては抽んでた存在に成りあがっていた。

元服した豊太丸は、幾つか名を変えていくのだが煩瑣を避けるため義龍とする。このころ義龍は稲葉山城にて道三と弟の龍重、龍定と共に暮らしていた。

義龍にとって、父は、ほぼ完全な他人のような存在であった。面前では一応頭をさげはするが、否応なしに周囲から洩れ伝わる、実の父は土岐頼芸であるという囁きもあって、幼いころから父が俺と接することを避けたのは、俺が父の胤ではないからである——と思い込みつつあった。

実際、道三は龍重と龍定にはじつに甘い。相撲を挑まれて相好を崩して相手をしてやって、二対一で押されまくって、けれど意地で踏ん張って龍重と龍定を広間に投げ飛ばしたのを目の当たりにしたときは、いきなり悲哀が迫りあがって落涙しそうになった。

それどころか七つにもなった帰蝶を赤子のごとく抱きあげるときの父の瞳にあふれる慈愛は、まさに無私を体現しているといってよいほどであり、常日頃の父とは信じられぬ遠い柔らかな眼差しは、一度たりとも義龍に与えられたことのないものであった。

道三の帰蝶に対する溺愛は、そして帰蝶の父に対する依存は、ほかの何人も立ち入れぬ危うくも微妙かつ濃厚なものであった。それを横目で見つつ、度し難し——と吐き棄てる義龍であった。

それにしても、幾度きつく下唇を噛み締めたことか。たまらないのは義龍にも父が抽んでた存在であることがじつによくわかることである。大柄な深芳野の血をひいて、いまや道三よりも背丈が高い義龍である。

けれど俺が父よりも優れているのは背丈のみである——という自嘲を抑えきれぬ。あげく、義龍は胸中にて開き直ることにした。

得体の知れない一介の油売りに過ぎぬ男の胤より

も、名門である土岐家の血筋であるほうが、自身の将来にとっても好ましいというべきか、箔が付くというものである――義龍の悲しい割り切りには、父が煩悶する権威というものが重なって、土岐家の血を引いているほうが、いざというときに役に立つという実利に対する期待も含まれていた。

めずらしく父は酔っていた。義龍を手招きし、赤く濁って据わった目で凝視してきた。

「総領とは厳しいものである」

「はい」

「義龍よ。お主は生まれたその時点で、斎藤家の総領に定められた」

「はい」

「俺は父子の情を封殺した」

「はい」

「幾度、幾度おまえを抱きあげ、頬擦りしたかったことか」

「はい」

「つらかったぞ。切なかったぞ。だが、必死で耐えた。遠からぬうちに斎藤家は、義龍、おまえのものとなる」

「はい」

「俺がおまえを蔑ろにしたのではないということだけは、胸に刻んでおいてくれ」

「はい」

「言いたいことはこれだけだ。ずっと言わねばならぬと思い悩んできた。ようやく言うことができた」

「はい」

「よし。さがれ」

「はい」

はい――としか言わずに退出した義龍の背を見やって、これでよかったのだろうかと頬杖をついたまま、深い溜息をつく道三であった。だが、我が子に対し、いかに処すべきかに意を砕いている余地はなかった。

毒殺した娘婿、土岐頼満の家臣が、頼満殿は道三が宛がった側女、菊によって毒殺されたと頼芸に訴えでたのである。

道三との蜜月にどっぷり身を浸して惚けていた頼芸であったが、涙ながらに訴える頼満の家臣の姿に心を動かされはじめていた。無骨であるが、掛け値なしの真心が迫ってきたからだ。

頼芸は無精髭を指先で翫びながら家臣のよれた髷を見つめ、思いに耽る。平身低頭した家臣は落涙し、嗚咽しつつ、爪で畳表を掻きむしるようにして哀訴し続けている。言葉は閊え気味で要領を得ない。

「もう、よい。泣くな」

「まことに、まことに不調法かつ無様。相済みませぬ。が、されど、その、頼満殿の御無念に思いを致せば、なんとも、嗚呼――」

家臣は激情を抑えきれずに奥歯を嚙みしめて天を仰ぎ、直後、額で畳を打ち据えはじめた。悔しさと怒りと悲しみ。こうして訴えることしかできぬ己に対する苛立ちが、その全身から熱苦しいほどに立ち昇っている。話を適当に聞き流そうものならば、この場で腹を切りかねぬ思いの丈が強烈な波動として頼芸に伝わってくる。

頼芸は静かに息をつく。薄く目を閉じる。道三の、悪く言えば引っかかりのない美相が目蓋の裏に泛ぶ。そつがないといえば、これほどそつのない男もいない。この家臣のような鬱陶しい熱は、欠片もない。あるいは、一切見せない。

すべてにわたって遺漏のない道三から、このような赤心を感じたことがあったか。道三はいつも頼芸の気持ちを先回りして常に心地好くしてくれる。

冷静に思いを致せば、その絶妙かつ壺を外さぬ気遣いは薄気味悪いほどである。痒いところに手が届くと言えば聞こえはよいが、道三は、あまりにも如才ない。しかも、焦らすのがじつに巧みである。

純なところがある頼芸は、道三のことを想っただけで、頰が赤らむ。深芳野は相当に難しい女だった。だが、贔屓目かもしれぬが、案外裏がなかった。

比して道三は、悪女よりも始末に負えぬ。頼芸は道三に惚れ込んでいるのである。以前はたった一人、頼芸の気持ちをわかってくれる遊び友達といったあたりだったのが、ここのところ道三はごくさりげないものではあるが、身体を接触させてくる。

これが、たまらない。

深芳野に懸想していたときなどとは比較にならぬ得も言われぬ昂ぶりと、ふとした瞬間烈しく打ちひしがれてしまいそうな苦悶と憂愁が頼芸の肌を這いまわる。

軀の関係こそないが、だからこそ尋常ならざる交わりというものがあるのだ。微妙な接触からもたらされる、心と心の綾である。結果、過剰なまでに親密な衆道的気配を宿すようになったからこそ頼芸は、道三の実のなさに勘づきはじめていた。

　しかも、道三に対する得体の知れない嫉妬に似た感情が芽生えていた。これがなんとも抑制しがたい。いくら情愛を注いだとて道三は真に自分に靡いているわけではない。対象のない嫉妬とでもいおうか、具体性がないだけに、頼芸は独りの夜に夜具を抱くようにして苦しみ悶えていた。

　道三とのあいだに漂う濃密は、いまや並ならぬものがある。粘って糸を引きそうな抜き差しならぬものがある。

　されど頼芸は道三の放つ濃密が計算されつくしたものであり、その実体は薄情至極ではないかという疑念を抱きはじめていた。情愛の思いが募るに従って、じつは道三が自分のことを一切見ていないことを、肉体的に感じとりはじめてしまっていたのだ。

　濃密にして薄情、奇妙に相反する気配が道三のどこか濁って焦点の合わぬ眼差しの奥に幽かに揺れていることに気付いてしまって、困惑している。

　いま、平伏し、訴える家臣の姿を見て、頼芸は悟った。道三が漂わせているものは純粋性に欠けている。勝つためには道化にも鬼にもなる真の博奕打ち――。

　さんざん銭を捲きあげて得意がっていた。だが、負けることで得るものもある。あえて負けてやることで手に入れることのできるものがある。

「余の心だ。余の優越、余のほうが上位であるというなんの裏付けもない確信――。結果生じる、油断」

　頼芸の呟きに、頼満の家臣が涙で濡れた顔をあげ、食い入るように見つめてきた。頼芸は道三と己の来し方を反芻し、俯いたまま深い溜息をついた。

　ひとときの手慰みではなく、人生そのものを博奕であると捉えるならば、道三こそが本物の、忌むべき真の博奕打ちではないか。これは恋情がもたらす直感であった。

　――余は、道三にあしらわれているのであろうか。じつは、その掌にて巧みに転がされているだけではないか。この者が訴えることが真であるならば、いずれは、この頼芸に毒を盛るのではないか。なにしろ近ごろの道三は余と近すぎる。あの男ならば、毒を口移しで流し込みかねぬ。余は、あの男に頬を寄せられたとき、抗(あらが)えるか。絶対に抗えぬ。死するとわかっていても、余はあの者の唾を吸ってみたい。吸ってしまうであろう。

「もうよい、泣くな。おまえの気持ちは、よくわかった」

「では、では、よろしくおはからいいただけますか」

「うん」

気のない返事ではあったが、頷いたとたんに道三を美濃から排除することを決心していた。されど愛惜の情は頼芸の気道をせばめ、しばし息が詰まってしまい、何ごとか——と平伏している家臣に不安を覚えさせた。が、唐突に息ができるようになって、頼芸は目尻に浮かんだ涙を指先でこすりつつ幾度か深呼吸し、ふたたび大きく頷いた。

「くちばみ、か」

「はっ。あの男は鋭い牙と最悪の毒をもったくちばみにございます」

「頼満はおまえのような忠臣をもって、じつに幸せであったな」

「過ぎたる御言葉——」

額を畳に擦りつけている家臣を鷹揚(おうよう)に一瞥し、さて、実際にどう動くべきか——。思案しはじめた頼芸は、生まれて初めて武人の面差しになった。

*

続々入る間諜からの報せを、まるで我関せずといった様子で道三は受け流していたが、者共がさがると、どかりと座してきつく腕組みした。

頼芸は道三が背後で画策して己が追放した兄頼武の息子、頼純(よりずみ)に密使を送り、協同して道三に対することとし、そればかりか頼純の亡命先である朝倉氏にも窮状を訴え、助力の確約を得ることができたようだ。

小見の方が、そっと顔色を窺う。沈思している気配ではあるが、いつもどおりの感情のあらわれぬ表情である。道三は短く息をつくと、腕組みを解いた。

「笑止」

それは小声であったが、小見の方が仰(の)け反りそうになったほどの尖(とが)った声であった。道三は唇の左端だけくいと歪ませて、残忍酷薄な笑みを泛べた。

「暗愚めが。誰のおかげで守護という地位に就けたと思っておるのか」

その鋭利な刃物じみた顔つきと、完全に頼芸を下に見ているばかりか愚弄しきった口調に、気の強い小見の方も思わず顔を背けた。そんな小見の方に気付いた道三が、残忍な笑みをすっと消した。

「女でよかったな」

「はい」

「男は、しんどい生き物だ」

「そのようでございます」

「ま、女には女のしんどさがある」

そのとおりだが、小見の方は黙っていた。どうやら道三はこの日がくるのがわかっていたようだ。

「誑しこむということ、もっとも無難な遣り口だが、誑しこめば相手が付けあがる。ゆえに最後の最後には、これが物を言う」

道三は握り拳をつくり、小見の方の眼前にぐいと突きだした。すべてを捩じ伏せる強靱なる力と武の気配が横溢していた。小見の方はその拳を両手で包みこんだ。

「縁起でもないことを口にいたします。どうか、死することのなきよう、お立ち回りくださいませ」

「なぜ、そのようなことを申す」

「妾は、貴方様が息さえしていてくれれば、それで満足でございます」

「ん。死なぬ。俺は武士ではない。商人だ」

「はい。いままで聞いた御言葉のなかでも、もっとも力強い御言葉。武人は脆い。かちこちですから」

小見の方は道三の拳に頬擦りした。じつにいとおしげであった。道三は心底から充たされつつ、眼前の女ではなく、深芳野のことを想っていた。

＊

道三の動きは、抽んでて速い。まさにくちばみが鎌首をもたげて一気に毒牙を突きたてるがごとくで、一気に軍勢をまとめあげ、一気に進軍し、一気に金鶏山に達した。朝倉氏が援軍を差し向ける余地など一切ない。

日照りのひどい悪辣な夏だった。そろそろ秋の気配が漂うころだが、早くも山裾に拡がる広大な田が黄色くなっている。熟したのではない。枯れかけているのだ。風は案外強いが、熱風である。干涸らびた稲穂が物憂げに揺れる。

大桑城は金鶏山のほぼ山頂に築城された山城だ。頼芸は長良川大洪水で浸水した枝広館から大桑城に退避したこともあるが、護りの固い城というものは、閉鎖的で陰鬱である。ゆえに長居しなかったが、道三の一気呵成の動きを目の当たりにして出来うることはといえば、手勢を引き連れて大桑城に逃げこむように籠もることだけだった。

どうやら道三は、武将が当たり前のようにする占いに類することを、一切省いて動いているようである。日時を選ぶということをしない。頼芸の知っている戦のあれこれというものは、数々の手順を踏んで行うものであった。だが、道三の頭にあるのは効率のみである。それがじわりと伝わって、残暑というには強烈すぎる熱波に嬲られているにもかかわらず、頼芸は背筋に寒いものを覚え、思わず身震いした。

道三は金鶏山を見あげる。長大な曲輪が熱気に揺らめいていた。入道雲が育っていく。季節はいつまでたっても夏のままだ。

首筋を伝う汗を拭い、うんざりした顔で足許に転がって乾ききった蝉の死骸に視線を落とす。大洪水の年もあれば、このような旱魃もある。降っても晴れても下々は塗炭の苦しみを舐めるだけである。されど、自然天然ばかりはいかんともしがたい。

兵たちを干物にしないために、大量の水桶と塩を用意した。戦に附随する作業の合間に兵たちは半裸で水桶に群がっている。その赤銅色に輝く肌を見るともなしに見やり、道三は物憂い気配を隠さず、砂岩で成りたっているという急峻な尾根筋にふたたび視線を投げた。いかに攻略するか——。

金鶏山の尾根は赤松で、山腹は阿部槙や小楢で覆いつくされているが、終わることのない熱気に緑が犯され、瑞々しさは一切ない。ところどころ枯れ木も目立つ。

されど大桑城の井戸はその水量の豊かさで知られている。包囲して持久戦に持ち込んでも、頼芸を水不足で苦しめることは難しいだろう。腐っても美濃守護の城だ。塩や糒をはじめとして、最低でも一年ほどは籠城できるだけのものは備蓄してあるはずだ。

なによりも道三は、じっくり腰を据えて戦に挑むのが苦手である。兵糧攻めは性に合わぬ。とにもかくにも、ごく短時間で攻め終えてしまいたい。戦うと決めたならば躊躇いはしないが、根本的に戦が嫌いなのだ。

道三は投げ遣りに嘆息した。せねばならぬがゆえに致し方なくするが、このような労力をともなうくらいならば、骰子を転がして決着をつけたほうがよほどましだ。なにしろ相手は頼芸である。博奕で片を付けるのが似合っている。

「いや、それはまずい。負けてしまう」

苦笑いと一緒に道三の口から洩れた独り言だったが、義龍が傍らで聞いていた。

「僭越ながら、負けとは」

「うむ。俺はじつに博奕が弱い。戦の帰趨など骰子を転がして決めれば手っ取り早いではないかと思ったが、それは、まずい」

「まことと父上は、博奕が弱いのでございますか」

「うん。弱い」

道三は枯れかけた赤松のあいだから覗いている大桑城本丸を目で示す。

「あそこに引きこもっている頼芸には、途轍もない銭を捲きあげられている」

「はあ——」

「美濃を買えるくらいの額だ。返してもらわねばならぬ。義龍よ、おまえのためにも」

冗談を口にするときのゆるみが見える父の顔であるが、目は笑っていない。父は、本気で美濃をものにするつもりなのだ。義龍に家督も譲ると常々公言している。ならば、いまのうちは、せいぜい忠義を立てておこう。

目で義龍に促して同道させ、道三は本陣を離れた。山麓の青波村に向かう。藪椿のつくる小さな影に潜むかのように、倦みきった貌の老婆が座りこんでいた。道三はしゃがみこみ、皺のあいだに垢が詰まった老婆とほぼ同じ顔の高さで問う。

「あの城の、抜け道はないか」

老婆は即座に答えた。

「ない」

「そうか。ないか。真正面は避けたいのだがなあ。俺は吝嗇だから、自分の兵を一人も殺したくない」

道三の言葉には耳を貸さず、老婆は泥亀のように首をのばして、道三の顔に見入った。

「くちばみ殿か」

「そうだ。くちばみだ」

下々にまでくちばみと呼ばれるようになってしまっていた。苦笑いと同時に、くちばみを全うしようと改めて気を引き締めた。

婆(ばば)は道三の顔を品定めし続け、ぼそりと呟いた。

「噂にたがわぬ美相だな」

「そうか。だが、この顔のせいで苦労してもいるのだ」

「いけ図々(ずうずう)しい」

「はは、敵(かな)わぬな」

わざとらしく頭をかく道三を見やり、老婆はしゃがんだまま両手を伸ばし、まばらな乱杭(らんぐい)歯を剝(む)きだしにして生欠伸した。

「この陽気だろう」

「うん」

「あちこち枯れ草だらけだ。稲も、もうだめだしな」

「難儀なことだ」

「百姓は、もはや諦めきっておるわ。諦めることに狎(な)れてしまっている。だからな」

「うん。だから、どうする」

「だから、稲を刈りとってもらえば手間が省けると割り切るわい。稲でも枯れ草でも刈りとって、あの立派なお城の真下まで火道(ひのみち)をつくってやればよい」

老婆が横柄に顎をしゃくって、山肌を示した。道三は素早く大桑城に到るまでの山肌を這いのぼる焔(ほのお)の筋道を描いた。高さはせいぜい二百間といったところだろう。低山だが、思いのほか急峻だ。

「なるほど。火攻めか」

「よう燃えるぞ。城を囲む松の木など、カラカラな上に大層脂がのっておる。城が惜しくなくば、盛大に焚(た)き火してやればよい。城が要るならば、程々に加減すればよい。そのあたりの按排(あんばい)は、勝手にせい」

「婆様。礼を言うぞ」

「礼は言葉ではなく、なんぞ物で示せ」

「ははは。わかった。あとで、な」

道三は義龍に向かって頷いた。義龍は即座に火道をつくるために本陣にもどり、兵の再編に着手した。

籠城している者全員を委細構わず炭にしてやるのがいちばん手っ取り早い。されど樹木が完全に焼失すれば下界は一目瞭然、死に物狂いの城から狙い撃ちにされる。道三からはなによりも兵を殺すなと命じられている。

それに、あの城を完全に焼失させてしまうのは得策ではない。利用価値が高い。意外に面倒な作業になるであろうが、放火をするには、まずは確実に仕事をする火消しを組織することだ。

どのあたりを焼くか、思案する。城の北側を焼けば、城の者は逆に逃げるしかない。万が一抜け道があっても北が燃えれば、本道をくだるしかない。また、婆の言うことがほんとうならば、逃げ道は大手門に到る本道しかない。そこに主力を配置する。

それでよいかと問うと、道三は義龍の肩に力を込めて手を置き、満面の笑みで頷いた。頼芸を燻(いぶ)りだし、それから処遇を決める。上出来である。

それにしても父は、凄い。おなじ麓の村でも大桑村ではなく、あえて大桑城と利害関係の薄い青波村を訪ね、腰を低くしておなじ目の高さで語りあい、秘策とでもいうべきものを聞きだしてしまった。まだ、肩口に父の手がぐいと込めた力の気配が宿っている。

父に心を許しているわけではない。それでも、こうして認められるのはじつに気分がよいばかりか、心して父のために働こうという気持ちになる。義龍は道三に忠犬の眼差しを投げかけ、我に返った。遣り口はちがうであろうが、こういう具合に土岐頼芸様も籠絡されたのだ。

＊

じつに、よく燃えた。

入念に火消しを配しておいてよかった。延焼を避けることができた。ただ、焼け出された頼芸側も必死で、本道の麓で小さな戦が起きた。

火傷して煤(すす)だらけの頼芸勢を皆殺しにするのは簡単なことであったが、あえて義龍は追いつめることをせず、結果、頼芸一行は尾張に逃れた。死に物狂いの頼芸勢に兵が臆し、逃してしまったと道三には報告した。

30

なぜ、頼芸を仕留めなかったのだろう。義龍は厠(かわや)

で踏んばりつつ、思いに沈む。

父は愛馬にまたがって先陣を切った。それを知っているから、義龍も真っ先に頼芸の軍勢に切り込んでいった。切り結んでいるさなかに、家臣の背後でだらしなく首をすくめている頼芸と目が合った。

義龍は自軍の手薄な方向を目配せして教えた。頼芸は一瞬意外そうな眼差しを義龍に据えたが、義龍が頷くと、一礼し、甲高い声をあげて自分の兵たちを率先してその方向に動かした。

「俺は父上を裏切った。いや、裏切りというほどのものでもない」

思いは錯綜する。父はよくやったと慰労してくれたが、無表情だった。処遇は父が決めるとはいえ、勢いが過ぎましたとでも言い訳して、きっちり頼芸を屠り、父から賛辞を受けるつもりだった。絶対に父はそのほうが好みであるということを義龍は理解していた。だが、頼芸のたるんだ目許を一瞥した瞬間に気が変わった。

なぜだ。なぜだ。なぜだ——。

心の乱れと裏腹に、じつに太くて長い立派な我が子を産み棄てて、義龍は厠からでた。廊下をドスドス踏み鳴らすその姿は大柄な母譲り、父道三をはるかに超えた背丈で、脇によけて頭をさげた女中に、派手に着衣の裾がぶつかった。

＊

二年後の秋、頼芸を支援する越前は朝倉孝景の軍勢七千余、そして尾張の織田信秀の軍勢五千余が道三の籠もる稲葉山城を挟撃すべく美濃に攻め込んだ。頼芸は頼純と組んで、二年かけて入念に策を練ったのである。道三にとって最大の危機といってよい。

義龍を一瞥する道三の眼差しは、なぜ、大桑城攻めで、頼芸を逃がしたか——と責めているかのようであった。

もちろん殺せるのに殺さなかったことからくる引け目というべきか、義龍の勝手な思い込みだが、義龍が決まり悪そうに顔をそむけると、道三は思案顔になった。

「まずは無動寺村で迎え討とう」

「その役目、この義龍に」

失地回復に意気込む義龍を道三は制した。

「いや、頼香がふさわしい」

「この義龍では、力足らずとでも」

息む息子をぐいと引き寄せ、首を左右に振る。義龍の耳の奥に囁きが刺さる。道三の意図を悟った義龍は、喉仏をぎこちなく鳴らした。

「父上」

「なんだ」

恐ろしい御方だ——という言葉を呑みこんで、義龍は献策した。

「無動寺村ならば、安養山光得寺を砦(とりで)に仕立てあげて迎撃してはいかがでしょう」

「うむ。それはよいな。よし。土岐頼香を大将として、お成り道筋を大手とする軍を立てよ。即座に無動寺村に進軍すべし」

頼香は唐突といってもよい大任に、頬を紅潮させてそれを受けた。

頼香と頼満は頼芸の弟であり、それぞれ道三が娘婿に迎えたのだが、道三の遣り口に疑問を抱いた頼満は頼芸に忠言しようとして、菊に毒殺された。

けれど頼香は頼満とは正反対に下剋上の風潮に胸躍る思いを抱き、道三に強く心酔していた。自身でなにかを企(たくら)む才覚はないが、頼りない兄についていくよりは、義父である道三にそつなく仕えていれば行く末は安泰であり、それなりの地位を与えられるであろうと胸勘定していた。

忠言しようとした頼満はどうなったか。

籠もっていた大桑城を火攻めにされて、頼芸が尾張へ這々(ほうほう)の体(てい)で逃げだしたのも、殺された頼満の家臣が誠心誠意をもって注進に及んだからである。

いまの世で誠実やら真実がなんの足しになるか。この美濃において、斎藤道三に太刀打ちできる者があろうか——。頼香は、義父にとことんついていく気であった。

「大手という大役である。他にまかせられる者もおらぬ。頼むぞ」

はっ、と平身低頭する頼香である。

「光得寺、砦にもってこいだ。お成り道筋の護りとしても、じつによいところにある。だが、先々は砦のような質実な、いや質素なものではなく、四方に睨みをきかす大きな城に仕立てあげようぞ」

もしや、と、頼香の目が光る。それを見抜いているかのように道三が声を潜めて囁く。

「もちろん城主は——わかっておるな」

八男坊の自分が城主。頼香は頬がほころびるのを怺えつつ、ますます低頭する。

「即座に無動寺城を構築せよ」

勢いよく顔をあげると、柔和な道三の眼差しが頼香の頬を撫でた。

「おまえの城だ。おまえは、一から城をつくる。さすれば己の想い描いていた己の城のあらまほしき姿を目の当たりにする日がくる。いましばらくは寺の石垣など用いた砦に過ぎぬであろうが、ゆくゆくは大きく聳えたつ土岐八郎頼香の城が四囲を睥睨するであろう。築城にはこの道三も労を惜しまぬぞ」

「無動寺城――」

感無量の面持ちと熱を抱いたまま、頼香は即座に配下を引き連れ、砦構築の資材を大量に用意して無動寺村に進軍した。

*

もともと周囲より、人の背丈ほども盛り土されていた安養山光得寺であった。義龍の読みどおり、俄づくりの城砦を築くにはもってこいの寺であった。

一箇月弱ほどかけて、砦のかたちがほぼ整った九月朔日の晩であった。織田信秀の軍勢が砦、いや無動寺城を囲んだ。

月は隠れている。濁った闇が、とろりと粘る。織田信秀の軍勢は、合図にあわせて無動寺城の四方八方を囲んだ篝火に一斉に火をつけた。

威嚇である。不安と緊張の一夜を経て、頼香の兵を疲弊させる。また射返す矢の量によって、頼香がどの程度の軍勢を揃えているかを探る目的でもあった。

長閑に構えていた頼香の軍勢は、大混乱である。なにしろ頼香は実戦経験がほとんどないのだ。一応は、この夜の戦いは後に松山の合戦と称されはしたが、実際は頼香の軍勢のみがあたふたして、狙いも定めずにむやみやたらに矢を放つ程度だった。

冷徹に篝火を焚いて動かぬ織田勢と、狼狽はなはだしき頼香勢の様子を、思いのほか間近から窺っている一団があった。

松原源吾は尾張松原島村の有力な土豪であった。松原氏は代々汚れ仕事も厭わず、暗躍し、伸しあがってきた。主家をそのときの状況に応じて自在に変えて平然としている。蜂須賀小六などと同様である。

土岐家から道三に寝返った源吾は、織田信秀の動向を逐一追っていた。

道三からは、信秀の軍勢は新月の晩になんらかの行動を起こすであろうから、それに乗じよ――との下命があった。

予言どおりに事が進み、新たに選んだ主はまちがいないと、源吾は焔の照り返しを浴びつつ一人、ほくそ笑んだ。

少数精鋭、部下十数名を引き連れて源吾は織田方の篝火に狼狽えまくる頼香の無動寺城に忍びいった。

頼香は寝所にて頭を抱えていた。城砦を拵えはじめてひと月もせぬうちに、この為体である。明日は武具など点検するつもりであった。戦の実相を知らず、緊迫感の欠片もなかった己の甘さを思い知らされた。

闇の中で篝火が揺れ、天にむかって火の粉が吸いこまれていき、あたり一面が朱に明滅する様子は、地獄草紙に似て、じつに悍ましく、威圧的である。土塀を隔てているにもかかわらず、熱気が頬を灼き、眼球が乾くほどであり、しかも織田方は完全に静まりかえっているのだ。頼香の家臣ばかりが怯えからくる悲鳴のような鬨の声をあげ、揺らめく焔の照り返しに向けて闇雲に矢を放つ。

「何者」

顫え声を振り絞って、頼香はぎこちなく立ちあがった。

障子に揺れる朱を背後に、人影が幾つか。奇妙なまでに肩の力が抜けて、落ち着き払っているのが伝わった。

いきなり障子を突き抜けて転がり込んできたものがあった。生首であった。頼香の息子が畳の上に転がって、半眼で彼方を見つめている。

黙礼して入ってきた源吾は、薄笑いを泛べて囁き声で告げた。

「御子息、呆け顔で軀を起こし、拙者を見あげられたが、次の瞬間には、首と胴が生き別れ。苦しまずにお逝きになられた」

「なんと――なんということを」

「ま、戦の常道として、この夜の篝火は、まさに陽動。織田方、冷徹に頼香殿の兵力を探っております。ゆえに逆にこうして忍びいるのも容易いということでございます」

苦笑い気味に付け加える。

「御家臣、織田方に気を取られて、まともな警護もできておりませぬからな」

合点がいかぬと、頼香は血濡れた源吾の打刀を凝視する。

「なぜ、何故、息子まで」

「道三殿は、土岐一族という愚物を、完全に滅ぼす気でおられる」

「――愚物」

「どう、いたします。御子息と同様、刎(は)ねて差しあげましょうか」

ははは、と頼香は力なく笑った。愚物という義父の本音が、突き刺さっていた。がっくり首を折って虚(うつ)ろな声でぼやく。

「なんだ、なんだよ、そういうことかよ。道三殿、つれないな。じつに、つれない。精一杯尽くしたのにな」

源吾一行は、膝をついて痙攣発作のような笑い声をあげる頼香を黙って見つめる。頼香が目だけあげる。

「おまえ、川筋をうろついていたな。見覚えがある。慥か、松原といったか」

「然様」

「いいな、おまえたちは。気分次第であっちこっち動けて」

「まこと、気の置けぬ処世でございます」

「羨ましい」

「長話する気もございませぬ。とっとと身の処し方を決めてくだされ」

「うん。どのみち殺されるのだ。ならば武夫(もののふ)として刃に伏すことにするよ」

「それがよろしい」

土岐八郎頼香は自害した。

源吾は頼香と一人息子の首を道三に示し、案外手っ取り早く土岐家を滅ぼすことができそうです――と、他人事のように言った。それが忠誠の言葉であることを道三は即座に悟り、源吾の肩を加減せずに叩き、笑みを泛べ、頷いた。

源吾は一切表情を変えなかったが、退出したとたんに額から汗が流れ落ち、幾度も深呼吸した。道三が怖かったのである。

城主頼香を喪った軍勢は総崩れとなり、撤退といえば聞こえがよいが、あとも見ずに逃げだした。無動寺城は一箇月足らずで廃城となり、元の安養山光得寺にもどった。

31

織田方が動乱を演出し、織田の刺客が忍びいって頼香を殺したとまことしやかに語られている。だが義龍だけが真実を知っていた。なにしろ道三から土岐家を根絶やしにすると囁かれていたのだから。

斎藤義龍は土岐頼芸の胤で、母である深芳野は義龍を孕んだことにより疎んじられ、道三に下げ渡され、道三の側室として義龍を生んだ――。

巷に根強く囁かれている噂である。

当初は、厭な噂であると悲しみと怒りをもって否定気味に捉えていた義龍であったが、弟の龍重と龍定を猫可愛がりし、自分には異様なまでに厳しく、それどころかほとんど無視されているうちに漠然と悟った。

俺の父は道三ではなく、土岐頼芸である。それはすぐに確信に変わった。なにしろ義龍からすれば、道三から疎まれているとしか思えない。常々、己に言い聞かせていることではあるが、得体の知れぬ油商人あがりより、源氏の血筋を引く土岐一族であるほうが、よほど箔が付くというものだ。

例によって厠に籠もって前屈み、いかにも健やかな太く長い子を産んで、義龍は口のなかで独白する。

「父が土岐家を滅ぼすつもりならば、俺が土岐家最後の血筋として、機を見て立とうではないか」

よし、と頷き、厠を出る。手水鉢を一瞥して、俺の糞は汚いか――と自問する。道三の口に大便を押しこむことを夢想し、豪快な義龍にしてはめずらしい引き攣れを頬に疾らせる。引き攣れは、やがて笑みに変わり、当分は道三に尽くしておこうと心窃かに頷く。

土岐頼純を支援する越前朝倉は、徳山谷を南下して、赤坂にて道三の軍勢と対峙している。土岐頼芸を支援する尾張織田の軍勢は、稲葉山城下に殺到していた。戦が続くと、道三は必然として将来を託している義龍との遣り取りが増す。

いずれは道三を誅すべしと心に決めている義龍も、

道三といると胸が躍る。いかに冷徹に振る舞おうと意識しても、道三という男の大きさ、彼方まで見透す力の凄さは否応なしに伝わってくる。憎しみの心は扨措（さてお）いて、学びとれるものは徹底的に学ぼうと割り切る義龍であった。

「父上は、戦の仕方をどこで学ばれたのか」

　敬愛の眼差しを隠せずに問うと、道三はにやっと笑った。

「坊主だったころ、経は読まずに、唐のものをはじめとする軍書を読み耽っていた」

　書物を読んだだけで戦えるならば世話がない。将棋でも指していればよい。やはり父は別格なのだ。書物から実相、真実を摑みとることができるのだ。

「本音を申しますと義龍、城に籠もって迎え討つのは不利であると断じておりました」

「並の城ならば、な。されど稲葉山城は別格だ」

「朝倉方はともかく織田方は甚大な損傷にて厭気がさしているようでございます。挟撃すれば簡単に落ちると思い込んでいたがゆえ、父上の兵の強靱さに臆しはじめてもおります」

「この先、義龍ならば、どうする」

「いままでも充分に撃破してまいりました。陣容を整えて、完全に潰してやります」

「それが、もっとも正しい遣り口である。おまえが軍配をもてば、十中八九、そのとおりになるであろう」

「ならば、義龍におまかせくださるか」

　道三は柔らかな笑みを泛べた。義龍は道三が柔和な表情を見せたときは、必ず腹に一物あるのを悟っていた。いったい、なにをなさるのですか——と目で問う。

「うん。講和する」

　講和——と声にならぬ声で義龍は復唱し、なぜ、と目で問う。道三が笑みを返すばかりなので、重ねて問う。

「決着こそついてはおりませぬが、勝ち戦です。なぜ、和議を——」

「戦には二種類ある」

「二種類」

「うむ。正しくは、勝ち方には二種類あるといったところか。徹底的に殲滅（せんめつ）して、この世から相手の存在を完全に消し去る戦。もう一つは」

「もう一つは」

「最大限、有利なときに和議の手を差しのべてやる戦だ。朝倉は六角との連絡路を断ちはしたが、つぎの手が打てぬ様子。織田は搦手からの攻めがうまくいかぬことに業を煮やし、どうやら我が城を正面から攻撃して手詰まりを解こうとしているようだ。だが、もはや兵の動きには覇気がない。つまり、当方が圧倒的に有利。が、殲滅はするほうにも消耗をもたらす。ゆえにしっかり損得勘定をして戦をすべきである」

いかにも商人あがりの科白だ。俺はちがうぞ――との意を込め、一呼吸おいて義龍は躙り寄る。

「義龍は、この世から相手を完全に消し去る戦がしとうございます」

義龍の胸の裡にあるのは、この機に乗じて土岐頼純、頼芸を消し去ってしまうことだった。道三が成しとげようとしているのとはまたちがった意味で、土岐家の血筋は少なければ少ないほど、義龍が土岐一族の先頭に居座る機会が増えるというものだ。

「織田も朝倉も、頼芸と頼純を立てるふりをしつつ、あわよくば、この美濃をものにしようと企んでいるのはわかるだろう。頼芸と頼純は双方、傀儡にもってこいだからな」

「はい。だからこそ、徹底的に」

道三は軽く中空に視線を投げ、頬をさすった。なにやら思案している。義龍は道三がなにを思うか、表情から知ろうと凝視する。道三が口にしたのは、意外な言葉だった。

「よし。講和は先のばしだ。義龍よ、織田方を殲滅せよ」

「――損得勘定は」

「うん。おまえの晴れ姿を見たくなった」

「晴れ姿」

一瞬、父の慈しみの眼差しに、目頭が熱くなりかけた。それを抑えこむために、あえて過去の屈辱を思い描き、道三に対する憎悪を倍加させた。もちろんそれを気取られるような義龍ではない。

「おまえのことだ。いかに戦うか、もうすべてを拵えてあるであろう」

義龍は大きく頷いた。織田が総攻撃を仕掛けてきたならば、まずは城下にて、兵の損耗を避けるためにも程々に、左右から挟み撃ちのかたちで防戦し、時間を稼いで城の真下に追いつめる。遠征してきている織田方は補給もままならぬ上、暮れれば地の利を知り尽くした当方が絶対的有利。城よりの矢弾が頭上に降り注げば、身動きならなくなる。

「必ずや、殲滅してみせます」

「うん。だが、当然ながら頼芸と頼純は、軍勢のなかにはおらぬぞ」

いきなり企みを見破られた。頼芸と頼純が前線にいないのは当然であろう。気が急くあまり、そこに思いが到らなかった義龍は、自身の稚さに拉げた気分になり、狼狽をどうにか抑えこむ。

「講和して、頼芸と頼純を美濃にもどさせれば、二人はどうにでもなる」

どうやら父は、土岐一族の競争相手が少なくなれば少なくなるほどよいという義龍の思惑を見抜いたのではなく、確実に頼芸と頼純を始末することを念頭において、講和を口にしたようである。なるほど、確実なのは講和して頼芸と頼純を元の鞘にもどしてから、じっくり料理することだ。

「それでも、織田を叩きのめすか」

いまさら後に引くことは、できぬ。義龍は大きく頷いた。

常軌を逸した暑さも和らぎ、秋風に赤蜻蛉が舞いはじめていた。赤蜻蛉は不思議と刃を躱す。槍の切先に浮いていても、ふわりと身を翻して、何ごともなかったかのように戦を見守る。

総攻撃をかけてきた織田の軍勢を挟み撃ちにし、追いつめた。乱れに乱れた織田軍が日暮れと同時に自軍壊滅を避けようと防戦を諦め、素早く撤収しようとする動きを察知した義龍は機を逃さず全軍で突入、織田方を蹴ちらした。

つまり父に説明したとおりに動き、完璧に勝利したのであった。大桑城攻めは焰こそ派手ではあったが、戦自体はさほどの緊迫もなかった。されど今回の戦は、義龍にとって初めてのまさに戦らしい戦であり、それに大勝利したのだ。感慨もひとしおである。紅潮した義龍に、道三は大きく頷き、腹の底からの声をあげた。

「見事」

ごく抑えた声であったが、だからこそ掛け値なしであった。父に認められた喜悦に、義龍は思わず落涙しつつ、胸中では、籠絡されてはならぬと必死で道三に抗っていた。いまごろになって義龍はふたたび心を引き裂かれて、途方に暮れるのであった。

いまや己が土岐の血を引いていると信じこんでいる義龍であるが、実際に内面を支配しているのは道三の血――くちばみの血と、激烈な性格をもつ深芳野の血である。即ち並の子ではない。道三の情に感激しつつ、親だろうがなんだろうが捩じ伏せて、最上段に立ってやると沸々と血を滾らせるのであった。

完膚なきまでに叩きのめされた織田の軍勢と共に頼芸は尾張に、頼純は朝倉の領土である越前に引きあげることを余儀なくされ、美濃における斎藤道三の力は、いよいよ増していくのであった。

32

道三、五十五歳の春、唐突に家督を義龍に譲り、自身は鷺山城に隠居した。

鷺山城の比高は四十七メートルほど、難攻不落の稲葉山城は三百八メートルもあったから、美濃を遥か眼下に見おろしていた稲葉山の城から、平地にある小振りな乳房のようにまろやかな丘に道三は引っ越したわけである。この高さが身の丈にあっておると笑う道三に、小見の方は小さく肩をすくめた。

そんな鷺山城に義龍が足繁く通ってくる。それほど母に逢いたいのかと道三はからかうが、もちろん義龍の目当ては母ではなく道三である。義龍は道三からすべてを吸収したいと念じていた。それがいきなり眼前から消えてしまったのだ。

もっとも稲葉山城と鷺山城は長良川を隔ててせいぜい一里半といったところ、義龍は鷺山城を見おろしていると、なんともいえない気持ちになって、馬に鞭をくれて父を訪ねるのであった。

まさか、これほど早く家督を譲られるとは思ってもいなかった。国内の反道三勢力を完全に沈黙させ、美濃の実権を握って名実ともに大名として君臨しているというに、二年ほどですべてを見切ってしまったがごとく、おまえがやれ――と義龍にすべてを託してしまったのである。

父はじつに飄々としたもので、つい先頃までみせていたくちばみならではの隙のない気力、胆力、智力、洞察力といった諸々を、柔らかな笑みと共に消し去ってしまった。

義龍がまず第一に訊きたいのは、何故これほど早く、あっさり家督を譲ったのか——であった。けれどそれを問うことはなんとなく憚られた。

——この御方には、たいした理由などないのだ。あるいはその思いが深すぎるので、凡人には計り知ることができぬ。義龍はそう己に言い聞かせていた。

稲葉山城にて一人思いを巡らすとき、義龍は若干狼狽え気味に、俺はひょっとして幸人だったのではないか、父に愛でられていたのではないか——と、以前とはまったく逆の疑念を抱いて、落ち着かぬ気持ちをもてあましていた。いまも鷺山城をおとなった義龍は、膝で躙り寄る勢いで問う。

「ですから、これから先々の御諚を」

「御諚ときたか。それは主君の命のことだ。斎藤家の主は義龍、おまえだ。俺がおまえに諚など発することができようか」

義龍がいくら迫っても、こういう具合にはぐらかされてしまうのである。院政を敷く気など毛頭ないのだ。手助けならば、なんなりとしようと言うだけである。

「ならば、戦の大局をお教えくだされ」

「また、いきなり、なんとも大仰な。必要な戦は、つまり必要な喧嘩は、とことんしてよい。だが戦は、できうる限り避けるべし。いかに損を出さぬか、それを常に心懸けよ」

父の戦は迎撃が多い。だが義龍は迎え討つという戦い方、ひいては謀略、調略が苦手であった。出来る出来ないではなく、したくなかったのだ。

武人である。商人ではない。損得もわかるが、ればかりではない。真正面からの武威を誇示せぬ武士など無意味だ——と先年の織田信秀迎撃までは固く信じていた。

用意万端怠りなく整えた信秀が美濃に侵攻してきたとき、懲りぬ男だと道三は力みなく苦笑いした。苦笑とはいえ、なぜ笑っていられるのか。義龍はなんともいえない奇妙な気分を味わったものだ。

緒戦は乾坤一擲の信秀の大軍に大垣城を奪取され、後退を余儀なくされた。織田一族の諸氏を総動員し、前回、稲葉山城を攻めて、退却を余儀なくされた屈辱を晴らす勢いであった。なんなく奪取した大垣城に信秀は織田播磨守を入れ、それを中継ぎおよび牽制として怒濤の勢いで稲葉山城に攻め寄った。

ところが、義龍は気付きはじめていた。いま思えば、父はわざと大垣城を信秀に与えたのではないか――と。

大垣城を得た信秀の軍勢は勢いに乗って稲葉山城を攻めんとした。

だが義龍が見るところ、父は大垣城を与えて信秀を調子づかせ、深入りするように仕向けたのだ。なにしろ体裁を整える程度に軽く戦わせ、即座に撤退である。自軍の兵の損耗はほとんどなかったのだ。

それをさりげなく訊いたところ、道三は幽かに笑んで、呟いた。城など、とっとと引きさがれば焼かれずにすむ。焼かれたとて、また建てればよい。が、熟達の将兵はそうはいかぬ。大垣の城から即座に退かせた俺の兵どもが稲葉山城下の戦いにて存分に働いたことは、義龍もよくわかっておるだろう。ま、損して得取れということだわな――。

伏兵を主体にした父の奇襲による挟撃は尋常でなかった。一息に攻めて、深追いせずに即座に引く。けれど大地には血の臭いが立ちこめ、散乱した信秀方の無数の将兵の骸が、屍肉に飽いた鴉に雑に啄まれるといった有様であった。

そればかりか信秀の弟である信康、清洲三奉行の織田因幡守といった織田家にとって最重要な者たちが次々と討ち死にし、あげく尾張撤退の信秀の軍勢は、波状帯状に迫りくる道三の追撃の兵に兵馬倥偬をきたし、増水していた木曾川に追い込まれ、突き落とされたのである。下流では淵などに重なり合うようにしてたまった大量の水屍体が腐爛し、嘔吐を催す悪臭を放ち、民草の飲み水にまで影響がでた。

信長公記には、この戦における信秀側の討ち死には五千に及ぶとあるが、織田家の公記である。少なめに見積もってあるとするのが正しいが、織田信秀の生涯において最大最悪の惨敗であった。

織田信長の父である。智力胆力も並みでないどころか、過剰なまでに豪胆な男として知られる。それが呆然とし、悄然として将兵らの御霊を鎮めるために織田塚をつくり、祀ったほどである。

道三の死後、織田信長が稲葉山城を我が物とし、岐阜城と改名して居城としたのも、父信秀が常日頃、稲葉山城の堅固と、道三の巧みな誘引および尋常ならざる反撃の凄まじさを語っていたからである。信長は、心窃かに道三に憧れていたのだ。

それは扠措き、義龍は突っ張る気持ちをきれいに棄て去って、人生最大の師である父に今後の方策を切実な眼差しで求めてくるのである。なにしろ自軍の将兵の死を最低限に留めおく道三の戦い方は、つぎの戦に備えるという見地からも、じつに理に適っている。

父に対する帰依に似た態度は、怯懦からくるものではなく、斎藤家の主としての自覚から、場合によっては迎え討ちどころか謀略調略も厭わぬという決意を秘めて、つまり最善最良の途を求めてのことであった。

そんな義龍を道三は愛おしげに見つめ、己の好きなようにすべしと頷き、言外に、おまえは俺と深芳野の血の最良の結実であり、俺を凌ぐのは当然であるという思いをにじませて呟いた。

「義龍。おまえはもう一人でも充分やっていけるのだがな」

「買い被りです。これからの指針を。今後、どうしたらよいか御教示を」

「だが、俺の遣り口は、おまえにはおもしろくないだろう」

「父上から美濃を任されて、おもしろいとかつまらないといった稚けないあたりから、ようやく抜けだすことができました」

「どうしても、言わせたいか」

「是非とも」

「——和議和睦」

和議和睦。義龍は口のなかで繰りかえす。これを聞くのは、はじめてではない。

「俺だったら、こうするということだが、あえて事細かに言うのも僭越だ。和議和睦だけで悟れ。俺に喋らせると長いからな」

小見の方が横目で道三をちらりと窺って、そっと袂を口許にやる。よくぞ御自分のことをわかっていらっしゃる——という思いから泛んだ親愛と幽かな苦みを含んだ笑みを隠すためである。

義龍にそのような笑いを見せたくなかったのだ。実母深芳野がこの場に同席していないことの理不尽さが、女の置かれた立場の不条理が小見の方の胸中に微妙なささくれを刻む。

「生憎、この義龍、少々頭が足りませぬ。ゆえに嚙んで含めてお教え希います」

　食らいつく義龍の強かさに満足げな笑いを泛べ、道三は具体的なことを述べた。

「他国にいられては、毒を盛ることもできぬということだが――」

　おまえに出来るか、と、くちばみの眼差しで義龍を一瞥する。

「まずは朝倉と和睦すべし。頼純には大桑城を返してやろう」

　義龍から視線をはずし、節榑の目立ちはじめた己の手指の先を見つめつつ、呟くように言う。

「次に織田信秀と和睦しよう。この頃には、もう頼純はこの世におらぬ。そこであの愚鈍を呼びもどす」

　愚鈍とは実父かもしれぬ土岐頼芸である。握りしめた拳の中に浮かんだ汗をさらにきつく握りしめ、義龍は大きく頷く。

「朝倉、御し易し。だが織田信秀は難物だ」

「父上だからこそ撃退できましたが、じつに厄介な男です」

「世辞は、よい。織田方を木曾川に追い込んだおまえの手腕を目の当たりにして、ああ、もう俺は用済みだと悟ったのよ」

「この義龍、斯様な戯言、真に受けるほど初心ではございませぬ」

　すべては父の指図に従っただけでございます、と胸中で続ける。浅知恵を披瀝して恥をかくくらいならば、丸投げしてしまえと父に躙り寄る。

「朝倉はどうにでもなるでしょうが、織田信秀との和睦は――」

　完膚なきまで叩きのめしたからこそ信秀はおいそれと和睦には乗ってくるまい。信秀には、まだとことん意地を通すだけの財力と兵がある。再度撃退したが、再三再四攻め寄せてくる懼れがある。

　父はとぼけた眼差しで、なにも言わぬ。うーむ、と腕組みした義龍である。

「物思うときは、畏まっていてはまとまるものもまとまらぬぞ。そこに転がれ。楽に息をしろ」

「父上の御前です」

「だからこそ、許されるのだ。とっとと転がれ」

　はっ、と最敬礼で転がると、傍らにくちばみが身を横たえた。

「なあ、義龍」

「はい」

「おこがましいとは思うが、おまえを助けたい」

「この義龍、家督を譲られる前は、本音では自ら打って出て、絶大なる武威を誇り、なおかつ謀略や調略と無縁に周囲を圧していきたいと思っておりました」

「ま、それがいちばん恰好がよいわな」

「はい。が、どうやら、そういった綺麗事は一直線に滅亡に向かう筋道に過ぎぬことが、さすがにこのなまくらな頭でもわかってまいりました」

「俺が見込んだだけのことはある。莫迦と悧巧の境目はどこにあるか」

「さあ――」

「莫迦は己を過信し、顧みることをしない。悧巧は己の限界を虚心坦懐に悟り、それを超える方策を練る」

「はい。義龍も父に到らぬまでも、多少なりとも悧巧でいとうございます」

「だいじょうぶだ。おまえは頼純を病死させることができる」

静かで抑揚に充ちた冷たい声が義龍の鼓膜に刺さった。義龍は即座に答えた。

「はい。病死させてみせます」

「俺はそれをおまえに押しつけたのだから、織田信秀を誑かそう」

「父上に、それをまかせきるのは心苦しいことではありますが、この義龍、信秀をどのようにすれば手玉にとれるか、とんと見当もつきませぬ」

道三は天井にぼんやりした視線を投げ、呟いた。

「帰蝶をな」

「帰蝶――」

「うん。帰蝶をな、虚けと評判の信秀の嫡男にくれてやろう」

「信長――」

「うん。まさに蝶よ花よと育てあげた。いま大切な大輪の駒として花ひらく。虚けにとっては過ぎたるものだが、それくらいのものをくれてやらぬと、な」

義龍は一気に上体を起こした。半分睡っているかの父を見やる。喉仏が顫え、振り絞るような声が洩れる。

「あれほど慈しんで育てた帰蝶を――」

「俺の勘だがな、虚けは、あのような嫋(たお)やかにして隙なく整った気丈なものに弱い」

　義龍は、胸が不規則に上下するのを隠せない。けれど父はそれに一切気付かぬふうに、午睡の面持ちである。その穏やかな貌(かお)に視線が釘付(くぎづ)けとなり、ますます義龍の息が乱れていく。

　——俺は、なにか、大きな勘違いをしていたのではないか。帰蝶や弟たちは、所謂(いわゆる)駒として用いるために、甘やかして育てられた。このようなときがくるのを見越して、父は慈愛をたっぷり注いで育てあげた。俺に冷淡だったのは、誰にも頼らずとも生きていけるように、あえて突き放してくれたのではないか。俺は父の深い真心を悟ることのできなかった大莫迦者ではないか。

　父を凝視する。

　父は義龍の視線に気付き、わずかに目をあげると、柔らかな笑みをかえした。

　義龍は感極まった。

　奥歯をきつく噛み締める。蟀谷(こめかみ)のあたりがぐりぐり動く。

　愛憎が錯綜して、胸中の滾(たぎ)りは凄まじい。煮えくりかえる思いの裡(うち)に、はじめて感謝の念が義龍の全身を覆った。

　だが、釈然としない。

　幼きころの孤独が、心許なさが、ぐるぐるまわり、謝意を打ちやってしまって収まりがつかない。父が意図をもって義龍を突き放したことは充分に理解できるが、心に凍りついてしまった悲哀は、まったく溶ける気配がない。結局は、あらためてそれを悟ってしまっただけであった。

　俺だって可愛(かわい)がられたかった。相撲を取ってもらいたかった。父から派手に転がされ、その衝撃からくる鼻腔(びこう)に充ちるきな臭い匂いと青畳の香りを嗅いでみたかった。胡坐(あぐら)のくぼみに安置され、頭を撫(な)でてもらいたかった。馬になった父の背にまたがって、紙の鞭を振るってその臀(しり)を叩きたかった。龍定や帰蝶がよくしていたように枕持参で父の寝床に潜りこみたかった。甘いものをたらふく食わせてもらいたかった。褒めてもらいたかった。大きく頷いてほしかった。帰蝶や龍重や龍定がされたように感極まった面持ちで、ぎゅっと抱き締めてほしかった。せめて、真(ま)っ直(す)ぐ目を合わせてほしかった。

己がずいぶん幼いことを、他愛ないことを思っているという自覚はある。だが、幼少のころに穿たれてしまった冷たい穴はふさがるどころか、凍えきった暗黒の大穴にまで拡がってしまっていた。

いま情愛を注がれても、遅いのだ。俺の穴は、もはや塞ぎようがない。穴に張り詰めた氷は、もはや溶けぬところまでいってしまっているのだ。所詮はあの愚鈍、土岐頼芸の胤である。俺は凍てついたまま生きてゆくしかない。

義龍は下唇を咬んだ。

ふたたび父の脇にごろりと転がった。父と同様、天井に視線を投げ、父に呼吸を合わせた。こうしていると、実の父子のような心持ちになってくる。義龍は窃かに口の内側を咬み千切り、迫りあがる甘やかな気持ちを、にじみでる血の苦みと痛みを重ねあわせて邪険に追い払う。

屍体のように身動きせぬ二人を小見の方はさりげなく見つめ続ける。いま、こうして溶けあおうとするならば、なぜ幼き義龍を抱きあげてやらなかったのか。ごく稀にでもよかったのだ。俺はおまえが好きだ、大好きだ、と真情をあかし、きつく頬擦りしてやればよかったのだ。

いまさら思い煩うても詮なきこと――。

小見の方は、哀しみに染まった溜息を呑みこんだ。

道三は小見の方の眼前で、平然と我が娘である帰蝶を、織田の虚けにくれてやると口にした。

帰蝶は、妾の腹を痛めた大切な大切な娘でございます。よりによって虚けに嫁がせるなど、あまりといえばあまり。あれほどいとおしんだ娘は、貴方様にとっては、ただの調略の道具でしかないのでございますか。

父、母、子――。

閨で道三が語った荒ら屋の無能な領主であった父。その父を見限って出奔した母。父にすがらねば、待っているのは死であるからこそ、必死に油売りの父に従った幼き道三。

戦は、常に家の内から、身の内から起きるものである。家は最小の国家であり、火の手は必ず身内からあがって、その焔はすべてを焼き尽くす。

幸あふれる家など、あったものではない。幸あふれる家など、どこにも、ない。妾の生まれ育った家も――。

嫁ぐ帰蝶を笑顔で見送る己が見えた。小見の方は、胸中にて絶望した。命の糸が切れる心持ちであった。

実際、このあと小見の方は病に倒れた。

＊

病床の小見の方を見舞った深芳野は、小見の方の眼差しから無情を悟った。すべては、酷薄である。人は生まれるときに笑って生まれるのではなく、泣きながら生まれます――小見の方の言葉である。人は生まれた瞬間からあらゆる苦痛を背負い、死に向かって一直線に歩むしかない。

我が子義龍は、深芳野の見るところ押しも押されもせぬ斎藤家の主である。周囲も土岐頼芸の血を引いていると了解して、商人あがりの道三よりも義龍に付き随(したが)う気配である。

道三もどうやらそのことを込みで、義龍に家督を譲ったようである。それは権威というものを排除できぬ道三にとって、さぞや苦い決断であったことだろう。

土岐頼芸の血を引いている――。

だが深芳野は頼芸と閨を共にしていないのである。孕(はら)みようがないのだ。加えて内腿(うちもも)のＹの形の痣(あざ)を鑑みれば、道三と深芳野の子であることは一目瞭然である。

けれど、世間というものは、多少早産であったというだけで、義龍は頼芸の血を引いているということの絶対的な証(あか)しをそこに見てしまう。

「拗(す)ねた思いをお持ちのようですが、義龍殿は己が左内腿の痣に気付いておられますか」

「痣。知らぬ」

「淡いものではございますが、Ｙの字の、松波家、すなわち斎藤家に生まれたる子供に代々伝わる徴(しるし)でございます」

深芳野はまっすぐ息子の目を見て続ける。

「父上にも、見事なＹの字をした痣がございます。即ち義龍殿は、父上の御子でございます。どうかいまこの場でお確かめください」

「無体な。母上の前できんたまを曝(さら)せと申されるか」

「なにもそのようなことは」

「だが、内腿であろう」

「ならば、お一人のときに――」

「痣であろう。もし、あるならばとうに気付いているはずだ」

「――やや淡いものゆえ」

「ふん、龍重や龍定にも、その徴とやらはあるのか」

「小見の方によれば、ございます」

「さぞやくっきり美しい痣であろうな。父上が龍重と龍定をいとおしんだわけが重々わかり申した」

義龍は母に、売女にでも向けるかの蔑みの眼差しを投げつけ、その場を立った。もちろんそれは義龍の虚勢からきたものである。派手に音を立てて襖を閉め、一歩踏み出したとたんに、義龍は中空を睨みつけ、あたり憚らぬ大声で喚き棄てた。

「いまさら、なにもかもが遅いわい」

泣きだしそうな小声で、付け加える。

「痣のあるなしでは、ない。血のつながりでもない。慈しまれたか、無代にされたかだ」

深芳野は俯いたまま、顔をあげられぬ。義龍が幼きころ、痣に対する道三の異様なまでの執着に、逆に白々したものを覚え、以来一切触れずにきた。

血だのなんだのと男はじつに騒々しい。無様でもある。加えて側室であるという遠慮もあったし、まさか本当に道三が義龍を斎藤家の当主に据えるとは思っていなかった。深芳野は道三の言葉を、側妻である己に対する慰撫に過ぎぬとどこかで捉えていたのである。

嗚呼――。

深芳野の膝に涙が落ちる。

その年の暮れも押し詰まったころ、深芳野は道三が止めるのも聞き入れず、正法寺にて剃髪し仏門に入った。

*

翌年二月、帰蝶は信長に嫁いだ。

信長よりも一つ年下の満十四歳にすぎぬ、父に溺愛されて育った、まだ幼き面影を宿したうら若き乙女であった。

巷間語られる、一朝事あらば父から与えられた一振りの短刀をもって信長を刺せなどということもなく、父と母から離れたくない帰蝶は、俯き加減でしずしずと涙を流して道三のもとから去っていったのだった。

＊

道三のすすめに従って、義龍は朝倉と即座に講和した。

美濃に帰されて大桑城にもどされた土岐頼純は、いきなり病死した。喀血、赤斑と散々な死に様であった。義龍は道三の倅である。やると決めたら躊躇しない。

頼純を毒殺して、義龍の内面が大きく変わった。強かさを増し、激烈さを増し、狡さを増した。後顧の憂いなきよう斎藤家の重立った者を消し去る決意をした。それには、当然のごとく父道三も含まれていた。

帰蝶を差しだしたことによって織田信秀との講和が成った。織田に匿われていた土岐頼芸は哀れにも行き場を喪い、義龍と道三の温情によりふたたび大桑城に入り、守護の座についた。もちろん頼芸にとっては絶望的な傀儡として、である。

斎藤家と織田家は帰蝶を人身御供としたことで強固な同盟関係を結んだ。ところが頼芸は織田家の閨閥とは無縁であった。頼芸は己が身のみの丸裸と相成った。

織田家が動かぬと見切った道三のすすめに従って義龍は、即座に大桑城の頼芸を攻めたてた。頼芸は這々の体で国外に脱出した。命を取らなかったのは、あの愚鈍には可愛げがあるという道三のひと言に縛られ、義龍は刃の振るいようをなくしたからである。もちろん自身の父親である可能性を棄てきれぬということも、義龍の攻めの最後の詰めを甘くさせ、頼芸の命に幸いした。

＊

さて時系列からすれば遥か先まで行ってしまうが、頼芸のその後を記しておこう。

斎藤と織田の和睦により後ろ楯を喪った頼芸は義龍の攻めにより美濃から追放され、妹が嫁いでいる近江は六角氏のもとに逃げ、そこに居づらくなると実弟である治頼の住む常陸国に移った。

奇遇といえば聞こえはよいが、美濃守護であったときとは雲泥の差の身の上、どこか邪険な治頼に土岐家系図や家宝を与え、どうにか身の保障を得た。

けれど、結局は常陸国からも放逐され、下げたことのない頭をとことん下げて上総の土岐為頼を頼り、されど上総国でも酷い扱いを受け、病に倒れ、失明した。それに憐れを催した武田氏が救いの手を差しのべた。

愚鈍だ、怯懦だと道三にいいように嘲笑され、利用されてきた頼芸であったが、流浪の地にて大好きな鷹の絵など描き続けて、やがて視力を喪いはしたが、されどじつは道三よりも遥かに長生きしたのである。

＊

時系列をもどそう。道三が家督を義龍に譲って隠居した三年後の春、病身の小見の方が身罷った。深芳野は剃髪してしまっていた。それを追うようにして小見の方は消えてしまったのである。

このとき道三は五十八歳であった。年齢もあり、さすがに堪えたようである。政略に用いてしまった帰蝶のことを強く悔いて、うっすら涙さえ浮かべたという。

33

信長の傅役である平手中務丞が、信長の放埒を諫めるために腹を切ったという。一瞬信じ難く、逆に虚けもここまでいけば並みではないと妙な感心をする道三であった。

やがて尾張に放っている間諜から報せがあった。信長に対する諫言が功を奏さず、そのために中務丞が腹を切ったという噂は、じつは信長自らが流布しているという。道三はきつく腕組みして黙りこんだ。

おそらくは尋常でない機微があったのであろう。信長と中務丞、余人の窺い知れぬ関係だったのだ。だがこればかりはいくら思いを巡らせてもよくわからない。

実際のところは平手家の重立った者が中務丞を裏切って、信長の弟である勘十郎信行に靡いたことが原因であった。信長はそれを丸く収めるために、中務丞は自らの虚けを戒めて腹を切ったという強引な筋書きをつくりあげたのである。

道三は虚けを実際に目の当たりにすることにした。即座に帰蝶を通して、段取りを重ねて風薫る初夏、富田の正徳寺を指定して信長と会うことにした。

大坂本願寺から代理住職を入れた正徳寺は大刹である。美濃、尾張の両守護から赦(ゆる)し状をうけていたこともあって、両者が会うには丁度よい。

信長は父信秀を病にて亡くし、織田の家督を継いだばかりである。が、虚けるさまは相変わらず、いや、さらに酷いものとなっているという噂で、父の葬式における非道などが面白可笑(おか)しく伝わってきている。

ならば当方は虚けの恰好と徹底的な対比を狙う。道三は配下の古老たち以下に折目高な肩衣(かたぎぬ)や袴(はかま)を着用させ、正徳寺御堂の縁に並んで座らせることにした。

守旧に凝り固まったかの老人をはじめとする八百人の正装した配下の前を、若輩にして虚けの信長に歩かせる。一興である。

なぜか道三は帰蝶の折々の文と噂でしか知らぬ信長に、得も言われぬ親しみを抱いていたのであった。もちろん揶揄(から)かって、それにどう対応するかで信長の器量を見抜くつもりでもあった。

加えて、ちょうどよい機会である。あまりにも箸にも棒にもかからぬようであれば、その場で斬り殺してしまうつもりだ。正徳寺という正式の場における虚けた恰好および奇矯なる振る舞いは、無礼討ちに値する。討ってしまえば、戦になるかもしれぬ。

だが尾張織田家は、今川義元の尋常ならざる圧迫に曝されている。同族内の争いも目を覆わんばかりである。それを勘案すれば、道三と、いや義龍と一戦構えている余裕などない。義龍は戦の機微を心得ているから、尾張に攻め込むよいきっかけとなる。いままでは受けるばかりであったから、攻め込むとなれば義龍はさぞや昂(たか)ぶるであろう。

帰蝶と信長の仲はすこぶる良好であるらしい。義龍が攻め込めば、帰蝶は人質同然、処刑されるであろう。そのあたり、義龍はどう思い巡らすか。帰蝶が伝える信長は、稚気が過ぎるようでいて、案外ものを深く考え抜いているようにも感じられる。

ともあれ実際に見てみなければ、語りあってみなければ、判断がつかぬ。

正徳寺がある富田は、富む田という地名があらわすとおり人家七百ほど、なかなかに富裕なところであった。

道三は町外れの小屋（しょうおく）に潜み、信長の恰好、そして付き随う者たちの様子を覗（うかが）うことにした。よく晴れていて、暑いくらいだ。道三は腰をかがめ気味に、信長一行の行列を盗み見た。

思わず、口が半開きになった。

信長の恰好である。呆（あき）れたものだ。

その頭は茶筅髷（ちゃせんまげ）に結ってある。萌葱（もえぎ）の平打ち紐（ひも）に見えたが、老眼を凝らすと、それが荒縄を叩き潰して雑に染めたものであることが見てとれた。荒縄でぎりぎり捲（ま）きあげて、大きく育った茸（きのこ）のような頭である。

上に着ているものは、なんと湯帷子（ゆかたびら）――浴衣の袖を千切りとったもので、下は虎革および豹（ひょう）革を四色に染めあわせたなんとも奇矯な半袴、熨斗（のし）付太刀は金銀の膜を鞘（さや）に着せた異様に派手なものであり、その熨斗付太刀と脇差の双方の柄（つか）には、髷と同様、荒縄が巻いてある。腰のまわりには帰蝶が文にて猿遣いの恰好と面白可笑しく書いてよこした燧袋（ひうちぶくろ）に、大ぶりの瓢箪（ひょうたん）を八つほどさげてからからいわせていた。さらに意図は不明だが太い麻縄を腕輪に仕立てあげてある。

しかも信長は、その異様な風体にて馬の首を背もたれにして天を仰ぐ恰好で、仰向（あおむ）けになって揺られているのである。つまり前を向いて馬に跨（また）がっているのではなく、裸馬に後ろ向きになって四肢をだらりと下げて横たわっている――寝ているのだ。そんな信長を振り落とさぬのだから、たいした名馬である。

「いや、そんなことではない――」

道三は呆れ果てていた。いやはや常軌を逸した虚けである。苦笑いも泛ばぬ。

だが――。

道三が用意した八百名をはるかに超える配下を、信長は引き連れていたのである。

武装といえば腰の物のみの伴衆だけでも、八百以上、さらに槍（やり）の者と鉄砲の者を加えれば総数は二千近くにもなるであろう。充分に一戦（ひといくさ）ができるだけの頭数と武器だ。

無礼討ちなど、絶対に無理だ――。

道三は微妙な息をつきつつ、鉄砲をもっている兵の数をざっと数えた。

おおよそ五百ほどか。すべての鉄砲を正徳寺にもってくるとも思えぬから、おそらくは千を超える鉄砲を信長はもっているだろう。道三と義龍のもっている鉄砲の数をすべて合わせても四百に届かぬ。

林立する鮮やかな朱塗りの長槍の群れと、その穂先が撥ねかえす陽光の銀の輝きを道三はやや虚脱気味に見送り、あわてて正徳寺にもどった。

正徳寺では春日丹後と堀田道空が信長を迎えにでた。丹後も道空も一瞬、目を剝いた。あわてて小者を呼び寄せ、耳打ちする。

小者は小走りに奥の間に控える道三に近寄り、その耳朶に触れんばかりに信長のいでたちを告げた。

「なんと――」

道三は絶句し、うーむときつく腕組みし、小者の報せを反芻した。

信長は頭を折り曲げに結い、褐色の長袴を着用しているという。即ち正装中の正装である。さては上総介信長殿の阿房振り、わざとおつくりになられたものであるか――と、奥の間にまで道三配下の感嘆の声が洩れ聞こえた。どうやら信長は、御堂の縁に並ばせている八百人の配下の前を、あえてゆるゆると歩いて見せているようである。

ささ、山城殿がお待ちです――という道空の声が聞こえた。信長が這入ってきた。驚いた。優男で、じつに正装が似合っている。岳父に対する礼は知っているようで、しっかり頭をさげ、下座から道三を真っ直ぐ見つめてきた。

湯漬けを啜るように喰い、盃を交わす。道三も信長もひたすら無言である。どちらも肩から力が抜けている。道三が抑え抜いた声で問う。

「三間半柄と見たが、あのような長槍、扱えるものなのか」

「はい。ごく軽く、しかも強く拵えてあります。つくりかたは極秘ゆえ、だんまりを決め込みますが、我が兵共は、あれを自在に操ります」

「要は、間合いということか」

道三の呟きに、信長はやや表情を変えた。道三を侮ってはならぬという貌である。

「まさに、間合い。長い方が敵に近づかずに戦えるということでございます」

「ん。間合いの最たるもの、鉄砲だな」

「然様。遠くから敵を倒せるのですから、いまのところ鉄砲に優るものはございませぬ」

「どれくらい」

道三の問いに、間髪入れずに答えた。

「今回は五百挺ばかり持参致しました」

「国に残してきたものを加えれば、優に千は超えるということか」

「さあ。精一杯、はったりをかましているだけかもしれませぬ」

「食えぬなあ」

「山城殿ほどでは、ございませぬ」

そう呟いた信長の笑みが深い。

道三とて鉄砲の威力には目を付けていたから、あらゆる手立てを用いて入手をはかっている。けれど、如何ともしがたい品不足であり、ようやく三百挺強ほど揃えた時点で、いかに金を積んでも入手が滞るようになってきた。

そんな道三の目の色を読んだのか、薄笑い一歩手前の笑みを泛べて、信長が言う。

「鉄砲。なかなか入手が難しいようでございますな」

道三は率直に頷いた。なぜかこの若者に対して突っ張る気が失せていた。信長は薄笑いを引っ込め、鋭い眼差しで道三を一瞥した。

「たかが鉄砲。仕組みさえわかれば、あとはつくらせればよいだけのことではございませぬか」

「そう言うが――」

「言い値で購い、堺を肥え太らせるのは由々しきことにございます」

そこまで思いを致しているのか。虚け道化に身をやつしつつ、この若さで着々と先々に対する布石を打っているようだ。世の中には途轍もない男がいるものだ。道三は感嘆の眼差しを隠さない。そんな道三の顔をじっと見つめ、やや思案の気配の後、信長は率直な口調で告げた。

「山城殿には、隠し立てせずに申し上げましょう。織田の鉄砲、二千五百を超えております。今年のうちに三千を超えるでしょう」

三千――。

有り得ぬ数である。道三が思わず身を乗りだすと、信長は頷いた。

「織田の鉄砲は、尾張にてつくらせております。幸いにも山落なる者たちが、尾張山中にて古より鍛冶を営んでおります。近ごろは雑兵らに貸し与える数打物の刀などを拵えることを生業にしておりましたが、いまや鉄砲に専念させております」

「数打物の技で、鉄砲がつくれるのか。なによりも山落なる者たち、山中流浪の民と聞いた」

「身分にこだわると、取り逃がすものも多いかと」

道三は喉仏を動かした。信長が身分という言葉を山落だけでなく、油売りという出自の道三のことも含めて用いたことを悟ったからである。

信長は道三の顔色を読んだ。破顔した。あたり憚らぬ大笑いである。道三は抑えたつもりではあるが、幽かに眉が動いた。信長はすっと真顔になった。

「山城殿が油売りならば、織田は越前は丹生郡織田荘の神社の神官。油売りよりはましではございますが、所詮は忌部でございます。ゆえに先々、とことん傲岸な面差しにて藤原あるいは平氏を名乗ってやるつもりでございます。出自など、いかようにもなるもの。強ければ、よいのです。強い者が、そうであると強要すれば、者共は平伏す。そもそも名門なるもの、その昔は喧嘩が強いだけの破落戸にすぎませぬ。破落戸は、喧嘩を他人まかせにできるようになれば、あれこれ優雅を装うもの。家柄など、その程度のものにすぎません。この信長、家臣は家柄ではなく、地力のみで取り立てることを心懸けております。いまは藤吉郎なる山落の者を側に侍らせ、窃かに目をかけております」

勢いこんで語った信長であるが、我に返って口を噤んだ。道三が気にするなと首を左右に振ると、深々と頭をさげた。

「図に乗って喋りすぎました」

道三は虚脱気味だった。織田信長、じつに鮮烈であった。

信長がぼそりと尋ねる。

「ところで義龍殿の御様子はいかがです」

道三は瞬きをとめてしまった。信長は道三に喋らせぬよう、畳みかけてきた。

「我が尾張にも外患は当然として、内患内憂がございます」

とたんに道三は深く長い溜息をついた。

「信秀殿と婿殿はじつに仲がよかったようだな」

「はい。己よりも年長の者のなかでは父信秀と平手中務丞政秀。尾張ではこの二人だけがこの信長を認め、支えてくださりました」

「美濃では――」

すべてを言わず、中空を睨んで言葉を呑む道三だ。義龍は恭順を装って、けれど着々と牙を研いでいる。いまではあちこちで土岐頼芸の胤であると吹聴し、美濃を支配するのは油売りではなく、この義龍であると暗に仄めかしている始末である。身分が違うというわけである。実際、者共は土岐家の権威をいまだに有り難がって頭をさげるのだ。道三はすべてを見透していたが、あえて知らぬふりをして好々爺を演じていた。

「婿殿が鉄砲その他、ありていに述べてくれたから、俺も隠し立てせずに言おう。義龍はまちがいなく俺の胤である。が、巷の噂に自らのって土岐頼芸の血筋であると吹聴する始末。が、なによりも、俺の胤だけあって、くちばみの血がやたらと濃い。俺の予感では、じき親子で争うことになろう」

視線が交錯する。道三と信長、戦国下剋上の世にあるまじき心情の交差であった。

信長は思った。俺は父に可愛がられてきたが、道三はずいぶん義龍につらく当たってきたらしい。噂だから尾鰭がついているではあろうが、火の無い所に煙は立たぬ。

道三が表情を柔らかなものに変えた。

「帰蝶がな」

「はい」

「得意げに書状をよこす」

「はい」

「婿殿を褒め称える書状ばかりだ」

意外にも色白な信長の頬が赤らんだ。

「帰蝶も、よい婿殿に嫁いだものよ」

道三は息を継いで、過剰な感情がこもらぬよう意識して言った。

「老いたときにな」

「はい」

「相思相愛のよさ、すばらしさがわかる」

深芳野は剃髪してしまい、小見の方は死んだ。どこで擦れちがったのであろう。側室は許多あれど、いまや道三は絶望的な孤独のなかにあった。

加えて、最愛の帰蝶は眼前の若者の妻である。義龍はともかく、龍重や龍定といった倅たちは、いかに親の贔屓目で接しようとも阿房に毛の生えた程度でしかない。

俺と小見の方の血を引いたのだから、もう少しましなものになるはずなのだが――と道三は嘆息する。こうなると、いまさら厳しく対しても意味がない。いままで通り甘やかして、せいぜいよけいなことをせぬように仕向けるしかない。生まれたときからなに不自由なく育つということ、どうやら才気を殺してしまうようである。

信長の視線に気付いた。ふしぎと柔らかく笑うことができた。

「我が方の槍は短く寸足らず。鉄砲の数に至っては、ここで婿殿を襲えばあっさり返り討ち、穴だらけにされてしまうという為体。しかも虚けの仮面をはずした婿殿は、斯様に美丈夫」

「褒めすぎでございます。育ちが悪いがゆえに、なにやら企まれているのかと邪推致しかねませぬ」

血のつながりとは、いったいなんなのであろうか。道三は眼前の若僧にすべてを譲ってしまいたい衝動を覚えた。どうやら帰蝶と相思相愛でもあるし、美濃を呉れてやりたくなった。

*

正徳寺からの帰路、茜部口に至ったあたりで猪子兵介が道三の顔色を覗いつつ、声がけしてきた。

「しかし、どう見ても上総介信長は戯けでございますなあ」

道三の配下は、この期に及んでも、このようなことを吐かしているのである。それが道三に対する機嫌取りであるとしても、あまりにも的外れであり、度し難い。道三は馬上から兵介を睨み据えた。

「まことに無念なことである。この山城の子たちがあの戯けの門外に馬をつなぐことはまちがいないだろう」

馬をつなぐ。すなわち家来になるという意味である。実際に、猪子兵介は後に織田信長に仕えることとなる。

道三は、溜息を呑む。いずれ牙を剝いてくるにせよ、義龍は上出来であると内心思っていた。けれど世の中には、途方もない男がいる。年齢や経験などでは覆しようのない如何ともしがたい抽んでた存在がある。道三自身も、信長には歯が立たぬことを実感して、いっそさばさばした気分であった。

34

道三が信長と会見して二年ほどは、表面上とはいえ穏やかな日々が続いた。

されど義龍は着々と牙を磨いていた。くちばみこと道三は、土岐頼芸の胤を宿した拝領妻を厭(いや)な顔ひとつせず迎えいれて、血のつながりのない俺を甲斐(かい)甲斐(がい)しく育てあげたばかりか美濃国主の座に就けた忠臣中の忠臣である——などと皮肉交じりに吹聴することもあって、美濃の国衆(くにしゅう)は道三よりも義龍に傾斜していった。

国衆のなかには当然ながら自分の立場をよくしようという悪知恵を働かせる者もおり、美濃をものにした道三がたった二年で義龍に家督を譲った理由をもっともらしくでっちあげて、当の義龍に耳打ちする者さえあった。

「権を施すという立場をあっさり義龍様にお譲りなされたのは、道三殿の支配徹底の策略にてございます」

「どういうことか」

「権を世襲させるということ、古よりその国を真に掌(つかさど)っているのは、それを為(な)さしめることのできる者、すなわち己であるということを、広く世に知らしめるための方策でございます」

道三にそのような意図など欠片(かけら)もないことを知りながら、義龍は自分にとって都合のよい文言を躊躇(ためら)わず取り入れ、有利な立場を構築していく一方で、道三に対する憎しみと怨(うら)みの心を昂進(こうしん)させていく。

それに付け込んで、道三が義龍のことを耄(ほ)れ者と嘲笑していたと作り話を吹きこむ者さえいた。長井(ながい)道利(みちとし)——道三が若かりしころの庶子である。耄れ者とは愚か者、莫迦者の謂(いい)である。それを聞いた義龍は怒り狂った。

さらに長井道利は、道三が正妻である小見の方の子である龍重に従五位下左京亮(さきょうのすけ)を名乗らせ、義龍を廃嫡し、龍重に跡を継がせようとはかっているとまで讒言(ざんげん)した。

慥(たし)かに龍重、龍定の義弟たちは義龍を露骨に軽んじる。だが、それもこれも義龍自身が己は土岐頼芸の子であると吹聴してまわっているからである。

龍重と龍定は父道三が大好きで、異母兄どころか道三の胤でさえない義龍が斎藤家を継いだということに耐えられない思いを抱いていたのである。

それを誰よりも素早く敏感に悟った長井道利が、いかにも義龍のことを心配しているふうを装い、義龍の不安を倍加させるようなことばかり囁くのである。

長井道利が庶子としての屈辱と苦労を重ねたあげく、道三をひどく逆恨みしているということ、さらには土岐家の胤である義龍に美濃の国衆が靡いていることを目敏く読んで、自身の出世の道を拓くため、追従と嘘で塗り固めたあれこれを吹きこんでいることに思いが到らぬのは、所詮は総領育ちの読みの甘さであるが、たとえそれが嘘であると気付いても、義龍は己の逆心を鼓舞してくれるものであるならば委細構わず飛びつくのだった。

義龍は母である深芳野に指摘され、内腿に淡いものではあるが、まちがいなく丫の形の徴が浮かびあがっていることを当然ながら慥かめているのである。

だからこそ、自らを奮激させるためには、どのような讒言でも受け容れる。俺は道三の子ではない。土岐頼芸の子である——という虚構を補強するためである。

また家督を継いで、かたちだけでも皆が頭を垂れるようになると、もともと胸の裡で滾っていた権勢慾に加えて名誉慾とでもいうべき得体の知れないこれまた虚構に囚われて、事実真実などいかようにも曲げ、自らに都合のよい言説だけを取りあげて、平然と周囲を睥睨するようになった。

——俺がいま為すべきことは、斎藤道三の一族を、くちばみの一族を、根刮ぎにすることだ。下賤の成りあがりから、名門土岐家に真の美濃支配を取りもどすのだ。

父だってさんざん毒を盛ってきた。俺も土岐頼純を毒殺してから、肚が据わった。毒でも調略でも欺きでも誑かしでも、なんでもする。くちばみの血よりも、土岐の血だ。綺麗事では生きていけぬ。最後に息をしている者こそが勝者だ——。

権力を握っている者が、知らぬ存ぜぬで通せば、取り巻きから下々までもやもやしたものを抱えはするが、時間がたてばなんとなく収まりがついてしまうことを、義龍は悟っていた。

論理が破綻していようが、無理があろうが要は、俺は土岐氏の正統な血筋であると言い募ればよいのだ。

＊

これは現代の政治における廉恥に欠ける二世、三世議員にも通じることである。なにしろ日本語もまともに喋れないのだから、如何ともしがたい。二世三世は、そのまま二流三流に通じるのだ。

二世もだめだが、三世ともなると取り柄の欠片もなくなる。

義龍の息子である龍興の代になると酒色に溺れるばかりの暗愚ぶりが知れわたり、それを諫めるために軍師として知られる家臣、竹中半兵衛がたった十六人を率いて龍興の稲葉山城を奪取してしまった。いかに軍略に長けているとはいえ、たかだか十六名を率いているだけの半兵衛と一戦も交えることなく龍興は揖斐城に逃げたのである。

竹中半兵衛は政務を顧みず遊興に耽るのみで、それを許容する一部の佞臣だけを重用する龍興に造反したのであるが、いかになんでも美濃一国の主が籠もる鉄壁の城がわずか十六人に奪われてしまったというのだから、その臆病さも含めてじつに無様で呆れ果てたものである。

半兵衛は半年ほど稲葉山城を占拠し、けれど龍興が支配する美濃に先はないと見切り、あっさり城を龍興にもどし、そして斎藤家を去ってしまった。

それを大局から見おろしていた信長は、あまりの龍興の間抜けぶりに、方針転換した。力攻めをやめ、調略によって着々と美濃国人を寝返らせていくのである。

最終的に稲葉一鉄ら美濃三人衆が、信長の舅である道三の弔い合戦に味方致したし——と都合のよい理窟を捻りだして信長に内応したため、美濃衆は雪崩を打って信長方に従うこととなった。

この美濃調略を一任されて見事にやり遂げたのが、木下藤吉郎であった。

さらに藤吉郎は信長の命により、三顧の礼をもって栗原山の長亭軒という庵に隠棲していた竹中半兵衛を訪れ、軍師として尾張に迎える算段をした。

だが半兵衛は藤吉郎の資質を見抜き、信長に仕えることは拒絶し、かわりに自ら申し出て、藤吉郎の家臣となったのであった。

＊

道三の庇護のもと、押しも押されもせぬ美濃国主となった義龍であったが、道三の抱えていた切実な衝動と行動を理解せず、二世ならではの遣り口、その表面だけをなぞって安直安易に己を土岐氏の権威に結びつけていく。

その義龍が病に倒れた。

十月下旬に年号が天文から弘治に改元されたのだが、それからたいしてたたぬ十一月中旬、父に促されて龍重と龍定は見舞いに稲葉山城を訪れた。

寝具に横たわった義龍に、龍重と龍定は儀礼的に頭をさげた。

抜刀したまま衝立の背後に隠れていたふたりの刺客が無音で迫る。

背後から、いきなり斬りつけられた。

龍重も龍定も後頭部をざっくり断ち割られて、振りかえる余地もなかった。

日根野弘就他一名の刺客は、まさに手練れであった。龍重と龍定は頭をさげた恰好のまま、真っ二つにされた髷から散る頭髪をはらはらと舞わせ、義龍の上に頽れてきた。

背後に立つふたりの刺客は、刀身にまとわりつく血だけでなく、絡みつく脳を落とさぬよう刀の保持に気配りし、黙礼すると退出した。噴いた血はともかく、刀からは一滴の血さえ垂らさずに去った刺客たちの背を見送って義龍は呟いた。

「畳を汚さぬ配慮はよいが、俺が血塗れだわい。息せぬ者とは、やたら重いものだな」

軀の上にのしかかって事切れている龍重と龍定を早く片付けろと暗に仄めかして言い、入ってきた長井道利を見やる。

が、即座に視線をはずし、寝具に散った刺客の刀に附着していたものと同様の脂身じみたものを抓みあげる。

しばし凝視していたが、薄笑いを泛べて、その細片を口に抛り込んだ。

二人の屍体が片付けられるまで、義龍は口をひらかなかった。道利もやや距離をおいて畏まって座り、黙っていた。

風呂は面倒だと渋面をつくり、女中に全身を甲斐甲斐しく拭かれながら、義龍は大欠伸をした。

「端緒をひらく、というやつだな」

「はい」

「道三に宣戦布告だ」

「はい」

「ん、なにが知りたい」

「さすが御屋形様。見抜かれましたか」

長井道利は義龍の分厚く血色のよい唇を見つめ、消え入るような声で呟いた。

「味を」

「味」

「龍重殿、龍定殿、どちらのものか判然とは致しませぬでしょうが、脳味噌の味を」

「知りたいか」

「はい」

「脂身だな。猪の肋の脂を生で喰うのと変わらん」

「なるほど。ひとつ悧巧になり申した」

「ま、人も獣も同じだわ」

「人も獣も同じ。含蓄のある御言葉でございます」

「道利よ。俺は獣か」

「人も獣も同じ——で、ございますから」

「誰彼の区別なく、人は獣か」

「然様に存じます」

「よし。獣を貫徹しよう」

「それが、よろしかろうと」

「差し詰めおまえは狐だな。俺は獅子か」

遥かに年長の道利を完全に見下している義龍である。しばし沈黙が拡がったが、道利の視線に気付いた。

「魔羅を見つめるのが趣味か」

「いえ、斯様に立派な御物、はじめてお目にかかり申したがゆえ」

「なあ、道利」

「はい」

「俺がな」

「はい」

「横柄な野郎であるとするなら、その横柄さは、この逸物のせいだ」

「なるほど」

「目の当たりにしたことはないが、おまえは到って控えめであろう」

「はい。並の下ゆえ、でしゃばらぬよう気配りしつつ、小技に専念でございます」

「なーにが小技かよ。龍重龍定一挙に葬り去る方策立案、たいした大技だ」

「お褒めにあずかりまして」

「褒めてないと言おうと思ったが、おまえが唆してくれなければこのような荒技、病を装うなど思いもつかなかったよ。思いついたとしても、できなかった」

「お褒めにあずかりまして」

「――食えない奴だな」

「されど、御屋形様を裏切ることはございませぬ。道三憎しは御屋形様と御一緒でありまするがゆえ」

「ん、呼び棄てたな」

「道三は道三でございますがゆえ」

「まあ、よい。国人衆の調略、順調か」

「頗る順調でございます。さすがは土岐家の血統。皆が靡きます」

「なんか引っかかる物言いだな」

「なにを申されます。御屋形様の御器量こそが、他の土岐一族郎党を差し措いて、この美濃を統べる真の正統でございます」

　義龍は、真っ直ぐ道利を見つめる。

「たぶん俺は、おまえほどには父を憎んではおらぬぞ」

「父」

「いや――」

「御屋形様の御父上は、土岐頼芸様でございます」

「だな」

　道利の眼差しが、弱気を諫めている。義龍は、ふっと息をついた。

「しかし斎藤山城守道三、ひたすら子に祟られる哀れな男よのう」

「それも身から出た錆でございましょう」

「錆か。あの男は錆臭くもなければ、腐臭もせぬ」

　唇を真一文字に結んで黙りこみ、唐突に問う。

「なぜだ。幼いころから感じていた。あの男は妙に澄んでいた」

「この道利、無粋ゆえ機微がわかり申さぬ。ただ、相手はくちばみ、ゆめゆめ御油断なされるな」

「わかっておる。土岐氏の旗のもと、いかにたくさんの国人衆をまとめあげようとも、増長せぬぞ」

「それがよろしいかと」

義龍は、大きく頷いた。

「俺の魔羅のごとく、太く長く美濃を治めようぞ」

＊

龍重、龍定が誘(おび)きだされて謀殺されたとの報を聞いた道三は一瞬の空白の後、歯がみした。とっとと出向けと、見舞いを厭がる二人の臀を押したのは、道三である。俺としたことが——と、天を仰いだ。

報せを聞いた深芳野が取るものも取りあえず尼寺からやってきた。道三も深芳野も剃髪している。二人はお互いの頭を同時に見やった。

「さすがは、俺とおまえの倅だ。なかなかやるのう」

深芳野は、言葉もない。父と子の離反は致し方ないと諦めてはいたが、いつ、道三と義龍に、このような絶望的なすれ違いが生じてしまったのだろう。だが過去をあれこれ思い巡らし悔やんでも、もはや修復はならぬ。毒を盛るといった曖昧かつ不明瞭な遣り口ではなく、斬殺である。

「これは義龍の宣戦布告だ」

「然様な——」

「いや。彼奴(きゃつ)は美濃国主として国衆に己の拳の強さを示したいのだ」

「では、父と子の——」

「まさに血で血を洗う争いである。俺とおまえの血が流れた義龍が、その手を俺の血で洗おうと熱(いき)りたっておるのだ」

これはまさに、後に成立する中国は明(みん)代の正史である明史・張漢卿伝にある『骨肉相食(は)む』である。

道三は日蓮宗具足山妙覚寺で修行をしていた若きころ、唐の書物を読みあさり、皇帝たちの末路、権をもつ者の家はなんとも恐ろしい仕舞いを迎えるものだと背筋が凍るようであったが、まさか己のところがそうなるとは思いもしなかった。

沈思からもどった道三は、深芳野の大柄に義龍の面影を見て笑んだ。

「土岐頼芸をいいようにあしらったつもりだったが、結局は頼芸の仕込んだ火縄がいよいよ煙硝(えんしょう)を炸裂(さくれつ)させるときがきた」

道三は頼芸の不能を一切口外せず、筋を通したのだ。

我が子義龍に美濃を渡すため、くちばみとして血も涙もない所業を為す一方で、人の、男の誇りの根源に関わる事柄に対しては、完全に口を噤んできたのである。

ここに道三のいささか奇妙な美学を見るのは自由だが、深芳野を下げ渡された時点で、周囲に頼芸の不能と、義龍の内腿に印された松波の家に代々伝わる徴であるYの形の痣のことを吹聴していれば、このような悲痛な拗（こじ）れは生じなかったのである。

目尻に浮かんだ涙を高々指の先ですっと消し、深芳野が問う。

「で、どうなさるのです」

「もちろん戦って」

「戦って」

「討たれてやる」

深芳野は、がっくり首を折った。

「そうすることでしか貴方様は義龍に対して真（まな）を示せぬのですか」

真は愛とも書く。道三は微笑したまま、頷いた。

さらに人払いもせずに深芳野を抱き寄せ、幼子にするようにその頭を丹念に撫でてやった。

「おまえも老けたなあ」

「貴方様こそ。——ただ」

「ただ」

「はい。ただ、いまだに不可思議な艶を放たれて、わたくしは頭を剃（そ）っていることを忘れてしまいそうです」

「おまえがいなくなってしまって、以来、ひたすらな匹如身（するすみ）に堕（お）ちたがごとくの日々であった」

このとき道三、無精髭（ぶしょうひげ）もすっかり白く色変わりした六十二歳。匹如身とは畢竟（ひっきょう）、孤独としてよいだろう。

道三は深芳野の軀にまわした手にぐっと力を込め、息災であれよ——と囁き、すっと背を向けた。一切振りかえらなかった。

35

父と子の血肉の戦いの舞台となる長良川の源は大日ヶ岳（だいにちがたけ）——通称三国山より発する。三国山は美濃、飛騨（ひだ）、越前三国の国境に跨がる雪深い高山で、晩春であっても残雪が山体に複雑な白銀の縞模様を描いていた。流れる水も雪融け水である。刺すように冷たい。

　龍重龍定の義兄弟を屠った義龍は、直後に一色左京大夫と名門一色家を名乗って土岐姓に復帰し、同族姓にあらためた。これは道三が龍定に一色右兵衛大輔を名乗らせようとしていたという巷の噂を真に受けて、それに対抗しようという強い気持ちのあらわれであった。

　討たれてやると決めた道三だが、戦うとなれば峻厳である。一切手を抜かない。龍重龍定の死の直後、わずか三百の手勢を率いて義龍が籠もる稲葉山城下を焼き払い、さらに稲葉山にも火を放ち、裸城にした。

　これで義龍は稲葉山城に籠城して戦うにしても、若干の不利を押しつけられることとなる。道三は禿げ山になった稲葉山とその城下を長良川河畔につないだ馬上にて腕組みして見やり、呟いた。

「我が丹精込めたこの城下を焼くことになろうとはな。自らが火をかけることになろうとはな」

　口許には苦笑いが泛んではいたが、その目は悔悟とは無縁の強い力に充ちていた。

　丸裸にされた義龍は狼狽えた。まさか父が己の命のごとく大切にしていた城下町を、そして稲葉山を焼き尽くすとは思ってもいなかったのである。しかも松明を手にした、たった三百の手勢である。占いなどに頼らず日時は融通無碍、ただの晴れの日ではなく、大気の渇きと風の具合を読み切って、あらかじめ狙い定めた場所に一気呵成に火を放ち、即座に対岸に去ったのだ。

「苛烈なり、熾烈なり――」

　焦臭さを胸に充たし、すっかり見通しのよくなってしまった山肌と城下を見やって呟いた義龍の口許にはひどく苦いものが泛んではいたが、その目は怯懦とは無縁の滾る闘志に充ちていた。

　父を倒して、乗り越える。

　だからといって力まかせに反撃に出るような甘い義龍ではない。即座に父と一戦交えたい心をぐっと抑えこんで、美濃内の国人に対する調略に励んだ。

　美濃における土岐氏の旗印は、義龍が思っていた以上に効きめがあった。次々に義龍に靡く国衆たちには、油売り風情がという道三に対する謂われのない軽侮があった。

それを微に入り細をうがつといった按排で虚実交えて下々にまで広めたのは、調略とはそういうものであると冷徹に判じた義龍であったが、一方で窃かに心を傷めていた。

伝統だの名門だのに胡坐を掻いて美濃を父に乗っ取られたくせに、いざとなれば出自を持ちだして侮蔑し、なんら実のない優越をもつ輩であった。

つい先頃までは拝領妻のやたらと大柄な小倅と蔑んでいたくせに、下賤の噂にのって土岐氏に復帰してみせれば、卑しく損得を勘案して平然と義龍に付くのである。

されど丹念な調略の甲斐あって義龍に付き随う将兵は一万七千をはるかに超えた。

土岐氏正統と声高に叫ぶ義龍と対照的に、正体不明の油売りという出自を義龍に拡声されてしまった道三の許に参集した将兵は、二千弱。これではいかに道三であってもまともな戦はできぬ。道三は直接対決を避け、長良川を超えて大桑城にまで逃れ、その年は暮れた。

翌年の雪解けとともに双方に緊張が疾る。義龍の軍勢が唐突に長良川南岸に陣を敷いたのである。大日ヶ岳から発する長良川の水は凍えるように冷たく、早朝の陽射しを浴びると白い靄が烈しく立ち昇るほどである。安易に川の流れに兵を差し向ければ、それはまさに自殺行為である。

二千の兵にすぎぬ。小競り合いで幾人かを喪うのさえ惜しい。ゆえに道三は昨年末より大桑城から北野城へと移動し、さらに家臣の林駿河守入道道慶が築いた鶴ヶ峰砦に陣を構えていたが、義龍が長良川南岸に陣を敷いたことを知った時点で南泉寺に這入った。

「義龍め、やりおるのう。晩春とはいえ、まだまだ冷たい川水に這入ってしまえばいかに精鋭といえども我が兵の動きも鈍る。多勢に無勢であるが、その数の差がますます開く。つまり、まったく太刀打ちできぬ。俺もおまえも美濃を、そこを流れる河川を知り抜いているということである。織田信秀の軍勢を増水している木曾川に追い込み、突き落としたあの戦を聢り覚えていると見える。では、俺はどうすべきか。漠然と迎え討つは、将兵の差により圧倒的に不利。迎撃とは伏兵も含めて、圧倒的人員を確保してこそ為せるもの。義龍め、あえて稲葉山城を出て、長良川をはさむことによって、俺の二千をさらに極小にしてしまいおった」

道三に心酔している柴田角内が、なんとも嬉しそうに延々独白する道三に、そっと怪訝な眼差しを向ける。

御屋形が死を覚悟していることは悟っていたが、それにしてもまるで充分に成長し、父を乗り越えんとする我が子に対するような慈愛の眼差しを見たからである。

道三の頼みの綱は、危機を知った娘婿の織田信長が内患により緊張状態にある尾張を擲って、委細構わず自ら先陣に立って尾張と美濃の国境を越え、雪融け水で増水した木曾川および飛騨川をものともせず、徴用した舟にて将兵を渡河させ、大良戸島の蔵坊にまで進軍し、陣所を構えてくれたことである。

それを知った義龍は、信長が長良川河畔にまで到る時間を勘案して即座に陣容を整え、二日後に一気呵成に道三にむかって攻め寄せるのであるが、信長も圧倒的な人員を誇る義龍が、まさか稲葉山城から出てくるとは思っていなかった。

南泉寺の道三は、さて義理に篤い婿殿は間にあうかのう——と、禿頭をぴしゃり叩いて笑みを泛べ、呼吸を整えると、末子である勘九郎に遺言を書いた。

勘九郎はこのような血腥い現世に身を置かず、仏門に入るべし。京は妙覚寺に宛て一筆認めておく。美濃一国は織田上総介信長に一任する——といった内容であった。

36

見事に晴れ渡って、鳶が蒼穹にゆるやかな円を描く。北岸に構えた道三は、義龍の先手である竹腰道鎮率いる騎馬武者が事もなげに長良川を渡河してくることに目を剝いた。

「どうやら、我々が離れているあいだに川底に石など積み、浅場をつくりあげて渡河戦に備えておったようでございます」

道三は陽射しを浴びて白銀に輝く槍や太刀が迫りくるのを目を細めて見守り、呟いた。

「さすが、義龍。侮れぬのう」

義龍先手が円陣を組んでいるのを見てとって、道三は将兵を左右に散開させた。あえて雑にばらけさせる。

成り行きを望遠していた義龍もだが、馬上で手綱を引き絞り、前傾して疾駆する竹腰道鎮も得意満面であった。道三の采配が、思いもせぬ渡河により、狼狽えているようにしか見えなかったのである。

が、誘いであった。

道三の旗本たちは怖じ気づいてなどいなかった。道三の采配にあわせて寄せては引きを繰りかえす。義龍から見れば乱戦である。けれど道三は全体を俯瞰し、冷徹に水も漏らさぬ采配ぶりで数で劣る自軍を指揮し、常に的確な間合いを取り、弓矢にて戦闘不能に陥れるばかりか、さらに竹腰道鎮の護りを蹴ちらして、一気にその首を挙げた。主を喪った竹腰勢は脆くも敗走である。

「さすが、くちばみ」

義龍は笑んだ。

同じころ、見たことか——と道三も笑んでいた。間近にいたならば、父と子は見交わして頷きあっていたことであろう。

対岸から槍の穂先に突き刺した竹腰道鎮らしき首を誇示する道三の軍勢を見やりつつ義龍は、間髪を容れず決心した。

「よし。先陣を撃破されたことは大層な恥ではあるが、相手はくちばみである。数を恃んで弛みきっていた俺が愚かであった。二番手はこの義龍が行く」

家臣が止めるのも聞かず、義龍は愛馬に飛び乗ると、烈しく鞭をくれた。義龍旗本たちが間にあわぬほどの勢いであった。

銀の飛沫を彼方に置き去って一騎、駆け寄る騎馬武者を凝視していた柴田角内が、感に堪えぬといった声で道三に告げる。

「あれを御覧じろ。寄せ手二番、なんと新九郎様自らが先駆けでございます」

新九郎は義龍の通称である。委細かまわぬ義龍の勢いに出遅れた家臣たちだったが、主の武者振りに鼓舞され、全力で付き随ってきた。

戦とは畢竟喧嘩、気力が横溢すれば勝利は自ずと手の内である。まして兵力の差は八倍以上あるのだ。結果は自ずと知れよう。

道三は笑みを泛べたまま首を左右に振り、うんうんと大きく二度頷いた。柴田角内がそっと上目遣いで道三の表情を覗う。あきらかに愉しんでいるのである。強敵であること、それが我が息子であることを、慈しんでいるのである。

　降り注ぐ弓矢を勢いのみでかいくぐり、渡河し終えて素早く河岸に陣を構えた義龍の軍から、義龍の気力胆力に呼応して気持ちの収まりがつかなくなった長屋甚右衛門が、道三の軍勢に向けて大音声を放った。

「山城守殿旗本衆に告げる。長屋甚右衛門、一騎打ち所望。我と思わん者はこの戦の端緒として、この甚右衛門と相戦うべし」

　頭二つほども衆から飛びだした巨軀の挑発に、柴田角内が動いた。道三は角内の袖を引いた。

「万が一にも、おまえを喪いたくない」

「御屋形様は拙者が負けるとでも」

「そういうことではない、そういうことではないのだ」

　角内は道三の瞳が幽かに潤んだのを見てとって、感極まった。泣き笑いの表情で、道三に囁いた。

「もう、呼応致してしまいましたがゆえ」

　言葉が続かず、深々と頭をさげると、角内は兜を脱ぎ、自慢の長刀を掲げて仁王立ちする長屋甚右衛門の前に進んだ。甚右衛門が見おろして慇懃に問う。

「名はなんと申す」

「どのみち拙者が貴殿の首を戴くがゆえ、名乗る必要もござらぬ」

　甚右衛門が熱りたつ。上背でははるかに劣る角内だが、首や肩をまわしてほぐして、余裕綽々である。甚右衛門は角内の長刀を一瞥し、槍を投げ棄てると、兜も脱いで地に叩きつけた。小砂利が跳ねた。静寂が訪れた。

　向きあった。

　青眼に構えた甚右衛門の切先は、一騎打ちを申し出るほどであるから青眼の謂われどおり見事に角内の目を捉えていた。

　同じく青眼に構えた角内の長刀の切先は小刻みに動いている。

「ほれ、怯えが切先で揺れておるぞ」

「なんの。退屈ゆえの貧乏揺るぎのようなもの。気にならず」

　次の瞬間、二人が間合いを詰めた。

ぎゃりん――。

鋭い金気の音が響き、燦々たる陽射しにもかかわらず打ち合った刀身から火花が散るのが見てとれた。角内と甚右衛門は切先を交えたまま力比べの態である。

ふぅぅ、ふぅぅ、ふぅぅ、荒い息は甚右衛門であった。上背にものをいわせて角内にのしかかる。角内の膝が折れ曲がりそうだ。

角内は上目遣いで力みが過ぎる甚右衛門の様子を見てとり、頃合いをはかり、大きく肘を張ると自らその懐に飛びこんでいった。甚右衛門は閊え棒を外されたがごとくで、足底が地面を離れた。

まずは平衡を乱して密着してきた甚右衛門の顎を縁頭で砕き、甚右衛門の刀身が頭に触れぬよう角内は頭上に刀を保ち、そのまま甚右衛門を膝で蹴倒した。

暴れまわる甚右衛門は、それでも首を挙げられまいと必死で砕けた顎を引いている。首以外でとどめを刺さねばならぬ。甚右衛門の肩口に足をかけ、鎧の形状を精確に見極め、腋窩のあたりに刀身を挿しいれた。河原に血の帯が拡がった。さらに抉ると、徐々に甚右衛門の動きが止まった。

短く息をつき、角内は思案した。物打のあたりを欠けさせてしまったが、これからが戦の本番である。これ以上、愛刀を疵物にするわけにはいかぬ。横たわった甚右衛門の首を一気に切り落とすと、河原の小石に切先を当ててしまいかねぬ。

角内は鋸を扱うように刀を用いて慎重に甚右衛門の首を切開し、落としていく。最後は刀身を守るために刀を引き、髷をつかんで素手で甚右衛門の首を千切りとった。

切先に甚右衛門の首を刺し、高々と掲げると、道三の軍勢からうねりをともなった怒濤の歓声が沸き起こった。角内はそれを背に、苦虫を嚙みつぶしたような義龍に優雅に一礼し、ゆったり踵を返すと首を刺した刀の棟を肩にあてがって、引き千切ったせいで乱れに乱れた甚右衛門の首の切れ端を揺らせながら道三だけを見つめつつ、陣にもどった。

直後、義龍、道三、双方、全軍突撃を命じた。長良川北岸は、一気に人馬判然とせぬほどの大乱戦の場となった。

義龍は父の底力に驚嘆した。

一万七千対二千である。だが、優勢に戦いを進めているのは道三の軍勢である。

押しては引き、衝(つ)いてはもどしと融通無碍にして柔軟自在に動く用兵に、義龍の将兵は翻弄されるばかりであった。

義龍はあらん限りの声を張りあげて自軍を叱咤(しった)した。道三は無表情に小班に分けた将兵に采配を振る。

無数の骸が転がり、河原が両軍の血糊(ちのり)でべとつくようになり、鴉どもが馳走(ちそう)を求めて集まってきた。

鴉に啄まれている骸のなかには自ら義龍の軍勢に切り込んで孤軍奮闘、義龍に肉薄し、あと一歩というところで力尽きて果てた柴田角内の変わり果てた姿もあった。

さすがに多勢に無勢、道三の眼前にまで義龍の兵が迫ってきた。冷徹に指揮を執っていた道三であったが、功をあせる義龍の将兵が殺到し、自ら刀を抜いた。

斬った。

斬った。斬った。斬った。

斬った。斬った。

斬りまくった。

幾人斬り殺しただろうか。

血糊だけでなく、人脂で刀身が覆われ、刀が使い物にならなくなった。

近習も消え去って、まさに独りになっていた。返り血で化粧した道三は、刀を支えにして大きく息をついた。

＊

――くちばみが真の我が子に負けることそれ自体はともかく、油売りが土岐家の正統とやらの看板に負ける。土岐家の諸々が俺よりも遥かに優れておるならば、それは受け容れざるをえないが、実際は愚鈍蒙昧(もうまい)ばかりではないか。耐え難いものだなあ。

まあ、そこに我が子を押し込むことができたのだから、よしとすべきか。

ああ――奈良屋にとどまり、油を売っていたら、さぞや安穏な人生を送ることができたであろうな。まさに、油を売る面白可笑しい日々を過ごすことができたであろうに。

ちんまりした結實(ゆい)の膝枕で、手指に沁(し)みた荏胡麻(えごま)の油の匂いを嗅ぐ。結實の指先が俺の鼻筋をさぐる。

なにが美濃だ。

なにが、天下だ。

父よ、峯丸は物心ついてから、あなたの期待に応えるために必死に足掻いてまいりました。

それでも、父よ。あなたと油を売って歩いた日々、峯丸は幸せでありました。

されど峯丸は、あなたの期待に添うために気の休まる日とてございませんでした。必死でありました。長じて、あえて父を、あなたを無視するかのように振る舞いも致しましたが、それは必死の裏返し――。

父よ。峯丸は、あなたの期待に応えたかったのです。

父よ、峯丸は、多少なりともあなたの期待に応えることができましたでしょうか。どうにも心許ないのですが、これが、ここまでが峯丸の精一杯でございました。

――母のない子は、父にすがって必死で生きてまいりました。あげく母のない子は、どうやら自分の子に命を差しだすことになりそうです。

母よ。なぜ、なぜ、峯丸を棄てたのです。なぜ、峯丸を――。

＊

長井忠左衛門道勝は道三の背後から大きく飛び、組み付いた。

思いに耽っていた道三は、迂闊にも刀を取り落としてしまった。

忠左衛門は、できうるならば生け捕りにせよと義龍から命じられていた。だからあえて刀を用いることを控え、格闘に持ち込んだのだった。

それを知らぬ小牧源太が、揉み合う二人に近づき、道三の脛を薙いで切断し、身動きできなくして、肩口をざっくり斬りおろした。

「なにをするか」

道三の血飛沫を浴びた忠左衛門が怒声を挙げ、源太に躙り寄った。

「なにを、ときたか。山城守に伸し掛かられていたお主を助けたのよ」

「よけいなことを――」

だが忠左衛門は道三に肋をほとんど折られていて、動きが鈍っていた。源太はその隙を突いて道三にとどめを刺した。

激怒する忠左衛門を尻目に、源太は道三の首を落とし、つかみあげ、膝に安置して、その鼻と片耳を削いだ。首実検のときに、自分が道三の首を挙げたという証しとするためであった。

道三の死により、長良川の戦いは幕を閉じた。わずかに残った道三の兵たちは即座に刀を引いた。俺が死んだら間髪を容れず投降すべし——と常々、道三より命じられていたのであった。死ぬな——と命じられていたのであった。

＊

首実検の場で、義龍は鼻と耳の欠けた父と対面した。死を覚悟して叮嚀に剃りあげたのだろう、いつにもまして見事に青々とした禿頭が、泥で化粧し、千切れた雑草や小枝などにまみれて惨憺たる有様だ。

そればかりか十数匹ほど、蟻が忙しなく侵入を試み、削ぎ落とされた耳の穴を見つけ、乾いて見えるがまだ粘つく血に足を取られつつも列をなして次々に消えていく。

閉じられていた唇から強引に鋏虫が這いでてきた。

飽食したらしい鋏虫は愚かにも義龍の足許に向かった。

血まじりの唾液でぬらついた鋏虫を踏み潰し、義龍はあらためて父の顔を凝視した。

もともと表情に乏しかった父である。あるいは、常に無表情をつくっていた父であったが、鼻が欠落していることもあって、その半眼は、のっぺらぼうじみていた。

これぞ正真正銘、山城守殿の御首であること、証しましょう——と、片膝をついた小牧源太が誇らしげに懐から黒く変色しはじめた道三の鼻と耳を取りだし、自ら合わせようとした。

小牧源太は家臣のなかでもとりわけ父に目をかけられ、腰巾着のように父に張りついていた男である。後になにを思ったか道三塚をつくりあげ、道三を祀ったが、義龍が道三に牙を剝いたこのときは、一も二もなく義龍に付いた。

源太に首を落とされるとき、父はなにを思ったであろうか。義龍は源太のいかにも得意げな様子に腸が煮えくりかえったが、ぐっと抑えこみ、左の掌を差しだした。

怪訝そうな源太であったが、瞬きせぬ義龍の凍てつく眼差しに刺され、狼狽気味にその大きな掌に鼻と耳を安置した。

抓みあげた鼻を父の顔にそっと宛がった。多少縮んではいたが、鼻は父の顔にぴたりと合った。

蟻どもが潜りこんで消え去った穴にあわせて耳を押しつけると、血糊で張りついた。多少傾いでいたので修正し、息を殺して手を離したが、耳は張りついたままだ。

端整な道三の貌が、蘇った。

無表情に磨きがかかって、じつに粛然として見える父の死に顔ではあったが、妙に作り物めいてもいた。鼻を中心にして左右を折り曲げると、ぴたりと合うのではないか。

義龍はしばし道三の顔に鼻を押しつけて、息を詰めていた。

父の鼻も耳も――死も、そして義龍自身の立場も、あるべきところにあるべきものがぴたり当てはまった。そんな気がした。

愛惜に、たっぷり憎悪をまぶしたかの不可解な感慨が迫りあがった。

殺した父の鼻と耳を見事に所定の位置にもどすことができた。

義龍は大きく頷いた。

道三福笑い――の完成であった。

＊

陣を構えていた大良口より道三救援に向かわんとしていた信長であったが、信長が動くよりも早く義龍は手勢を差し向けた。その動きを逐一知らせる伝令の声をさえぎるようにして、苦渋の滲んだ声が届いた。

「山城入道殿、お討ち死になされました」

報せを聞いた信長は、遅かったか――と中天を仰ぎ、動かなくなった。家臣が狼狽気味に声がけする。

「勢いに乗る義龍が手勢、当方に殺到しており申す。山口取手介、土方彦三郎、御両名、討ち死になされました」

「森可成様、御負傷。膝を断ち割られ、馬上にありて、どうにかもどられました」

信長は歯軋りした。家臣たちは信長の蟀谷がぐりぐり動くのを見守って、首をすくめ、怒声を浴びせかけられるのを予期して硬直していた。そこに、うわずった声の新たな報せが入った。

「御注進、御注進。国許で謀叛。伊勢守様、岩倉城を発されたとのこと。清洲に攻め入ってまいりました」

伊勢守とは織田信安のことである。道三救援に間にあわなかったばかりか、不在を狙って信安が動いた。

信長は、察した。義龍が信安を調略したのである。唆したのだ。

思えば父、信秀の二度目の稲葉山城攻略のときも、道三は尾張下四郡守護代織田信友を誑かして信秀の古渡城を攻めさせたのである。

信秀は美濃二郡を手に入れるほど圧倒的優位に進めていた戦いの腰を折られ、道三が大垣城を与えて信秀を調子づかせ、あえて深入りするように仕向けたことにようやく気付いたという。

将兵たちにも信友謀叛が洩れ伝わり、浮き足立っているところに、伏兵を主体にした奇襲を受け、最後は木曾川に追い込まれ、突き落とされるという信秀最悪の敗戦を強いられたのである。

それと同じことを倅の義龍が目論んだ。

道三は、討ち死にしてしまった。

もう、ここにいる理由はない。

一刻も早く尾張にもどり、伊勢守の謀叛に対処しなくてはならない。退却である。

信長は徒労をぐっと呑みこんだ。義龍は戦が巧い。認めざるをえぬ。

「さすがは、くちばみの子――」

呟いたきり、信長は微動だにしない。家臣たちは上目遣いで様子を覗っている。

長良川を渡河、道三を討ち取って勢いに乗った義龍の軍勢が迫りくるのだ。信長は尾張から進軍してきて木曾川を渡った大良口に陣を構えているのだが、退くならばふたたび木曾川を渡らねばならぬ。

家臣たちは気が気でない。しかも近習たちは、信長が逡巡していることに気付いた。

近習の眼差しに気付いた信長は、大きく息を吸った。胸中で呟く。

――舅殿の死を悼み、俺は、これから大戯けをする。

そもそも信長は裡なる合理と道理、論理の塊を悟られぬために、あえて幼きころより虚けを演じて周囲を油断させてきたのである。いまや虚けの仮面を脱ぎ、自身の道理を徹底させている。

たとえば越前征伐にて義弟浅井長政が謀叛を企て朝倉義景に呼応し、さらに六角承禎も挙兵の動きを見せて二進も三進もいかなくなった金ヶ崎では、大軍ゆえに動きが取れなくなるのが目に見えている自らの将兵三万を抛擲、並の武将ならば悪あがきするところを、わずか馬廻十数騎のみを従えて狭隘なる朽木の間道を抜けて真っ先に京に逃げ帰った。

これほどまでに合理的にして己が生き残るためには、そして将来の壮大なる展望のためならば、体面など一切かまわぬ男が、先に牛馬と雑人を尾張にむけて渡河させ、すべての将兵はその後に続けと命じた。

「殿は、この俺がつとめる。残るのは俺と近衛丸のみ。あとはとっとと撤収せい」

信長は近習の一人に向けて荒々しく顎をしゃくる。家臣たちは目を剥いた。

主が自ら追撃してくる敵を防ぎ、家臣を逃がす役を買って出るなど、ありえない。殿は負け戦につきものだが、殿を負わされた者は自らの命を楯にして他の者を逃がす。つまり死を覚悟するしかない。しかもたった二人で残るというのだ。

だが、信長は口の端を歪め、殿を全うするのみであると己を曲げようとしない。縋りつかんばかりに諫め、引きとめようとする家臣を一喝した。

「舅殿の弔いだ。口をはさむな」

全軍撤退を見届けてから、信長は木曾川の真ん中に舟一艘を浮かべ、常日頃から鉄砲の鍛錬に同道させている近習に、五挺ほどの鉄砲の準備をさせた。

「舅殿を死なせてしまった。俺を見抜き、認めてくれた舅殿を――」

帰蝶の父を、という言葉は口にせず、すっと立って狙いを定める。近習に囁く。

「火縄の匂いはよいな。じつによい」

先を争って抜け駆けした義龍配下の騎馬武者十数騎が大良口に到った。皆を従えていた一騎が手綱を引きしめ川端を左右し、浅場を見切り、ここから渡河すべしと愛馬に烈しく鞭をくれ、我に続けと白銀の飛沫を蹴立て、舟の上に仁王立ちする信長に迫る。

信長はとことん引きつけた。

引き金を引く。

鉛玉が面頬を爆ぜさせ、顔を喪った騎馬武者が馬上から大きく仰け反り、背後に続く者たちに死する姿を見せつけるように流れに落下した。主を喪った馬が全力疾駆の残滓の熱より発する湯気を体軀から立ち昇らせつつ切なげに流れを右往左往する。

「次」

後に長篠の戦いにて武田軍をとことん壊滅させた鉄砲の用法を信長はいま、この場で試しているのである。

新たな鉄砲を受けとると、ふたたび狙いをつける。一発目よりも雑に撃つ。

というのも馬が銃声に驚いて流れのなかに棒立ちとなり、じつに狙いやすい標的と化して、いかにも撃ってくれといった態であったからだ。

次々に撃つ。

気負わずに撃つ。

騎馬武者四名、馬一頭が流れに倒れこみ、鮮やかな朱で川面を染めた。

追撃の者たちは信長の気配に圧倒され、鉄砲の連射に度肝を抜かれ、渡河を断念した。されど背を向けると銃弾の餌食になる。まだ火縄の煙が信長の傍らから立ち昇っているのである。様子を覗い、恐慌をきたした馬の首を撫でさすってなだめつつ徐々に後ずさっていくしかなく、いよいよ弾が届かぬあたりまでもどったと判断したとたんに反転、あとも見ずに逃げ去った。

殿の役目を全うした信長は、奥歯を嚙み締めると長良川の方向を睨みつけ、瞑目し、静かに頭を垂れた。

37

義龍は頭を悩ませていた。

父が美濃国主であった二年間、なぜ手をつけなかったのか。

経国済民――経済である。

あるいは統治機構の確立である。

市場における諸役免除、市場税の免除、さらには専売座席を廃した自由な商取引――いまだかつてなかった楽市という劃期をなし、稲葉山城下の大繁栄をもたらした父が、国主となったとたんにさらなる経済的飛躍を求めて新たな方法を目論むことをしなかったのが不可解だ。

楽市により商人の往来が自由になり、そこからもたらされる情報も重要だった。商人は揉み手と笑みの背後に、突き抜けんばかりの目をもっている。道三は商人から各国の実情を知り、あれこれ調略を練っていた。

が、義龍に家督を譲り渡すまでの二年間、なにもしなかった。稲葉山城から、眼下に拡がる城下町の繁栄を目を細めて見守っていただけである。

それは統治にも及んだ。国主となっても、父は旧態依然の支配機構にまったく手をつけようとしなかった。乱立する国衆が隙あらばという状態を、なぜか放置していた。

――俺が叛旗を翻したとき、父は手塩にかけた城下町を平然と焼いた。焼き払う。灰燼に帰す。だが、あれほど慈しんでいた城下を、なぜ焼いたのか。

腕組みして唸っていた義龍であるが、一気に顔があがった。

「そうか。父は俺にすべてをやらせるつもりだったのだ。経済も、統治も、国づくりのなにもかも、一切合切はじめから――」

あえて道三は手をつけなかったのである。あえて城下を焼いたのである。

道三が国主の座についたときには、すでに義龍にすべてを託すつもりでいたのだ。世情を鑑みれば家督を譲るには、一年はあまりに短い。だが義龍に帝王学を学ばせるために三年待つ気もない。ゆえに義龍は二年で家督を譲られた、ということだ。

俯き加減で義龍は独白する。

「まいったな。経国済民か――。俺にとってはあまりに荷が重い。誰か長けた者を召し上げよう」

義龍は道三に似て割り切りが早い。経済は苦手と自覚しながらも、商人ならではの見切りの血は、義龍にもしっかり流れているのである。

一方で義龍は家督を譲られる前から、旧態依然の美濃の支配体制をなんとかせねばならぬと、あれこれ思い巡らせていた。

「統治に関しては、絵図が描けておる」

当然ながらこのたびの戦で父に附いた家臣の所領

は没収、貫高に基づいた安堵状の発給により者共が納得できるかたちで再分配し、なおかつ見返りとして軍役を賦課する。

一気の変革は、悶着を引きおこす。まずは穏やかに重臣六名による宿老制——いまの世には有名無実の存在と化してしまっている幕府の評定衆に類似したもの、それを蘇らせてもよい。とにもかくにも宿老による合議制を導入確立する。徹底した合議は、疑心暗鬼を封じることができる。忖度や阿吽の呼吸とやらで動くから、罅が疾るのである。

船頭多くして船山に登る——ではないが、現状の郷単位の細々とした支配体制は必ず糸をもつれさせるがゆえ、その権限も含めて郡単位の広域支配体制に移行する。

土岐頼芸が傀儡として治めていたころのような守護領国制をあせらず弛まず少しずつ排除していくことで、新たな支配体制を確立していく。

義龍は、ぽんと手を打った。

「奈良屋だ。奈良屋を呼びだせ」

「奈良屋は京にてございますぞ」

「かまわん。専売を喪いたくなくば、即座に顔を見せよと伝えよ」

＊

奈良屋は、二十一世紀のいまでこそ油を扱ってはいないが、名称をまったく別の物に変えて、信長秀吉の世も、徳川の治世も、維新も第二次大戦の混乱も巧みに乗り越えて、無用な拡大を戒めつつも、京阪神の財界に強い影響力を持つ。

取材の折、現当主より『私らの名は伏せていただくとありがたく存じます』と鄭重かつ慇懃に釘を刺されてしまったこともあり、あえて奈良屋の現在を記すことは避ける。が、斎藤家の美濃支配が義龍の倅、龍興の無能のせいでたった三代で終わってしまったことを思うと、じつに感慨深いものがある。

＊

さて、奈良屋である。義龍とて奈良屋当主が道三の長子であることは承知している。それゆえ父が奈良屋に美濃における専売を按排したことも悟っている。

「まさか義龍様御面前に祗候致すことがあろうとは、

思いもしておりませんでした」

「――それにつけても奈良屋よ、ずいぶん質素であるな」

「身なりでございますか。素裸で歩きまわらねば、それで充分かと存じますが。慥かに着古しではございます。が、充分に清まっておりまするがゆえ」

「ただ単に粗末、いや質素な恰好をしているわけではあるまい」

「このような身なりでおれば、誰も奈良屋の身代を背負う者とは思いませぬがゆえ、ぞんざいな扱いを受けることが多々ございます。はっきり申しまして、心貧しき者ほど、相手の身なりで判断致しますな」

　道三から聞いた虚けの時代の信長のことを義龍が連想していると、柔らかな笑みを泛べて奈良屋はいったん息を継いだ。

「口幅ったい物言いになりますが、一方で、恰好ではなく、この奈良屋の真を見抜いて接してくださる方もございます。奈良屋は身なりで区別差別せぬ者との商いを常に心懸けております」

　義龍は兄にあたる奈良屋に、道三の強い面影を見てとって、顫えた息をつく。

「奈良屋」

「はい」

「この義龍も、奈良屋の身なりを――」

「即座にお悟りになられたのです」

「許されるか」

「許すもなにも、気付きもせぬ阿房が群れなすこの世でございます。阿房共はせいぜい着飾って、見栄を張り、沈んでいきます。実がございませぬがゆえに、身なりで欺くしかないのです。せいぜい唐様の螺鈿の牛車にでも乗っていればよろしい。生臭い物言いを許してくださいますか」

「言え。言ってくれ」

「この奈良屋、美濃国主であられる義龍様ほどの財力はございませぬが、それでも奈良屋に仕えてくれる者共すべてを飢えさせず、人並みの暮らしをさせてやれるだけの財力を持っております」

「うむ。じつは経国済民に思いを致しておったらな」

「はい」

「奈良屋。おまえに行き当たった」

「なるほど。経国済民と仰有られると奈良屋には大きすぎますが、経済でございますれば奈良屋という小国ではありますが、それなりの実際を取り仕切り、巧みにまわすことができるという自負がございます」

「俺はな」

「はい」

「そっちがな、銭金が絡むそっちが、とんと疎い」

「率直な御方は、強い」

「こそばゆいことを吐かすな」

「実感でございます」

「褒めても、なにもでぬぞ」

「美濃における奈良屋の専売を永劫継続してお許しいただけるとのこと、そのことだけでも充分な果報にございます」

なに、と目を剝く義龍であった。

なにしろ専売継続などひと言も口にしていないのである。しかも、なんと、永劫継続である。これは専売永劫継続と一筆認めてやらねばなるまい——とその気にさせられて、義龍は我に返った。

奈良屋は泰然自若と笑んでいる。なるほど商人というもの、武人の呼吸のさらに上をいく絶妙な間合いと強かさがある。ふんわり斬りこまれ、完全に奈良屋の調子に惹きこまれている。

「美濃の繁栄は、奈良屋の繁盛でございますがゆえ、浅知恵ではございますが、とことんお力になりとう存じます」

それから薄暗くなるまで義龍と奈良屋は額を突きあわせて遣り合った。奈良屋は直情の義龍とまともにぶつかりあうことをせず、粘りのある柔軟でじわじわと義龍を搦め捕ってしまう。結局は奈良屋の言いなりである。これが合戦であったなら、完敗である——と義龍は感心まじりに苦笑いした。

「なにやら、どっと疲れた」

「なんの。銭勘定は慣れでございます。義龍様はあまりにも丼勘定。しかも、どうやら丼勘定が御家臣までをも染めあげてしまっておられるようでございます。これから先、僭越ながら奈良屋が美濃の台所の御面倒をいちいち見させていただいて、あれこれ苦言を呈させていただきます」

「よろしく頼む」

と、言ってしまってから、美濃は、この義龍の経済は、奈良屋にすべて摑まれてしまうのだ——と悟った。が、奈良屋は膝の上に両手を組んで静かに笑んでいる。

　さすがは我が兄――と、義龍は奈良屋を受け容れて、それどころか幽かではあるが甘える気持ちさえ湧いてしまい、家臣の誰にも見せたことのない親愛の眼差しを奈良屋に投げるのであった。

　しばし和んでいたが、気の早い秋の虫の声に耳を傾けつつ、義龍は居住まいを正した。

「ところで」

「はい」

「つかぬことを訊く」

「なんなりと」

「奈良屋の父上はどのような御方であった」

　照れもあって一気に口にした。奈良屋は目尻の皺を深くした。

「商いの才は、それはたいしたものでございました」

「奈良屋は父と親しかったか」

「いやいや、父は私と一切は大仰ではございますが、あえて申せば、一切言葉を交わしておりませぬ」

「一切か」

「一切でございます」

　己との類似に息を呑みつつ、あえて疑義を呈する。

「そんな親があろうか」

「奈良屋において父は、ひたすら私を無視してくださいました」

　義龍は身を乗りだして、小首をかしげる。

「無視して、くださいました――だと」

「はい。無視してくださいました。言い方を変えると」

「変えると」

「はい。父は私を認めてくれておりました」

「無視すること、認めることか」

「口煩くあれこれ教え込むこともできましたでしょう。が、父は私を信じてくださいまして、商いのことなど、一切触れることがございませんでした」

「では、奈良屋は独りで学んだのか」

「いえいえ、物心ついてからというもの、父のする事なす事、ひたすら凝視して、我が物とするために集中致してございます」

　奈良屋はふっと短く息をついた。

「誘われて、たった一度だけ桶を担いだ先代と市中に油売りに出かけたことがございます」

「当主、自ら桶を」

「はい。父はよく一人で天秤棒を肩に、腰を低くして油商いを致し、市中の者たちと忌憚のない遣り取りを致しておりました。もちろん商いに活かすためでございます」

「うむ。大店の主が、自ら天秤棒か。自ら小売りに勤しむか」

じつは当主でも大店の主でもなかったのだが、奈良屋はよけいなことを口にせず、受ける。

「誘われたときは緊張致しました。まだ私は幼かったがゆえ、天秤棒をぎしぎしいわせて歩く父について歩くのみでしたが、そして父は私に対しては一切口をきかぬがゆえ、はじめのうちは掌に汗をたっぷりかいて付き随っておりました」

奈良屋は感に堪えぬといったふうに首を左右に振る。

「売れるのでございます。父が流すと、その後ろに人の波ができるほど。いえ、決して大袈裟ではございませぬ。永楽銭の穴に油を通すという芸を見せて売るのでございますが、どうやら見世物目当てというよりも、油を売る——父と言葉を交わすのが愉しくて仕方がないといった客の笑顔でございました」

「無口な方ではなかったのか」

「私に対しては、徹底して無口でございました。されど商人としての話術は、あるいは我が母とのお喋りは、至って滑らかでございました」

義龍は無視され続けてきた己と奈良屋を重ねて、息を詰めている。

「陽が中天に到り、空腹を覚えだした時刻でございました。油を売り切ってしまった父が奈良屋に引きかえして、新たな油桶を担いで商いに出るのではと、やや身構えておりました。下京の碁盤の目をくまなく歩いて、正直足が棒になっておりましたので。ところが、父はなにやら企む面差しにて空の桶を揺らせながら、上京に向かうではありませぬか」

義龍は道三が情婦のところにでも出向くのではないかと邪推した。倅を伴ったのは、妻女に対する偽装だ。なんとなく義龍の気配を察した奈良屋が、声を潜めて破顔した。

「今出川小川に大層繁盛している鳥屋がございます。軒先には咽を裂かれて血抜きされた雉や鴨などが逆さまに吊されておりまして、台の上には捌いた雉肉や塩された鶴、小さなものでは丸裸の雀など、綺麗に揃っておりました。白地に屋号を染め抜いた長暖簾が風に揺れて、まるで手招きしているかのようでございました」

「京の雉は、さぞや旨いであろうな」

「雉は、どの地でありましても雉でございます。美濃の雉は、京のものよりもよほど肥えて美味でございます」

「そうか。そうだな」

「焼き物を見繕え――と、父が」

「無口な父上が」

「はい。俺の分も含めて、雉の焼き物を選べと。大きければよいというものでもない。大概が大味である。さりとて小さき物を選んで味がいまひとつであれば、どことなく痼が残る。せいぜい吟味せよ――。そして油通しの芸に使っておりました永楽銭を私に差しだしてくださいました」

奈良屋の顔いっぱいに笑みが拡がる。

「私の、生まれて初めての買い物でございました」

義龍は頷くことしかできぬ。

「鴨の河原に出まして、父と並んで座って、流れを見やりながら雉の焼き物をいただきました」

奈良屋は追憶に目を細める。

「炭で焦げた皮や肉の香ばしさ。じわっと滲みでる脂。絶妙な塩加減。信じ難き美味でございました。私が骨にまでむしゃぶりついていると、父はほとんど食べていない雉を、私に差しだしました」

「差しだしてくれたか」

「はい。私は、父が口を付けたところから、思い切り噛みつきまして――」

「うん」

「なにやら泣きそうな気持ちをごまかすために、ひたすら雉肉を噛み締めました」

「うん」

「鳶がごく低いところを舞いはじめました」

「雉肉を」

「はい。狙っておるのでございます。父は天秤棒を手にし、私にむかって飛翔してきた鳶を打ち据え、打ち落としました。羽を折られて地べたで踊る鳶を見据え、言いました」

「なんと」

「これも焼くか」

「ははは」

「鳶にとどめを刺し、私の脇にゆっくり腰を落とすと、流れに漠とした眼差しを投げ、呟くように言いました」

「なんと」

「鴨で雉を食べる」

「ははは」

「あのときも、そう言った、と」

「あのときとは」

「祖父が幼い父をおいて奈良屋に婿入りすることになったばかりのころでございます。父をさる武家にあずける算段を致したのでございます。その直前に、祖父は父に雉の焼き物を」

「食わせたか」

「はい。父は祖父の気持ちが痛いほどにわかりますがゆえ、鴨で雉を食べるのですね——と、あえておどけたそうです。祖父は俯き加減で笑いだし、そして父に気付かれぬよう、泣いたといいます。私は父から突き放されるばかりでしたが、祖父は父を手塩にかけ、猫可愛がりしていたようでございます」

　義龍はきつく唇を結ぶ。

「されど、祖父も途轍もない御方でございまして、幼い父に、親子二代で美濃をものにする——と吹いたそうでございます」

　義龍の背筋が一気に伸びる。祖父とは北面の武士である松波左近将監基宗、美濃においては西村勘九郎から長井新左衛門尉——道三の父である。祖父は道三に、親子二代で美濃をものにすると囁いた。そして、それを現実のものとした。

「父は私には生い立ちをまったく口に致しませんでしたが、父が問わず語りに母に幼きころの惨状を語っていたようで、母によると、幼少のみぎり、飢えにて死する寸前、傘張りの荏胡麻油を舐めてどうにか生き存えたそうでございます。あまりの貧困ゆえに祖父は妻女に逃げられたとのことで、赤子の父は乳も飲めずに衰弱し、祖父は死を思いも致したことでございましょう。祖父は気位の高い御方でしたが、油座の油神人にいまだかつて下げたことのない頭をさげ、北面の武士から油売りとなり、男手ひとつで不器用ながらも父を育てたそうでございます。あげく父は祖父と共に声聞師村にて、ありすけ大夫の配下としての日々を過ごしたとのことでございます。

父は曲舞(くせまい)や手猿楽(てさるがく)なども見よう見まねながら巧みにこなし、その美貌を愛でられ、末は宮中や仙洞(せんとう)にて演じることができる逸材と囁かれるほどであったと申します」

　嗚呼――と義龍は胸中にて嘆息した。頼芸を誑かした京仕込みのあれこれ、その原点が散所(さんじょ)暮らしにあったのである。

「話をもどしましょう。さる御武家様のところにあずけられることとなった父は、祖父と鴨の河原で雉の焼き物を食べ、鴨で雉を食べる――と気丈にも戯(ざ)れ言(ごと)を口にし、祖父は涙したということでございますが、祖父との追憶に耽る父は、ゆっくり私に顔を向けたのでございます」

「で――」

「それだけでございます。ただ」

「ただ」

「はい。私は感じとったのです」

「なにを」

「まずは、いずれ父は美濃をものにするために私を棄て、母を棄て、いわば出奔するであろうということを」

　義龍に言葉はない。妻子を棄てた道三があったからこそ、義龍は美濃の国主と相成ったのである。表情をなくした義龍を見やり、奈良屋は呟いた。

「次に、もうひとつ」

「もうひとつ――」

「はい。もうひとつ私は感じとりました」

「なにを」

「父に慈しまれている、ということを」

　奈良屋は道三より俺と同様の扱いを受けて育ったが、幼いうちから父の真情を見抜き、拗ねず、歪まず、いまに到る。それに引き比べ、俺は――。

　義龍は、奥歯を噛み締めるのみである。

「ま、本音を申せば、とんでもない祖父と父でございます。呆れて物も言えぬところをあえて言ってしまえば、美濃をものにすると父に吹きこんだ祖父はいつのまにやら奈良屋から消え去っておりまして、かわりに武家を離れて寺にて修行していた父が奈良屋に入りまして、母とのあいだに私を成したというのですから、いやはや、なんとも――」

　奈良屋の苦笑が深い。が、じつにさばさばした気配である。

「――母上は息災か」

「はい。とても小柄で、女雛のような姿でございます。皺くちゃの矍鑠たる女雛でございます」

「最後に、つかぬことを訊く」

「なんなりと」

「奈良屋の内腿には黴があるか」

「三方を指し示すあれでございますね。ございます」

「そうか」

「はい」

義龍と奈良屋は見交わした。よけいなことは一切口にせず、しばし見つめあった。

「義龍様の御厚意に甘えてしまい、長居致してしまいました。そろそろお暇を」

「うむ。長々と御苦労であった。これからもよしなにな」

「今日は奈良屋ばかりがお喋り致しました。次はどうか義龍様の御言葉を」

「――苦手なのだ。気持ちをあらわすのが、じつに苦手だ」

「奈良屋は、義龍様の御言葉が聞きとうございます」

義龍はぎこちなく頷いた。奈良屋は未練の欠片も見せず、静かに立ちあがると、背を向けた。

その背には美濃一国を背負う義龍以上に、奈良屋という看板を背負って揺るぎない男の自負と自信が漲っていた。

義龍は奈良屋の背に父を見て中空を仰ぎ、瞑目した。

もう奈良屋とは逢わぬほうがよいのではないか。逢えぬのではないか――。

＊

予感どおり、義龍は美濃支配に劃期を成しつつ、志なかば、三十五の若さにて没した。病魔に取り憑かれたのである。なにものかを懼れ、七転八倒するその姿に、人々は掌を返したように、父殺しが祟ったのだと噂した。

義龍の後を継いだ龍興の為体は、御存じのとおりである。斎藤家の美濃支配は三代で潰えた。


〈了〉

〈参考文献〉

『クロニック戦国全史』（講談社）
『斎藤道三〜物語と史蹟をたずねて』（土橋治重著／成美堂出版）
『週刊ビジュアル 日本の合戦№34 斎藤道三・義龍と長良川の戦い』（講談社）
『週刊名将の決断№19 勝者の戦略【美濃国盗り物語】斎藤道三／敗者の誤算【壇ノ浦の戦い】平知盛』（朝日新聞出版）

執筆時、骨髄異形成症候群にて骨髄移植を受け、無菌室に三ヶ月ほど入院しておりました。無菌室には書籍は新刊以外持ち込み禁止で、必然的に資料持ち込みは限られてしまいました。古書の黴は免疫を喪っている患者には間違いなく致命的な肺炎を引きおこし、死に到るということでした。じつはモルヒネを投与されていた一ヶ月ほどは、どうやって執筆したのか、記憶がありません。

入院前に入手した土橋治重氏の著作は、１９７２年刊行の古本でしたが、この年表を使いたくて、妻に頼んで年表部分だけコピーしてもらって無菌室に持ち込みました。申し訳ないことに、本文には目を通しておりません。50年近く前の道三の年表は、現在の歴史研究結果からは大きく逸脱して、歴史に詳しい方からは疑義を呈されてしまうものでしたが、私としては親子三代にわたる葛藤を描くためのよすが、虚構を貫徹するためにあえて採用した次第です。

結果、すばらしく叮嚀な校閲者から種々の指摘を受ける羽目に陥りました。一応、担当編集者、西澤潤には伝えておいたのですが、校閲者は疑義を呈するのが仕事、私は自分が以前つくりあげた年表（事実以外は排除してある厳密なものです）と校閲の指摘を照らしあわせ、あくまでも虚構第一に取捨選択をいたしました。校閲者の骨折りに、心底から感謝します。

わりと資料が多い私の仕事ですが、いまだに免疫が皆無で、古書には触れることができません。結果、以上のようにごくわずかの資料に従って８００枚超を書きあげてしまいました。

最後に病床においては自作年表とＣＤ・ＲＯＭ版の『世界大百科事典』（日立デジタル平凡社）、および『ブリタニカ国際大百科事典』（ブリタニカ・ジャパン）に多大な示唆を得たことを附記しておきます。

〈初出〉

本書は、小学館のウェブサイト「BOOK PEOPLE」（２０１８年４月20日〜９月27日配信）と「P+D MAGAZINE」（２０１８年12月18日〜２０２０年４月28日配信）に連載された同名作品を単行本化にあたり加筆・改稿したものです。

花村萬月（はなむら・まんげつ）

1955年、東京生まれ。1989年、『ゴッド・ブレイス物語』で第2回小説すばる新人賞を受賞し、デビュー。98年、『皆月』で第19回吉川英治文学新人賞、『ゲルマニウムの夜』で第119回芥川龍之介賞を受賞。2017年、『日蝕えつきる』で第30回柴田錬三郎賞を受賞。『ブルース』『笑う山崎』『セラフィムの夜』『私の庭』『王国記』『ワルツ』『武蔵』『信長私記』『太閤私記』『弾正星』『花折』『帝国』『ヒカリ』など著書多数。

編集　西澤　潤

くちばみ

二〇二〇年十月二十日　初版第一刷発行

著　者　花村萬月
発行者　飯田昌宏
発行所　株式会社小学館
〒一〇一－八〇〇一　東京都千代田区一ツ橋二－三－一
編集 〇三－三二三〇－五七六六　販売 〇三－五二八一－三五五五
ＤＴＰ　株式会社昭和ブライト
印刷所　凸版印刷株式会社
製本所　株式会社若林製本工場

ISBN 978-4-09-386589-0